06/2500

Über 40 Jahre
Heyne Science Fiction
& Fantasy
2500 Bände
Das Gesamt-Programm

Fantasy

Herausgegeben von Friedel Wahren

SCHEIBENWAHN

*Neue komische
phantastische Geschichten*

von Terry Pratchett,
Roald Dahl u. a.

Herausgegeben von
PETER HAINING

Deutsche Erstausgabe

WILHELM HEYNE VERLAG
MÜNCHEN

HEYNE SCIENCE FICTION & FANTASY
Band 06/9037

Titel der Originalausgabe
THE FLYING SORCERERS
MORE COMIC TALES OF FANTASY
Übersetzungen aus dem Englischen und amerikanischen
Englisch von Manfred Bartz, Wulf H. Bergner,
Andreas Brandhorst, Michael Görden, Werner Gronwald,
Michael K. Iwoleit, M. E. Kähnert und Leonore Schlaich,
Hilde Linnert, Margaret Meixner, Sybil Gräfin Schönfeldt,
Erik Simon, Fritz Steinberg, Michael Windgassen,
Charlotte Winheller und Thomas Ziegler,
Übersetzung aus dem Polnischen von Caesar Rymarowicz
Das Umschlagbild malte Josh Kirby

Umwelthinweis:
Dieses Buch wurde auf chlor- und
säurefreiem Papier gedruckt.

Redaktion: Erik Simon & Friedel Wahren
Copyright © 1997 by Seventh Zenith Ltd.
Erstausgabe bei Souvenir Press Ltd., London
Copyright © 1999 der deutschen Ausgabe
by Wilhelm Heyne Verlag GmbH & Co. KG, München
Übersetzer-, Quellen- und Rechtsvermerke zu den einzelnen
Erzählungen erscheinen am Schluß des Bandes.
http://www.heyne.de
Printed in Germany 1999
Umschlaggestaltung: Atelier Ingrid Schütz, München
Technische Betreuung: M. Spinola
Satz: Schaber Satz- und Datentechnik, Wels
Druck und Bindung: Presse-Druck, Augsburg

ISBN 3-453-15602-1

Inhalt

Einführung 11

1. Dinge und Undinge
Komische Phantasien

TERRY PRATCHETT 16
Scheibenwahn 18
(THE TURNTABLES OF THE NIGHT)

P. G. WODEHOUSE 32
Ein Stück wirkliches Leben 34
(A SLICE OF LIFE)

L. SPRAGUE DE CAMP &
FLETCHER PRATT 54
Besser als eine Mausefalle 56
(THE BETTER MOUSETRAP)

ERIC KNIGHT 72
Sam Smalls bessere Hälfte 74
(SAM SMALL'S BETTER HALF)

MERVYN PEAKE 97
Totentanz 99
(DANSE MACABRE)

C. S. Lewis 112
Trugwelt 114
(THE SHODDY LANDS)

Kurt Vonnegut jr. 124
Harrison Bergeron 126
(HARRISON BERGERON)

Piers Anthony 136
Phantastisch bis Rar 138
(POSSIBLE TO RUE)

2. Tödliche Nachtgestalten
Erzählungen vom Übernatürlichen

John Collier 144
Die richtige Seite 146
(THE RIGHT SIDE)

Fredric Brown 153
Koboldgeist 154
(NASTY)

Nelson Bond 157
Der Geist ist billig 159
(THE GRIPES OF WRAITH)

Thomas M. Disch 175
Küchenschaben 177
(THE ROACHES)

ANGELA CARTER   192
Die Dame aus dem Haus der Liebe 194
(THE LADY OF THE HOUSE OF LOVE)

MICHAEL MOORCOCK   220
Das Steinding 222
(THE STONE THING)

ROBERT BLOCH   227
Psycho und Nympho 229
(THE SHRINK AND THE MINK)

ROALD DAHL   248
Ach, süßes Geheimnis des Lebens 250
(AH SWEET MYSTERY OF LIFE)

3. Freier Raum
Science Fiction-Geschichten

STEPHEN LEACOCK   260
Der Asbestmann 262
(THE MAN IN ASBESTOS)

JOHN WYNDHAM   277
Das Weibchen der Spezies 279
(FEMALE OF THE SPECIES)

STANISŁAW LEM   313
Die Tracht Prügel 315
(WIELKIE LANIE)

CORDWAINER SMITH 323
Von Gustibles Planeten 325
(FROM GUSTIBLE'S PLANET)

ROBERT SHECKLEY 334
Spezialist 336
(SPECIALIST)

WILLIAM F. NOLAN 361
Das Abenteuer mit den Marsmonden 363
(THE ADVENTURE OF THE MARTIAN MOONS)

HARRY HARRISON 388
Die Goldenen Jahre der Stahlratte 390
(THE GOLDEN YEARS OF
THE STAINLESS STEEL RAT)

ARTHUR C. CLARKE 413
Die Gedankenbotschaft 415
(NO MORNING AFTER)

Danksagung 424

Übersetzer-, Quellen- und Rechtsvermerke 425

> So full of shapes is fancy,
> That it alone is high fantastical.

WILLIAM SKAKESPEARE:
Twelfth-Night
(Was ihr wollt)

Einführung

Vor dreißig Jahren habe ich einen unvergeßlichen Cartoon von Gahan Wilson gesehen, dem amerikanischen Fantasy-Künstler, dessen Späße seinen makabren und boshaften Sinn für Humor zum Ausdruck bringen. Er zeigt ein Raumfahrzeug der NASA, das soeben gelandet und von tanzenden Munchkins umringt ist, jenen seltsamen kleinen Leuten aus dem *Zauberer von Oz*. Zwei etwas verdutzte Astronauten schauen durch die Ausstiegsluke auf die kleinen Leute – und auf ein Paar schwarzgekleidete Beine in spitzen Schnallenschuhen, die offensichtlich zu einem vom landenden Raumschiff erdrückten Körper gehören. Aus der Unterschrift ist zu entnehmen, daß die Munchkins freudig singen: »Ding dong die Hex ist tot!«

Diese Zeichnung von einem Mann, der sowohl die Leser des *Playboy* und des *Magazine of Fantasy and Science Fiction* seit Mitte der sechziger Jahre unterhält als auch einer der Haupt-Initiatoren der ersten Welt Fantasy-Convention 1975 war, erscheint mir als die perfekte Zusammenfassung der riesigen Vielfalt der komischen Phantastik. Denn sie stellt ein paar rein fiktive Figuren dar – die Munchkins –, eine übernatürliche Gestalt – die Hexe –, während die Astronauten für die Science Fiction stehen. Und damit haben wir kurz und bündig, wovon diese Anthologie handelt. Zugleich ist sie – auf Wunsch meines Verlags – eine Fortsetzung zu meiner früheren Sammlung komischer phantastischer Geschichten, *Gefährliche Possen*, 1996 (deutsch 1998) erschienen.

In der Zwischenzeit haben die phantastischen Genres noch größere Popularität erreicht. In Großbritannien wird jeder neue Band von Terry Pratchetts Scheibenwelt-Serie automatisch ein Top-Bestseller; in den USA erfreuen sich Stephen Donaldson und Piers Anthony solch einer Stellung, um nur zwei von den führenden Fantasy-Autoren zu nennen. Mehr noch, bei einer kürzlich im Vereinigten Königreich unter Buchkäufern durchgeführten Umfrage wurde J. R. R. Tolkiens Fantasy-Epos *Der Herr der Ringe* zum ›Buch des Jahrhunderts‹ gewählt und erhielt mehr Punkte als die Werke von T. S. Eliot, Ernest Hemingway, Samuel Beckett und all den anderen Literaturgrößen. *Neunzehnhundertvierundachtzig* und *Die Farm der Tiere* von George Orwell, beide mit gutem Recht als Phantastik einzuordnen, folgten auf den Plätzen 2 und 3, des weiteren C. S. Lewis' *Der König von Narnia* (The Lion, the Witch and the Wardrobe)* (Platz 21), Douglas Adams' *Per Anhalter durch die Galaxis* (The Hitch-Hiker's Guide to the Galaxy) (24), Roald Dahls *Charlie und die Schokoladenfabrik* (Charlie and the Chocolate Factory) (34) und auf Platz 55 Mervyn Peakes bemerkenswerte Saga, die *Gormenghast*-Trilogie.

Die Schlußfolgerung ist unausweichlich. Es gibt eine ungeheure Menge Leser, die phantasiebetonte eskapistische Literatur – vor allem Fantasy – mögen, und Phantastik, die auch humoristisch ist, landet ebenfalls auf vorderen Plätzen. In diesem Buch wird der Leser einige von den besten solcher Texte in der Form von Kurzgeschichten und Erzählungen finden – und unter den Autoren sind etliche, die bei der Umfrage beachtlich gut abgeschnitten haben, darunter Lewis, Dahl, Peake, Kurt

---

* Wo eine deutsche Übersetzung auszumachen war, wird diese zitiert, sonst der englische Titel übersetzt. Bei Büchern wird der Originaltitel hinzugefügt, um angesichts der mitunter völlig abweichenden deutschen Titel die Identifikation zu erleichtern (und weil die Übersetzung eines Titels ohne genaue Kenntnis des Inhalts oft Glückssache ist). – *Anm. d. Übers.*

Vonnegut jr. (sein *Schlachthof 5* kam auf Platz 67) und Arthur C. Clarke (mit *2001 – Odyssee im Weltraum* auf Platz 87). Zusammen umfassen sie – wie Gahan Wilsons Cartoon – das Phantastische, das Übernatürliche und die Science Fiction. Ich hoffe, daß die Geschichten – mit den Worten Professor Tolkiens, als er einmal über den Gegenstand der Fantasy sprach – ›Ehrfurcht und Staunen‹ hervorrufen und gleichzeitig eine Menge Unterhaltung und Vergnügen bieten werden.

Mir bleibt nicht mehr viel zu sagen, höchstens als Ermunterung eine Beschwörung zu wiederholen, die – wie das grassierende Interesse an Fantasy – auf einmal in die Sprache der jungen Leute Eingang gefunden hat, wann immer sie davon sprechen, in neue Welten mit angenehmen Erfahrungen zu entweichen. Der Satz stammt ursprünglich aus Walt Disneys phantastischem Film *Toy Story* und dient dazu, eins der mechanischen Schwimmtiere in Gang zu setzen, das im komplexen Fluchtplan des Spielzeugs am Höhepunkt des Films eine Rolle spielte. Also mit den Worten den Films: *Zieht den Frosch auf!*

1
Dinge und Undinge

Komische Phantasien

Terry Pratchett

Für zahllose Fantasy-Leser ist die beliebteste Figur der zeitgenössischen Literatur Terry Pratchetts Tod – die sensenschwingende Knochengestalt, die auf einem Pferd namens Binky reitet, sich fortwährend über die Absonderlichkeit und Unmenschlichkeit der Menschheit wundert und (vielleicht deswegen) immer in GROSSBUCHSTABEN spricht. In allen Scheibenwelt-Romanbestsellern Pratchetts, angesiedelt in einer Welt, die auf den Rücken von vier Elefanten und einer zehntausend Meilen langen Schildkröte durch den Raum trudelt, erscheint er als eine Art zeitreisende Walküre und trifft oft auf andere Lieblingspersonen der Serie, darunter den Zauberer Rincewind, die Hexe Oma Wetterwachs und auf Truhe, eine hölzerne Truhe mit zahlreichen Beinen. In Schweinsgalopp (Hogfather, 1966) springt Tod, unkalkulierbar exzentrisch wie nur je, für das Scheibenwelt-Pendant des Weihnachtsmannes ein, um gewisse fremdartige Wesen zu überlisten, die das Fest verderben wollen. Die Menschen haben speziell dieser Verkörperung von Tod eine Menge zu verdanken!

Der Times zufolge muß Terry Pratchett (geb. 1948) ›der glaubwürdigste Prätendent für den seit langem verwaisten Thron von P. G. Wodehouse‹ sein, und The Mail on Sunday schließt sich diesem respektvollen Lob an, wenn sie die Scheibenwelt-Bücher als ›jetzt die längste unter allen nennenswerten Serien von Komödien bezeichnet, seitdem Wodehouses Tod 1975 die Tore von Blandings Castle verschlossen hat‹. Für viele ist dieser ehemalige Reporter und Pressesprecher der Zentralen Elektrizitätserzeugungsbehörde einfach der populärste lebende Autor. Pratchetts erster komischer Roman, Die Farben der Magie (The Colour of Magic), 1983 veröffentlicht, war ein Meilenstein im Genre der komischen Fantasy und hat seither dazu beigetragen, ihn zu einer internationalen Kultfigur zu machen. Mit seinem ergrauenden Bart, dem zu seinem Markenzeichen gewordenen schwarzen breitkrempigen Filzhut und einem fesselnden Sinn für Humor ist er Zoll für Zoll der feinsinnige Spaßmacher der Literatur. In ›Scheibenwahn‹ erleben wir Tod bei einer weiteren seiner merkwürdigen Unternehmungen – beim Sammeln von Rockstars –, aber mehr zu verraten, könnte die komischen Situationen und Überraschungen in der Geschichte verderben...

Terry Pratchett

Scheibenwahn

Wissen Sie, Constable, eins verstehe ich nicht: Warum sollte *er* sich für Blues interessieren? Das war Waynes Leben. Eine Blues-Single. Ich meine, wenn Personen Musik sein könnten, so wäre Wayne eine von den zerkratzten alten Nummern, mindestens hundertmal vom ursprünglichen Phonographenstück kopiert oder was weiß ich, auf dem Cover irgendein Bursche namens Deaf Orange Robinson, der bis zu den Knien im Mississippi steht und durch die Nase stöhnt.

Von *ihm* sollte man meinen, daß er mehr auf Heavy Metal oder Meatloaf steht. Andererseits ... Ich schätze, jeder bekommt es mal mit ihm zu tun, früher oder später.

Was? Ja. Das ist mein Kastenwagen, mit der Aufschrift *Hellfire Disco*. Wayne kann nicht fahren, wissen Sie. An solchen Dingen hat er kein Interesse. Ich erinnere mich daran, als ich meinen ersten Wagen bekam und wir gemeinsam Urlaub machten. Ich übernahm das Fahren und, ja, auch die Reparaturen. Wayne hingegen kümmerte sich ums Radio und sorgte dafür, daß wir die ganze Zeit über die Piratensender empfingen. Eigentlich kümmerte es ihn überhaupt nicht, wohin wir unterwegs waren. Ihm ging es nur darum, daß wir in höher gelegenem Gelände blieben, damit er Caroline, London oder was weiß ich hören konnte. Auch mir war's gleich, wohin wir fuhren – solange der Wagen rollte.

Autos spielten für mich immer eine größere Rolle als

Musik. Bis jetzt, glaube ich. Vielleicht bin ich nie wieder fähig, einen Wagen zu fahren. Ich würde mich dauernd fragen, wer plötzlich auf dem Beifahrersitz erscheinen könnte ...

Entschuldigung. Na schön. Ja. Die Disko. Nun, unsere Abmachung sah so aus: Ich stellte den Kastenwagen zur Verfügung, wir teilten die Kosten fürs Getriebe, und er brachte die Platten. Eigentlich war es mein Einfall. Es schien genau die richtige Sache zu sein. Wayne wohnte bei seiner Mutter, doch wegen der Plattensammlung hatten sie nur noch zwei Zimmer. Viele Leute sammeln Schallplatten, aber ich schätze, Wayne hat – hatte – es auf alle abgesehen, die jemals hergestellt wurden. Seine Vorstellung von einem netten Ausflug bestand darin, irgendeinen alten Laden in irgendeiner alten Stadt zu besuchen, dort herumzukramen und etwas mitzunehmen, das von jemandem namens Sid Sputnik and the Spacemen oder so stammte. Und das Seltsame war: Wenn er dann nach Hause zurückkehrte, trat er dort an ein Regal, schob die Platten beiseite und holte einen wartenden braunen Umschlag hervor, mit Name, Datum und allem.

Manchmal bat er mich, ihn bis nach Preston oder sonstwohin zu fahren, um dort jemanden zu treffen, der heute als selbständiger Klempner arbeitet, sich 1961 aber Ronnie Sequin nannte und es in der Hitparade bis auf Platz 152 schaffte. Solche Leute bat Wayne dann um ein Exemplar jener Platte, die sie damals herausgebracht hatten und so absolut mies waren, daß man sie nicht einmal in den Fachgeschäften findet.

Wayne gehörte zu jenen Leuten, die keine Lücke in ihrer Sammlung ertragen. Es war eine nahezu religiöse Angelegenheit. Er wäre ohnehin imstande gewesen, John Peel in Grund und Boden zu reden, doch er wußte am besten über die Platten Bescheid, die sich nicht in seinem Besitz befanden. Jahrelang wartete er darauf, eine Demoplatte von einer Punkgruppe zu bekommen, deren Mitglieder vermutlich an Sicherheitsnadel-Tetanus gestorben waren. Und wenn er sie dann endlich bekam, wußte er alles über die Band, kannte sogar den Namen der Putzfrau, die nach der Aufnahme im Studio saubergemacht hatte. Wie ich schon sagte: ein echter Sammler.

Also dachte ich: Was braucht man mehr für eine Disko?

Nun, praktisch alles, was Wayne nicht hatte: gutes Aussehen, Klamotten, gesunden Menschenverstand, eine ungefähre Ahnung davon, worauf man beim Verlegen elektrischer Leitungen achten sollte, und die Fähigkeit, wie ein Vollidiot zu quasseln. Aber damals sahen wir die Sache nicht aus diesem Blickwinkel. Ich verscherbelte meinen Capri, kaufte den Kastenwagen und ließ ihn auf fast professionelle Weise neu lackieren. Die Worte ›Midland Electricity Board‹ kann man nur erkennen, wenn man weiß, wonach es Ausschau zu halten gilt. Ich stellte mir einen Wagen in der Art von A-Team vor, dazu in der Lage, über vier Autos hinwegzuspringen und anschließend die Fahrt so fortzusetzen, als wäre überhaupt nichts geschehen. Leider hat meine Kiste schon Probleme mit Gullydeckeln.

Ja, ich habe schon mit dem anderen Beamten über Kraftfahrzeugsteuer, Versicherung und TÜV gesprochen. Tut mir leid, Constable. Seien Sie unbesorgt. Ich fahre nie wieder, weder diesen Wagen noch irgendeinen anderen.

Wir kauften Verstärker und anderen Kram von Ian Curtis drüben in Wyrecliff – er heiratete, und Tracey wollte, daß er die Nächte daheim verbringt. Dann klebten wir Anzeigen in die Fenster von Zeitungshändlern und warteten.

Nun, die Leute standen nicht unbedingt Schlange, um unsere Dienste in Anspruch zu nehmen. Es lag sicher daran, daß es ihnen ziemlich schwerfiel, sich an Waynes Stil zu gewöhnen. Man muß nicht unbedingt ein rhetorisches Genie sein, um als Diskjockey aufzutreten. Die Leute erwarten bloß von einem, daß man ›Hey!‹, ›Wow!‹ und ›Auf zum Tanz, schwingt die Hüften!‹ sagt. Es macht nichts, wenn man dabei wie ein Trottel klingt – die Leute mögen so etwas, weil sie sich dadurch überlegen fühlen. Doch wenn die Hochzeit oder so vorbei ist und alle betrunken sind, gibt es etwas, das die Leute *nicht* wollen. Sie halten nichts von jemandem, der mit Augen vor ihnen steht, die noch heller blitzen als die Lichtorgel, und der Dinge sagt wie: ›Mit dieser Platte ist eine interessante Geschichte verbunden.‹

Komische Sache: Nach einer Weile wurden wir recht beliebt, und zwar aufgrund einer sonderbaren Art von Mundpropaganda. Ich glaube, es begann mit dem Hochzeitstag meiner Schwester Beryl. Sie ist älter als ich, wissen Sie. Wie sich herausstellte, hatte Wayne praktisch alle Platten mitgebracht, die bis etwa ein Jahr vor der Hochzeit gepreßt worden waren. Von den Top Ten konnte dabei nicht unbedingt die Rede sein. Die Gäste waren alle im gleichen Alter, und schon bald steckte der Saal so voller Nostalgie, daß man sich kaum mehr bewegen konnte. Wayne schloß bei den Leuten einfach die Zündung kurz und unternahm mit ihnen eine Spritztour auf der Autobahn der Erinnerungen.

Anschließend bekamen wir Angebote von älteren Typen, womit ich Leute meine, die keine Jugendlichen mehr sind, von denen aber noch keine Teile abfallen. Wir wurden zu einer Art Spezialdisko. In den Pausen wandten sich die Leute an Wayne und fragten ihn nach irgendeinem Song, an den sie sich von wann auch immer erinnerten, und bei solchen Gelegenheiten stellte sich immer heraus, daß Wayne die entsprechende Platte im Wagen hatte. Wenn die anderen das Stück kannten, so gehörte es zu seiner Sammlung. Und vermutlich war es selbst dann Teil seiner gehorteten Schätze, wenn sie nichts davon wußten. Das mußte man Wayne lassen: Er war ein wahrer Sammler. Er scherte sich nicht darum, ob das Zeug etwas taugte oder nicht – wenn es existierte, mußte er es haben.

Natürlich drückte er es nicht auf diese Weise aus. Er meinte immer, jede Platte habe etwas Einzigartiges. Das könnte man für ziemlichen Unsinn halten, aber Wayne war ein Mann, der fast alles besaß, was die Musikindustrie während der letzten vierzig Jahre produziert hatte, und er glaubte fest daran, daß jedes einzelne Stück etwas Besonderes darstellte. Er liebte sie alle. Manchmal saß er die ganze Nacht in seinem mit braunen Umschlägen gefüllten Zimmer und hörte sich einen Song nach dem anderen an. Er spielte Platten, die selbst von ihren Interpreten vergessen worden waren. Ja, er liebte sie alle.

Ja, gut. Aber Sie müssen ihn besser kennen, um zu verstehen, was dann passierte.

Man hatte uns für ein Halloween-Fest gebucht. Es war sofort klar, daß es um Halloween ging, denn überall liefen kleine Mistkerle durch die Straßen, gaben sich alle Mühe, unheimlich zu wirken, und bedrohten einen mit Milchflaschen.

Wayne hatte für diesen Abend jede Menge Platten in der Art von ›Monster Mash‹ bereitgelegt. Er sah ziemlich übel aus, aber zu jenem Zeitpunkt dachte ich mir nichts dabei. Ich meine, er sah immer mies aus. Das war sein normales Erscheinungsbild. Es lag daran, jahrelang drinnen zu hocken und sich Platten anzuhören. Hinzu kamen ein Herzproblem, Asthma und so weiter.

Das Fest war ... nun, Sie wissen ja Bescheid. Eine Veranstaltung, um Geld für die Gemeindehalle zu sammeln. Wayne meinte, das sei ein großer Witz, aber den Grund dafür nannte er nicht. In solchen Dingen war er immer gut: Er kannte Einzelheiten, von denen andere Leute kaum wußten. Dafür kriegte er Kloppe in der

Schule, es sei denn, ich befand mich in der Nähe. Stellen Sie sich einen dürren Burschen mit einer mehrmals zusammengeklebten Brille vor, Wachtmeister. Ich glaube, er hat nie auch nur einen Finger gegen jemanden erhoben. Mit einer Ausnahme. Als Greebo Greaves eine Platte zerbrach, die Wayne zur Schule mitgebracht hatte, waren vier von uns nötig, um Waynes Hände von der Eisenstange zu lösen, und es kam die Polizei und ein Krankenwagen und so.

Nun ja.

Ich überließ es Wayne, alles aufzubauen, was ein großer Fehler war, aber er wollte es unbedingt, und ich nahm unterdessen an der Theke Platz, das heißt, an zwei Tapeziertischen mit einem Tuch drauf.

Nein, ich habe nichts getrunken. Na schön, vielleicht ein Glas von der Bowle, und die war kaum mehr als Fruchtsaft. Nun, vielleicht auch zwei Gläser.

Glaube ich.

Bei solchen Festen versammelt sich immer der gleiche Haufen. Wir hätten da den Veranstalter, mehrere Mitglieder des Komitees und einige Burschen aus dem Ort, die nur deshalb gekommen waren, weil im Fernsehen nichts Interessantes lief. Alle trugen eine Maske, doch dem Rest der Kleidung schenkten sie kaum Beachtung. Frankenstein und Co. erweckten dadurch den Anschein, eine Einkaufstour durch ganz gewöhnliche Bekleidungsgeschäfte hinter sich zu haben. Pfadfinderposter hingen an den Wänden, und der Gemeindesaal war mit jenen besonderen Heizkörpern ausgestattet, die Wärme nicht abstrahlen, sondern ansaugen. Und als Hinweis darauf, daß hier die Post richtig abging, drehte sich eine Spiegelkugel an der Decke. Die Hälfte der kleinen Spiegel war abgefallen.

Nun gut, vielleicht drei Gläser. Aber es schwammen Apfelstücke drin. In ernsten Getränken schwimmen keine Apfelstücke.

Wayne begann mit einigen heißen Nummern, um für Stimmung zu sorgen, bildlich gesprochen. Ich meine, die Ausgelassenheit hielt sich in Grenzen; vielleicht lag's daran, daß diese Leute nicht mehr so jung waren wie früher.

Nun, ich habe bereits darauf hingewiesen, daß es bessere Diskjockeys gab als Wayne. An diesem Abend – gestern abend – war er noch schlimmer als sonst. Er murmelte vor sich hin und starrte die Tanzenden an. Er brachte die Platten durcheinander. Eine von ihnen ließ er sogar quietschen, rein zufällig. Ich meine, außer der Greebo-Angelegenheit habe ich Wayne nur einmal wütend gesehen: als jemand Platten quietschen ließ.

Es wäre nicht besonders nett gewesen, mich sofort einzumischen, und deshalb wartete ich die erste Pause ab. Ich näherte mich ihm und stellte fest: Wayne schwitzte so sehr, daß ihm der Schweiß aufs Mischpult tropfte.

»Der Bursche auf der Tanzfläche«, sagte er, »trägt eine ausgestellte Hose.«

»Methusalem?« fragte ich.

»Laß den Blödsinn. Der Typ im schwarzen Mantel mit den Rheinkieseln. Ahmt John Travolta nach. Komm schon, du hast ihn bestimmt bemerkt. Plateausohlen. Hat ein silbernes Medaillon, groß wie ein Teller. Totenkopfmaske. Stand vorher drüben an der Tür.«

An einen solchen Burschen sollte man sich eigentlich erinnern, aber mir war er nicht aufgefallen.

Furcht zeigte sich in Waynes Miene. »Du mußt ihn gesehen haben!«

»Was ist mit ihm?«

»Er sieht mich dauernd an!«

Ich klopfte ihm auf die Schulter. »Wahrscheinlich ist er von deiner Technik beeindruckt, Alter«, erwiderte ich.

Ich blickte mich im Saal um. Die meisten Leute

drängten sich an der Bowle zusammen, diese Schlingel. Wayne griff nach meinem Arm.

»Geh nicht fort!«

»Ich wollte nur ein bißchen frische Luft schnappen.«

»Bitte nicht.« Wayne versuchte, sich zusammenzureißen. »Geh nicht weg. Bleib hier. Bitte.«

»Was ist los mit dir?«

»Bitte, John! Er sieht mich die ganze Zeit über an, auf so seltsame Art und Weise!«

Er schien wirklich Angst zu haben. Ich gab nach. »Na schön. Zeig ihn mir beim nächsten Mal.«

Ich sorgte dafür, daß er weitermachte, versuchte dann, jenes Durcheinander aus Steckern und Adaptern in Ordnung zu bringen, das Waynes Beitrag zur elektrischen Sicherheit darstellte. Wenn man so einen Kram hat wie wir – na schön, *hatte* –, dann kann man stundenlang daran herumbasteln. Ich meine, haben Sie eine Ahnung, wie viele verschiedene Verbindungen... Schon gut.

Als das nächste Stück lief, holte mich Wayne zurück. »Da drüben! Siehst du ihn jetzt? Genau in der Mitte!« Ich konnte nichts erkennen. Zwei Mädchen tanzten miteinander, und hinzu kamen einige Pärchen, die den Anschein zu erwecken versuchten, es hätte die siebziger Jahre nie gegeben. In einer solchen Umgebung wäre ein Rheinkiesel-Cowboy ebenso aufgefallen wie eine Erdbeere im Irish-Stew. An dieser Stelle hielt ich etwas Takt und Diplomatie für angebracht.

»Wayne«, sagte ich, »ich glaube, bei dir sitzt mehr als nur eine Schraube locker.«

»Du kannst ihn nicht sehen, oder?«

Nein, natürlich nicht. Aber...

...Moment mal...

Ich sah das Wo.

Mitten auf der Tanzfläche gab es eine Stelle, von der sich alle fernhielten. Nun, man konnte nicht sagen, daß die Leute den Bereich regelrecht mieden – sie betraten ihn nur nicht. Eine Stelle des Bodens blieb wie zufällig leer. Manchmal glitt sie ein wenig zur einen Seite oder zur anderen, aber sie verschwand nicht.

Ja, ich weiß natürlich, daß sich eine Stelle des Bodens nicht einfach so bewegen kann. Aber glauben Sie mir: Diese Stelle konnte es.

Das Stück endete, und Wayne hatte noch genug Kontrolle über sich, um eine andere Platte vorzubereiten. Er ließ die Musik langsam lauter werden – ein Oldie, der bestimmt allen gefiel.

»Ist der Bursche immer noch da?« fragte er und starrte aufs Mischpult hinab.

»Er kommt langsam näher«, erwiderte ich scherzhaft. »Vermutlich hat er's auf dich abgesehen.«

I wanna live forever ...

»Herzlichen Dank, sehr nett von dir.«

People will see me and cry ...

Inzwischen befanden sich wesentlich mehr Personen auf der Tanzfläche, doch der leere Bereich existierte nach wie vor und blieb in Bewegung. Besser gesagt: Er wurde auch weiterhin von den Tänzern gemieden.

Ich ging los und betrat die entsprechende Stelle.

Kälte erwartete mich dort. Und die Leere sagte: GUTEN ABEND.

Die Stimme erklang überall um mich herum, und alles schien langsamer zu werden. Die Tänzer verwandelten sich in Statuen, von schwarzem Nebel umhüllt, und die Musik wurde zu einem dumpfen Brummen.

»Wo sind Sie?«

HINTER IHNEN.

Für gewöhnlich nimmt man einen solchen Hinweis zum Anlaß, sich umzudrehen, aber Sie glauben gar nicht, wie gut es mir gelang, diesen Impuls zu unterdrücken.

»Sie haben meinen Freund erschreckt«, sagte ich.

DAS WAR NICHT MEINE ABSICHT.
»Verschwinden Sie.«
DIESER AUFFORDERUNG KANN ICH LEIDER NICHT NACHKOMMEN.

Schließlich drehte ich mich doch um. Der Bursche war mindestens zwei Meter zehn groß, und, ja, er hatte Plateausohlen. Außerdem trug er eine ausgestellte Hose, aber aus irgendeinem Grund erwartete man das bei ihm. Wayne hatte sie als schwarz bezeichnet, doch das stimmte nicht ganz. Eigentlich konnte man gar nicht von einer Farbe sprechen. Es handelte sich vielmehr um kleidungsstückförmige Löcher ins Woanders. Im Vergleich dazu hätte Schwarz wie blendendes Weiß ausgesehen. Von der Taille abwärts erinnerte der Typ wirklich an John Travolta, aber nur dann, wenn man John Travolta für drei Monate begrub.

Es war tatsächlich eine Totenkopfmaske. Ich sah die Schnur.

»Kommen Sie oft hierher?«
ICH BIN IMMER DABEI.

»Kann nicht behaupten, Sie schon einmal bemerkt zu haben.« Und er wäre mir bestimmt aufgefallen. Nicht jeden Tag trifft man zwei Meter zehn große und nur rund vierzig Kilo schwere Leute, die sich so bewegen, als müßten sie vorher jede einzelne Muskelbewegung planen. Und die sich so verhalten, als seien sie gleichzeitig lebendig und tot, in der Art von Cliff Richard.

IHR FREUND HAT EINEN INTERESSANTEN MUSIKALISCHEN GESCHMACK.
»Ja. Er ist Sammler, wissen Sie.«
ICH WEISS. WÄREN SIE SO FREUNDLICH, MICH IHM VORZUSTELLEN?
»Kann ich Sie daran hindern, ihn kennenzulernen?«
DAS BEZWEIFLE ICH.

Na schön, vielleicht vier Gläser. Aber die Frau am

Ausschank meinte, es sei kaum etwas anderes drin als Orangensaft und selbstgemachter Wein, und sie schien eine liebe alte Dame zu sein. Abgesehen von der Werwolfmaske, meine ich. Aber ich weiß ganz genau, daß die Tänzer wie Statuen standen und die Musik nur noch ein leises Brummen war, und blaue und purpurne Schatten umgaben alles. Ich meine, Alkohol kann wohl kaum die Erklärung dafür sein.

Wayne blieb von den Veränderungen unbetroffen und starrte uns mit offenem Mund an.

»Wayne«, sagte ich, »dies ist ...«

EIN FREUND.

»Wessen Freund?« fragte ich. Der Bursche gefiel mir nicht, unter anderem deshalb, weil seine ausgestellte Hose wirklich *weit* ausgestellt war, und weil er ein silbernes Namensarmband trug, groß genug, um ein Schlachtschiff damit zu vertäuen. Nur Angeber zeigen sich mit so etwas. Der Umstand, daß dieses Armband an einem nur aus Knochen bestehenden Handgelenk glänzte, verbesserte den Gesamteindruck keineswegs. Ich mußte immer wieder daran denken, daß es einen Schluß gab, zu dem ich eigentlich gelangen sollte, aber irgend etwas hinderte mich daran. Mein Kopf schien mit Wolle gefüllt zu sein.

JEDER IST MEIN FREUND, FRÜHER ODER SPÄTER, sagte der Typ. DU BIST EIN SAMMLER, SOWEIT ICH WEISS.

»Nun, auf eine bescheidene Art und ...«, begann Wayne.

ICH NEHME AN, DU VERBINDEST DAMIT FAST EBENSOVIEL LEIDENSCHAFT WIE ICH.

Waynes Miene erhellte sich. Typisch für ihn. Ich meine, man hätte ihn erschießen können – er wäre wieder lebendig geworden für die Chance, über sein Hobby zu reden. Tschuldigung, wollte sagen: über sein Lebenswerk.

»Meine Güte«, sagte er. »Sammeln Sie ebenfalls?«
JA.
Wayne musterte ihn. »Wir sind uns noch nie zuvor begegnet, oder? Ich besuche die meisten Sammlertreffen. Waren Sie bei der Plattenauktion in Blenheim?«
ICH ERINNERE MICH NICHT DARAN. ICH NEHME VIELE TERMINE WAHR.
»Ich meine die Veranstaltung, bei der der Auktionator einen Herzanfall bekam.«
OH. JA. ICH HABE VORBEIGESCHAUT, FÜR EINIGE MINUTEN.
»Meiner Ansicht nach gab's kaum Gelegenheit für gute Geschäfte.«
OH, ICH WEISS NICHT. ER WAR ERST DREIUNDVIERZIG.
Na schön, Inspektor. Es könnten auch sechs Gläser gewesen sein. Aber möglicherweise lag's gar nicht an der Bowle. Haben Sie manchmal das Gefühl, einen kurzen Blick in die Zukunft werfen zu können? Nein? Wie dem auch sei: Vielleicht war ich nicht ganz bei Sinnen, aber die ganz Sache bereitete mir ziemliches Unbehagen. Sie hätten bestimmt ebenso empfunden.
»Hör auf, Wayne«, sagte ich. »Er verschwindet, wenn du dich konzentrierst. Beruhige dich. Bitte. Atme tief durch. Hier läuft was schief.«
Die Mauer auf der anderen Seite schenkte mir mehr Aufmerksamkeit. Ich weiß, wie Wayne sich verhält, wenn er andere Sammler trifft. Ich habe sie bei Versammlungen am Wochenende erlebt. Man sieht sie in Fachgeschäften. Seltsame Leute – aber nicht einer davon so seltsam wie dieser Bursche. Er war auf eine *endgültige* Weise seltsam.
»Wayne!«
Beide achteten nicht auf mich. Hinter meiner Stirn sprangen Teile des Gehirns auf und ab, riefen und gestikulierten. Ich konnte nicht glauben, was sie sagten.

OH, ICH HABE SIE ALLE, sagte der Fremde und wandte sich wieder an Wayne. ELVIS PRESLEY, BUDDY HOLLY, JIM MORRISON, JIMI HENDRIX, JOHN LENNON ...

»Ein ziemlich breites musikalisches Spektrum«, kommentierte Wayne. »Haben Sie die kompletten Beatles?«

NOCH NICHT.

Und ich schwöre, daß sie danach über Platten redeten. Ich erinnere an mich an Mr. Freunds Hinweis, er hätte alle Komponisten des siebzehnten, achtzehnten und neunzehnten Jahrhunderts. Eigentlich kein Wunder, oder?

Ich habe immer das Kämpfen für Wayne übernommen, seit unserer Zeit in der Grundschule, und diese Sache war bereits zu weit gegangen. Ich packte Mr. Freund an der Schulter und holte zu einem Fausthieb aus, der ihn mitten in der grinsenden Maske treffen sollte.

Er hob die Hand, und ich spürte, wie meine Faust an ein unsichtbares Hindernis stieß, das wie Sirup nachgab, und er nahm die Maske ab und sprach drei Worte zu mir, und dann streckte er den Arm aus und griff ganz sanft nach Waynes Hand.

Und dann flog der Verstärker auseinander. Wie ich schon sagte: Wayne konnte nicht besonders gut mit Steckern und dergleichen umgehen, und die elektrischen Leitungen der Gemeindehalle waren mindestens zweihundert Jahre alt oder so, und dann geriet die Dekoration in Brand, und alle schrien und versuchten, den Saal so schnell wie möglich zu verlassen. Ich begriff erst wieder, was geschah, als ich auf dem Parkplatz mit halbverbranntem Haar zu mir kam und sah, wie die Gemeindehalle in Flammen aufging.

Nein. Ich habe keine Ahnung, warum sie ihn nicht gefunden haben. Nicht einmal ein Zahn von ihm blieb übrig?

Nein. Ich weiß nicht, wo er ist. Nein, ich glaube nicht, daß er jemandem Geld schuldete.

(Aber ich glaube, er hat einen neuen Job. Es gibt da einen Sammler, der sie komplett hat – Presley, Hendrix, Lennon, Holly. Und er ist der einzige Sammler, der jemals eine wirklich vollständige Sammlung haben wird. Eine solche Chance kann sich Wayne nicht entgehen lassen. Wo auch immer er jetzt ist: Vermutlich nimmt er die Platten mit größter Vorsicht aus den Hüllen und legt sie liebevoll auf die Plattenteller der Nacht...)

Entschuldigung. Habe ein kleines Selbstgespräch geführt.

Eine Sache wundert mich. Nun, es gibt mindestens eine Million Sachen, die mich wundern, aber derzeit wundert mich eine mehr als alle anderen.

Ich frage mich, warum Mr. Freund überhaupt eine Maske trug.

Denn darunter sah er genauso aus, Idio... Constable.

Welche drei Worte er zu mir sprach? Nun, ich bin ziemlich sicher, daß er irgendwann jeden besucht, auf die eine oder andere Weise. Vielleicht wollte er mir nur einen Tip geben. Er sagte: FAHREN SIE VORSICHTIG.

Nein. Nein, herzlichen Dank. Ich gehe lieber nach Hause.

Ja, und ich passe auf.

P. G. Wodehouse

Der in der vorangehenden Einführung angestellte Vergleich zwischen Terry Pratchett und P. G. Wodehouse ist wohlverdient: Sie sind nicht nur beide unbestrittene Meister der komischen Literatur, sondern – so überraschend es scheinen mag – Wodehouse hat auch eine Anzahl von Fantasy-Kurzgeschichten und einen Roman geschrieben, Der Überfall! Oder wie Clarence England rettete (The Swoop! Or How Clarence Saved England: A Tale of the Great Invasion), 1909 erschienen, der jetzt eines seiner seltensten Bücher ist und von Sammlern seiner Werke wie von Fantasy-Liebhabern sehr gesucht wird. Der Roman verulkt das Zukunftskriegs-Genre, das die Invasion Großbritanniens in dem Jahrzehnt vorhersagte, ehe sie mit dem Ausbruch des Ersten Weltkriegs beinahe wirklich geschehen wäre. Er handelt von einem gewissen Clarence Chugwater, der es fertigbringt, die eindringenden deutschen und russischen Armeen zu übertölpeln, indem er beiden offenbart, daß die eine Streitmacht ihre Soldaten besser als die andere bezahlt, und in dem sich daraus ergebenden Aufruhr werden die Invasionspläne zur Farce. Wodehouse hat auch in Lachgas (Laughing Gas, 1936) Elemente der komischen Phantastik benutzt, wo ein Earl und ein widerwärtiger Kinderstar die Identitäten tauschen, und in den Erzählungen ›Honeysuckle Cottage‹ (1928) über ein Spukhaus, ›Mulliners Buck-U-Uppo‹ (1933), worin es um die merkwürdigen Erfindungen eines ›mittelmäßig verrückten Wissenschaftlers‹ geht, sowie vor allem ›Ein Stück wirkliches Leben‹ (1926), das hier vorgestellt wird.

Pelham Grenville Wodehouse (1881–1975), seinerzeit ein ebenso erfolgreicher Bestseller-Autor wie Terry Pratchett, arbeitete zwei Jahre lang in der Hong Kong and Shanghai Bank, ehe er Kolumnist beim Londoner Globe wurde und mit dem Schreiben jener Romane und Erzählungen begann – insbesondere von den unsterblichen Jeeves und Wooster –, die ihn weltberühmt machten. Alles in allem schrieb er über neunzig Bücher, die in viele Sprachen übersetzt wurden und ihm das Lob der Times einbrachten, er sei ›ein Genie des Komischen‹. Obwohl er einen Großteil seines Lebens in Amerika verbrachte – und 1956 US-Bürger wurde –, wurde er im Alter von dreiundneunzig Jahren, gerade sechs Monate vor seinem Tod, in der britischen New Year's Honours List geadelt. ›Ein Stück wirkliches Leben‹ ist eine der unnachahmlichen Geschichten, wie sie eine Wodehousesche Figur – Mr. Mulliner – erzählt, der darin einem bösen Baronet begegnet, Sir ffinch-ffarrowmere, einem liebeskranken jungen Mann und einigen gewagten Manipulationen an den Geheimnissen der Natur. Das Ergebnis ist eine Farce, wie nur der Altmeister sie zu schreiben vermochte!

P. G. Wodehouse

Ein Stück wirkliches Leben

Das Gespräch in der Foyerbar von Anglers Rast war schließlich auf die Kunst gekommen, und jemand fragte, ob diese Filmserie ›Veras Wandlungen‹, die man im Bijou Dream zeigte, sehenswert sei.

»Die ist sehr gut«, sagte Miss Postlethwaite, unsere zuvorkommende und tüchtige Barfrau, die als eifrige Premierenbesucherin bekannt ist. »Sie handelt von diesem verrückten Professor, der dieses Mädchen in seine Fänge kriegt und versucht, sie in einen Hummer zu verwandeln.«

»Sie in einen Hummer zu verwandeln?« fragten wir überrascht zurück.

»Jawohl. In einen Hummer. Er hatte wohl Tausende und Abertausende von Hummern gesammelt, zu sie zu Brei gestampft und den Saft aus den Drüsen ausgekocht, und er war drauf und dran, das Zeug Vera Dalrymple ins Rückgrat zu spritzen, als Jack Frobisher ins Haus einbrach und ihn daran hinderte.«

»Warum tat er das?«

»Weil er nicht wollte, daß das Mädchen, das er liebte, in einen Hummer verwandelt wird.«

»Wir meinen«, sagten wir, »warum wollte der Professor das Mädchen in einen Hummer verwandeln?«

»Er hatte einen Groll gegen sie.«

Das klang plausibel, und wir dachten eine Weile drüber nach. Dann schüttelte einer aus der Gesellschaft mißbilligend den Kopf.

»Ich mag solche Geschichten nicht«, sagte er. »Im wirklichen Leben geht es anders zu.«

»Entschuldigen Sie, Sir«, erklang eine Stimme. Und wir gewahrten Mr. Mulliner in unserer Mitte.

»Entschuldigen Sie, daß ich mich möglicherweise in ein Privatgespräch einmische«, sagte Mr. Mulliner, »aber ich habe zufällig die Bemerkungen von eben mitgehört, und Sie, Sir, haben ein Thema angeschnitten, zu dem ich ausgeprägte Ansichten habe – nämlich zu der Frage, wie es im wirklichen Leben zugeht und wie nicht. Wie können wir mit unserer beschränkten Erfahrung eine Antwort auf diese Frage geben? Nach allem, was wir wissen, können in diesem Augenblick durchaus Hunderte von jungen Frauen überall im Lande gerade in Hummer verwandelt werden. Verzeihen Sie meinen Eifer, aber ich habe allerhand unter dieser skeptischen Haltung zu leiden gehabt, die heutzutage so überwiegt. Ich habe sogar Leute getroffen, die sich weigerten, die Geschichte von meinem Bruder Wilfred zu glauben, nur weil sie ein wenig über die Alltagserfahrung des Durschnittsmenschen hinausging.«

Merklich gerührt, bestellte Mr. Mulliner einen heißen Scotch mit einer Scheibe Zitrone.

»Was ist Ihrem Bruder Wilfred passiert? Hat er sich in einen Hummer verwandelt?«

»Nein«, sagte Mr. Mulliner und heftete den Blick seiner ehrlichen blauen Augen an den Sprecher, »das nicht. Es wäre eine Kleinigkeit für mich zu behaupten, er habe sich in einen Hummer verwandelt, aber ich habe es mir immer zur Regel gemacht – und werde es mir immer zu Regel machen –, nichts als die reine Wahrheit zu sagen. Mein Bruder hatte einfach ein ziemlich merkwürdiges Abenteuer.«

Mein Bruder Wilfred (fuhr Mr. Mulliner fort) ist der Schlaukopf in der Familie. Schon als Junge hat er immerzu alles mögliche mit Chemikalien angestellt, und an der Universität widmete er seine ganze Zeit der Forschung. Im Ergebnis hat er sich schon in jungen Jahren einen Ruf als Erfinder dessen gemacht, was im Handel als Mulliners Magische Mirakel bekannt ist – ein Sammelbegriff, der die ›Rabe und Zigeuner‹-Gesichtscreme, die ›Bergschnee‹-Lotion und viele andere Präparate umfaßt, einige ausschließlich für Kosmetik entwickelt, andere als Heilmittel zur Linderung der zahlreichen Gebrechen, die dem Fleische innewohnen.

Natürlich war er sehr beschäftigt, und diesem Aufgehen in seiner Arbeit schreibe ich den Umstand zu, daß er, obwohl – wie alle Mulliners – ein Mann von erstaunlichem persönlichen Charme, sein einunddreißigstes Lebensjahr erreicht hatte, ohne jemals in eine Herzensaffäre verwickelt gewesen zu sein. Ich entsinne mich, wie er mir einmal sagte, er habe einfach keine Zeit für Mädchen.

Doch früher oder später erwischt es uns alle, und diese starken, konzentrierten Männer erwischt es heftiger als alle anderen. Während eines kurzen Urlaubs in Cannes traf er eine Miss Angela Purdue, die im selben Hotel wohnte, und sie krempelte ihn völlig um.

Sie war eins von diesen fröhlichen, unternehmungslustigen Mädchen, und Wilfred hat mir erzählt, daß das erste, was ihn an ihr anzog, ihr gesunder, sonnengebräunter Teint war. Das sagte er denn auch Miss Purdue, als sie ihn, kurz nachdem er sich erklärt hatte und akzeptiert worden war, in ihrer mädchenhaften Art fragte, was ihn zuerst in sie verliebt gemacht habe.

»Es ist so schade«, sagte Miss Purdue, »daß die Sonnenbräune so schnell verblaßt. Ich wünschte, ich wüßte einen Weg, wie man sie behält.«

Selbst in diesen Augenblicken heiligster Gefühle vergaß Wilfred nie, daß er ein Geschäftsmann war.

»Du solltest Mulliners ›Rabe und Zigeuner‹-Gesichtscreme versuchen«, sagte er. »Es gibt sie in zwei Größen – die kleine (oder 5-Shilling-)Packung und die große Packung zu siebeneinhalb Shilling. Die große Packung enthält dreieinhalbmal soviel wie die kleine. Die Creme wird abends vor dem Schlafengehen mit einem kleinen Schwamm aufgetragen. Es liegen Empfehlungen von zahlreichen Mitgliedern der Aristokratie vor, die im Büro von jedem ernsthaft Interessierten in Augenschein genommen werden können.«

»Ist sie wirklich gut?«

»Ich habe sie erfunden«, sagte Wilfred schlicht.

Sie schaute ihn bewundernd an.

»Wie klug du bist! Jedes Mädchen müßte stolz sein, wenn es dich heiraten kann.«

»Gewiß doch«, sagte Wilfred und winkte bescheiden ab.

»Trotzdem wird mein Vormund schrecklich wütend sein, wenn ich ihm sage, daß wir zusammen sind.«

»Warum?«

»Ich habe die Purdue-Millionen geerbt, als mein Onkel starb, weißt du, und mein Vormund will schon immer, daß ich seinen Sohn Percy heirate.«

Wilfred küßte sie leidenschaftlich und lachte herausfordernd.

»Schäh mong fiesch de selah«, sagte er leichthin.

Doch ein paar Tage nach seiner Rückkehr nach London, wohin ihm das Mädchen vorausgefahren war, hatte er Gelegenheit, sich ihrer Worte zu erinnern. Als er in seinem Arbeitszimmer saß und über ein Präparat nachdachte, das den Pips bei Kanarienvögeln heilen sollte, wurde ihm eine Karte gebracht.

»Sir Jasper ffinch-ffarrowmere, Baronet«, las er. Der Name kam ihm fremd vor.

»Bitten Sie den Herrn herein«, sagte er. Und sogleich trat ein sehr korpulenter Mann mit breitem rosigen Gesicht ein. Es war ein Gesicht, dessen natürlicher Ausdruck jovial hätte sein müssen, empfand Wilfred, doch momentan war er bedrückend ernst.

»Sir Jasper Finch-Farrowmere?« sagte Wilfred.

»ffinch-ffarrowmere«, berichtigte der Besucher, dessen empfindliches Ohr die Großbuchstaben herausgehört hatte.

»Ach ja. Sie schreiben es mit zwei kleinen Fs.«

»Mit vier kleinen Fs.«

»Und was verschafft mir die Ehre...?«

»Ich bin Angelas Vormund.«

»Sehr erfreut. Einen Whisky Soda?«

»Danke, nein. Ich trinke nie. Ich habe festgestellt, daß Alkohol für gewöhnlich mein Gewicht erhöht, also habe ich ihn aufgegeben. Ich habe auch Butter aufgegeben, Kartoffeln, alle möglichen Suppen und... Wie dem auch sei« – er brach ab, und das fanatische Funkeln verblaßte, das allen dicken Menschen in die Augen tritt, wenn sie ihre Diät schildern –, »dies ist kein Höflichkeitsbesuch, und ich darf Ihre Zeit nicht mit leerem Gerede vergeuden. Ich habe eine Botschaft für Sie, Mr. Mulliner. Von Angela.«

»Gott segne sie!« sagte Wilfred. »Sir Jasper, ich liebe dieses Mädchen mit einer Inbrunst, die Tat für Tag zunimmt.«

»Wirklich?« sagte der Baronet. »Nun, ich bin gekommen, um Ihnen mitzuteilen, daß alles aus ist.«

»Was?«

»Alles aus. Sie hat mich geschickt, um Ihnen zu sagen, daß sie es sich überlegt hat und die Beziehung abzubrechen wünscht.«

Wilfred machte schmale Augen. Er hatte nicht vergessen, wie Angela erzählt hatte, dieser Mann wolle, daß sie seinen Sohn heirate. Er fixierte den Besucher durchdringend, nicht länger von der oberflächlichen Freundlichkeit seiner Erscheinung in die Irre geführt. Er hatte zu viele Kriminalgeschichten gelesen, wo sich der dicke, gutgelaunte Mann mit dem rosigen Gesicht als Teufel in Menschengestalt erweist, um sich vom äußeren Schein täuschen zu lassen.

»Tatsächlich?« sagte er kalt. »Ich zöge es vor, diese Information aus Miss Purdues eigenem Munde zu hören.«

»Sie will Sie nicht sehen. Doch in Voraussicht dieser Ihrer Haltung habe ich einen Brief von ihr mitgebracht. Sie erkennen die Handschrift?«

Wilfred nahm den Brief. Freilich, die Schrift war Angelas, und die Bedeutung der Worte, die er las, stand außer Zweifel. Nichtsdestoweniger lag, als er die Botschaft zurückgab, ein hartes Lächeln auf seinem Gesicht.

»Es gibt so etwas wie Briefe, die unter Zwang geschrieben werden«, sagte er.

Das rosige Gesicht des Baronets wurde puterrot.

»Was meinen Sie, mein Herr?«

»Was ich gesagt habe.«

»Wollen Sie unterstellen…?«

»Ja. Das will ich.«

»Pfui, mein Herr!«

»Selber pfui!« sagte Wilfred. »Und wenn Sie wissen wollen, was ich denke, Sie komischer ffogel, ich glaube, Ihr Name wird genauso mit großem F geschrieben wie jeder andere auch.«

Aufs empfindlichste getroffen, machte der Baronet auf dem Absatz kehrt und verließ ohne ein weiteres Wort das Zimmer.

Obwohl er sein Leben der chemischen Forschung geweiht hatte, war Wilfred Mulliner nicht nur ein Träumer. Er konnte ein Mann der Tat sein, wenn es erforderlich war. Kaum war sein Besucher gegangen, machte er sich auf den Weg zu den Oberen Reagenzgläsern, dem berühmten Chemikerklub in St. James's. Nachdem er dort Kellys ›Familien des Landadels‹ konsultiert hatte, erfuhr er, das Sir Jaspers Adresse ffinch Hall in Yorkshire war. Er hatte alles herausgefunden, was er wissen wollte. ffinch Hall dürfte der Ort sein, entschied er, wo Angela nun gefangen sein mußte.

Denn daß sie irgendwo gefangen war, stand für ihn außer Zweifel. Diesen Brief, da war er sich sicher, hatte sie unter dem Druck von Drohungen geschrieben. Es war Angelas Handschrift, doch er weigerte sich zu glauben, sie könnte für die Wortwahl und den Ton verantwortlich sein. Er erinnerte sich, eine Geschichte gelesen zu haben, wo die Heldin zu Verwünschungen, die ihr sonst nicht in den Sinn gekommen wären, durch den Umstand gezwungen wurde, daß jemand mit einem Fläschchen Vitriol hinter ihr stand. Womöglich hatte dieser Schurke von einem Baronet genau das mit ihr gemacht.

In Erwägung dieser Möglichkeit gab er ihr keine Schuld für das, was sie im zweiten Absatz ihres Schreibens über ihn, Wilfred, gesagt hatte. Noch tadelte er sie dafür, daß sie mit ›Hochachtungsvoll, A. Purdue‹ unterschrieben hatte. Wenn Baronets damit drohen, ihr Vitriol über den Rücken zu kippen, kann eine feinfühlige und empfindsame junge Dame der Wortwahl natürlich keine Aufmerksamkeit widmen. Derlei muß notwendigerweise den Sinn für das *mot juste* beeinträchtigen.

Am Nachmittag desselben Tages saß Wilfred im Zug nach Yorkshire. Am Abend saß er in der Schenke *Zum ffinch-Wappen* in dem Dorf, dessen Gutsherr Sir Jasper war. In der Nacht befand er sich in den Gärten von ffinch Hall, strich leise um das Haus, lauschte.

Und alsbald, während er herumstrich, drang aus einem oberen Fenster ein Geräusch an sein Ohr, bei dessen Klang er erstarrte und die Hände zusammenpreßte, bis die Knöchel unter dem Druck weiß hervortraten.

Es war das Schluchzen einer Frau.

Wilfred verbrachte eine schlaflose Nacht, doch gegen Morgen war sein Aktionsplan fertig. Ich will Sie nicht mit der Beschreibung der langsamen und vorsichtigen Schritte ermüden, wie er zunächst die Bekanntschaft von Sir Jaspers Pagen machte, der ein Stammgast der Dorfschenke war, und wie er dann behutsam mit freundlichen Worten und Bier das Vertrauen des Mannes gewann. Es mag genügen, daß etwa eine Woche später Wilfred den Mann mit Bestechung bewogen hatte, unter dem Vorwand der Erkrankung einer Tante plötzlich den Dienst zu quittieren und – vorgeblich, um seinem Dienstherren kein Ungemach zu bereiten – einen Vetter als Nachfolger zu stellen.

Dieser Vetter, wie Sie erraten haben werden, war Wilfred selbst. Doch ein sehr anderer Wilfred als der dunkelhaarige, gutaussehende junge Wissenschaftler, der vor ein paar Monaten die Welt der Chemie mit dem Beweis revolutioniert hatte, daß $H_2O + b3g4z7 - m9z8 = ghf5p3x$. Bevor er London zu einem Unternehmen verließ, daß seiner Meinung nach düster und gefährlich sein würde, hatte Wilfred die Vorsorge getroffen, bei einem bekannten Kostümausstatter vorbeizuschauen und eine rote Perücke zu kaufen. Er hatte auch eine blaue Brille erworben, doch für die Rolle, die er nun übernommen hatte, war die natürlich nutzlos. Selbst bei dem sorglosesten Baronet hätte ein Page mit blauer Brille Verdacht wecken müssen. Wilfred beschränkte sich also zur Vorbereitung darauf, die Perücke aufzusetzen, sich den Schnurrbart abzurasieren und eine dünne Schicht ›Rabe und Zigeuner‹-Gesichtscreme aufzulegen. Dies getan, begab er sich nach ffinch Hall.

Äußerlich war ffinch Hall einer jener düsteren, tristen Landsitze, die zu keinem anderen Zweck zu existieren scheinen, als Schauplatz gräßlicher Verbrechen zu sein. Wilfred hatte ein gutes halbes Dutzend Stellen gefunden, die ohne das Kreuz, mit dem die Polizei den Fundort der Leiche markierte, unvollständig wirkten. Es war eines dieser Häuser, wo im Vorgarten kurz vor dem Tod des Erben Raben krächzen und in der Nacht hinter vergitterten Fenstern Schreie gellen.

Auch das Innere machte keinen freundlicheren Eindruck. Und was das Personal betraf, so war das weniger erhebend als alles andere an dem Ort. Es bestand aus einer bejahrten Köchin, die, wenn sie sich über ihre Kessel beugte, aussah wie eine aus einer Wandertruppe mit *Macbeth*, die die kleineren Städte im Norden bereist, und Murgatroyd, dem Butler, einem großgewachsenen, finsteren Mann mit einem Silberblick in einem Auge und einem bösen Funkeln im anderen.

Unter diesen Umständen wären viele zurückgewichen. Doch nicht Wilfred Mulliner. Abgesehen von der Tatsache, daß er wie alle Mulliners den Mut eines Löwen hatte, war er in Erwartung von derlei gekommen. Er ging an die Erfüllung seiner Pflichten und hielt die Augen offen, und nicht lange, da wurde seine Wachsamkeit belohnt.

Eines Tages, als er in den spärlich erleuchteten Gängen herumschlich, sah er Sir Jasper mit einem vollen Tablett in den Händen die Treppe heraufkommen. Darauf befanden sich ein Bratrost, eine kleine Flasche Weißwein, Pfeffer, Salz, Gemüse und in einer zugedeckten Schüssel etwas, was Wilfred nach vorsichtigem Schnuppern als Kotelett einordnete.

In die Schatten geduckt, folgte er dem Baronet in die oberste Etage. Vor der Tür im zweiten Stock blieb Sir Jasper stehen. Er klopfte. Die Tür wurde geöffnet, eine Hand herausgestreckt, das Tablett verschwand, die Tür schloß sich, und der Baronet ging wieder.

Nämliches tat Wilfred. Er hatte gesehen, was er sehen, entdeckt, was er entdecken wollte. Er ging in die Gesindediele und begann unter den düsteren Augen von Murgatroyd seine Pläne zu schmieden.

»Wo warst du?« wollte der Butler mißtrauisch wissen.

»Och, hier und da«, sagte Wilfred mit wohlkalkulierter Leichtfertigkeit.

Murgatroyd richtete einen bedrohlichen Blick auf ihn.

»Du solltest lieber bleiben, wo du hingehörst«, sagte er mit seiner dumpfen, grollenden Stimme. »Hier im Hause gib's Dinge, die nicht gesehen sein wollen.«

»Hm!« bestätigte die Köchin, während sie eine Zwiebel in den Kessel warf.

Wilfred konnte einen Schauder nicht unterdrücken.

Doch wenn ihn auch schauderte, war ihm doch eine gewisse Erleichterung bewußt. Wenigstens, überlegte er, ließen sie seine Liebste nicht hungern. Dieses Kotelett hatte ungewöhnlich gut gerochen; und wenn die Verpflegung auf diesem Niveau blieb, konnte sie nicht darüber klagen.

Doch seine Erleichterung hielt nicht lange an. Was, fragte er sich schließlich, bedeuten Koteletts schon für ein Mädchen, das in einem verschlossenen Zimmer in einem finsteren Landhaus gefangen gehalten wird und gezwungen werden soll, einen Mann zu heiraten, den es nicht liebt? Praktisch nichts. Wilfred sagte sich fest entschlossen, daß, komme was wolle, wenige Tage vergehen sollten, bis er den Schlüssel für die Tür fände und seine Liebste zu Freiheit und Glück führen würde.

Das einzige Hindernis bei diesem Plan bestand darin, daß es offensichtlich äußerst schwierig sein würde, den Schlüssel zu finden. In dieser Nacht durchsuchte Wilfred, während sein Dienstherr zu Abend speiste, dessen Zimmer gründlich. Er fand nichts. Den Schlüssel, mußte er schlußfolgern, hatte der Baronet bei sich.

Wie also in seinen Besitz gelangen?

Es ist nicht zuviel gesagt, wenn man feststellt, daß Wilfred Mulliner an seine Grenzen gestoßen war. Das Hirn, das die Welt der Wissenschaft mit der Entdeckung elektrisiert hatte, daß man, wenn man Sauerstoff und Kalium kräftig mischte, einen Schuß Trinitrotoluol und ein paar Tropfen Branntwein zugab, etwas erhielt, was man in Amerika für hundertfünfzig Dollar die Kiste als Champagner verkaufen konnte, mußte sich seine Ratlosigkeit eingestehen.

Zu versuchen, die Gefühle des jungen Mannes zu analysieren, als die nächste Woche herankroch, wäre schlechthin morbide. Natürlich kann das Leben nicht eitel Sonnenschein sein, und wenn man eine Geschichte wie diese erzählt, die ein Stück wirkliches Leben darstellt, muß man dem Schatten wie dem Licht gleichermaßen Aufmerksamkeit widmen; dennoch wäre es vermessen, wollte ich Ihnen ausführlich die Seelenqualen schildern, unter denen Wilfred Mulliner gelitten haben muß, während Tag auf Tag folgte, ohne daß sich eine Lösung des Problems gezeigt hätte. Sie sind alle intelligente Menschen, und Sie können sich vorstellen, wie einem hochherzigen jungen Burschen, bis über beide Ohren verliebt, zumute gewesen sein muß, der wußte, daß das geliebte Mädchen praktisch in einem Verlies schmachtete, wiewohl es sich im Obergeschoß befand, und den sein Unvermögen, sie zu befreien, zur Raserei brachte.

Er bekam eingefallene Augen und vorstehende Wangenknochen. Er nahm ab. Und so sichtlich war diese Veränderung seiner äußeren Erscheinung, daß Sir Jasper ffinch-ffarrowmere sich darüber im Tonfall unverhohlenen Neides äußerte.

»Wie zum Teufel, Straker«, sagte er – denn das war der Deckname, den Wilfred trug –, »schaffen Sie es, so dünn zu bleiben? Nach dem Wirtschaftsbuch zu schließen, essen Sie wie ein halbverhungerter Eskimo, und trotzdem nehmen Sie nicht zu. Ich dagegen hab nicht nur Butter und Kartoffeln abgesetzt, sondern auch noch angefangen, jeden Abend vor dem Schlafengehen heißen ungesüßten Zitronensaft zu trinken, und trotzdem, verdammich«, sagte er, denn wie alle Baronets achtete er nicht auf seine Wortwahl, »habe ich mich heute morgen gewogen und schon wieder sechs Unzen zugenommen. Wie ist das zu erklären?«

»Ja, Sir Jasper«, sagte Wilfred mechanisch.

»Was zum Teufel soll das heißen: Ja, Sir Jasper?«

»Nein, Sir Jasper.«

Der Baronet schniefte klagend.

»Ich habe mich mit diesem Gegenstand eingehend befaßt«, sagte er, »und er ist eins der sieben Weltwunder. Haben Sie jemals einen dicken Pagen gesehen? Natürlich nicht. Niemand hat je einen dicken Pagen gesehen. Es gibt keine dicken Pagen. Und dabei gibt es kaum einen Augenblick am Tage, da der Page nicht ißt. Er steht halb sieben auf, und um sieben trinkt er Kaffee und ißt Toast mit Butter. Um acht verspeist er sein Frühstück mit Haferbrei, Sahne, Eiern, Schinkenspeck, Marmelade, Brot, Butter, wieder Eiern, wieder Schinkenspeck, wieder Marmelade, wieder Tee und wieder Butter, und zum Schluß eine Scheibe kalten Schinken und eine Sardine. Um elf nimmt er sein zweites Frühstück ein, bestehend aus Kaffee, Sahne, wieder Brot und wieder Butter. Um eins Lunch – eine herzhafte Mahlzeit mit reichlich von jeder Art stärkender Nahrung und einer Menge Bier. Wenn er an den Portwein herankommt, trinkt er Portwein. Um drei ein Imbiß. Um vier noch ein Imbiß. Um fünf Tee und Toast mit Butter. Um sieben Dinner, wahrscheinlich mit mehligen Kartoffeln und jedenfalls mit weiteren Unmengen Bier. Um neun wieder ein Imbiß. Und wenn er halb elf zu Bett geht, nimmt er ein Glas Milch und einen Teller Kekse mit, damit er nachts keinen Hunger bekommt. Und doch bleibt er schlank wie eine Bohnenstange, während ich, der ich seit Jahren Diät halte, es auf hundertfünfundneunzig Pfund bringe und ein drittes, zusätzliches Kinn kriege. Das sind Mysterien, Straker.«

»Ja, Sir Jasper.«

»Also, eins will ich Ihnen sagen«, sagte der Baronet. »Ich lasse mir aus London eins von diesen transportablen türkischen Bädern kommen, und wenn das nichts hilft, geb ich auf.«

Das transportable türkische Bad traf pünktlich ein und wurde ausgepackt, und es war drei Tage danach, daß Wilfred, der dumpf vor sich hin brütend in der Gesindediele saß, von Murgatroyd aus seinen Gedanken gerissen wurde.

»Heda«, sagte Murgatroyd, »wach auf. Sir Jasper verlangt nach dir.«

»Was verlangt er nach mir?« sagte Wilfred, der zusammenzuckte und zu sich kam.

»Dich verlangt er, sofort«, grollte der Butler.

So war es in der Tat. Aus den oberen Bereichen des Hauses erklang eine Folge scharfer Schreie, offensichtlich von einem Mann unter tödlicher Bedrohung. Wilfred zögerte, sich irgend einzumischen, wenn, wie es schien, sein Dienstherr Todesqualen litt; doch er war ein gewissenhafter Mann, und solange er sich in diesem finsteren Hause befand, war es seine Pflicht, die Arbeit zu tun, für die er bezahlt wurde. Er eilte die Treppe hinan, und als er Sir Jaspers Schlafzimmer betrat, gewahrte er das purpurrote Gesicht des Baronets, das oben aus dem transportablen türkischen Bad hervorragte.

»Sind Sie endlich da!« schrie Sir Jasper. »Als Sie mich eben in diese Höllenmaschine gesteckt haben, was haben Sie da mit dem verdammten Ding gemacht?«

»Nichts, als was in der gedruckten Anleitung steht, die dem Gerät beilag, Sir Jasper. Gemäß den Anweisungen habe ich Stange A in Nut B gelegt, sie mit Riegel C befestigt...«

»Also, Sie müssen irgendwas verwechselt haben. Das Ding klemmt, ich komm nicht raus.«

»Sie können nicht raus?« schrie Wilfred.

»Nein. Und der bescheuerte Apparat wird allmählich deutlich heißer als die Türangeln der Hölle.« Ich muß mich für Sir Jaspers Sprache entschuldigen, aber Sie wissen ja, wie Baronets so sind. »Ich werde hier gargekocht.«

Ein plötzlicher Lichtstrahl schien auf Wilfred Mulliner zu fallen.

»Ich werde Sie befreien, Sir Jasper ...«

»Ja doch, machen Sie hin.«

»Unter einer Bedingung.« Wilfred schaute ihn durchdringend an. »Erst muß ich den Schlüssel haben.«

»Da gibt's keinen Schlüssel, Sie Narr. Da schließt nichts. Es rastet einfach ein, wenn Sie Dingsda D in Dingsbums E schieben.«

»Ich verlange den Schlüssel zu dem Zimmer, in dem Sie Miss Angela Purdue gefangenhalten.«

»Was zum Teufel soll das heißen? Aua!«

»Ich will Ihnen sagen, was das heißen soll, Sir Jasper ffinch-ffarrowmere. Ich bin Wilfred Mulliner!«

»Reden Sie keinen Blödsinn. Wilfred Mulliner hat schwarze Haare. Ihre sind rot. Sie müssen jemand anders meinen.«

»Das ist eine Perücke«, sagte Wilfred. »Von Clarkson.« Er drohte dem Baronet mit einem Finger. »Sie haben nicht bedacht, Sir Jasper ffinch-ffarrowmere, als Sie sich auf diese niederträchtige Intrige einließen, daß Wilfred Mulliner jeden Ihrer Züge beobachtet hat. Ich habe Ihre Pläne von Anfang an durchschaut. Und nun ist der Augenblick gekommen, da ich sie zunichte mache. Geben Sie mir den Schlüssel, Sie Verbrecher.«

»fferbrecher«, berichtigte Sir Jasper automatisch.

»Ich gedenke, meine Liebste zu befreien, sie von diesem schrecklichen Hause fortzuführen und sie mit Sondergenehmigung zu heiraten, sobald es das Gesetz erlaubt.«

Trotz seinen Leiden entrang sich Sir Jaspers Mund ein gespenstisches Gelächter.

»Das gedenken Sie, was?«

»Das gedenke ich.«

»Ja, Sie gedenken!«

»Geben Sie mir den Schlüssel.«

»Ich habe ihn nicht, Sie Trottel. Er steckt in der Tür.«

»Ha, ha!«

»Es nützt nichts, ›ha, ha!‹ zu sagen. Er steckt in der Tür. Auf Angelas Seite.«

»Das werde ich gerade glauben! Aber ich kann nicht hierbleiben und Zeit vergeuden. Wenn Sie mir den Schlüssel nicht geben wollen, gehe ich hoch und breche die Tür auf.«

»Nur zu!« Abermals lachte der Baronet wie eine gequälte Seele. »Sie werden schon sehen, was sie sagt.«

Mit dieser letzten Bemerkung konnte Wilfred nichts anfangen. Er konnte sich aber sehr deutlich vorstellen, was Angela sagen würde. Er konnte sich ausmalen, wie sie an seiner Brust schluchzte und murmelte, sie habe gewußt, daß er kommen werde, daß sie keinen Augenblick lang an ihm gezweifelt habe. Er sprang zur Tür.

»He! Hallo! Wollen Sie mich nicht rauslassen?«

»Gleich«, sagte Wilfred. »Bewahren Sie kaltes Blut.« Er lief die Treppe hinauf.

»Angela!« rief er, die Lippen an die Türfüllung gepreßt. »Angela!«

»Wer ist da?« antwortete eine nur zu vertraute Stimme von drinnen.

»Ich bin's – Wilfred. Ich werde die Tür aufbrechen. Halte Abstand.«

Er nahm ein paar Schritte Anlauf und warf sich gegen das Holz. Es gab ein schurrendes Bersten, und das Schloß gab nach. Und Wilfred stolperte in ein Zimmer, so dunkel, daß er nichts sehen konnte.

»Angela, wo bist du?«

»Ich bin hier. Und ich wüßte gern, warum Sie hier sind, nach dem Brief, den ich Ihnen geschrieben habe. Manche Männer«, fuhr sie in sonderbar kaltem Ton fort, »scheinen nicht zu wissen, wie man auf eine Andeutung reagiert.«

Wilfred taumelte. Er wäre hingefallen, hätte er sich nicht an den Kopf gegriffen.

»Dieser Brief?« stammelte er. »Du hast doch gewiß nicht gemeint, was du in dem Brief geschrieben hast?«

»Ich habe jedes Wort so gemeint und wünschte, ich hätte mich noch deutlicher ausgedrückt.«

»Aber... aber... aber... Aber liebst du mich denn nicht, Angela?«

Ein hartes, spöttisches Gelächter klang durchs Zimmer.

»Sie lieben? Den Mann lieben, der mir empfohlen hat, Mulliners ›Rabe und Zigeuner‹-Gesichtscreme zu probieren?«

»Was soll das heißen?«

»Ich werde Ihnen sagen, was das heißen soll. Wilfred Mulliner, schauen Sie sich das Werk Ihrer Hände an!«

Das Zimmer war plötzlich in helles Licht getaucht. Und da, eine Hand am Schalter, stand Angela, eine königliche, liebliche Gestalt, an deren strahlender Schönheit selbst der strengste Kritiker nur einen Makel entdeckt hätte – die Tatsache, daß sie scheckig war.

Wilfred schaute sie mit bewunderndem Blick an. Ihr Gesicht war teils braun, teils weiß, und auf ihrem schneeweißen Hals gab es Sepia-Flecke, die an die Fingerabdrücke erinnerten, die man auf den Seiten von Büchern der öffentlichen Leihbibliothek findet; dennoch war sie für ihn das schönste Geschöpf, das er jemals gesehen hatte. Er streckte sie Arme aus, um sie zu umfangen; und hätte ihr Blick ihm nicht unmißverständlich gesagt, daß sie ihm einen Kinnhaken verpassen würde, wenn er es täte, so hätte er es getan.

»Ja«, fuhr sie fort, »das haben Sie aus mir gemacht, Wilfred Mulliner – Sie und dieses gräßliche Zeug, das Sie die ›Rabe und Zigeuner‹-Gesichtscreme nennen. Dies ist die Haut, die Sie so gern berührt haben! Ich habe Ihren Rat befolgt und eine von den großen Packungen zu siebeneinhalb gekauft, und das ist dabei herausgekommen! Keine vierundzwanzig Stunden nach der ersten Anwendung hätte ich in jede beliebige Raritätenschau gehen und meine Bedingungen als die Gefleckte Prinzessin der Fidschi-Inseln diktieren können. Ich bin hierher ins Haus meiner Kindheit geflohen, um mich zu verstecken. Und als erstes passierte es mir« – ihr versagte die Stimme –, »daß mein Lieblings-Jagdpferd vor mir scheute und versuchte, Stücke aus seiner Krippe herauszubeißen, während Ponto, mein kleiner Hund, den ich schon als Welpen hatte, einen einzigen Blick auf mein Gesicht warf, jetzt in der Obhut des Tierarztes ist und wohl nicht mehr genesen wird. Und Sie waren es, Wilfred Mulliner, der diesen Fluch über mich gebracht hat!«

Viele Männer hätten unter diesen schneidenden Worten den Mut verloren, doch Wilfred Mulliner lächelte nur mit grenzenlosem Mitgefühl und Verständnis.

»Ist schon in Ordnung«, sagte er. »Ich hätte dich warnen müssen, Liebling, daß das gelegentlich vorkommt, wenn die Haut außergewöhnlich zart und fein ist. Es kann geschwind kuriert werden, wenn man Mulliners ›Bergschnee‹-Lotion anwendet, die mittelgroße Flasche zu vier Shilling.«

»Wilfred? Ist das wahr?«

»Die reinste Wahrheit, Liebste. Und ist das alles, was zwischen uns steht?«

»Nein!« ertönte eine Donnerstimme.

Wilfred fuhr herum. In der Tür stand Sir Jasper ffinch-ffarrowmere. Er hatte sich in ein Badetuch gehüllt, und was von seiner Person sichtbar war, leuchtete rot. Hinter ihm stand der Butler Murgatroyd, und spielte mit einer Reitpeitsche.

»Sie haben nicht erwartet, mich zu sehen, was?«

»Gewiß«, sagte Wilfred gewichtig, »habe ich nicht erwartet, Sie in Gegenwart einer Dame in solchem Aufzug zu sehen.«

»Kümmern Sie sich nicht um meinen Aufzug.« Sir Jasper wandte sich um. »Murgatroyd, tun Sie Ihre Pflicht!«

Schrecklich knurrend kam der Butler ins Zimmer.

»Halt!« schrie Angela.

»Ich habe noch gar nicht angefangen, Miss«, sagte der Butler abwehrend.

»Sie werden Wilfred nicht anrühren. Ich liebe ihn.«

»Was?« rief Sir Jasper. »Nach allem, was geschehen ist?«

»Ja. Er hat alles erklärt.«

Ein grimmiges Stirnrunzeln erschien auf dem zinnoberroten Gesicht des Baronets.

»Ich wette, er hat dir nicht erklärt, warum er mich in diesem höllischen türkischen Bad kochen lassen wollte. Ich stieß schon Rauchwolken aus, als Murgatroyd, der treue Bursche, meine Schreie hörte und mich befreite.«

»Obwohl ich dafür nicht zuständig bin«, fügte der Butler hinzu.

Wilfred schaute ihn fest an.

»Wenn Sie«, sagte er, »Mulliners ›Speck-weg‹ benutzt hätten, das anerkannte Mittel gegen Übergewicht, sei es in Tablettenform zu drei Shilling pro Büchse oder flüssig zu fünfeinhalb das Fläschchen, bräuchten Sie nicht in türkischen Bädern zu schmoren. Mulliners ›Speck-weg‹, das keinerlei schädliche Chemikalien enthält, sondern ausschließlich aus Heilkräutern besteht, baut garantiert überflüssiges Gewicht ab, stetig und ohne schwächende Nachwirkungen mit einer Rate von zwei Pfund pro Woche. Vielfach vom Adel angewandt.«

Das Funkeln des Hasses wich aus dem Gesicht des Baronets.

»Ist das eine Tatsache?« flüsterte er.

»Das ist es.«

»Sie garantieren dafür?«

»Für alle Mulliner-Präparate wird volle Garantie übernommen.«

»Mein Junge!« rief der Baronet. Er schüttelte Wilfred die Hand. »Nimm sie«, sagte er überwältigt, »und meinen S-segen dazu.«

Ein diskretes Räuspern ertönte im Hintergrund.

»Sie haben nicht vielleicht zufällig, Sir«, fragte Murgatroyd, »ein Mittel gegen Hexenschuß?«

»Mulliners ›Schmerz-laß-nach‹ kuriert die hartnäckigsten Fälle binnen sechs Tagen.«

»Gott segne Sie, Sir, Gott segne Sie«, schluchzte Murgatroyd. »Wo kann ich es bekommen?«

»In jeder Apotheke.«

»Es erwischt mich hauptsächlich im Kreuz, Sir.«

»Es braucht Sie nicht mehr zu erwischen«, beruhigte ihn Wilfred.

Wenig bleibt noch zu sagen. Murgatroyd ist nun der gelenkigste Butler in Yorkshire. Sir Jaspers Gewicht ist unter hundertneunzig Pfund, und er erwägt, wieder auf Jagd zu gehen. Wilfred und Angela sind Mann und Frau, und niemals, höre ich, haben die Hochzeitsglocken der alten Kirche im Dorfe ffinch munterer getönt als an jenem Junimorgen, da Angela ihrem Liebsten ein Gesicht entgegenhob, auf dem die Bräune so gleichmäßig verteilt war wie auf einem alten Walnußtisch, und auf die Frage des Priesters »Willst du, Angela, diesen Wilfred zum Manne nehmen?« mit einem schüchternen »Ja, ich will« antwortete. Sie haben jetzt zwei hübsche Sprößlinge, den kleinen, Percival, an der Grundschule in Sussex, und den großen, Ferdinand, in Eton.

Nach diesen Worten verabschiedete sich Mulliner, der seinen Scotch ausgetrunken hatte, und verließ den Raum.

Eine Stille senkte sich hernieder. Die Gesellschaft schien tief in Gedanken versunken zu sein. Dann stand jemand auf.

»Also dann gute Nacht allerseits«, sagte er.

Damit war die Situation wohl treffend umrissen.

L. Sprague de Camp & Fletcher Pratt

Eine andere berühmte Serie von Bar-Geschichten – vielleicht nicht ganz so gut bekannt wie die von Wodehouses Mulliner – sind die Geschichten aus Gavagans Bar (Tales from Gavagan's Bar), von denen Anthony Boucher einmal geschrieben hat: ›Für eine Bar braucht man alle möglichen Leute – und in Gavagans Bar findet man sie.‹ Wenn Gäste wie Professor Thott, Mr. Gross und Mr. Witherwax (vielleicht ein Verwandter von Oma Wetterwachs bei Pratchett?) hereinschauen und der Barkeeper darauf besteht, Mr. Cohan genannt zu werden (Betonung auf der letzten Silbe, wenn's gefällig), ist das gewiß untertrieben. Wie ihre Gegenstücke in Anglers Rast sind diese fröhlichen Zecher nie sonderlich überrascht, was immer sie auch zu hören kriegen – selbst wenn es die Geschichte von einem jungen Mann ist, der sich in eine Dryade verliebt hat, von einem Spukhaus mit einem stinkenden Poltergeist oder – im Fall von ›Besser als eine Mausefalle‹ – ein Unglücksrabe, der einen Drachen angeschafft hat, um eine Mäuseplage loszuwerden.

Lyon Sprague de Camp (geb. 1907) und Murray Fletcher Pratt (1897–1956) haben jahrelang die wohl fruchtbarste Partnerschaft in der amerikanischen komischen Fantasy gebildet. De Camp, der für den Beruf eines Luftfahrtingenieurs studiert hatte, und Pratt, Historiker und Übersetzer aus dem Deutschen, wurden von ihrer gemeinsamen Liebe zu Legenden, Sprachen und Humor zusammengeführt und errangen bei den Lesern von SF-Zeitschriften rasch Popularität mit ihren urkomischen Sagas, deren Held Harold Shea immer wieder zu mißhelligen Abenteuern in die Gefilde nordischer Mythologie oder in die Welt von Spensers Fairie Queene verschlagen wird. Mit der Serie von Lügengeschichten, die die Stammgäste in Gavagans Bar erzählen, begannen die beiden Freunde 1940; beide entwarfen die Handlung, de Camp schrieb die erste Fassung, und zum Schluß über-

arbeitete Pratt den Text. Die Bar mußte betrüblicherweise schließen, nachdem Fletcher Pratt gestorben war, doch de Camp hat als bedeutende Kraft in der Fantasy weitergemacht, Geschichten der heroischen Fantasy geschrieben und die Großtaten von Robert E. Howards gewaltigem Barbaren Conan fortgeführt. In diesen Geschichten finden sich Drachen in Hülle und Fülle – aber gewiß kein einziger wie das Exemplar, das Mr. Murdoch der bei Gavagan versammelten Gesellschaft schildert...

L. Sprague de Camp & Fletcher Pratt

Besser als eine Mausefalle

Der Tierpräparator hatte beziehungsvoll und angesäuselt zur ausgestopften Eule über der Theke hinaufgesehen. Mr. Witherwax war dem Blick gefolgt und starrte jetzt entschlossen weiterhin das Tier an, denn ihm war sehr wohl bewußt, daß Mr. Gross beim kleinsten Anzeichen von Schwäche eine Anekdote von sich geben würde. Angesichts der Qualität seiner Anekdoten mußte dies um jeden Preis verhindert werden; aber der Augenblick war nicht mehr fern, in dem Mr. Witherwax' Glas leer war, und dann mußte er hinunterschauen, um es nachfüllen zu lassen. Neben ihm räusperte sich Mr. Gross verheißungsvoll. Mr. Witherwax wandte dem Geräusch bewußt den Rücken zu, blickte über das Mahagoni zur Tür und winkte dem Barmixer.

»Wer ist der Mann, der dort drüben allein trinkt?« fragte er. »Vielleicht möchte er sich uns anschließen; ein Mann sollte nicht allein trinken. Sie können diesmal bei mir die Kirsche weglassen, Mr. *Co-han*.«

»Co-*han*, guter Himmel«, korrigierte ihn der Barmixer. »Der dort? Der heißt Murdoch oder vielleicht Mud, und ich glaube nicht, daß es gut für Sie ist, ihn zu kennen. Es kann unter Umständen ein Mord an ihm geschehen... Was nehmen Sie, Mr. Gross?«

»Das übliche – einen Boilermaker mit viel Rum. Da fällt mir ein, ich kannte einmal einen Mann...«

»Was ist er, ein Gangster?« fragte Mr. Witherwax. »Ich will in nichts hineingezogen werden, ich will ihm nur einen Gefallen tun. Bringen Sie ihn hierher, und ich spendiere ihm einen Drink. Sagen Sie ihm, daß der Teufel Dienstag abend gestorben ist und wir Totenwache halten.«

Mr. Cohan verzog seine Fettpolster zu einem überlegenen Lächeln, während er den Boilermaker mixte. »Nein, er ist kein Gangster. Es ist noch ärger. Er hat seinen Drachen verloren.«

»Ein Freund meines Onkels Pinkus hat einmal von einem Känguruh einen Tritt in den Bauch bekommen«, sagte Mr. Gross. »Er ...«

»Es ist mir gleich, ob er einen Drachen verloren oder eine Seejungfrau gefunden hat«, unterbrach ihn Mr. Witherwax verzweifelt. »Bringen Sie ihn her, Mr. Cohan, und geben Sie ihm einen Drink.«

Der Barmixer zuckte die Achseln wie ein Mann, der seine Pflicht getan hat und für die Folgen nicht verantwortlich ist, und ging zum Ende der Theke. Während er zu Murdoch sprach, wandte dieser den anderen beiden sein mageres, trauriges Gesicht zu, dann nickte er. Aus seinem Gang konnte man schließen, daß er noch keinen Alkohol konsumiert hatte, aber er akzeptierte gern einen doppelten Zombie, danke. Als er sein Glas hob, starrte ihn Mr. Gross mit väterlichem Interesse an.

»Stimmt es«, fragte er, »daß Sie Ihren Drachen verloren haben?«

Murdoch bekam den nächsten Schluck in die falsche Kehle, stellte das Glas ab und sah Mr. Gross bekümmert an. »Wenn es mein Drache gewesen wäre, würde es mir nichts ausmachen, aber er war nur ausgeliehen.«

»Das stimmt, und ich war selbst dabei«, bestätigte Mr. Cohan herzlich. »Ich erinnere mich, daß Sie genau hier an dieser Theke den Drachen von diesem magischen Kerl ausgeliehen haben, und er hat seinen eigenen Spezialdrink getrunken.«

Murdoch nahm wieder einen Schluck. Als die Tür

aufging, verschüttete er ein wenig Zombie auf sein Kinn, dann seufzte er beim Anblick des fremden Gastes erleichtert auf.

Witherwax betrachtete wieder die betrunkene Eule, die mit gläsernem Blick zurückstarrte. »Ich habe noch nie einen Drachen gesehen, und ich glaube nicht, daß ich es jemals erleben werde. Hat nicht der heilige Georg oder so wer den letzten erledigt?«

»Nein«, widersprach Cohan, der den Neuankömmling mit Bier versorgt hatte. »Dieses, na ja, Tier, von dem wir sprechen, habe ich mit eigenen Augen gesehen; und es war ein richtiger Drache; und es gehörte diesem Magier Abaris.«

»Es gehört ihm immer noch«, widersprach Murdoch kläglich. »Das heißt – also, ich weiß nicht, warum ich mich hineinziehen ließ – ich *mochte* ihn nicht – ach, zum Teufel!« Er nahm einen kräftigen Schluck.

Witherwax sah Mr. Cohan an. »Wer ist dieser Kerl, dem ein Drache gehört? So eine Art Wissenschaftler?«

Ein Zauberer, wie ich gesagt habe (antwortete der Barmixer). Er hat mir einmal seine Karte gegeben; vielleicht habe ich sie noch hier. Theophrastus V. Abaris (er sprach die Silben sorgfältig aus); Sie hätten ihn selbst sehen können, Mr. Gross. Er kam immer am Donnerstagabend, so wie Sie. Ein großer, schmieriger Fettwanst, kein ehrliches Fett, weil die Frau gut kocht, wie bei mir. Blaß wie eine Leiche, das war er, und sein Haar hing ihm bis auf den Kragen hinunter, und seine Stimme war dünn und quietschig wie bei einem Chorjungen. Man vergaß ihn nicht so leicht, wenn man ihn einmal gesehen hatte.

Er war einer von den wirklich einsamen Trinkern (fuhr Cohan fort), die dem Barmixer nie einen spendieren und auch nie einen Drink vom Wirt spendiert bekommen. Nicht, daß er nicht freundlich gewesen wäre, er konnte einem Honig ums Maul schmieren wie kein anderer, doch verstand man nur die Hälfte von dem, was er sagte. Ich fragte ihn einmal, womit er sich seinen Lebensunterhalt verdient, und er antwortete mit einem Wort, das wie eine Religion klang – ich habe es mir nicht gemerkt.

(»Pythagoräer«, warf Murdoch düster ein und nahm wieder einen Schluck.)

Das könnte es sein, und danke, Mr. Murdoch. Ich hatte nie davon gehört, aber ich habe meinen Bruder Julius, der bei der Polizei ist, deshalb gefragt, und er sagte, es ist ziemlich unzüchtig, aber es gibt kein Gesetz dagegen, solange sie nicht wahrsagen. Es hat etwas mit Büchern zu tun. Ein paar von diesen alten Schwarten sind mächtig viel Geld wert.

Deshalb fuhr er weg, erzählte er mir, als ich ihn das letztemal sah, um ein Buch zu bekommen, ein Buch von jemand, der Nebulos oder so heißt.

(»Zebulon«, bemerkte Murdoch.)

Sie hätten hören sollen, wie er darüber sprach. Er ist seit Hunderten Jahren hinter dem Buch her, so spricht er immer, also wenn man verstehen kann, was er sagt, kann man kein Wort davon glauben. Angeblich hat er das Buch schon einmal gehabt; er will es auf einer Insel im rosa Indischen Ozean gefunden haben, als wüßte ich nicht, daß Meerwasser nicht rosa ist.

Dann behauptet er, der heilige Sankt Peter habe ihm das Buch gestohlen; und das ist nicht nur Quatsch, sondern er soll nicht die Namen von den Heiligen mit so etwas in Zusammenhang bringen, das habe ich ihm gesagt. Aber jetzt wird er es sich wiederholen, weil eine Zusammenkunft von Leuten stattfindet, die in der gleichen Branche sind, ich glaube, es ist drüben in Brooklyn.

(»Brocken«, stellte Murdoch richtig.)

Na schön, in Brocken. Ich erinnere mich, weil das

Datum der erste Mai war, und, ich habe gedacht, vielleicht ist es eine Bande von Kommunisten oder so etwas, aber mein Bruder Julius, der bei der Polizei ist, sagt nein.

Aber trotzdem ist es gut für das Geschäft, wenn er gelegentlich hier ist, weil er Zaubertricks kennt, er bewegt seine Finger die ganze Zeit, als würde er auf einem Klavier spielen, das gar nicht da ist. Habe ich Ihnen je die Flasche von seinem Privatvorrat gezeigt, aus der er trinkt, Mr. Gross?

(Cohan bückte sich, um die Flasche hervorzuholen. ›*Vin sable*‹, las Witherwax auf dem Etikett. »Ich weiß, was das heißt; es ist Französisch und bedeutet ›Sandwein‹. Halten Sie bei der nächsten Runde mit, Mr. Cohan?«)

Ich habe nichts dagegen, der erste heute, aber nicht der letzte, und schönen Dank. Na ja, wahrscheinlich verwenden sie schwarzen Sand dabei oder so was, weil man deutlich sehen kann, wie dunkel er ist, als wäre Tinte drin. Gavagan bezieht ihn von dem Importeur Costello. Nein, ich verkaufe Ihnen keinen Drink davon, Mr. Gross; es könnte mich meinen Job kosten. Dieser Abaris ist sehr eigen, und er ist ein Mann, den ich nicht zum Feind haben möchte, weil er so merkwürdige Dinge tun kann.

(Murdoch gab ein Geräusch von sich, das entfernt an das Quietschen einer rostigen Türangel erinnerte.)

Man würde es manchmal nicht glauben, und ich täte es auch nicht, aber ich habe es mit eigenen Augen gesehen. Sie kennen Mr. Jeffers, nicht wahr, Mr. Witherwax? Also der ist heute ein ganz anderer Mensch, als er früher war, und das nur wegen dieses Abaris. Er war immer ein feiner junger Mann und ein feiner Kumpel, nur in den alten Tagen, bevor Sie hierher gekommen sind, Mr. Witherwax, hatte er vielleicht zuviel Geld und gab zuviel davon für Mädchen aus. Wenn man jedes für sich allein hat – Geld, aber keine Frauen, oder kein Geld und dafür ein ordentliches Mädchen, das einem jungen Kerl eine Hilfe sein kann –, dann ist das Leben in Ordnung. Aber wenn man beides zusammen hat, gerät der junge Kerl meist an den Alkohol.

Nein, Sie brauchen nicht zu lachen, Mr. Gross. Ich bin nicht einer, der etwas gegen einen guten Tropfen hat, aber ich möchte nicht, daß jemand zu dieser Tür hinausgeht und nicht auf seinen eigenen Beinen bis nach Hause kommt. Guter Alkohol hilft einem Mann einzusehen, daß das, was ihm Kummer macht, eigentlich nur eine Kleinigkeit ist; aber wenn man Alkohol trinkt, ohne in Schwierigkeiten zu sein, dann wird der Alkohol selbst zur Schwierigkeit, und das ist schlecht.

So war es mit Mr. Jeffers. Er trank den Alkohol zusammen mit Frauen, und dann auch ohne sie, und er konnte noch dazu als Betrunkener sehr unangenehm sein. Wenn ich versuchte, ihn zu bremsen, ging er um die Ecke in dieses protzige Lokal, wo es ihnen egal ist, was sie einem verkaufen, und ließ sich vollaufen. Mein Bruder Julius, der bei der Polizei ist, hat ihn mehr als einmal sternhagelvoll nach Hause bringen müssen. An dem Abend, von dem ich Ihnen erzähle, war Mr. Jeffers hier, und auch dieser Abaris – habe ich schon gesagt, daß er sich Doktor Abaris nannte? Aber wie ich ihn gefragt habe, ob er meiner Frau eine Warze vom Finger wegbringen kann, weigerte er sich, also nenne ich ihn nicht mit diesem Titel.

Ich fragte Abaris, ob er einen Trick kennt, mit dem er Mr. Jeffers dazu bringen kann, nicht mehr zu trinken, vielleicht wie damals, wie er sich die Flasche ausgeliehen hat und drei verschiedene Getränke aus ihr eingeschenkt hat? Und er sagt: »Ja, mein lieber Cohan, natürlich, mein lieber Cohan. Füllen Sie sein Glas«, mit seiner zarten Stimme, und dann macht er wieder diese Bewegung, wie wenn er Klavier spielte.

Ich füllte Mr. Jeffers' Glas mit Brandy, wie dieser Abaris verlangt hatte, und Jeffers streckt die Hand danach aus; aber bevor er das Glas an den Lippen hat, ist der Brandy wieder in der Flasche, bei Gott. Also, nachdem wir es dreimal versucht hatten, rührte Mr. Jeffers das Glas nicht mehr an; sein Gesichtsausdruck wird sehr merkwürdig, und er geht fort. Ich dachte, daß er vielleicht wieder in das protzige Lokal übersiedelt, aber er kam am nächsten Abend wieder. Sie können mich einen Aufschneider nennen, aber bei dem ersten Drink, den Mr. Jeffers bestellt hat, ist es wieder das gleiche, und er ist noch stocknüchtern. Ich weiß nicht, wie es wäre, wenn er es heute abend noch einmal versuchte, aber seit dem Tag hat Mr. Jeffers nichts Stärkeres getrunken als Bier, das wissen Sie alle genausogut wie ich. Abaris sagt, der Trick ist einfach; es ist nichts als eine fortwährende Produktion.

»Apportation«, verbesserte Murdoch.

»Ich danke Ihnen, Mr. Murdoch. Entschuldigen Sie, ich muß fragen, was dieser Gentleman trinken will.«

»Ein Vetter von mir hat einmal in Milwaukee...«, begann Mr. Gross.

Whiterwax wandte sich hastig an Murdoch: »Was ist das für eine Geschichte mit einem Drachen? Hat er Ihnen vorgeflunkert, daß er aus Ihrem Drink herauskrabbelt?«

Der junge Mann schlürfte seinen Zombie.

Nein, nichts dergleichen (sagte er nachdenklich). Eigentlich dachte ich, es gehörte zu einer stehenden Redensart, wissen Sie, wie wenn man jemanden mit seinem Glück beim Würfeln oder seinen großen Ohren neckt. Ich habe, wie wir alle, schon eine Menge Zauberer in Klubs und auf der Bühne gesehen; und dieser Abaris wirkte nicht wie ein besonders erfolgreiches Exemplar.

Ich wunderte mich sogar darüber, wie er damit Geld verdienen konnte, denn wie Mr. Cohan erwähnte, sieht er eher schmierig aus und war nie sonderlich gut angezogen. Die Menschen lassen sich gern betrügen, aber es muß in großem Stil geschehen, durch einen Mann mit Schnurrbart, der am hellichten Tag einen Frack und eine weiße Fliege trägt.

Ich habe also so zum Spaß gefragt, ob er wirklich ein Zauberer ist. (Murdoch schauderte leicht und nahm wieder einen Schluck.) Er hat schwarze Augen, und die Pupillen sehen irgendwie senkrecht aus, ich kann es nicht beschreiben. Er sah mich an und sagte ja, er wäre einer, und ob ich etwas dagegen hätte; daraus, wie er das sagte, erkannte ich sofort, daß ich einen Fehler begangen hatte. Aber ich konnte nichts mehr rückgängig machen, nur so tun, als hätte ich es nicht bemerkt, deshalb lachte ich und meinte, er wäre genau der Mann, den ich suchte – ich brauchte einen Zauberer oder wenigstens einen Rattenfänger, um die Mäuse aus meiner Wohnung zu vertreiben.

(Witherwax legte eine Banknote auf die Theke und deutete mit einer kreisförmigen Handbewegung auf die Gläser, Mr. Cohan beugte sich über sie und begann nachzuschenken.)

Ich besitze eine Wohnung in der Fünften Straße (fuhr Murdoch fort), im zweiten Stock über einem von diesen Fairfield-Restaurants. Ihr einziger Nachteil ist, daß sie vor Mäusen wimmelt – oder wimmelte. Ich mußte alle Nahrungsmittel in metallenen oder gläsernen Behältern aufbewahren; sie fraßen die Einbände meiner Bücher – wirklich eine Plage. Sie haben keine Ahnung, wie lästig sie sein können, wenn sie überhandnehmen.

Ja, warten Sie einen Augenblick (er streckte die Hand abwehrend Witherwax entgegen, der zum Sprechen ansetzte). Ich weiß, was Sie sagen wollen. Sie wollen mich fragen, warum ich keinen Kammerjäger holte oder mir keine Katze anschaffte. Nun, ich lebe allein und bin viel auf Reisen, also hat es keinen Sinn, eine Katze zu halten. Was den Kammerjäger betrifft, so ließ ich einen kommen – ich ließ sogar ein halbes Dutzend nacheinander kommen. Sie tauchten einmal wöchentlich mit Fallen und Mäusegift auf, das sie auf den Fußboden ausstreuten, bis es unter den Füßen knirschte, und ich nehme an, sie töteten eine Menge Mäuse. Jedenfalls roch die Wohnung so. Aber die Mäuse kamen wieder.

Die Ursache war das Fairfield-Restaurant; es ist eine richtige Mäusezuchtanstalt. Sie wissen vielleicht, daß die Kette einer alten Jungfer namens Conybeare gehört, Miß Gwen Conybeare. Wie viele alte Jungfern, die Geld und Zeit haben, und nicht wissen, was sie damit anfangen sollen, fiel sie auf eine von diesen indischen Sekten herein. Sie wissen ja, mit Zusammenkünften in Räumen mit schummriger Beleuchtung und einem Propheten, der ein Handtuch um den Kopf gewickelt hat. Ich nehme an, es ist ihre Angelegenheit, wie sie ihre Zeit verbringt und wofür sie ihr Geld ausgibt, aber diese Religion hatte eine Auswirkung, die auch mich betraf. Miß Conybeares Lehrer überzeugte sie davon, daß es Unrecht ist, Leben zu vernichten – nicht nur menschliches Leben, sondern Leben jeglicher Art, wie in Indien, wo ein Mann seine Läuse loswird, indem er sie fängt und auf jemand anderem deponiert.

Sie erteilte den unwiderruflichen Befehl, daß in keinem Fairfield-Restaurant ein Lebewesen getötet werden durfte, und duldete keine Schädlingsbekämpfung in ihren Lokalen. Wenn ich also meine Mäuse los war, kam sofort neuer Nachschub von unten, und ich hatte somit ein echtes Problem am Hals.

Dieser Abaris konnte das natürlich nicht wissen. Als ich sagte, daß ich einen Zauberer brauche, um die Mäuse in meiner Wohnung loszuwerden, sah er mich aus seinen senkrechten Pupillen an und erzeugte dabei in seinem Hals ein Geräusch, das mir einen Schauder über den Rücken jagte. (Murdoch schauderte wieder und beruhigte sich rasch mit einem Zombie.) Ich hatte das Gefühl, daß er mich hypnotisieren oder meinen Drink in die Flasche zurückbefördern würde, wie bei Jeffers, und bevor es dazu kam, begann ich, ihm zu erklären, daß es kein Witz war. Sobald ich zu Miß Conybeares Rolle in dieser Geschichte kam, lächelte er über das ganze Gesicht – er hat sehr volle, rote Lippen – und verbeugte sich.

»Mein lieber junger Mann«, sagte er, »wenn es um einen Psychosophisten geht, ist es mir ein Vergnügen, Ihnen zu helfen. Sie sind die widerwärtigsten Wesen, die es gibt. Warten Sie mal – ha, ich werde Ihnen den König aller Katzen zur Verfügung stellen, und die Mäuseleichen werden die Treppe des Fairfield-Lokals bedecken.«

Ich erklärte ihm, daß der Katzenkönig mir genauso viel nütze wie der Kronprinz, weil ich so oft auf Reisen wäre.

Er legte die Hand auf den Mund und sprach weiter. »Hm, hm, dadurch wird die Sache natürlich schwieriger, aber es handelt sich um eine meiner würdige Aufgabe, und ich werde nicht leichtfertig darauf verzichten. Ich werde Ihnen meinen Drachen borgen.«

Ich lachte und fand, daß Abaris wesentlich klüger war, als er aussah, weil er meinen harmlosen Witz auf diese Art parierte. Aber er lachte nicht.

»Es handelt sich um einen sehr jungen Drachen, der kürzlich aus einem Ei ausgeschlüpft ist, das mir mein alter Freund Mr. Sylvester geschenkt hat. Soweit ich weiß, bin ich der erste Mensch, der einen Drachen vom Ei an aufzieht, deshalb muß ich Sie bitten, ihn besonders gut zu betreuen, weil ich der Kaiserlichen Gesellschaft bei unserer nächsten Zusammenkunft einen Bericht vorlegen will.«

Meiner Meinung nach trieb er den Spaß zu weit, also erklärte ich, daß ich den Drachen sehr gut behandeln würde. Sobald er genug davon hätte, Mäuse zu fressen, würde ich ihm gern eine an einen Baum gefesselte schöne junge Prinzessin zur Verfügung stellen, obwohl ich keine Gewähr für die Folgen übernehmen könne, die dem Hörensagen nach in solchen Fällen für Drachen sehr nachteilig sind.

Er kicherte, aber es klang komisch, und er klopfte ein paarmal mit den Fingern auf die Theke. »Sie scheinen es sehr leicht zu nehmen«, stellte er fest. »Dabei handelt es sich hier um große Werte. Deshalb – und als Vorsichtsmaßnahme – werde ich eine Auflage an den Verleih des Drachens knüpfen. Wenn ich vom Brocken zurückkehre und Sie mir meinen Drachen nicht wohlbehalten zurückerstatten, werde ich Sie um die Erlaubnis ersuchen, Sie mit einem Fluch zu belegen.« Er zog ein Messer mit einer scharfen, skalpellartigen Klinge heraus. »Stechen Sie sich in den Daumen«, verlangte er.

Die Sache war schon zu weit gediehen, als daß ich jetzt noch hätte einen Rückzieher machen können; außerdem wollte ich wissen, was er mir als Drachen anbieten würde, also stach ich mich in den Daumen, und ein Tropfen Blut fiel auf die Theke. Abaris beugte sich darüber, summte eine traurige Melodie und bewegte seine Finger so, wie es Mr. Cohan beschrieben hat. Sein Gesichtsausdruck gefiel mir ganz und gar nicht. Der Tropfen Blut verschwand.

(Mr. Cohan hatte mit verschränkten Armen an der Rückwand der Bar gelehnt. Jetzt kam Leben in ihn. »Verschwand, so? Ich hatte höllische Mühe, die Spur von dem Bluttropfen wegzubringen, und es ist mir gar nicht ganz gelungen. Wenn Sie gegen das Licht schauen und sich nahe darüber beugen – sehen Sie –, da ist er, als hätte er sich durch den Lack in das Holz gefressen. Also, ist das nicht merkwürdig?«)

Der Drache jedenfalls war überhaupt nicht merkwürdig (sagte Murdoch, und Witherwax bemerkte zum erstenmal, daß die Zombies sich auf seine Sprechweise auswirkten). Es war ein richtiger Drache. Das erkannte ich, sobald Abaris ihn mir in einer Metallschachtel in die Wohnung brachte, und da begann ich wirklich, mir ein bißchen Sorgen zu machen. Er lebte sein Essen kochend – ich meine, er kochte sein Essen lebend. Eine tote Maus rührte er nicht an, überhaupt nicht. Aber wenn ihm eine lebende Maus in die Nähe kam, machte er *wuff*, schoß eine Flamme heraus, und die Maus war gar.

Witherwax sagte: »Daran habe ich nie gedacht. Aber freilich, sie müssen ja die Flamme für etwas benützen. Das heißt, wenn es ein wirklicher Drache war.«

Murdoch zeigte mit dem Finger auf ihn. »Hören Sie mal, Alter, glauben Sie mir nicht? Es ist schon schlimm genug ...«

»Aber, aber«, griff Mr. Cohan eindringlich ein. »In Gavagans Bar gibt es deswegen keinen Streit. Mr. Murdoch, ich muß mich über Sie wundern. Mr. Witherwax hat nichts davon gesagt, daß er Ihnen nicht glaubt. Und was den Drachen betrifft, ich habe ihn mit meinen eigenen Augen gesehen, hier auf dieser Theke; dort am Ende der Theke hat er gesessen.«

Er brachte ihn in einer großen Tomatensaft-Dose hierher (fuhr der Barmixer fort), um ihn mir zu zeigen, weil er hier zum erstenmal von ihm gehört hatte und weil er die Mäuse so großartig aus seiner Wohnung wegputzte, so daß kaum noch eine da war. Ich muß sagen, er sah nach nichts Besonderem aus, so wie einer von diesen Alligatoren, etwa einen halben Meter lang, und aus seinem Rücken ragte ein Paar kleiner Stummelflügel heraus.

Vielleicht gefiel es ihm nicht, daß er auf der Theke saß, oder was weiß ich, aber noch bevor Mr. Murdoch ihn wieder in die Dose stecken konnte, lief er an das Ende der Theke, und dort saß ein Mann, trank einen Tom Collins und kümmerte sich um seine Angelegenheiten. Der Drache stieß einen Viertelmeter Flamme aus, die dem Mann alle Haare am Handrücken versengte, und ob Sie's glauben oder nicht, sie brachte den Tom Collins zum Sieden, so daß er überkochte und Gavagans Lack beschädigte. Der Mann sprang auf und rannte hinaus; und weil so etwas schlecht für das Geschäft ist, erklärte ich Mr. Murdoch, er dürfe den Drachen nicht mehr hierherbringen; und damit fingen seine Schwierigkeiten an.

Ja, Mr. Murdoch, es ist schon in Ordnung. Ich wollte den Herren gerade erzählen, daß Sie den Drachen hierhergebracht haben, weil Sie sich dachten, er könnte uns gegen die Ratten helfen, die wir im Keller haben, der Teufel soll sie holen; und auch, weil er Hunger hatte. Die Mäuse waren alle aufgefressen; und Mr. Murdoch hatte kein Glück, wenn er dem Drachen ein Beefsteak oder ein Schweinerippchen brachte, weil dieser kein Rind- und kein Schweinefleisch essen konnte, sondern sich sein Fressen selber fangen mußte. Der Drache wurde mager und sagte etwas wie »Kwark, kwark«, und versuchte sogar, Fliegen zu fangen, aber er verbrannte sie mit der Flamme so, daß nichts von ihnen zum Essen übrigblieb.

Was tut also Mr. Murdoch? Er tut, was jeder vernünftige Mann an seiner Stelle tun würde, und versucht, den Drachen in den Zoo zu bringen, bis Mr. Abaris von Brooklyn – oder wie das heißt, wo er ist – zurückkommt. Mr. Murdoch steckt den Drachen in die Tomatensaft-Dose und deckt ihn mit Pappendeckel zu, aber dem Drachen hatte der Ausflug in die Bar überhaupt nicht gefallen, deshalb brennt er ein Loch in den

Pappendeckel und kommt heraus. Dann steckt ihn Mr. Murdoch in eine Holzschachtel, und es ist wieder das gleiche, nur verbrennt diesmal beinahe die Wohnung. Dann versucht Mr. Murdoch, den Zoo anzurufen, aber der Zoo hat kein Interesse an Drachen.

»Warum?« fragte Witherwax.

»Oh, das ist eine lange, lange Geschichte«, antwortete Murdoch. »Sie sagten, sie könnten ihn nur nehmen, wenn ich ihn ihnen schenke, und ich sagte, das könne ich nicht tun, und sie sagten, ich solle ihn in eine Hiertandlung bringen – ich meine Tierhandlung; und ich sagte ihnen, daß er ein Loch in die Schachtel gebrannt hatte. Das war aber verkehrt, weil der Zoo sagte... Was sagte er gleich? – O ja, er sagte, sie würden den Drachen mit einem Tiertransportwagen abholen lassen, und einen Tierwärter namens Napoleon Bonaparte mitschikken. Also legte ich auf. Vielleicht ist das alles auch gar nicht passiert.« Er trank mit unglücklichem Gesicht seinen Zombie aus.

Ich kann bezeugen, was dann geschehen ist (sagte Mr. Cohan bedächtig). Als Mr. Murdoch mir davon erzählte, gab ich ihm einen Rat: Wenn man den Drachen nicht zu seinem Futter bringen kann, muß man es umgekehrt machen. Doc Brenner hat mir erzählt, daß es Geschäfte gibt, wo man Ratten und Mäuse und solche Biester für Experimente kaufen kann; und wenn das kein Experiment ist, was ist dann ein Experiment? Also lasse ich mir von Doc Brenner die Adresse von so einem Laden geben, Mr. Murdoch will sofort hingehen, und dann erinnert er sich, daß er ein paar Bretter bestellt hat, weil er sich ein Bücherregal basteln will. Also läßt er den Schlüssel zu seiner Wohnung unten im Restaurant.

Also, der Junge, der die Bretter hinaufbrachte – er

war nachher hier, und er war zwar sehr jung, aber ich konnte ihm den Drink nicht abschlagen, weil er ihn wirklich brauchte –, der Junge legt die Bretter hin, als plötzlich eine Maus aus der Ecke gelaufen kommt und der Drache hinter ihr her. Es muß eine neue Maus gewesen sein. Der Drache schlich sich nicht an wie eine Katze, wie er es sonst tat, sondern hüpfte über den Boden, seine Krallen scharrten über die Bretter, und seine Flügel versuchten zu flattern, und bei jedem dritten Satz schoß er einen Viertelmeter Flamme heraus.

Die Maus steuerte den Bretterhaufen an, der Drache hinterher. Den Jungen, der die Bretter gebracht hatte, traf eine Flamme – er hatte in seinem Hosenbein ein Loch, groß wie meine Faust –, bevor er davonrannte; er dachte sich, daß Gavagans Bar ihm vielleicht mehr zusagen würde. Was dann geschah, kann ich Ihnen nicht erzählen; aber soweit man es rekonstruieren kann, verschwand die Maus zwischen den Brettern, und der Drache steckte sie in Brand, weil er versuchte, die Maus zu grillen.

Was immer sich abgespielt haben mag, als Mr. Murdoch mit einer Schachtel, in der lebende Mäuse waren, nach Hause kam, brannte seine Wohnung lichterloh, Feuerwehrleute schossen Wasserstrahlen durch das Fenster, zerhackten mit ihren Äxten Möbel und unterhielten sich dabei großartig. Das war alles soweit in Ordnung, weil Mr. Murdoch eine Versicherung hatte. Aber er hatte keine Versicherung für den Drachen, und als er nachher in die Wohnung hineinkam, konnte er, bei Gott, keine Spur von dem Biest finden. Ob er verbrannt ist oder ihn das Wasser weggespült hat, oder ob er in das Fairfield-Restaurant entwischt ist, das alles weiß Mr. Murdoch nicht. Und jetzt kommt dieser Abaris aus Brooklyn zurück, und Mr. Murdoch hat keinen Drachen für ihn, nichts als die Schachtel mit den Mäusen, die er aufgehoben hat, weil er hoffte, daß der Drache wieder auftauchen wird.

Also wird dieser Abaris ihn mit einem Fluch belegen, und was dann sein wird, weiß ich nicht, und Mr. Murdoch weiß es auch nicht. Nein, Mr. Murdoch, Sie müssen entschuldigen, aber von mir bekommen Sie heute keinen doppelten Zombie mehr.

Eric Knight

Eine Figur, sie sich in den vierziger Jahren unter den Freunden der Phantastik eines Kultstatus erfreute, war Sam Small, ein grauhaariger kleiner Mann aus Yorkshire, halb sterblich und halb Gott, der gern mal einspringt, wenn es gilt, Recht und Ordnung aufrechtzuerhalten, der aus eigener Kraft zu fliegen vermag (eine Art ländlicher Superman) und sogar Tiere in junge Mädchen verwandeln kann! Seine Heldentaten erschienen zuerst als Serie von Kurzgeschichten in einer US-amerikanischen Zeitschrift, Harper's Magazine, und mehrere Jahre lang wurde der Autor Eric Knight, der in San Fernando Valley in Kalifornien wohnte, für einen Amerikaner gehalten. In Wahrheit stammte er ebenso aus Yorkshire wie sein Held Sam Small, der in einem mythischen kleinen Flecken namens Polkingthorpe Brig lebt, ›nicht besonders weit von Huddersfield‹. In der Tat schöpfte Knight aus Erinnerungen an seine eigene Kindheit in jenem Teil des Landes, um seine phantastischen Geschichten von dem streitlustigen kleinen Fabrikarbeiter zu schreiben, der mit der Erfindung einer ›selbsttätigen Spindel‹ reich und durch seinen neuerworbenen Wohlstand von der Plackerei befreit wird, um alsbald von einem urkomischen Abenteuer ins andere zu stolpern.

Eric Mowbray Knight (1897 – 1943) wurde in armen Verhältnissen in der Nähe von Leeds geboren und wäre wahrscheinlich wie Sam ein Fabrikarbeiter geworden, wenn ihn sein Abenteuergeist nicht kurz vor Ausbruch des Ersten Weltkriegs zur Auswanderung nach Boston in den USA bewegt hätte. Anfangs versuchte er eine Laufbahn als Maler und Illustrator einzuschlagen, doch bei Tests erwies er sich als farbenblind. Statt dessen wurde er Journalist beim Philadelphia Public Ledger und machte sich dort mit seinen bissigen und oft unverblümten Film-Rezensionen einen Namen. Diese Besprechungen lenkten die Aufmerksamkeit eines der Studiobosse von Hollywood auf ihn, der Knight in einem Akt typischen Eigennutzes als Drehbuchautor in die Filmhauptstadt lockte. Knight brauchte nicht lange, um vom Filmgeschäft enttäuscht zu sein, und wandte sich dem Schreiben von Romanen zu. 1935 debütierte er mit einer Persiflage auf das Genre der damals beliebten Hard-boiled Story, Du setzt auf Rot, und es kommt Schwarz (You Play the Red and the Black Comes Up). Es folgten zwei eher traditionelle Romane, Das glückliche Land (The Happy Land, 1940) und Dies vor Allem (This Above All, 1941). Ein Jahr später kam eine Kindergeschichte über eine findige Colliehündin (nach dem Vorbild von Knights eigenem Collie ›Toots‹), Lassie komm zurück (Lassie Come Home, 1942), die mit einer schönen elfjährigen Filmdebütantin in einer Hauptrolle verfilmt wurde – mit Elizabeth Taylor. Der außerordentliche Erfolg dieses Films zog eine Reihe von Fortsetzungen und eine lange laufende Fernsehserie nach sich, durch die die treue Lassie jedermann zum Begriff wurde. Tragischerweise kam Eric Knight bei einem Flugzeugabsturz ums Leben, ehe sich Lassies Ruhm dem Kult zugesellen konnte, der Sam Small schon umgab. In ›Sam Smalls bessere Hälfte‹ findet sich der kleine Mann aus Yorkshire plötzlich zweigeteilt – ein Zustand, der große Möglichkeiten eröffnet, bis seine andere Hälfte zu seiner Frau zieht ...

Eric Knight

Sam Smalls bessere Hälfte

»Wenn's ein Ding auf Erden gibt, wonach es mich gelüstet«, sagte Mully Small, vor ihrem Herdfeuer sitzend, »so wär es das Reisen. Jetzt sind wir wohlhabende Leute, du hast dich ins Privatleben zurückgezogen, wie man so sagt – und jetzt tät ich nichts lieber, als rund um die ganze Welt herumfahren.«

Sam ignorierte die Anregung gänzlich. Er legte das Abendblatt nieder. »Ha!« begann er rhetorisch und angriffslustig, »was wäre der Arbeiter Großbritanniens ohne seinen Krug Bier am Feierabend!«

»Diese Frage kann kein Mensch beantworten, ehe nicht einmal der Versuch gemacht wird«, sagte Mully schnippisch. »Und da ich vermute, daß du nicht in der Stimmung für solche kühnen Experimente bist, so geh doch um Gottes willen schon in dein geliebtes Wirtshaus – denn früher hab ich ja doch keine Ruhe. – Und da hab ich nu wahr und wahrhaftig gedacht, du würdest einmal einen Abend zu Hause verbringen, wo's mir doch so schlecht geht.«

Sam stand auf und drückte sich unentschlossen im Zimmer herum. Mully sah wirklich etwas angegriffen aus, und er wäre gerne zu Hause geblieben. Aber es verlangte ihn auch sehr nach seinem gewohnten Krug Bier. Ein kurzer, aber desto heftigerer Kampf setzte in seinem Innern ein. Der Bierkrug blieb Sieger.

»Aber ich bleibe ja nicht lange fort«, beruhigte er sie.

Mully wies den kahlen Ölzweig zurück.

»Da kann man Gift drauf nehmen«, sagte sie sarkastisch in ihrem breitesten Yorkshire-Dialekt. »Nur bis sie dich rausschmeißen!«

»Ist so ein schändliches Mißtrauen einer anständigen Frau würdig?« fragte Sam vorwurfsvoll in die leere Luft. »Ich bin lang vor der Polizeistunde wieder zurück.«

Als er das sagte, meinte er es wirklich so – schon um Mully zu beweisen, wie gröblich sie ihn verkannte. Aber als er ins Wirtshaus kam, war da unseligerweise gerade eine Auseinandersetzung im Gang. Überdies war es eine Diskussion von der Art, die unbedingt den Scharfsinn, die Erfahrung und die forensischen Künste Sam Smalls erforderte. In ganz Yorkshire gibt es keinen Mann, der es in der Diskussion mit Sam Small aufnehmen kann.

»Die Sache ist die, Sam«, erklärte Rowlie Helliker: »Es heißt hier im Blatt, ein Doktor sei der Ansicht, daß ein gewisser Bursche eine ... eine ...« – er schielte in die Zeitung – »na, ganz gleich wie es heißt – das Wort bedeutet nach der Erklärung in dem Artikel, daß er eine ›gespaltene Persönlichkeit‹ hat.«

»Ach so«, sagte Sam wegwerfend. »Schizoperennie.«

»Wat soll denn dat nu wieder heißen?« fragte Huckle, der Gastwirt.

»Das ist nur der technikologische Name dieser Krankheit«, sagte Sam leichthin. »Das bedeutet, daß ein solcher Kerl in zwei Persönlichkeiten gespalten ist. – So liegt die Sache.«

»Ich hab solche zwei Persönlichkeiten gesehen«, mischte sich eifrig Annie, die Kellnerin, ein. »Das war mal im Kino. Da war der eine ...«

»Ich weiß jetzt, woran ich bin«, unterbrach sie der Vormann im Stollen, der Gaffer Sitherthwick. »Wenn ihr meint, ihr könnt mich reinlegen und mir einreden, daß so ein Kerl sich in zwei Personen teilen kann, dann sag ich nur: Das ist nicht menschlich, das ist nichts als drekkige Propaganda – so, jetzt wißt ihr's.«

»Nu mach mal'n Punkt, Gaffer!« sagte Sam würdevoll. »Ihr müßt euch das so vorstellen: Die Wissenschaft hat entdeckt, daß jeder von uns tatsächlich zwei Menschen mit sich herumträgt. Du kannst dich doch nicht gegen die Wissenschaft auflehnen, wenn es sich nu mal um... um... Wissenschaft handelt. Oder?«

»Diese Wissenschaft wird noch eines Tages in den Abgrund stürzen, wenn sie so fortmacht«, warnte Capper Wambley dunkel.

»Vielleicht is das *so*«, überlegte Rowlie Helliker. »Ihr habt doch alle schon von Zwillingen gehört, nich wahr. Kann doch sein, daß es mit dieser Schizoperennie so 'ne Bewandtnis hat, daß so 'n Junge später im Leben 'n Zwilling wird, statt *vor* seiner Geburt.«

»Unsinn«, schnitt ihm Capper barsch das Wort ab. »Von so was hätt ich schon früher gehört. Ich bin der älteste von euch allen hier, und in meinem ganzen Leben is mir so was noch nich vorgekommen.«

»Aber sie haben's ja eben erst entdeckt!« erklärte Sam.

»Und doch glaub ich im Leben nich, daß so 'n Kerl sich entzweispalten kann«, murrte der Gaffer verärgert.

»Ich auch nicht«, stimmte ihm Capper Wambley bei.

»Genug jetzt! Wir sind in England! Fair play – immer und für jeden!« überschrie sie Rowlie Helliker. »Zwei gegen einen! Da möcht ich doch auch noch ein Wörtchen dazu sagen...«

Und so gab ein Wort das andere, es wurde nicht gespart mit scharfsinnigen und treffenden Bemerkungen und Argumenten, wie sie jedem Mann aus Yorkshire zu Gebote stehen; und die weißen Arme von Annie, der Kellnerin, flogen auf und ab beim fleißigen Einschenken. Die Zeit verging – kein Mensch merkte was davon –, bis allzu früh und unerwartet die Stimme Huckles, des Wirts, das Getöse und Gläserklirren mit dem wohlbekannten, unwillkommenen Ruf durchschnitt: »Polizeistunde, die Herren! Bitte, die Herren!«

Sam Small stand verdonnert da – wie Aschenbrödel auf dem Ball beim Schlag der Mitternachtsglocke.

»Du lieber Himmel«, brummte er erschrocken. »Polizeistunde! Und ich hatte Mully fest versprochen, vor Torschluß daheim zu sein...«

Er rannte davon, so schnell seine kurzen Beine ihn tragen wollten. Als er den ›Grünen Anger‹ entlangstolperte, kam ihm der Gedanke, daß er – wenn er sehr schnell machte – immerhin behaupten könnte, er habe das Wirtshaus noch vor der Polizeistunde verlassen und sei nur ganz langsam nach Haus gebummelt.

Ein Schuldgefühl senkte sich ihm auf die Brust – nicht etwa, weil er wieder dabei war, sich eine nette, ansprechende Lüge auszudenken, sondern weil er die gute Mully den ganzen Abend allein gelassen hatte. Er wünschte, er hätte es nicht getan.

Eine rechte Wut gegen sich selbst stieg in ihm auf, und da – da geschah es!

Es gab so etwas wie einen Blitz, eine Art lautlose Explosion, einen Wirbel von Kometen und Gestirnen in einem ungeheuern purpurnen Vakuum...

Und dann fand sich Sam halb betäubt auf dem Pflaster wieder.

»Alle Wetter!« murmelte er verstört. »Ich muß in den Laternenpfahl hineingerannt sein!« Er versuchte, seine Sinne zu sammeln und Klarheit zu gewinnen. Da sah er neben sich auf dem Pflaster einen andern Burschen in ähnlichem Zustand.

»Ach, das warst du, der da in mich hineingerannt ist«, begann Sam streitsüchtig. »Zum Kuckuck auch, warum sperrst du deine Augen nicht auf?«

»Gehupft wie gesprungen«, erwiderte der andere. »Pack dich selbst bei der Nase! Warum stolperst du wie ein Blinder durch die Nacht daher und gibst nicht acht auf deinen Weg?«

»Jetzt fang auch noch zu streiten an, Kerl«, sagte Sam gereizt. »Gib mir lieber die Hand und hilf mir hoch!«

»Wie wär's denn, wenn du *mir* auf die Beine helfen wolltest?«

»Herrgott, noch nie ist mir ein so unfreundlicher, widerwärtiger Bursche in den Weg gelaufen«, schalt Sam. »Aber ich hab keine Zeit zum Streiten. Meine Frau fühlt sich nicht wohl, ich hab ihr versprochen, vor der Polizeistunde daheim zu sein, und mein Versprechen muß ich halten ...«

»Du Bier-Süffel!« schalt jetzt der andere. »Wenn's deiner Frau schlecht geht – was mußt du überhaupt ins Wirtshaus rennen? Kannst du nicht einen Abend zu Hause bei ihr sitzen? So wie ich das tue, da oben in meinem Haus am Grün-Anger?«

»In deinem Haus am Grün-Anger?« wunderte sich Sam, und die Spucke blieb ihm weg.

Ein furchtbarer Verdacht stieg in ihm auf, und ein Frösteln lief ihm über den Rücken. Denn auf einmal kam ihm die Stimme des Mannes so bekannt vor – so sonderbar bekannt.

»Wer bist du?« schrie Sam auf.

Beide standen sie vom Pflaster auf, und Sam zog den andern unter die Laterne. Dann rang er nach Atem. Denn vor ihm stand niemand anders als – er selbst!

Aber nur eine Sekunde lang schnappte er nach Luft; dann funktionierte sein Gehirn wieder. Er packte den andern mit festem Griff.

»Du verdammter Schwindler du! Aber jetzt hab ich dich beim Kragen.«

»Verdammter Schwindler du selbst!« sagte der andere ohne Aufregung. »Ich bin Sam Small.«

»O du verfluchter Lügenbold! Sam Small bin *ich*.«

»Na, na, reg dich bloß nich auf, Junge. Sieh mich mal an und sag selbst, ob ich nicht Sam Small bin.«

Sam Small bohrte seinen Blick in das Gesicht des

Fremden. »Wahrhaftiger Gott«, murmelte er dann, »du siehst so aus.« Dann drang ein Stöhnen aus seiner Brust. »Herrgott, mach mich nicht verrückt, Mensch – bald weiß ich selber nicht mehr, was ich davon denken soll. Wie kannst du beweisen, daß du Sam Small bist?«

»Nun, mein Lieber«, gab er zur Antwort – und nun war *er* es, der den armen Sam mit argwöhnischem Blick betrachtete – »ich hab ein Weib namens Mully. Und dann hab ich 'ne Tochter, die wird demnächst siebzehn – meine Vinnie – und ferner...«

»Da soll mich doch der Deibel holen«, sagte Sam, »du bist wahr und wahrhaftig ein gerissener Gauner. Du kennst dich in meinen Familienverhältnissen aus – hast alles gut durchgeschnüffelt. Aber trotzdem bist du schief gewickelt, mein Junge – ich weiß schon, wie ich dich zu fassen kriege!«

Während er sprach, nestelte er an seiner schweren goldenen Kette und zog eine große Zwiebel von goldener Uhr aus der Westentasche. Mit leisem Schnappen ließ er den Rückdeckel zurückspringen.

»Hier – kannst es selber lesen. Denn ich kann's auswendig. Was steht da, Bursche? ›Sam Small von seiner treuen Ehefrau Millicent, an ihrem Hochzeitstag.‹ Na...?!«

»Da soll mich doch der Deibel holen«, sagte der andere gelassen, »denn bei mir steht genau dasselbe im Uhrendeckel!« Und mit der gleichen Bewegung ließ er den gleichen Deckel von der gleichen Uhr aufspringen.

»Ooh, mein Gott«, wimmerte Sam bei diesem Anblick, »jetzt steht mir der Verstand still. Irgend etwas Schreckliches muß passiert sein. Da steh ich – und weiß nicht: Bin ich's oder bin ich's nicht.« Ein Weilchen verschlug's ihm die Sprache. »Bin ich's – oder bist du's – oder bist du ich – oder bin ich du – oder sind wir beide...«, murmelte er verstört. Er versuchte zu überlegen. »Ich hab's!« schrie er auf.

»Was denn?« erkundigte sich der andere.

»Wir sind beide Ich. Alle beide – Ich. Das ist Schizoperennie. Meine Persönlichkeit hat sich entzweigespalten, genau so wie's im Blatt gestanden hat und wie wir's im Wirtshaus diskutiert haben. Jetzt besteh ich aus zwei Personen.«

»Dunnerkiel«, sagte der andere bedächtig. »Man stelle sich so was vor. Aber was fangen wir nu an?«

»Keine Kleinigkeit, Junge«, sagte Sam sorgenvoll. »Aber wir müssen sehn, wie wir aus der Patsche herauskommen. Das will überlegt sein! Besser, wir schlagen uns seitwärts in die Büsche, bevor einer daherkommt und uns sieht. Das könnte ein böses Gerede im Dorf geben. Komm mit, wir wollen ins Moor und die Geschichte reiflich überlegen. Damit wir etwas Ordnung in die Angelegenheit bringen und keine Verwechslung entsteht, will ich dich Sammywell nennen, und du nennst mich Sam – damit ein Unterschied gemacht werden kann in der Diskussion, möcht ich sagen.«

Und sie schlugen sich ins Moor, während Sam seine Vermutungen über die Katastrophe entwickelte.

»Wenn wir die Sache vorsichtig und klug behandeln«, meinte er nachdenklich, »kann sie sogar noch zum Guten ausschlagen. Zum Beispiel so ein Doktor oder ein Gelehrter, solche Leute mit wissenschaftlicher Neugier, möcht ich sagen – hö, mein Lieber, was denkst du wohl, was die bezahlen würden, um ein paar Burschen wie uns zwei zu finden!«

»Nö, nö, Sam – für Doktors hab ich nix übrig. Wer weiß, die würden uns am Ende noch operieren wollen«, argwöhnte Sammywell.

»Hast recht, Junge, da bin ich ganz deiner Meinung«, gab Sam zu. »Aber wir könnten ein Zelt kaufen und uns auf den Jahrmärkten sehen lassen – wir wären erstklassige Raritäten, und die Leute würden bestimmt gern für uns ein Silberstück springen lassen.«

»Ach was, ich laß mich nicht für Geld angucken«, brummte Sammywell.

»Da is nix Böses dabei, damit kann man ganz anständig Geld machen, Junge – ich muß die Sache erst richtig durchdenken – aber da is Geld herauszuholen, sag ich dir! Denk doch nur an die Stange Gold, die ich mit meiner selbsttätigen Spindel gemacht hab!«

»Hü – jah! Aber eine Erfindung ist eine Tatsache«, wandte der andere ein.

»Und das hier ist gleichfalls eine Tatsache«, sagte Sam eifrig. »Stell dir doch bloß vor! Sogar die Regierung wird sich für uns interessieren, möcht ich sagen. Herrgott, wenn sie jeden Mann spalten können, dann könnten sie ja auch die Armee glatt verdoppeln!«

»Schon recht, schon recht, Sam. Aber wir können nicht die ganze Nacht hier herumstreunen, bis du deinen Plan zurechtgelegt hast. Ich muß heim, Mully wartet auf mich.«

»Wir können aber nicht nach Hause gehen«, wandte Sam heftig ein, »wir können unmöglich zu zweit kommen.«

»Da hast du schon recht«, gab Sammywell zu. »Einer von uns kann ja draußen bleiben und überlegen, was da zu machen ist. Der andere kann heimgehen – Mully braucht ja nichts von der Geschichte zu wissen. Du wirst es hier draußen nicht besonders kalt haben heut nacht, und am Morgen kann ich dir ja was zu essen bringen.«

»Augenblick mal. Die Sache gefällt mir nicht. Du willst nach Hause gehen – zu meiner Frau? Das – das ist ja unmoralisch!«

»Na, eben hast du mir noch auseinandergesetzt, daß wir beide eine Person sind. Und wenn ich jetzt heimgehe, so ist das ganz dasselbe, als gingest *du* heim, das weißt du ganz gut«, beharrte Sammywell. »Nun nimm mal Verstand an, Junge. Einer von uns beiden muß jetzt eine Weile verschwinden, bis wir über den ganzen Fall im klaren sind. Du könntest zum Beispiel ein paar Tage verreisen, und inzwischen lassen wir uns die Geschichte gründlich durch den Kopf gehen.«

»Ich – verreisen?« echote Sam.

Er überlegte ein Weilchen. Ja, da eröffneten sich angenehme Aussichten. Weiß Gott, wenn er auf diese Weise zu einer kleinen Vergnügungstour kam, konnte er sich ungestört ein paar lustige Tage leisten. ›Gar nicht übel‹, dachte er.

Aber er machte ein trauriges Gesicht. »Schlimm, schlimm für mich«, sagte er. »Keine Kleinigkeit, wenn ein Mann das Behagen von Haus und Herd aufgeben soll und dahinziehen muß – ein ungeliebter Wanderer auf den öden Landstraßen dieser Erde, möcht ich sagen. Aber um Mullys willen und für ihren Seelenfrieden will ich dieses Opfer bringen. Leb wohl.«

»Wohin gehst du?«

»Nun – ich will quer übers Moor, dann bin ich in der Früh in Bradley. Ich kann dann mal fix in der Bank vorbeigehn und etwas Geld holen ...«

»Höh! Geh mal 'n bißchen sorgfältig um mit meinen Ersparnissen! Hörst du!« mahnte Sammywell eindringlich.

»Mit *unsern* Ersparnissen, meinst du, Sammywell, mein Junge. Gehab dich wohl.«

Und schon verschwand er auf dem dunkeln Weg.

»Sam!« rief Sammywell in die Finsternis hinein. »Wann kommst du wieder?«

»Wenn ich wieder da bin«, flötete Sam freundlich zurück. »Halt das Herdfeuer ordentlich in Brand, Sammywell. Halt das Herdfeuer in Brand!«

»Sie wollen ein Billett, mein Junge?« fragte der freundliche Mann hinter dem Schalter der kleinen Bahnstation.

»Sie haben's erraten«, sagte Sam erleichtert. »Aber

wissen Sie, das sind so die Sachen, die Mully immer erledigt. Ohne sie bin ich da aufgeschmissen. Was für Billetts gibt's denn hier?«

»Na, erster, zweiter, dritter Klasse und Retourbilletts.«

»Dann will ich also ein Retourbillett haben.«

»Retour, schön. Und wohin soll's sein?«

»Na, selbstverständlich hierher zurück, kannst dir denken.«

Der Mann, im Glauben, daß Sam sich über ihn lustig machte, wurde jetzt ärgerlich. Sie begannen zu streiten. Sam setzte seinen Yorkshirer Schädel auf und wollte sich nicht über sein Fahrziel auslassen.

»Jeder Ladenschwengel kann einem verkaufen, was man verlangt«, sagte er erbittert. »Aber ich habe immer gehört, daß ein guter Verkäufer auch unentschiedene, schwankende Kundschaft zufriedenstellen kann.«

»Aber wo wollen Sie denn hin, zum Kuckuck?«

»Wie kann ich das wissen, bevor ich einen Kostenüberschlag gemacht habe? Kein vernünftiger Mensch wird seine paar Kröten auf gut Glück hinausschmeißen. Schlagen Sie mir doch etwas vor!«

Der Mann stieß heftig den Atem aus und nahm das Kursbuch vor.

»Wie wär's mit Llandudno, ganz was Besonderes, sechsundzwanzig sechzig, hin und zurück, wie?« bot er ihm an.

»Kann ich nicht buchstabieren«, sagte Sam. »Ich möchte mich nicht an einem Ort aufhalten, den ich nicht buchstabieren kann. Ich würde mich ganz elend fühlen.«

»Scarborough also, fünfzehn...«

»Herrgott, das ist schon gar nichts für mich. Ich hab mal einen Freund gehabt, der hat sich dort das Bein gebrochen. Mein bester Freund noch dazu. Nein, das würde mir das ganze Vergnügen verderben. Stellen Sie sich vor, er hat sich bloß seine Hosen angezogen – und dabei fällt er so unglücklich hin, daß er sich das Bein bricht!«

»Na, es ist doch wohl wieder verheilt?«

»Das schon; aber seine Frau konnte sich nie darüber beruhigen, weil es nun kürzer war als das andere. Sie plagte ihn immerzu, er solle sich doch nun auch das andere Bein brechen, damit sie wieder auf gleich kämen. Von der Stunde an hatten sie keinen friedlichen Tag mehr. Bleiarbeiter war er, wissen Sie. Billy Sandyson. Wahrscheinlich haben Sie schon von ihm gehört?«

»Nein. – Blackpool, zwölf sechzig, Ferienbillett. Gültigkeit zehn Tage ...?«

»Blackpool? Das interessiert mich!«

»Soll es also Blackpool sein?«

»Drängen Sie mich bloß nicht so. Da war ich nämlich schon einmal. Wissen Sie, da gibt's doch diese Wellhornschnecken in Essig; ich hab soviel von dem Zeug gegessen, daß mir beim Heimfahren im Zug ganz elend wurde. Herrgott, aber es war doch eine fidele Zeit!«

»Wollen Sie also eine Fahrkarte nach Blackpool?«

»Warten Sie einen Augenblick. Wenn ich in zehn Tagen noch nicht zurück möchte – kann ich es dann mit Aufzahlung verlängern?«

»Ja!« seufzte der Schalterbeamte. »Ja!«

»Na, dann will ich's mal versuchen!« entschloß sich Sam. Und er dampfte ab nach Blackpool.

Sam verbrachte höchst angeregte Tage in Blackpool. Es gab soviel zu tun und zu sehen, daß er schon am Morgen loszog und die Mahlzeiten in seiner Pension meistens schwänzte. Das machte nichts aus, denn es gab so viele Lokale in dem Ort, wo man Miesmuscheln und Schnecken, gebackenen Fisch, Erbsensuppe mit Speck und Eis essen konnte. Und da es eine Vergnügungsreise ohne Mully war, konnte er schon ein bißchen mehr Geld springen lassen.

Er blinzelte fidel allen jungen Mädels zu, die hier ihre

Ferien verbrachten – er hatte zwar schon etwas Schnee an den Schläfen, aber er fühlte sich pudelwohl in seiner Haut. Eines Tages hörte er sich behaglich die Kurmusik an, da lachte ihm ein großes flottes Mädel zu. Das veranlaßte Sam, sich einen imponierenden Spazierstock anzuschaffen. Am nächsten Tag, bei der Musikkapelle, lächelte sie wieder. Daraufhin kaufte er sich einen Strohhut.

Die Sonne lachte, es wurde sehr warm. Alles tummelte sich vergnügt am Strand. Der Sand von Blackpool ist etwas feucht und klebrig, aber Sam war so voll Ferienseligkeit und jugendlichem Freiheitsdrang, daß er nicht darauf achtete. Er rollte sich die Hosen hoch und planschte und watete nach Herzenslust im Wasser und im Sand. Das ging so den ganzen Tag hindurch, bis die Sonne blutrot unterging und plötzlich ein kühler Wind von der See hereinkam. Sam Small überlief ein Frösteln.

»Wahrscheinlich sind meine Hosen feucht geworden«, dachte er. »Da hätte Mully wieder was zu quängeln.«

Er ging höher hinauf in die Dünen und zog Schuhe und Strümpfe an, um sich zur Strandkapelle zu begeben; er wollte mal sehn, was das flotte Mädel zu dem neuen Strohhut sagte!

Aber als er angezogen war, fühlte er sich unbehaglich. Die Lust war ihm vergangen, unter dem vergnügten Volk herumzuflanieren. Und doch hatte er irgendein Verlangen, irgend etwas plagte ihn.

›Aber was kann es nur sein?‹ grübelte er. ›Vielleicht sollte ich nur etwas essen.‹

Er dachte an gefüllte Pasteten, an Zervelatwurst, Rouladen und Austern und was es alles in Blackpool Gutes gab. Aber es war alles nicht das Richtige.

Er wollte es herauskriegen – vielleicht sollte er einen Spaziergang auf der Strandpromenade oder einen Gang zur Mole machen? Oder Karussell fahren oder etwa eine Fahrt auf dem Riesenrad unternehmen?

Nein, das war alles nicht das Richtige.

Sam gab es schließlich auf und kehrte in seine Pension zurück. Er war sonderbar schlecht gelaunt.

»Mir scheint, ich hab mich gehörig erkältet«, sagte er zur Wirtin.

»Ich glaube eher, daß du dir den Magen verdorben hast mit all dem Zeug, das du so unterwegs futterst«, brummte sie. »Kutteln und Kalbsfuß, Schweinsgekröse und Aalpastete, Knoblauchwurst, Hoppelpoppel und Schlachtschüssel, und dazwischen immer wieder mal Vanille-Eis in Waffeln vom Wagen... das kann ja nicht gut tun...«

»Haben Sie noch was auf der Speisekarte? Wenn ich nich muksch gewesen wäre, schon beim Nachhausekommen, so wär ich's jetzt«, brummte Sam.

»Dann solltest du ein Abführmittel nehmen, ich hab eins zu Hause, das hab ich immer meinem Mann gegeben. Ein feiner Kerl war das, kann ich dir sagen.«

»Dein Mann? Und wo ist er jetzt?«

»Na, tot doch.«

»Und ich sag dir, es kommt nicht vom Essen. Und wenn's so wäre – ich tät doch kein Abführmittel nehmen. Ich hab mich einfach tüchtig erkältet.«

»Dann mach ich dir 'n Fußbad mit Senfblättern.«

»Ich mag kein Fußbad. Mully gibt mir heißen Rum und Tropfen.«

»Rum hab ich nicht. Tropfen kann ich dir geben. Nimm jetzt die Tropfen, und morgen den Rum.«

»Ach so'n Frauenzimmer hat doch keinen Verstand im Kopf. Das klingt ganz nach Mully.«

»Arme Frau! Kann mir leid tun, wenn sie's dir recht machen muß.«

»Weiß Gott, ich hätte mir denken können, daß in

Lancashire kein Gefühl und kein Verständnis zu erwarten ist.«

»Huh!« machte die Wirtin. »Yorkshire!«

»Das hat noch gefehlt!« brüllte Sam. »Das schlägt dem Faß den Boden aus! Morgen früh mit dem ersten Zug geht's heim – zu Mully!«

Und er fuhr heim.

Als Sam im Zwielicht über den Grün-Anger dahergeschlendert kam, verließ ihn plötzlich seine fröhliche Stimmung – es war, als hätte er zum erstenmal wieder an Sammywell gedacht.

»Herrgott, wenn ich jetzt eintrete und er ist drin, dann kommt Mully dem ganzen Handel auf die Spur; dann will sie auch wissen, wo ich mich herumgetrieben habe – und dann ist der Teufel los. Erst will ich sehn, wie's zu Hause steht.«

So schlich er sich also an sein Häuschen heran und guckte verstohlen durchs Fenster.

Und da saß seine Mully strickend im Schaukelstuhl am Kamin – und Sammywell las ihr vor.

Dieser Anblick war wohl geeignet, eines Mannes Herz und Sinn zu verstören. Sam fühlte sich wie verhext; er sah keinen Ausweg und fühlte sich ausgestoßen – beim Anblick dieses Mannes, der an seinem Herdfeuer saß, während er selbst müde und erschöpft vor der Tür stand und bitterliches Verlangen nach einer guten, wärmenden Tasse Tee hatte.

Er zog sich zwischen die Büsche im Garten zurück und warf kleine Steinchen gegen die Fensterscheibe. Nach einer langen Weile öffnete sich die Haustüre, und ein Lichtstrahl fiel heraus. Und mit dem Licht drang von drinnen Mullys Stimme durch die Tür. Sam schoß es bei diesem Klang wie eine warme Blutwelle durch die Brust.

»Wenn das wieder die Kidderley-Bälger sind, so sag ihnen gehörig Bescheid, Sam!«

»Pßt«, machte Sam leise. »Sammywell! Auf ein Wort! Komm raus! Ich warte an der Ecke vom Grün-Anger!«

»Was gibt's da draußen, Liebling?« drang Mullys Stimme wieder aus dem Haus.

»Nichts, gar nichts«, rief Sammywell zurück. »Ich denke, ich hol mal meine Jacke und mach einen kleinen Spaziergang, wenn's dir recht ist. Und meine Pfeife nehm ich mit, dann verpest ich dir nachher nicht das Haus mit dem ollen Tabak.«

»Hast recht, mein Junge. Ein Atemzug frische Luft wird dir gut tun!« hörte man Mullys Stimme von drinnen. Dann wurde die Türe geschlossen.

Sam stapfte zur Ecke des Grün-Angers. Immer wieder klangen ihm Mullys Worte in den Ohren. Die Worte – und der Ton! Ihre Stimme war sanft und warm. Und sie hatte Sammywell ›Liebling‹ genannt. Das sah Mully gar nicht ähnlich. Ihn hatte sie noch nie ›Liebling‹ genannt.

Als Sammywell um die Ecke bog, platzte Sam fast vor Ärger und Eifersucht.

»Jetzt hab ich ein Wörtchen mit dir zu sprechen, Bursche«, knurrte er.

»Was ist denn los? Ist etwas nicht in Ordnung, Sam?«

»Ach, hol's der Henker, Ordnung oder nicht. Es ist höchste Zeit, daß ich nach Hause komme und meinen rechtmäßigen Platz neben meinem Eheweib wieder einnehme... du... du... Judas du!«

»Aber Sam, du wolltest doch gern verreisen und dich austoben.«

»Schön... Nun hab ich mich ausgetobt... Jetzt ist es an dir, zu verschwinden.«

»O nein, Sam«, sagte der andere gelassen. »Ich fühle mich außerordentlich wohl. Jeden geschlagenen Abend sitze ich mit Mully am Kamin und ...«

»Jawohl. Ich habe ihre Flötentöne gehört. Und zu denken, daß sie meine Frau ist!«

»Unsere Frau, Sam.«

»Nu mach mich aber nicht wild, hörst du?!« Sams Geduld war zu Ende. »Du hast deine behagliche Woche gehabt... Jetzt komm ich an die Reihe. Mach, daß du fortkommst... Du kannst ja jemand besuchen.«

»Aber Sam, du bist doch derjenige, der immer fortwill. Ich bin derjenige, der zu Hause bleiben möchte.«

»Oh, beim dreischwänzigen Satan... Was hab ich mit dir herumzustreiten? So nimm doch Vernunft an, Mensch... Ich bin hungrig... Ich hab noch nicht einmal meinen Tee gehabt, und dabei fühl ich mich miserabel. Nun benimm dich wie ein anständiger Mensch und mach, daß du weiterkommst!«

»Kommt gar nicht in Frage«, sagte Sammywell. »Mein Platz ist zu Hause, und dahin gehe ich auch gleich zurück.«

»Schön. Dann geh ich mit.«

»Und Mully...? Daß sie alles entdeckt? Niemals gebe ich zu, daß sie so in Aufregung gestürzt wird.«

»So begreif doch, Sammywell; wie ich Mully kenne, findet sie die Sache ja doch früher oder später heraus. Also meinetwegen früher – dann kann ich wenigstens zu meinem Tee kommen!«

»Und ich erlaub das einfach nicht...«

Aber Sam schoß schon in vollem Galopp davon. Denn – so überlegte er blitzschnell – wenn er nur erst warm im Hause saß, hatte Sammywell die ganze Geschichte auszubaden.

Die beiden rannten über den Grün-Anger, Sammywell dicht hinter Sam. Natürlich liefen sie gleich schnell. Aber unglücklicherweise mußte Sam das Gartentor und die Haustür aufmachen. Er war zuerst am Gartentor – natürlich –, aber an der Haustür erwischte ihn Sammywell, und da rauften sie sich um die Klinke und jeder versuchte den andern wegzupuffen. Sie waren so ineinander verbissen, daß sie gar nicht merkten, wie die Tür sich öffnete – bis sie Mullys Stimme hörten: »Was ist denn hier los?!«

Sie ließen voneinander ab und blinzelten ins Licht.

Da standen sie alle drei im Lampenschein!

»O Heiland der Welt ...!« stieß Mully aus. »Schnell ... hinein ins Haus ... ehe jemand uns sieht!«

Stumm vor Scham traten die Männer ins Haus und blieben vor dem Kamin stehen. Mully sah sprachlos von einem zum andern; dann fiel sie in den Schaukelstuhl und begann zu schluchzen.

»Was sind das wieder für neue Streiche, Sam Small?« rief sie. »Welcher von euch beiden ist nun Sam?«

»Wir sind beide Sam«, sagte Sammywell.

»Und zu denken, daß du mir nie etwas von einem Zwillingsbruder gesagt hast ...!« schluchzte Mully. »Aber einer von euch beiden muß Sam sein, und wenn ich's herausgefunden habe – dann gnade ihm Gott!«

»Beruhige dich doch, Mully!« sagte Sam. »Wir sind beide wir – das heißt: wir sind beide ICH.«

Und dann erklärte er ihr, so gut er es nur konnte, wie seine Persönlichkeit sich in der vorigen Woche gespalten hatte.

»So«, sagte Mully nur, als er zu Ende war. Und nach einer Weile: »Welcher von euch beiden war denn nun vorige Woche hier?«

»Ich«, sagte Sammywell flink; »er hat einen Abstecher nach Blackpool gemacht!«

»O du Herumtreiber du! Du Haderlump!« sagte Mully triumphierend. »Jetzt weiß ich, wer von euch beiden Sam Small ist. Du natürlich! Du gehst auf Abenteuer auf und davon und läßt dein treues Weib mit einem Fremden allein ...« Sie ging auf Sam los, aber Sammywell legte sich ins Mittel.

»Aber, Mully«, beschwichtigte er sie, »ärgere dich doch nicht. War es denn nicht viel schöner ohne ihn? Bin ich nicht die ganze Woche hindurch treulich an deiner Seite geblieben und hab dich gehegt und gepflegt während deiner Erkältung?«

»Ja, das ist wahr«, sagte sie. »Du warst so nett und vernünftig – und ich wußte trotzdem immer, da stimmt etwas nicht. Es war zu schön, um wahr zu sein.«

Sie weinte bitterlich in ihre Schürze, und Sam stand mit hängendem Kopf und scharrte mit den Füßen. Eine Weile dachte er nach; dann trat er zu seiner Frau.

»Mully Small«, begann er, »steht es so? Warst du wirklich so glücklich mit ... mit ... na mit dem da, während ich fort war?«

Nun, Mully war schließlich eine Frau. Sie konnte es nicht lassen, ihm bei dieser guten Gelegenheit eins auszuwischen. »Sam Small«, sagte sie, »in meinem ganzen Leben bin ich nicht so verwöhnt worden. Es war sicher die beste Woche seit meiner Hochzeit.«

Sam starrte ins Feuer und atmete tief.

»Steht es so?« sagte er still. »Nun, wenn ein Mensch herausfindet, daß er sein Leben verspielt hat, so bleibt ihm nicht mehr viel zu sagen übrig. Nicht wahr? Aber ich denke ... Nun, das muß schon ein armseliger Bursche sein, der dem Glück seines Weibes im Wege steht. So leb denn wohl, mein Mädel. Und viel Glück.«

Sam machte kehrt und ging schweren Schritts zur Tür; und Mully starrte wie entrückt vor sich hin. Vielleicht hätte sie ihn gehen lassen. Aber Sammywells Stimme riß sie aus dem Bann.

»Siehst du, Sam«, rief Sammywell triumphierend. »Ich sag dir's ja: Ich bin der Mann, der sie glücklich macht!«

Da wachte Mully aus der Verzauberung auf.

»Nu wart mal 'nen Augenblick, Junge«, sagte sie langsam. »Ich hab zu all dem auch noch 'n Wort zu sagen. Komm zurück, Junge, und setz dich hier ans

Feuer. Wenn die Sache mit der ›gespaltenen Persönlichkeit‹ stimmt, da müssen wir sie doch miteinander überlegen.«

»Aber wir haben uns ja schon alles mögliche überlegt«, sagte Sammywell. »Warum können wir nicht alle miteinander hier bleiben?« schlug er schließlich vor.

»Was …? Ich soll mit zwei Männern leben?« protestierte Mully heftig. »Das ist ja Bigamie!«

»Aber ich und Sam – wir sind nur ein Ehemann«, gab Sammywell zu bedenken.

»Schön – das wissen wir«, meinte Mully. »Wir sind aufgeklärte Leute. Aber ich fürchte, das englische Gesetzbuch ist noch nicht so weit … Wer weiß, ob der Gerichtshof über so moderne Dinge auf dem laufenden ist; am Ende kommt er zum Schluß, daß zwei Ehegatten zwei Ehegatten sind.«

»Wart mal, Mully – geheiratet hast du ja nur *einen*«, sagte Sam.

»Dann ist der eine kirchlich angetraut und der andere nicht – und auch das ist gegen das Gesetz«, verteidigte Mully ihren Standpunkt.

»Mhm«, mußte Sam zugeben.

»Unterbrich mich nicht«, sagte Mully. »Seid mal alle still … Ich muß mir die Sache durch den Kopf gehen lassen.«

Lange Zeit saß sie grübelnd da. Dann seufzte sie auf und erhob sich.

»Ich habe meinen Entschluß gefaßt«, sagte sie. »Meine Mutter pflegte zu sagen: ›Wenn du über etwas im Zweifel bist, beschlaf die Sache.‹«

»Recht so, mein Kind«, brummte Sammywell freundlich lächelnd.

»Ja, recht so«, entschied Mully. »Ich leg mich ins Bett – und ihr beide geht hinaus.«

»Aber sieh doch, Mully«, wandte Sammywell ein, »das gefällt mir nicht, daß …«

»Mir auch nicht«, schnitt sie ihm das Wort ab. »Aber ihr habt euch verdoppelt, ohne mich zu fragen. Vielleicht könnt ihr die Sache am besten ohne mich wieder in Ordnung bringen.«

Und mit fester Hand schob sie die beiden Männer zur Tür hinaus und hörte auf keinen Einwand mehr. Nur ehe sie hinter Sam die Tür zuzog, sagte sie leise zu ihm: »Komm mir nicht nach Hause, solange du doppelt bist.« Dann schloß sich die Tür, der Riegel wurde energisch vorgeschoben, und die beiden standen draußen in finsterer Nacht.

»Na, da müssen wir wieder mal einen Spaziergang machen und die Sache noch mal überdenken«, sagte Sam. »Und du halt dich dicht hinter mir, das rat ich dir. Wir wollen einen Gang übers Moor machen.«

Als sie den Grün-Anger überquerten, hatten beide denselben sorgenvollen Ausdruck.

»Na, ist dir was eingefallen?« fragte Sammywell.

»Paß auf – mir ist speiübel vor dir«, sagte Sam warnend. »Halt bloß die Klappe!«

Er schwieg und sah sich um. Sie standen unter der Laterne. »Hier haben wir uns zum erstenmal getroffen«, murmelte Sam.

»Wärst du doch fortgeblieben!« begann Sammywell.

»Nun hör mal, mein Bursche«, brach Sam aus. »Riskierst du noch einen Laut, so kannst du was erleben. Was – du unterstehst dich noch...«

Er hob die Hand – und in diesem Augenblick hörte er deutlich Mullys Worte, die nur ihm gegolten hatten: ›Komm mir nicht nach Hause, solange du doppelt bist.‹ Ein Gedanke fuhr ihm durchs Hirn.

»Sam Small!« schrie Sammywell in Entsetzen auf. »Dein Herz sinnt auf Mord!«

Sam lächelte freundlich.

»Du hast den Nagel auf den Kopf getroffen, mein Junge«, sagte er. »Vorwärts, Sammywell, streif deine

Ärmel auf, und stell dich mir wie ein rechter Yorkshire-Mann!«

»Ich bin kein Freund von Schlägereien, Sam.«

»Paß auf, ich mach dir Lust dazu, Sammywell, mein Bursche. Da ...!« Und er landete einen Linken neben Sammywells Nase.

»Und da ...!« Und er pflanzte ihm einen Rechten auf die andere Seite.

»Schön«, erklärte Sammywell jetzt wütend, »die Heilige Schrift gebietet: ›Halt die linke Wange hin, wenn man dich auf die rechte schlägt.‹ Aber sie gibt keine Anweisung dafür, was zu tun ist, wenn man schon die Hiebe beiderseits eingesteckt hat. Es hilft nichts, da muß sich der Betroffene selbst Rat schaffen! Also ...: da!« Und ein prächtiger Treffer landete geradewegs auf Sams Nase.

»Ooooh ...!« machte Sam. »Mir soll's recht sein.«

Mit beiden Fäusten droschen sie aufeinander los und lieferten einen Kampf, wie man ihn selten zu sehen bekommt. Denn sie waren ja beide Sam Small und waren sich daher so gleich an Kräften und Listen wie noch nie zuvor ein Kämpferpaar in der Geschichte der Preisringer. Sie waren gleich stark und reagierten gleich schnell. Wenn Sam mit der Rechten ausholte, parierte Sammywell schon mit der Linken. Es war, als boxe jemand vor einem Spiegel. Es nahm kein Ende, keiner gewann einen Vorteil, und beider Kräfte nahmen immer mehr ab.

Da kam Sam eine Erleuchtung.

›Das einzige, was ich tun muß, wenn er wieder losschlägt – ich darf nicht parieren – ich muß ihn einfach zuschlagen lassen.‹

Und genau dasselbe dachte in genau derselben Sekunde Sammywell.

Beide holten sie gewaltig aus – keiner parierte –, und das Resultat war für beide ein blendender Blitzschlag –

ein Krach –, die ganze Milchstraße voller Sterne tanzte eine Polka um sie.

Plötzlich fühlte Sam seinen Geist zur Höhe entschweben. Unter sich sah er zwei Körper bewußtlos daliegen. Und neben ihm schwebte ein zweiter Geist.

»Au, verflucht!« stöhnte Sam. »Jetzt sind wir unser vier.«

»Nein, nein«, sagte Sammywell ruhig, »sieh doch nur...«

Sie blickten hinunter und sahen, wie die beiden Körper sich langsam zusammenschoben und ineinander verschmolzen.

»Komm, Sam«, sagte Sammywell. »Wir müssen wieder dort hinein.«

Sie schwebten hinunter und machten Anstalten, sich beide in den Körper hineinzuzwängen.

Und dann hörte Sam Stimmen.

»Armer, alter Sam«, sagte jemand. »Er muß geradewegs in den Laternenpfahl hineingerannt sein.«

Er hätte ihnen gern gesagt, daß es sich um einen Boxkampf gehandelt hatte, aber er bekam kein Wort heraus. Und im nächsten Augenblick – so schien es ihm wenigstens – war er plötzlich in seinem Häuschen, und Mully beugte sich über ihn.

»Ach Sam, Sam«, ächzte sie, »was das wieder für eine Aufregung ist!«

»Sei gut, Mully«, stammelte er mit schwerer Zunge, »ich bin nicht betrunken.«

Sie beugte sich dicht über ihn.

»Nein, betrunken bist du nicht«, gab sie zu. Er sah ihr in die Augen.

»Ich hab ihn umgebracht«, sagte er fest.

»Wen?«

»Sammywell!«

»Sammywell? Was für einen Sammywell?«

Er überlegte; dann breitete sich ein Lächeln über sein Gesicht.

Frauen ... Frauen sind doch etwas Wundervolles. Sie wissen am besten, worüber ein Mann den Schleier der Vergessenheit breiten will.

Ein Strom von Wärme und Liebe quoll in ihm auf und flutete seiner Mully entgegen, seiner rundlichen Mully, die jetzt seinen Kopf mit kühlenden Tüchern umhüllte.

»Verzeihst du mir, Mully ...?«

»Ach Sam Small«, seufzte sie. »So viele Jahre hindurch hab ich dir verziehen – ich wüßte gar nicht, wie ich leben sollte, wenn ich es nicht mehr nötig hätte.«

»Mully«, sagte er, »verlaß dich drauf: Von jetzt ab werde ich viel netter zu dir sein. Denn erstens war ich nicht glücklich in Blackpool; und zweitens – siehst du –, nachdem ich diesen Burschen, den Sammywell, heut nacht umgebracht hatte – da verschmolzen wir gewissermaßen, wir gingen ineinander auf, möcht ich sagen. Jetzt ist er sozusagen in mir drin, und er ist meine gute Seite – und von jetzt ab wird meine gute Seite mehr in den Vordergrund treten.«

»So was«, machte Mully, »das wird ja 'ne furchtbare anatomische Verwirbelung und Verzwirbelung geben!«

»Und nun geh ich überhaupt nicht mehr in den ›Goldenen Adler‹. Jeden geschlagenen Abend will ich bei dir zu Hause sitzen und dir vorlesen, während du strickst.«

»Das verhüte der Himmel!« verwahrte sich Mully. »Dann hab ich den ganzen Tag keine ruhige Stunde mehr. Ach Sam, ich mag dich gerade so, wie du bist, du alter Herumtreiber.«

»Ist das wahr, Mully? Wirklich und wahrhaftig? Aber mein Entschluß ist gefaßt: Von jetzt ab will ich mehr wie Sammywell sein – er ist meine bessere Hälfte.«

»Nein, es gibt nur eine bessere Hälfte«, sagte Mully. »Und das bin ich. – Und jetzt marsch, mein Junge, hinauf ins Bett!«

Mervyn Peake

Manche Kritiker behaupten, daß Mervyn Peakes Gormenghast-Trilogie über eine zerfallende, weit in der Zukunft liegende Welt ein noch größeres Werk der Fantasy sei als Tolkiens Herr der Ringe. Gewiß zählen die Abenteuer von Titus, 77. Graf von Gormenghast und Erbe des Hauses von Groan, erzählt mit einer Mischung von Witz und blendender Phantasie, zu den großen Werken des Genres und haben John Clutes Lob in der Encyclopedia of Science Fiction (1995) vollauf verdient, wo er Gormenghast ›eine der am reichhaltigsten ausgemalten alternativen Welten in der gesamten Fantasy- und SF-Literatur‹ nennt. Zu den Fans der Trilogie gehören die Musiker Nigel Kennedy, Sting und Phil Collins, Chefkoch Keith Floyd, der behauptet, in Spanien Küchen gefunden zu haben, die ihn sofort an die altertümlichen Küchen des Buches erinnerten, sowie die Schriftsteller Michael Moorcock und Anthony Burgess, der das Werk einmal ›einen köstlichen Wein von Phantasie, vom Intellekt auf genau die richtige Temperatur abgekühlt‹ genannt hat. Eine Bühnenfassung von Gormenghast ist schon aufgeführt worden, und die Walt-Disney-Studios besitzen die Filmrechte.

Mervyn Laurence Peake (1911–1968) wurde in Kuling in Südchina geboren, wo sein Vater ärztlicher Missionar war, und die Erinnerung an jene ›reichen, fremdartigen Jahre‹ hat seine spätere Laufbahn zu einem Gutteil geformt, nachdem er nach England zurückgekehrt war und als Maler und Schriftsteller zu arbeiten begann. Seine Liebe zur Fantasy wurde in seinem ersten Buch deutlich, Kapitän Abschlachter geht vor Anker (Captain Slaughterboard Drops Anchor), 1919 erschienen, und in den anschließenden Kriegsjahren, als er bei den Royal Engineers diente, begann er an dem Stoff zu arbeiten, der schließlich zur Gormenghast-Trilogie werden sollte. Zu Kriegsende war Peake der erste Maler, der das KZ von Bergen-Belsen besuchte – eine *weitere prägende Erfahrung. Kurz nach der Vollendung der drei komischen Meisterwerke über Titus Groan stellte sich heraus, daß er an einer Form der Parkinsonschen Krankheit litt, die sein Leben tragisch verkürzte. ›Totentanz‹, ursprünglich 1963 in Science Fantasy erschienen, ist eine von Mervyn Peakes wenigen Kurzgeschichten und nicht minder bemerkenswert als alles, was er geschrieben hat. Sie handelt ebenfalls von der Fähigkeit zu fliegen – freilich nicht von Menschen, sondern von Kleidungsstücken ...*

Mervin Peake

Totentanz

Ich weiß nicht, ob es der Vollmond war, der mich weckte. Mag sein. Vielleicht aber war auch jene Melancholie, die von mir Besitz ergriffen hatte und in meine Träume hineinspielte, so unerträglich stark geworden, daß sie in meinen Schlaf eingebrochen war. Da lag ich nun plötzlich, wach und zitternd.

Es gehört nicht hierher, von den unglücklichen Umständen zu berichten, die meine geliebte Frau dazu gebracht hatten, mich zu verlassen. Ich kann nicht von dieser schrecklichen Trennung erzählen. Möge es genügen, wenn ich sage, daß wir trotz oder gerade wegen unserer unglückseligen Liebe auseinandergetrieben wurden, obwohl, wie Sie gleich hören werden, dieser Verzweiflungsakt am Ende nur Grauen brachte.

Als ich zu Bett ging, hatte ich die Vorhänge zurückgezogen, denn die Nacht war dunkel. Jetzt aber fiel das helle Mondlicht, das mein Schlafzimmer erfüllte, in meine weit aufgerissenen Augen.

Da ich auf der Seite lag, sah ich direkt auf den Kleiderschrank. Es war ein großes Möbelstück, und mein Blick wanderte über die verschiedenen Täfelungen, bis er an einem der metallenen Drehknöpfe hängenblieb.

Obwohl mir etwas unbehaglich zumute war, hatte ich bis dahin keinen konkreten Anlaß, irgend etwas zu fürchten. So hätte ich wohl versucht weiterzuschlafen, wäre nicht plötzlich etwas eingetreten, das mir das Herz bis zum Hals schlagen ließ. Denn der Metallknopf, den ich immer noch anstarrte, begann sich ganz langsam und völlig lautlos zu drehen.

Ich kann mich wirklich nicht mehr genau erinnern, was für Gedanken mir während der endlosen Drehung jenes Türknopfes durch den Kopf gingen. Nur das eine weiß ich, daß sie mich wie Fieberschauer überliefen und mein Gehirn nicht weniger zu schwitzen begann als mein Körper. Aber ich vermochte die Augen nicht abzuwenden und sie auch nicht zu schließen. Ich konnte lediglich zusehen, wie die Schranktür mit schreckenerregender Langsamkeit aufging, bis sie in dem monddurchglänzten Raum weit offenstand.

Und dann geschah es ... es geschah in völliger Lautlosigkeit, noch nicht einmal vom Ruf einer Eule aus dem nahen Wald gestört oder von einem Aufseufzen der Blätter im Nachtwind. Mein Abendanzug samt Bügel segelte mit unendlicher Geschmeidigkeit aus den Tiefen des Schrankes und blieb mitten in der Luft vor meinem Toilettentisch stehen.

Dies war so unerwartet und zugleich so komisch, daß ich zu meinem Erstaunen nicht einmal aufschrie. Aber das Entsetzen schnürte mir die Kehle zu. Ohne einen Laut von mir zu geben, sah ich zu, wie die Hose vom Quersteg des Bügels glitt, bis der untere Rand der Hosenbeine nur noch ein paar Zentimeter vom Boden entfernt war. In dieser Haltung blieb sie stehen, locker und leer. Gleich darauf wies eine Bewegung in den Anzugsschultern darauf hin, daß die weiße Weste und die Frackjacke ebenfalls versuchten, vom Bügel loszukommen. Endlich hatten sie es geschafft, der Bügel ließ einen Geist ohne Kopf, Hände und Füße zurück und verschwand wieder in den Tiefen des Schrankes.

Aber nun schienen die schlaffen Arme, obwohl sie ohne Hände waren, in einer Art Pantomine eine weiße Krawatte um den weißen Kragen zu binden. Dann neigte sich das inhaltslose Etwas höchst sonderbar mitten in der Luft in einem Winkel von 30 Grad zum Fußboden, schwang die leeren Ärmel nach vorn, als ob es zum Tauchen ansetzen wollte, und mit einem plötzlichen Schlenker der Frackschwänze segelte es durch den Raum und zum Fenster hinaus.

Bevor ich wußte, was ich tat, stand ich am Fenster und bekam gerade noch mit, wie weit drüben, schon jenseits der Wiese, mein Abendanzug sich seinen Weg zum Eichenwald hin bahnte. Dort verschwand er dann im Dunkel der Bäume.

Ich weiß nicht, wie lange ich am Fenster stand und auf die Wiese starrte, und auch nicht, wie lange ich den Türknopf des Kleiderschrankes anstierte, bis ich endlich den Mut faßte, ihn zu drehen und die Tür aufzureißen. Schließlich aber tat ich es und sah den leeren Holzbügel an der Stange hängen.

Ich warf die Tür zu und kehrte dem Kleiderschrank den Rücken. Wie im Fieber und von bösen Ahnungen geschüttelt, ging ich im Zimmer auf und ab. Zu guter Letzt fiel ich erschöpft aufs Bett. Erst als die Dämmerung heraufzog, verfiel ich in einen tiefen Schlaf.

Als ich erwachte, war es heller Tag. Die Landschaft hallte wider von vertrauten Geräuschen. Die Spatzen schilpten im Efeu an der Hauswand, ein Hund bellte, und ein paar Felder weiter brummte ein Traktor. Und während dies alles noch in meinen Halbschlaf drang, brauchte ich eine ganze Minute, um mich an den Alptraum zu erinnern. Natürlich war es ein Spuk, was sollte es anderes gewesen sein? Auflachend warf ich das Bettzeug zurück, sprang auf die Füße und begann, mich anzuziehen. Erst als ich den Kleiderschrank öffnen wollte, zögerte ich ein wenig. Der Traum war zu lebhaft gewesen, um ihn ganz beiseite zu schieben, selbst im strahlenden Licht eines Sommertages.

Als ich die Tür des Kleiderschrankes öffnete, stieß ich einen Seufzer der Erleichterung aus, denn im Halbdunkel des Schrankes hing recht ordentlich mein Abendanzug. Ich nahm eine Tweedjacke vom Bügel und war im Begriff, die Tür wieder zu schließen, als ich am Knie meiner Abendhose ein Grasbüschel hängen sah.

Nun war es immer meine Gewohnheit, ja fast eine Manie, meine Kleider in ordentlichem Zustand zu halten. Ich hatte also auch diesen Anzug ein paar Tage zuvor ausgebürstet und hielt es daher für sonderbar, daß Schmutz daran sein sollte. Wie kam es, daß ich das Grasbüschel nicht bemerkt hatte? So seltsam es mir auch schien, ich redete mir ein, daß es eine ganz natürliche Erklärung geben müßte, und verbannte das kleine Problem aus meinen Gedanken.

Ich weiß nicht so recht warum, aber ich sprach zu keinem Menschen von dem Traum, wahrscheinlich weil ich einen Widerwillen gegen alles Merkwürdige und Bizarre habe. Und so nahm ich, vielleicht zu Unrecht, an, daß diese Dinge auch auf andere widerlich wirken müßten. Der Gedanke an diese scheußliche Nacht verfolgte mich den ganzen Tag. Sicher wäre es eine Erleichterung gewesen, diesen verrückten Traum dem einen oder anderen anzuvertrauen, aber, wie gesagt, ich wollte nicht, daß man mich für überspannt hielt. Das nächtliche Ereignis war ja nicht nur erschreckend, es war auch drollig. Mehr Anlaß zum Lächeln als zum Fürchten. Nur eben, ich konnte nicht lächeln.

Die nächsten sechs Tage vergingen recht ereignislos. Am siebten Abend, einem Freitag, ging ich später als üblich zu Bett. Freunde waren zum Abendbrot gekommen und bis weit nach Mitternacht geblieben. Als sie fort waren, begann ich zu lesen. So ging es schon auf zwei Uhr zu, als ich in mein Schlafzimmer hinaufging, angezogen auf das Bett fiel und mindestens zwanzig Minuten lang in meinem Buch weiterlas.

Inzwischen war ich schläfrig geworden, aber bevor

ich aufstehen konnte, um mich auszuziehen, fand ich, daß mein Blick magisch am Kleiderschrank festhing. Zwar war ich felsenfest davon überzeugt, daß der Traum von neulich wirklich ein Traum gewesen war und nichts anderes, aber trotzdem hatte ich die gräßliche Gewohnheit angenommen, als letztes vor dem Einschlafen auf den Türöffner zu starren.

Und nun bewegte er sich wieder, und ich empfand das gleiche Entsetzen wie beim ersten Mal. Völlig lautlos drehte er sich langsam weiter, und mein Herz hämmerte gegen meine Rippen, als ob es mit dem Geräusch gegen die Stille der grausigen Nacht ankämpfen wollte. Der Schweiß trat mir aus allen Poren, mein Mund wurde trocken vom Vorgeschmack des Entsetzens.

Die Tatsache, daß alles noch einmal ablaufen sollte, daß es eine Wiederholung war, half mir in keiner Weise.

Langsam, unerbittlich, drehte sich der Knauf, die Schranktür sprang auf, und mein Abendanzug segelte heraus, wie er es schon einmal getan hatte, die Hose glitt hinunter, bis sie den Boden berührte, der Bügel rutschte aus den Schultern. Das absurde, aber grausige Ritual schien unverändert abzulaufen, bis der Augenblick kam, in dem die Erscheinung sich zum Fenster wenden sollte. Diesmal aber wandte sie sich in meine Richtung, und obwohl sie kein Gesicht hatte, wußte ich, daß sie mich ansah.

Dann, als das ganze Gebilde sich heftig zu schütteln begann, schloß ich für einen kurzen Augenblick die Augen, ganz gewiß nicht länger als eine Sekunde. Aber in dieser Zeit waren die Kleider durch das offene Fenster entschwunden.

Ich sprang auf die Füße und rannte zum Fenster. Zuerst konnte ich nichts sehen, denn ich hatte meinen Blick auf die Wiese geheftet, die sich etwa 50 Meter bis zum Waldrand hin erstreckte. Kein Geschöpf, ob Geist oder Sterblicher, hätte es geschafft, diese Entfernung in den paar Sekunden zu überwinden, die ich gebraucht hatte, um ans Fenster zu gelangen. Dann aber gewahrte ich im Halbdunkel eine Bewegung und sah nach unten. Dort stand es, direkt unter mir auf dem schmalen Kiesweg. Mit dem Rücken stand es zum Haus, beide Ärmel leicht nach oben gerichtet. Und das, obwohl sie leer waren.

Da ich mich unmittelbar über dem kopflosen Etwas befand, mußte ich notgedrungen in das entsetzliche schwarze Loch sehen, das vom steifen weißen Kragen umrahmt war. Während ich gegen einen Brechreiz ankämpfte, glitt oder schwebte das Ding nun zur Wiese hin. Seine Art, sich fortzubewegen, ist schwer zu beschreiben, die Frackschwänze waren unnatürlich nach oben gerichtet und die Hosenbeine schienen fast über das Gras zu schleifen, obwohl sie den Boden in Wirklichkeit nicht berührten.

Es war wohl die Tatsache, daß ich noch angezogen war, die mir den Mut gab, trotz meines Grausens die Stiegen hinunter und aus dem Haus zu rennen. Ich kam gerade unten an, als die Gestalt im Begriff war, im Wald jenseits der Wiese zu verschwinden. Im Laufen merkte ich mir den Punkt, wo sie zwischen den Bäumen untergetaucht war. Und in meiner Angst, das abscheuliche Ding könnte mir entwischen, rannte ich in fieberhafter Eile über die breite Wiese.

Es war gut, daß ich gerannt war, denn als ich den Rand des Eichenwaldes erreichte, wanderte die Erscheinung rechts von mir zwischen den Bäumen dahin.

Natürlich kannte ich den Wald bei Tageslicht sehr gut, aber nachts schien er völlig anders zu sein. Dennoch stolperte ich so gut ich konnte voran, und es gelang mir auch, das Ding im Auge zu behalten, als es vor mir durch die Bäume huschte. Unbeirrbar ging es seinen Weg. Der Richtung nach, die es einschlug, mußten wir auf eine der langen Schneisen zusteuern, die den Wald von Osten nach Westen durchziehen.

Und so war es auch. Sekunden später begann sich das Blattwerk über meinem Kopf zu lichten, und ich befand mich am Rand der langen, grasbestandenen Eichenallee. Keine hundert Schritt von mir entfernt entdeckte ich meinen körperlosen Anzug.

Körperlos mochte er sein, aber er machte trotzdem keineswegs diesen Eindruck. Ganz deutlich zeigte es sich nämlich, daß die Kleidungsstücke in einem Zustand starker Erregung waren, sie wandten sich hierhin und dahin, gingen manchmal um eine Eiche am anderen Ende der Allee. Dann wieder schwebten sie mit tief herabgebeugten Schultern ein paar Zentimeter über dem Boden, beinahe so, als ob das Gebilde die lange, gewundene Lichtung hinabspähte.

Plötzlich fing mein Herz wie rasend an zu hämmern, denn mein Abendanzug (die Manschetten und der Kragen schimmerten in dem trüben Licht) hatte heftig zu zittern begonnen. Als ich dahin blickte, wohin sich der Anzug gewandt hatte, sah ich von einer der großen Ausfallstraßen her ein eisblaues Abendkleid herangleiten.

In müheloser Anmut schwebte es näher, der Saum des langen Kleides schleifte am Boden. Aber es war ohne Füße, Arme und Hände. Auch der Kopf fehlte. Und dennoch schien es mir irgendwie *vertraut*. Als das Kleid schließlich meinen Anzug erreichte, sah ich, wie sich der Ärmel meiner Jacke wie von selbst um die eisblaue, seidene Taille der hohlen Dame legte. Und dann begann ein Tanz, der mir das Blut gerinnen ließ. Denn obwohl die Bewegungen gemessen, ja fast lässig waren, zitterte das kopflose Etwas wie die abgerissene Saite einer Violine.

Ganz im Gegensatz dazu bewegte sich das Abendkleid auf eine seltsam starre Weise, die durch das Fehlen der Arme noch hervorgehoben wurde. Beim Zusehen überkam mich furchtbare Übelkeit, und die Knie wurden mir weich. Haltsuchend griff ich nach einem Zweig, der zu meinem Entsetzen abbrach. In der Stille ringsum wirkte das Knacken wie ein Pistolenschuß. Ich verlor das Gleichgewicht und sank in die Knie, kam aber sofort wieder zu mir und schaute mich nach den Tänzern um. Sie waren fort, als ob sie nie dagewesen wären. Die Eichenallee lag friedlich und still im Mondschein.

Und dann erblickte ich etwas, das nach einem kleinen Haufen Stoff aussah, der unordentlich auf dem Rasen lag. Ich riß mich zusammen, trat in den Mondschein hinaus und näherte mich Schritt für Schritt dem reglosen Haufen. Als ich auf ein paar Meter herangekommen war, sah ich, daß er aus schwarzem Tuch bestand, und dazwischen befand sich schönerer Stoff von eisblauer Farbe.

Ich kann nicht sagen, wie lange ich dort stand, aber der Schweiß trat mir aus allen Poren, und Übelkeit erfaßte meinen Magen und mein Gehirn. Aber nun kam Bewegung in den unordentlichen Haufen. Schnell hatten sich die Kleidungsstücke auseinandersortiert, in der Luft in die richtige Ordnung gebracht, und einen Augenblick später waren sie verschwunden. Das hübsche Abendkleid glitt über das Gras in die Richtung, aus der es gekommen war, bis es in der Ferne zu einem eisblauen Tupfer zusammengeschrumpft war. Mein Abendanzug machte sich nicht weniger schnell in der entgegengesetzten Richtung davon, und ich blieb allein zurück.

Ich weiß immer noch nicht, wie ich nach Hause kam. Es führte mich wohl eher der Instinkt als der Verstand, denn ich fieberte und war todmüde.

Als ich die Stiegen hinaufgestolpert und in meinem Zimmer war, versagten mir die Knie, und es dauerte einige Minuten, bis ich wieder auf die Beine kam. Dann aber wandte ich mich zum Kleiderschrank und starrte den Messingdrücker an. Endlich hatte ich den Mut, den Knopf zu drehen und die Tür zu öffnen.

Am Bügel hingen, ordentlich wie immer, meine Frackjacke und die Hose.

In der darauffolgenden Woche lebte ich in einem Zustand nervöser Erregung. Es war höchst eigenartig. Ich hatte Angst und war zugleich fasziniert. Meine Gedanken drehten sich nur noch um den kommenden Freitag. Was würde da passieren? Freunde, die mich in der Nähe meines Hauses trafen, waren über mein Aussehen entsetzt; normalerweise hatte ich eine frische Gesichtsfarbe, nun wirkte ich eingefallen und grau.

Von dem nächtlichen Ereignis sprach ich zu keinem Menschen. Nicht aus Tapferkeit, es war eher eine gewisse Feigheit. Immer schon hatte ich eine Abneigung gegen das Unirdische gehabt oder gegen etwas, dem nur der Hauch des Übernatürlichen anhaftete. Und wäre ich abgestempelt worden als einer, der einen metaphysischen Sparren hat, nie wieder hätte ich es gewagt, in die Öffentlichkeit zu treten. So wollte ich trotz aller Ängste die Sache lieber allein durchstehen. Soweit es möglich war, ging ich meinen Freunden in den nächsten sieben Tagen aus dem Wege. Eine Verabredung besonderer Art aber konnte und wollte ich nicht umgehen.

Ich hatte fest zugesagt, an einer kleinen Abendeinladung bei Freunden teilzunehmen. Aber es war nicht nur dies, sonst hätte ich eine glaubhaft klingende Entschuldigung erfunden. Nein, die Sache hatte noch einen anderen Grund. Meine Frau sollte nämlich auch kommen. Unsere gemeinsamen Freunde, die ja die ganzen Hintergründe nicht kannten, waren eifrig darauf aus, uns wieder zusammenzubringen. Es war ihnen aufgefallen, daß wir mehr und mehr unter unserer Trennung litten. Bei mir war einiges durcheinandergeraten, denn in Wirklichkeit war ich ohne sie nur ein halber Mensch. Und wie stand es bei *ihr*? Sie hatte mich verlassen, weil sie keine Hoffnung mehr für uns sah, sondern nur noch jenes eigenartige und furchtbare *Etwas*, das die Menschen zur Selbstzerstörung treibt. Je stärker sie lieben, desto mehr möchten sie verletzen. Was war mit ihr? Wie meine Freunde sagten, verfiel auch sie immer mehr.

Und wir waren stolz darauf, aus eigenem Willen zusammenzutreffen. Aber war es Stolz oder Eigensucht? Und nun hatte man das Dinner geschickt arrangiert. Ich traf ein, begrüßte die Gastgeber und mischte mich unter die übrigen Gäste.

Nach dem Abendbrot wurde ein wenig getanzt, und ich hätte den Abend sehr genossen, wäre ich von all dem Spuk an den Freitagen zuvor nicht derart belastet gewesen. So starrte ich eine kleine Stiluhr auf dem Kaminsims an, dann wanderte mein Blick zur Tür hinter den Vorhängen, die in die Eingangshalle führte.

Es wurde immer später und ich immer bedrückter. Aber nun erschien sie. Mein Herz schlug bis zum Halse, und ich zitterte am ganzen Leib. Sie war so schön wie eh und je, aber ich blickte nicht zuerst auf ihr Gesicht, sondern auf ihr Abendkleid. Es war eisblau.

Wir gingen aufeinander zu, als ob wir nie getrennt gewesen wären. Und obwohl wir wußten, daß man unserem Zusammentreffen nachgeholfen hatte, erfüllte uns plötzlich eine solche Freude, daß kein Gedanke an die Verstimmung zwischen uns sie hätte trüben können.

In unsere aufkommende Freude aber mischte sich Angst, denn unsere Augen sagten uns, daß wir den gleichen nächtlichen Spuk durchgemacht hatten. Während wir miteinander tanzten, wußten wir, daß unsere Kleider nur darauf warteten, daß zwei Stunden später das Gefürchtete eintrat und sie sich mit anderem, seltsamem Leben erfüllten.

Was konnten wir aber tun? Eines war uns sofort klar,

wir mußten von hier weg, fort von der Musik und der Gesellschaft, die es sichtlich genoß, uns zusammengebracht zu haben, denn wir wirkten wie ein Liebespaar, als wir Hand in Hand und zitternd den Raum verließen.

Wir mußten zusammenbleiben, das war uns klar. Wir wußten aber auch beide, daß nur Angriff den Zauber brechen konnte und daß wir unsere Rolle zu Ende spielen mußten. Aber wie? Was konnten wir tun? Erst einmal zusammenbleiben und dann unsere Abendkleidung anbehalten.

Die letzten Stunden bis drei Uhr waren so lang wie alle Tage unseres Lebens zusammen. Ich hatte sie zu meinem, zu unserem Haus, zurückgefahren. Dort hatten wir dann die meiste Zeit schweigend gewartet. Zuerst ergingen wir uns in Vermutungen, was das alles wohl bedeuten könnte, aber es überstieg unser Begriffsvermögen. Irgendein Dämon hatte uns wohl zu seinem Spielzeug erkoren.

Schon waren wir eingeschlafen, als es mir kalt über die Wirbelsäule kroch. Meine Frau schlief, ihr Kopf lag an meiner Schulter. Nun schreckte sie mit einem Ruck hoch und sah mich aufspringen. Ich zitterte am ganzen Leib. Mein Anzug begann sich am Rücken und an den Schultern leicht aufzublähen wie ein Segel. Obwohl vor Entsetzen fast gelähmt, wandte ich mich zu ihr um. Auch sie erhob sich nun, mühelos, als ob eine fremde Kraft sie hochzöge. Und nun glitt eine Art Schleier über ihr Gesicht, als ob ihre schönen Züge an Realität verlören.

»Oh, Harry«, rief sie, »Harry, wo bist du?« und streckte angstvoll die Hand nach mir aus. Wie gut tat es doch, unsere Finger zu spüren, denn sie schienen schon nicht mehr dazusein. Inzwischen waren auch unsere Gesichter, unsere Hände und Füße verschwunden. Dennoch konnten wir den Boden unter unseren Füßen spüren und den Druck unserer eiskalten Hände.

Dann überfiel uns ein nicht endenwollendes Zittern, und das Böse nahm seinen Anfang. Ich sah nur noch ihr eisblaues Kleid. Aber irgendein böser Geist schien sich in unsere Kleider drängen zu wollen. Die Unruhe war grauenvoll, und wir wurden auseinandergerissen. Von dem Augenblick an war es mir nicht mehr möglich, sie noch mal anzufassen, die wohltuende Berührung ihrer Fingerspitzen zu empfinden. Dann zog es uns zu den Fenstern hin, und ich hörte nochmals ihre Stimme, sehr schwach und weit entfernt, obwohl wir nahe beieinander standen: »Harry, Harry, laß mich nicht allein!«

Ich konnte nichts tun, denn wir wurden zusammen durch die großen Fenster ins Freie gerissen und draußen in der Luft hin und her gebeutelt, als ob unsere Kleider nur ein Ziel hätten: uns loszuwerden. Wie lange dieser stumme Kampf dauerte, kann ich nicht sagen. Ich weiß nur, daß böse Mächte gegen uns kämpften.

Mit der Zeit ließ das Ungestüme nach. Nicht daß das Böse weniger fühlbar vorhanden gewesen wäre, nein, es hatte eher den Anschein, als ob unsere Kleider müde würden. Als wir in den Wald eintraten, ruhten sie sich offenbar auf uns aus. Wir konnten zwar keinen Laut hören, aber es war doch, als ob sie Luft schnappen oder Kraft schöpfen wollten. Sie schienen den Willen zu haben, uns umzubringen, aber nicht zu wissen, wie. Bis zur Lichtung schritten wir kräftig aus, ein wenig später brachen wir beide unter der Eiche zusammen.

Es war schon fast Morgen, als ich wieder zu mir kam. Der eiskalte Tau hatte mich völlig durchnäßt.

Ich mußte mich erst darauf besinnen, wo ich war. Dann kam die Erinnerung zurück, und ich sah mich nach meiner Frau um. Sie war verschwunden.

Todesangst überfiel mich. Ich stolperte nach Hause, die Treppe hinauf und ins Schlafzimmer. Es war dunkel, und ich hatte völlig die Orientierung verloren. So strich ich ein Zündholz an. Im schwachen Schein des Lichtes sah ich es dann. Ich stand vor dem Toilettenspiegel, und aus diesem blickte mir ein kopfloser Mann entgegen. Hemdbrust, Kragen und Manschetten schimmerten hell.

Entsetzen ergriff mich, nicht allein über den Anblick, sondern bei dem Gedanken, daß die Erscheinung immer noch herumgeisterte und unser Kampf mit dem Dämon nichts genützt hatte. Ich wandte mich zum Bett hin und entzündete ein neues Streichholz.

Zwei Menschen lagen dort nebeneinander. Bei genauerem Hinsehen sah ich, daß wir friedlich lächelten. Meine Frau lag nahe am Fenster und ich an meinem gewohnten Platz im Schatten des Kleiderschrankes.

Wir waren beide tot.

C. S. Lewis

Die Gruppe von Oxford-Akademikern, die sich ›die Inklings‹ nannten und zu denen J. R. R. Tolkien, Charles Williams und C. S. Lewis gehörten, haben mit ihren jeweiligen Werken nachhaltige Wirkung auf die moderne Phantastik ausgeübt. Tolkiens Geschichten von Mittelerde und Williams' Phantasien über den Heiligen Gral hat Lewis seinen Narnia-Zyklus für Kinder und die Kosmische Trilogie über den interplanetaren Reisenden Dr. Ransom hinzugefügt. Die Bücher über Narnia, ein von einem Löwen namens Aslan beherrschtes Königreich, die Lewis in den fünfziger Jahren schrieb, zählen bei jungen Lesern nach wie vor zu den populärsten Fantasies, während seine Planetenromane mit ihrer Mischung aus Wissenschaft, Mythologie und Phantasie die ältere Leserschaft noch immer anziehen und mit denen von H. G. Wells verglichen worden sind, dessen Einfluß der Autor auch eingestanden hat. Die Treffen der ›Inklings‹, bei denen sie ihre in Arbeit befindlichen Werke einander vorlasen, sind inzwischen legendär und haben interessante Gerüchte über das Ausmaß hervorgebracht, in dem die Schriftsteller einer des anderen klassische Fantasies beeinflußt haben.

Clive Staples Lewis (1898–1963) wurde in Belfast geboren und krönte eine glänzende Universitätslaufbahn mit seiner Ernennung zum Professor für mittelalterliches und Renaissance-Englisch in Cambridge. Es geschah jedoch während seiner Zeit als Fellow am Magdalen College, Oxford, daß sich sein Talent für phantastische Literatur entwickelte. Der erste Band seiner Kosmischen Trilogie, Jenseits des schweigenden Sterns (Out of the Silent Planet, deutsch auch ›Der verstummte Planet‹), 1938 veröffentlicht, machte sofort Eindruck, doch erst nachdem er die beiden anderen Bände des Zyklus vollendet hatte, verfaßte er 1950 die erste Narnia-Geschichte, Der König von Narnia (The Lion, the Witch and the Wardrobe) und wurde daraufhin jedermann zum Begriff. Unter Lewis' anderen bemerkenswerten Fantasies für Erwachsene, die mit geschickt eingesetzten komödiantischen Elementen aufgelockert sind, befinden sich Dymer (1926), ein erzählendes Poem, Die große Scheidung (The Great Divorce, 1945), eine Allegorie von Himmel und Hölle, und Bis wir Gesichter haben (Till We Have Faces, 1965), das auf dem Mythos von Amor und Psyche beruht. Im Laufe seines Lebens hat Lewis auch etliche Kurzgeschichten geschrieben, darunter die folgende, die ursprünglich im Februar 1956 im Magazine of Fantasy and Science Fiction erschien. ›Trugwelt‹ ist zweifellos ein äußerst eigenartiger Ort, wo Bäume keine Äste haben, Gras keine Halme und wo Menschen ›bewegliche Dinge‹ sind. Sehen Sie sich vor!

C. S. Lewis

Trugwelt

Mit klarem Kopf und bei guter Gesundheit, wie ich glaube, setze ich mich jetzt, um 23 Uhr, nieder, um den seltsamen Vorfall von heute morgen niederzuschreiben, solange die Eindrücke noch frisch und unverwischt sind.

Es geschah in meinen Räumen in der Universität, in denen ich mich jetzt auch befinde, und begann auf ganz normale Art, nämlich mit einem Telefongespräch. »Hier ist Durward«, sagte die Stimme. »Ich spreche von der Portierloge aus. Ich halte mich für ein paar Stunden in Oxford auf. Darf ich hinüberkommen und Sie kurz besuchen?«

Natürlich stimmte ich zu, Durward ist ein früherer Schüler von mir und ein sehr netter Bursche; ich würde mich freuen, ihn einmal wiederzusehen. Als er bei mir anklopfte, war ich ein wenig verärgert darüber, daß er eine junge Frau mitbrachte. Ich mag es nicht, wem jemand, ganz gleich ob Mann oder Frau, so tut, als ob er mich allein zu sprechen wünschte, und dann einen Ehemann oder eine Ehefrau, einen Verlobten oder eine Verlobte auf mich losläßt. Man sollte wenigstens vorher gewarnt werden.

Das Mädchen war weder besonders hübsch noch besonders häßlich, und natürlich ruinierte sie die Unterhaltung. Wir konnten über keines der Dinge sprechen, die uns beide wirklich interessierten, denn dann hätten wir sie ausgeschaltet. Und Durward und sie konnten auch nicht über Dinge sprechen, die sie (vermutlich) gemeinsam hatten, denn daran hätte ich mich wiederum nicht beteiligen können. Er stellte sie als Peggy vor und erklärte, daß sie miteinander verlobt seien. Danach saßen wir drei beisammen und plauderten über nichtssagende Dinge wie das Wetter und die Nachrichten.

Ich habe die Angewohnheit, vor mich hinzustarren, wenn ich mich langweile, und ich fürchte, daß ich ohne das geringste Interesse andauernd auf das Mädchen gestarrt habe. Auf jeden Fall muß ich sie gerade in dem Augenblick angestarrt haben, als das seltsame Erlebnis begann. Ganz plötzlich, ohne jedes Anzeichen von Schwächegefühlen oder Übelkeit, fand ich mich an einem völlig anderen Ort wieder. Der vertraute Raum verschwand; Durward und Peggy waren nicht mehr da. Ich war allein. Und ich stand aufrecht.

Mein erster Gedanke war der, daß mit meinen Augen irgendwas nicht stimmte. Es war nicht dunkel, noch nicht einmal dämmrig, trotzdem schien alles seltsam verschleiert. Es schien sich um Tageslicht zu handeln, trotzdem konnte ich keinen Himmel sehen. Möglicherweise war es der Himmel eines sehr konturenlosen, trüben, grauen Tages, aber jede Art von Entfernung fehlte. ›Unbestimmbar‹ war das Wort, mit dem ich diesen Zustand beschrieben hätte. Weiter unten und näher bei mir nahm ich aufrechte Gestalten wahr, deren Farbe grünlich schien, aber es war ein sehr trübes, schmutziges Grün. Ich blickte sie eine ganze Weile an, bevor ich darauf kam, daß es Bäume sein könnten. Ich trat dichter heran und untersuchte sie, doch der Eindruck, den sie auf mich machten, ist nicht leicht zu beschreiben. »Eine Art Bäume«, oder »So Bäume, wenn man das einen Baum nennen will«, oder »Eine Andeutung von Bäumen« – das würde vielleicht am nächsten kommen. Es war die lächerlichste, schäbigste Entschuldigung für Bäume, die man sich nur denken kann. Sie hatten keine echte Struktur, selbst keine echten Blätter; sie sahen eher aus wie Laternenpfähle mit großen, formlosen Klümpchen verschossenen Grüns oben darauf. Die meisten Kinder konnten bessere Bäume aus der Erinnerung heraus malen.

Während ich sie näher betrachtete, fiel mir zum erstenmal das Licht auf: ein beständiges silbriges Strahlen, dessen Ursprung irgendwo in diesem unechten Wald sein mußte. Sogleich lenkte ich meine Schritte dorthin und bemerkte erst jetzt, worauf ich ging. Es war angenehm, weich und kühl und paßte sich den Füßen an; wenn man aber hinunterschaute, war man enttäuscht. Nur in ganz entfernter Weise hatte es die Farbe von Gras; wenn es sich überhaupt mit Gras vergleichen ließ, war es die Farbe, die Gras an einem sehr trüben Tag hat, wenn man es ansieht und dabei an etwas ganz anderes denkt. Aber es bestand nicht aus einzelnen Halmen. Ich bückte mich, doch je näher ich hinschaute, um so verschwommener schien es zu werden. In der Tat war es von der gleichen schmierigen, unfertigen Beschaffenheit wie die Bäume: unecht.

Allmählich drang das Erstaunliche meines Erlebnisses ganz in mein Bewußtsein ein. Und damit Furcht, und noch stärker als alles andere eine Art Ekel. Ich bezweifle, daß das jemand ohne diese persönliche Erfahrung voll und ganz begreifen kann. Mir war, als hätte man mich plötzlich aus der wahren, hellen, konkreten und verschwenderisch vielseitigen Welt in eine Art zweitrangiges Universum verbannt, das alles in allem auf die billigste Art zusammengebastelt war; von einem Imitator. Trotzdem ging ich weiter, dem silbrigen Licht entgegen.

Hier und da waren in dem unechten Gras Flecken, die aus der Entfernung wie Blumen aussahen. Aber jeder dieser Flecken erwies sich als genauso schäbig wie die Bäume und das Gras. Es war nicht zu erkennen, welche

Sorte sie darstellen sollten. Und sie besaßen auch keine richtigen Stengel oder Blätter; sie waren mehr oder weniger unförmige Gebilde. Was die Farben anbetraf, so hätte ich sie mit einem billigen Kinder-Malkasten weitaus besser hingekriegt. Ich wollte daran glauben, daß ich träumte, aber irgendwie wußte ich, daß ich das nicht tat. Meine wahre Überzeugung war, daß ich gestorben war. Ich wünschte – mit einer Intensität, wie ich noch nie zuvor gewünscht hatte –, daß ich ein besseres Leben geführt hätte.

Wie Sie sehen, bildete sich in meinen Gedanken eine beunruhigende Hypothese. Aber schon im nächsten Augenblick wurde sie in viele kleine Einzelteile zerpflückt. In all dieser Unechtheit fand ich plötzlich Narzissen. Wirkliche Narzissen, gepflegt, sauber und vollkommen. Ich beugte mich nieder, berührte sie und weidete mich an ihrer Schönheit. Und nicht allein an ihrer Schönheit, sondern – und das bedeutete mir in diesem Augenblick noch mehr – an ihrer Makellosigkeit; wirkliche, echte, vollendete Narzissen, lebende Dinge, die einer genauen Betrachtung standhielten. Aber wo war ich denn? Was für eine Welt konnte unechte Bäume, unechtes Gras und unechte Blumen besitzen, aber echte Narzissen?

›Ich gebe es auf‹, dachte ich. ›Ich gehe jetzt zum Licht. Vielleicht klärt sich dann alles. Vielleicht ist das der Mittelpunkt dieser komischen Welt.‹

Ich gelangte schneller zu dem Licht, als ich erwartet hatte, aber als ich dort ankam, begegneten mir bewegliche Dinge. Ich muß sie so bezeichnen, denn ›Menschen‹ waren es nicht im eigentlichen Sinn. Sie hatten normale Größen und gingen auf zwei Füßen; aber sie waren so wenig echt und wirklich wie die Bäume. Sie wirkten unscharf. Obgleich sie sicherlich nicht nackt waren, konnte man nicht feststellen, was für eine Art Kleider sie trugen, und obgleich obenauf ein blasser Klumpen saß, konnte man nicht sagen, daß sie Gesichter besaßen.

Wenigstens war das mein erster Eindruck. Dann begann ich etwas Angenehmes festzustellen. Hier und dort zeichnete sich einer von ihnen ab; ein Gesicht, ein Hut oder ein Kleid. Das Seltsame war, daß die Kleider immer Frauen gehörten, die Gesichter aber Männern. Diese beiden Tatsachen machten die Menge – wenigstens für einen Mann meines Schlags – vollkommen uninteressant. Die Gesichter zogen mich wenig an; unbedeutende kleine Gaunervisagen, Gigolos. Aber sie schienen zufrieden. Tatsächlich trugen sie alle den Ausdruck alberner Zufriedenheit zur Schau.

Jetzt sah ich, woher das Licht kam. Ich war auf einer Straße. Jedenfalls schienen sich hinter den gehenden Objekten Schaufenster zu befinden, und von ihnen kam das Licht. Ich bahnte mir einen Weg durch die Menge zu meiner Linken – mein Drängen schien keinen körperlichen Kontakt herzustellen – und sah mir die Läden an. Hier erlebte ich eine neue Überraschung. Das erste war ein Juweliergeschäft, und nach der Unbestimmtheit der meisten Dinge in dieser Umgebung, nahm mir dieser Anblick fast den Atem. Jede Kleinigkeit in diesem Fenster war vollkommen; jede Facette auf jedem Diamanten ausgeprägt, jede Brosche eine Vollkommenheit. Und das Zeug war echt; selbst ich konnte das erkennen. Sie müssen Hunderte, ja Tausende von Pfunden wert gewesen sein. »Dem Himmel sei Dank!« stöhnte ich. »Wird es aber anhalten?« Hastig blickte ich in den nächsten Laden. Es hielt wirklich an. Dieses Fenster enthielt Frauenkleider. Ich kann nicht beurteilen, ob sie gut waren, aber das Wunderbare an ihnen war, daß sie einwandfrei, klar und wirklich schienen. Der Laden daneben verkaufte Damenschuhe ... und es hielt noch immer an; die spitzen und sehr hochhackigen Pumps, die nach meiner Meinung selbst den hübschesten Fuß ruinieren – aber auf jeden Fall waren sie echt.

Ich mußte gerade daran denken, daß manche Leute

diesen Ort nicht halb so übel finden würden wie ich. Da traf es mich wieder: »Wo, zum Teufel, bin ich bloß? Bäume Talmi, Gras Talmi, Himmel Talmi, Blumen Talmi, außer den Narzissen; die Leute Talmi; aber die Läden erste Klasse. Was kann das bloß bedeuten?«

Übrigens führten die Läden alle Damenartikel, und so verlor ich bald das Interesse. Ich schlenderte die Straße entlang, und dann gleißte plötzlich Sonnenlicht.

Natürlich kein ordentliches Sonnenlicht. In dem trüben Himmel zeigte sich kein Riß, durch den es hätte dringen können, und auch eine Birne, die den Strahl hätte erzeugen können, war nirgends zu sehen. Wie so viele Dinge in dieser Welt, war es nicht geklärt. Auf dem Boden lag einfach ein Flecken Sonnenschein, unerklärt, unmöglich – und doch war er da und aus diesem Grund ganz und gar nicht erfreulich; ziemlich beunruhigend sogar. Aber ich hatte nicht viel Zeit, darüber nachzudenken; denn in der Mitte dieses Lichtflecks bewegte sich plötzlich etwas, das ich für ein kleines Gebäude gehalten hatte; und voller Entsetzen stellte ich fest, daß ich auf einen gigantischen menschlichen Körper blickte. Er drehte sich herum. Seine Augen blickten mich an.

Er war nicht nur gigantisch, sondern auch der einzige menschliche Körper, den ich als Ganzes gesehen hatte. Er war weiblich und lag im Sand, anscheinend an einem Strand, obgleich es kein Meer gab. Er war so gut wie nackt, außer grelleuchtenden Stoffetzen an den Hüften und um die Brust; so wie moderne Mädchen sie am Strand zu tragen pflegen. Der Eindruck war abstoßend, aber ich bemerkte bald, daß das an der entsetzlichen Größe lag. Objektiv betrachtet, hatte die Gigantin eine gute Figur; ja sogar eine sehr gute Figur, wenn man diese modernen Typen mag. Das Gesicht – aber sobald ich das Gesicht wahrgenommen hatte, schrie ich auf.

»Oh! Das sind Sie ja! Wo ist Durward? Und wo sind wir? Was ist mit uns geschehen?«

Aber die Augen blickten durch mich hindurch. Anscheinend war ich für sie unsichtbar und unhörbar. Aber es bestand gar kein Zweifel, wer sie war. Sie war Peggy. Das heißt, ich erkannte sie als Peggy, aber sie hatte sich verändert. Ich meine nicht nur die Größe. Was die Figur angeht, so hatte sie sich verbessert. Ich glaube nicht, daß das jemand leugnen könnte. Im Hinblick auf das Gesicht konnte man verschiedener Ansicht sein. Ich persönlich hielt die Veränderung nicht für vorteilhaft. Dieses Gesicht drückte nicht mehr so viel Freundlichkeit aus, aber es war ebenmäßiger. Besonders die Zähne, die ich bei der alten Peggy als schwachen Punkt erkannt hatte, waren perfekt wie ein künstliches Gebiß. Die Lippen waren voller. Der Teint war so vollkommen, daß man an eine sehr teure Puppe denken mußte. Ihren Gesichtsausdruck kann ich am besten beschreiben, wenn ich sage, daß Peggy genauso aussah wie ein Mädchen auf einem Werbeplakat. Wenn ich eine von beiden heiraten müßte, würde ich die alte, unverbesserte Peggy vorziehen. Aber ich hoffte, daß mir das selbst in der Hölle erspart bliebe.

Und während ich sie anstarrte, begann sich der absurde kleine Strand zu verändern. Die Gigantin erhob sich. Sie stand auf einem Teppich. Um sie herum wuchsen Wände, Fenster und Möbel in die Höhe. Sie befand sich in einem Schlafzimmer. Sogar ich konnte feststellen, daß es sich um ein außerordentlich teures Schlafzimmer handelte, obgleich es nach meiner Ansicht ganz und gar nicht geschmackvoll war. Eine Menge Blumen standen darin, vorwiegend Orchideen und Rosen, und sie waren noch vollendeter als die Narzissen. Ein großes Bouquet (mit einer Karte daran). Eine offene Tür hinter ihr gab mir den Blick in ein Badezimmer frei, ein Badezimmer mit einem im Boden eingelassenen Becken.

Darin hantierte ein französisches Dienstmädchen mit Badetüchern, Salzen und ähnlichen Dingen. Das Mädchen war nicht halb so vollendet wie die Rosen oder auch die Tücher, aber ihr Gesicht sah französischer aus, als das in Wirklichkeit je der Fall sein könnte.

Die gigantische Peggy legte nun ihre Strandkleidung ab und stellte sich vor den großen Spiegel. Anscheinend erfreute sie der Anblick; ich kann kaum ausdrücken, wie wenig ich ihre Freude teilte. Teils war es die Größe, und dann war da noch etwas, das wie ein Schock über mich kam, obgleich ich annehmen muß, daß moderne Liebende und Ehemänner daran gewöhnt sind. Ihr Körper war braun, wie die Körper in den Sonnenbad-Anzeigen. Aber um ihre Hüften und ihre Brust, wo der Stoff die Haut bedeckt hatte, zogen sich zwei Streifen von einer derartigen Leichenblässe, daß es im Kontrast zum übrigen wie Lepra aussah. Im ersten Augenblick wurde mir fast übel. Was mich stutzig machte, war, daß sie dastehen und sich bewundern konnte. Hatte sie keine Ahnung, wie normale männliche Augen so etwas aufnahmen? In mir wuchs die unangenehme Überzeugung, daß sie das nicht interessierte; daß all ihre Kleider, Badesalze und zweiteiligen Badeanzüge und auch das Wollüstige ihres Ausdrucks nicht die Bedeutung hatten – und auch nie gehabt hatten –, die jeder Mann darin lesen würde und auch lesen sollte. Sie waren eine ungeheure Ouvertüre zu einer Oper, die sie absolut nicht interessierte; eine Krönungszeremonie ohne Königin; Gesten, nichts als Gesten – für nichts.

Und jetzt wurde ich gewahr, daß zwei Geräusche zu hören waren; die einzigen Geräusche, die ich in dieser Welt vernommen hatte. Aber sie kamen von außen, von irgendwo hinter dieser niedrigen grauen Decke, die der Trugwelt als Himmel diente. Beides waren klopfende Geräusche; geduldiges Klopfen, unendlich verlassen, als pochten zwei Ausgeschlossene an die Wände dieser

Welt Das eine war leise, aber heftig; und mit ihm erklang eine Stimme, die sagte: »Peggy, Peggy, laß mich ein.« Durwards Stimme, dachte ich. Aber wie soll ich das andere Klopfen beschreiben? Es war auf eine seltsame Art weich, »weich wie Wolle und hart wie der Tod«, weich, aber unerträglich schwer, als fiele bei jedem Schlag eine enorm große Hand an die Außenseite des Trughimmels und bedecke ihn. Und mit dem Klopfen erklang eine Stimme, bei deren Klang meine Glieder zu Eis erstarrten: »Kind, Kind, Kind, laß mich ein, bevor die Nacht anbricht.«

Bevor die Nacht anbricht – sofort hüllte mich wieder ganz normales Tageslicht ein. Ich befand mich in meinem Zimmer, die beiden Besucher saßen vor mir. Sie schienen nicht zu bemerken, daß etwas Seltsames mit mir geschehen war, obgleich sie während der restlichen Unterhaltung sehr wohl annehmen konnten, daß ich betrunken war, betrunken von der Freude, wieder zurück in der wirklichen Welt zu sein, frei, außerhalb des schrecklichen kleinen Gefängnisses jenes Landes. Nahe dem Fenster zwitscherten die Vögel, richtiges Sonnenlicht fiel auf die Wand. Diese Wand müßte wieder einmal frisch gestrichen werden; aber ich hätte mich auf die Knie niederlassen mögen, um diese Schäbigkeit zu küssen – dieses köstlich Echte, Wirkliche. Auf Durwards Wange bemerkte ich einen kleinen Schnitt, er mußte sich morgens beim Rasieren geschnitten haben; und ich fühlte für diesen Schnitt das gleiche. Tatsächlich machte mich einfach alles, was ich mit den Blicken aufsog, glücklich; ich meine, jeder Gegenstand, der wirklich ein wahrer, echter Gegenstand war.

Das sind also die Tatsachen; mag jeder daraus machen, was ihm beliebt. Meine Hypothese ist diejenige, die den meisten Lesern gekommen sein mag. Vielleicht ist sie aber zu offensichtlich; ich bin gern bereit, andere in Erwägung zu ziehen. Meine Ansicht ist, daß ich durch die Wirkung irgendeines unbekannten psychologischen – oder pathologischen – Gesetzes für ein oder zwei Sekunden Zugang zu Peggys Gedankenwelt gefunden hatte; jedenfalls so weit, um ihre Welt zu sehen, die Welt, so wie sie für Peggy existiert. Im Zentrum dieser Welt steht ein aufgeblasenes Abbild ihrer selbst, so, daß sie den Mädchen in den Werbeplakaten ähnlich war. Darum herum gruppieren sich klar und deutlich die Dinge, aus denen sie sich etwas macht. Und dahinter zeichnen sich die Erde und der Himmel wie ein einziger vager verschwommener Nebelfleck ab. Die Narzissen und Rosen sind besonders instruktiv. Blumen existieren für sie nur insoweit, als sie sich abschneiden und in Vasen stellen oder als Bouquets verschicken lassen; Blumen als solche, wie man sie im Wald und auf den Wiesen sieht, sind nebensächlich.

Wie ich schon sagte, ist dies wahrscheinlich nicht die einzige Hypothese, die zu den Tatsachen paßt. Aber es ist ein äußerst beunruhigendes Erlebnis. Nicht nur, weil mir der arme Durward leid tut. Angenommen, diese Art Erlebnis würde eine übliche Sache werden?

Und was wäre, wenn dann nicht ich der Forscher, sondern der Erforschte wäre?

Kurt Vonnegut jr.

Kurt Vonnegut ist in der Phantastik der Meister des schwarzen Humors, und seine sich einmischenden Außerirdischen, die Tralfamadorier, und eine bizarre Religion, die Kirche des Einen Völlig Gleichgültigen Gottes, sind zwei von den klassischen Erfindungen des Genres. Die Außerirdischen, die sowohl in Die Sirenen des Titan (The Sirens of Titan, 1959) als auch in Schlachthof 5 (Slaughterhouse-Five, 1969) auftreten, unterstreichen die Philosophie ihres Schöpfers, daß das Geheimnis des Lebens darin besteht, nur in den glücklichen Augenblicken zu leben. Wie er in einem unlängst in Inc. Technology veröffentlichten Interview sagte, als er über seine Empfindungen angesichts des Lebens in einer immer stärker computerisierten Welt sprach: »Ich sag Ihnen, wir sind hier auf Erden, um herumzuwuseln, und lassen Sie sich von keinem was anderes erzählen!«

Vonnegut wurde 1922 in Indianapolis geboren und diente während der Zweiten Weltkriegs in der US-Armee in Europa. In Gefangenschaft geraten, war er während der Zerstörung der Stadt durch alliierte Bomber in Dresden interniert, was eine traumatische Wirkung auf ihn hatte und erhebliche Auswirkungen auf seine spätere hochgradig eigentümliche Schreibweise haben sollte. Eine Zeitlang machte er Öffentlichkeitsarbeit für die General Electric Company, bis er imstande war, sich mit seiner Literatur den Lebensunterhalt zu verdienen. Nach dem Erfolg früher Kurzgeschichten für so unterschiedliche Zeitschriften wie Collier's Weekly und Galaxy sowie seiner Romane – darunter Das höllische System (Player Piano, 1952) über eine Machtübernahme der Maschinen, Katzenwiege (Cat's Cradle, 1963) mit der Erfindung von ›Eis-Neun‹, das die Welt untergehen zu lassen droht, und Frühstück für starke Männer (Breakfast of Champions, 1973), wo der glücklose SF-Autor Kilgore Trout eingeführt wurde – ist Kurt Vonnegut heute als einer der bedeutendsten zeitgenössischen amerikanischen Autoren anerkannt. Einen gewissen Ruf hat er auch dadurch erworben, daß er der erste Schriftsteller war, der das Wort ›ficken‹ im Titel einer kommerziell publizierten Erzählung verwendete, ›Der große Weltraumfick‹, die in der von Harlan Ellison 1972 herausgegebenen Anthologie Wieder bedrohliche Visionen (Again, Dangerous Visions) erschien. ›Harrison Bergeron‹ wurde zehn Jahre früher für The Magazine of Fantasy and Science Fiction geschrieben und handelt vom Leben in einem nicht allzu fernen zukünftigen Amerika, wo jedermann gleich ist und jeder, der das Gesetz zu brechen versucht, eine Strafe von der Hand der gefürchteten Hauptstörausgleicherin Diana Moon Glampers und ihrer Agenten gewärtigen muß...

Kurt Vonnegut jr.

Harrison Bergeron

Man schrieb das Jahr 2081, und alle waren vollkommen gleich. Sie waren nicht nur gleich vor Gott oder dem Gesetz. Sie waren in jeder Hinsicht gleich. Niemand war klüger als der andere. Niemand sah besser aus als der andere. Niemand war stärker oder schneller als der andere. All diese Gleichheit war den 211ten, 212ten und 213ten Zusatzartikeln zur Verfassung und den Agenten zu verdanken, die für den Generalhandikapper der Vereinigten Staaten arbeiteten.

Dennoch waren einige Dinge am Leben noch nicht ganz in Ordnung. Der April zum Beispiel machte Leute verrückt, weil er nicht zum Frühjahr gehörte. Und es ereignete sich in diesem klammen Monat, daß die Männer des Generalhandikappers George und Hazel Bergeron ihren vierzehnjährigen Sohn Harrison wegnahmen.

Das war natürlich tragisch, aber George und Hazel konnten sich nicht sonderlich darüber den Kopf zerbrechen. Hazel war von völlig durchschnittlicher Intelligenz, was bedeutete, daß sie außer in kurzen Anwandlungen über nichts nachdenken konnte. Und George, dessen Intelligenz zwar etwas über dem Durchschnitt lag, trug einen kleinen Denkhandikap-Empfänger im Ohr. Er war gesetzlich dazu verpflichtet, ihn ständig zu tragen. Das Gerät war auf einen Sender der Regierung eingestellt. Etwa alle zwanzig Sekunden sendete dieser irgendein heftiges Geräusch aus, um Leute wie George davon abzuhalten, auf unfaire Weise von ihren geistigen Vorzügen Gebrauch zu machen.

George und Hazel saßen vor dem Fernseher. Über Hazels Wangen liefen Tränen, aber sie hatte im Augenblick vergessen, aus welchem Grund.

Auf dem Bildschirm waren Ballettänzerinnen zu sehen.

In Georges Kopf ertönte ein Summen. Seine Gedanken machten sich davon wie Einbrecher, die vor einer Alarmanlage flohen.

»Das war wirklich ein hübscher Tanz, was sie da getanzt haben«, sagte Hazel.

»Hm?« fragte George.

»Der Tanz – er war nett.«

»Ja, ja.« George versuchte ein wenig über die Ballettänzerinnen nachzudenken. Sie waren wirklich nicht besonders gut – jedenfalls nicht besser, als es sonst jemand gewesen wäre. Sie plagten sich mit einer Last aus Gardinenblei und Taschen voller Schrotkugeln, so daß sich niemand, wenn er eine freie und anmutige Geste oder ein hübsches Gesicht sah, benachteiligt fühlen würde. George spielte mit dem vagen Gedanken, daß man Tänzer vielleicht nicht mit einem Handikap belegen sollte. Aber er konnte ihn nicht sonderlich weit verfolgen, weil wieder ein Geräusch in seinem Ohr seine Gedanken auseinandersprengte.

George zuckte zusammen. Zwei der acht Ballettänzerinnen taten es ihm gleich.

Hazel sah ihn zusammenzucken. Weil sie selbst kein Denkhandikap trug, mußte sie George fragen, welch ein Geräusch das letzte gewesen war.

»Hörte sich an, als ob jemand eine Milchflasche mit einem Hammer zerschlägt«, sagte George.

»Ich glaube, es wäre wirklich interessant, all die verschiedenen Geräusche zu hören«, erwiderte Hazel ein bißchen neidisch. »All die Sachen, die sie sich ausdenken.«

»Hmpf«, machte George.

»Allerdings, wenn ich Generalhandikapper wäre, weißt du, was ich tun würde?« Es verhielt sich so, daß Hazel eine auffallende Ähnlichkeit mit dem Generalhandikapper aufwies, einer Frau namens Diana Moon Glampers. »Wenn ich Diana Moon Glampers wäre«, sagte Hazel, »würde ich sonntags Glocken läuten lassen – nur Glocken. So eine Art Verbeugung vor der Religion.«

»Ich wünschte mir, es wären bloß Glocken«, meinte George.

»Nun – vielleicht sollte man sie richtig laut machen. Ich glaube, ich würde einen guten Generalhandikapper abgeben.«

»So gut wie jeder andere.«

»Wer weiß besser als ich, was normal ist?«

»Genau«, sagte George. Er begann flüchtig über Harrison, seinen abnormalen Sohn, nachzudenken, der jetzt im Gefängnis saß, aber ein Salut von einundzwanzig Schuß in seinem Kopf unterbrach ihn.

»Junge!« bemerkte Hazel. »Das war ein starkes Stück, was?«

Es war ein dermaßen starkes Stück, daß George erbleichte, zitterte und ihm Tränen in die geröteten Augenwinkel traten. Zwei der acht Ballettänzerinnen waren auf dem Boden des Studios zusammengebrochen und hielten sich die Schläfen.

»Du siehst auf einmal so müde aus«, sagte Hazel. »Warum legst du dich nicht auf dem Sofa lang, damit du deine Handikaptasche auf die Kissen legen kannst, Liebling?« Sie meinte die siebenundvierzig Pfund Schrotkugeln in einer Segeltuchtasche, die mit einem Vorhängeschloß um Georges Hals hing. »Komm und leg deine Tasche ein bißchen ab! Es macht mir nichts aus, wenn du eine Weile nicht mit mir gleich bist.«

George wog die Tasche in seinen Händen. »Sie stört

mich nicht«, sagte er. »Ich bemerke sie gar nicht mehr. Sie ist wie ein Teil von mir.«

»Du bist in letzter Zeit immer so müde – irgendwie ausgemergelt. Wenn es nur irgendwie ginge, daß wir in den Boden der Tasche ein kleines Loch machen und bloß ein paar von diesen Bleikugeln rausnehmen könnten. Bloß ein paar.«

»Zwei Jahre Gefängnis und zweitausend Dollar Geldstrafe für jede Kugel, die ich rausnehme. Das nenne ich kein gutes Geschäft.«

»Du könntest doch bloß ein paar rausnehmen, wenn du von der Arbeit kommst. Ich meine – du konkurrierst hier mit niemandem. Du sitzt nur herum.«

»Wenn ich versuche, mich darüber hinwegzusetzen, dann werden auch andere Leute versuchen, sich darüber hinwegzusetzen – und im Handumdrehen sind wir wieder in dem dunklen Zeitalter, wo jeder gegen jeden kämpft. Das würde dir doch nicht gefallen, oder?«

»Das wäre schlimm.«

»Na also. Was, meinst du, wird mit der Gesellschaft passieren, wenn immer kleinere Leute anfangen, die Gesetze zu mißachten?«

Wenn Hazel keine Antwort auf seine Frage eingefallen wäre, hätte George auch mit keiner dienen können. In seinem Kopf ging gerade eine Sirene los.

»Ich schätze, alles würde zusammenbrechen«, sagte Hazel.

»Was würde passieren?« fragte George verständnislos.

»Die Gesellschaft. Hast du das nicht eben gesagt?«

»Wer weiß?«

Plötzlich wurde das Fernsehprogramm für eine Nachrichtendurchsage unterbrochen. Es war zuerst nicht klar, worum es in der Durchsage ging, weil der Ansager wie alle Ansager unter einer ernsten Sprechbehinderung litt. Eine halbe Minute lang versuchte er in einem

Zustand höchster Aufregung zu sagen: »Meine Damen und Herren...«

Schließlich gab er auf und reichte das Nachrichtenblatt einer Ballettänzerin zum Vorlesen.

»Das ist schon in Ordnung«, sagte Hazel über den Ansager. »Er hat's versucht. Das ist das Allerwichtigste. Er hat das beste mit dem versucht, was Gott ihm gegeben hat. Er sollte eine ordentliche Gehaltserhöhung bekommen, weil er sich so angestrengt hat.«

»Meine Damen und Herren«, begann die Ballettänzerin die Nachricht vorzulesen. Sie mußte außerordentlich schön gewesen sein, denn sie trug eine abscheuliche Maske. Außerdem konnte man leicht erkennen, daß sie die stärkste und anmutigste von allen Tänzerinnen war, denn sie trug derart große Handikaptaschen wie sonst nur zweihundert Pfund schwere Männer.

Und sie mußte sich sofort für ihre Stimme entschuldigen, weil es äußerst unfair war, wenn eine Frau eine solche Stimme benutzte. Sie klang wie eine warme, strahlende, zeitlose Melodie. »Entschuldigung«, sagte sie und fing noch einmal an, wobei sie ihre Stimme völlig um ihre Konkurrenzfähigkeit brachte.

»Harrison Bergeron, vierzehn Jahre alt«, kreischte sie wie ein Star, »ist soeben aus dem Gefängnis entflohen, in dem er wegen Verdachts auf konspirative Tätigkeiten zum Sturz der Regierung inhaftiert war. Er ist hochbegabt, athletisch, unterhandikapt und wird als äußerst gefährlich eingeschätzt.«

Ein Polizeifoto Harrison Bergerons wurde eingeblendet – auf den Kopf gestellt, dann auf der Seite liegend, wieder auf dem Kopf, dann die rechte Seite nach oben. Das Bild zeigte Harrison in voller Größe vor dem Hintergrund einer Meßlatte, unterteilt in Meter und Zentimeter. Er war genau zwei Meter zehn groß.

Ansonsten machten ein Halloweenkostüm und Metallgewichte Harrisons Äußeres unkenntlich. Niemand hatte je schwerere Handikaps getragen. Er war schneller über Behinderungen hinausgewachsen, als die Männer des Generalhandikappers sie sich ausdenken konnten. Statt eines kleinen Ohrempfängers als Denkhandikap trug er ein ungeheures Paar Kopfhörer und eine Brille mit dicken gewellten Gläsern. Die Brille war nicht nur dafür gedacht, ihn halbblind zu machen, sondern auch, um ihm hämmernde Kopfschmerzen zuzufügen.

Überall an ihm hing Alteisen. Normalerweise wurde auf eine gewisse Symmetrie geachtet, ein militärisches Zugeständnis an die Handikaps, die man starken Menschen aufbürdete, aber Harrison sah aus wie ein wandelnder Schrottplatz. Im Laufe seines Lebens hatte er dreihundert Pfund getragen.

Und um sein gutes Aussehen zu beeinträchtigen, hatten die Männer des Generalhandikappers verfügt, daß er die ganze Zeit einen roten Gummiball auf der Nase tragen, die Augenbrauen abrasieren und seine ebenmäßigen weißen Zähne mit schwarzen Kappen wie wirr hervorstehenden Zahnstümpfen bedecken mußte.

»Sollten Sie diesem Jungen begegnen«, sagte die Ballettänzerin, »versuchen Sie nicht – ich wiederhole: versuchen Sie nicht –, vernünftig mit ihm zu reden.«

Das Bersten einer Tür war zu hören, die aus den Angeln gerissen wurde.

Schreie und bellende Rufe der Bestürzung tönten aus dem Fernsehgerät. Das Foto Harrison Bergerons wurde immer wieder erschüttert, als ob es in Einklang mit einem Erdbeben tanzte.

George Bergeron erkannte das Erdbeben richtig, und das war kein Wunder – denn sein eigenes Heim hatte oft genug in demselben krachenden Rhythmus gezittert. »Mein Gott«, sagte er. »Das muß Harrison sein.«

Die Erkenntnis wurde ihm sofort vom Geräusch eines Autounfalls aus dem Kopf gefegt.

Als George wieder die Augen öffnen konnte, war das

Foto Harrisons verschwunden. Ein lebendiger, atmender Harrison füllte den Bildschirm aus.

Klirrend, plump und gewaltig stand Harrison mitten im Studio. Den Knauf der herausgerissenen Studiotür hielt er noch immer in der Hand. Tänzerinnen, Techniker, Musiker und Ansager duckten sich vor ihm auf den Knien in der Erwartung, zu sterben.

»Ich bin der Kaiser!« schrie Harrison. »Hört ihr? Ich bin der Kaiser! Jeder hat ab sofort zu tun, was ich sage!« Er stampfte mit den Füßen auf, und das Studio wakkelte.

»Selbst wie ich hier stehe«, brüllte er, »krank und zum Krüppel gemacht, gefesselt – bin ich noch ein größerer Herrscher als irgendein Mensch, der vor mir gelebt hat! Nun seht mir zu, wie ich zu dem werde, was ich werden *kann*!«

Harrison zerriß die Riemen seines Handikapgeschirrs, die mindestens fünftausend Pfund halten konnten, wie feuchtes Seidenpapier.

Harrisons Schrotthandikaps fielen mit einem Krachen zu Boden.

Harrison klemmte die Daumen unter den Riegel des Vorhängeschlosses, das den Kopfhörerbügel sicherte. Der Riegel zerbrach wie eine Sellerieknolle. Harrison zerschmetterte den Kopfhörer und die Brille an der Wand.

Er warf die Gumminase weg und enthüllte einen Mann, der selbst Thor, dem Donnergott, Respekt eingeflößt hätte.

»Ich werde jetzt meine Kaiserin erwählen!« sagte er und sah auf die hingekauerten Leute hinab. »Die erste Frau, die es wagt, sich zu erheben, soll Anspruch auf ihren Platz an meiner Seite und ihren Thron haben!«

Ein Augenblick verstrich, dann stand eine Ballettänzerin auf, die wie eine Weide schwankte.

Harrison zog die Denkhandikaps aus ihrem Ohr und löste die physischen Handikaps mit erstaunlichem Feingefühl. Zuletzt nahm er ihr die Maske ab.

Sie war blendend schön.

»Also«, sagte Harrison und ergriff ihre Hand. »Sollen wir den Leuten zeigen, was das Wort Tanz bedeutet? – Musik!« befahl er.

Die Musiker krochen auf ihre Plätze zurück, und Harrison befreite sie ebenfalls von ihren Handikaps. »Gebt euer bestes«, sagte er, »und ich mache euch zu Baronen, Herzogen und Grafen.«

Die Musik fing an. Zuerst hörte sie sich so an wie üblich – billig, einfältig und schief. Aber Harrison hob zwei der Musiker von ihren Sitzen und bewegte sie wie Taktstöcke, während er ihnen die Musik so vorsang, wie er sie gespielt haben wollte. Dann warf er sie auf ihre Stühle zurück.

Die Musik begann von neuem und klang viel kultivierter.

Harrison und seine Kaiserin hörten eine Weile nur zu – so konzentriert, als wollten sie ihre Herzschläge mit dem Rhythmus der Musik abstimmen.

Sie verlagerten ihr Gewicht auf die Zehenspitzen.

Harrison legte seine großen Hände um die schmale Taille des Mädchens und ließ sie die Schwerelosigkeit spüren, die bald ihre sein würde.

Und dann sprangen sie von einem Ausbruch von Freude und Grazie in die Luft!

Nicht nur die Gesetze des Landes wurden aufgehoben, sondern ebenso die Gesetze der Schwerkraft und der Bewegung.

Sie taumelten, wirbelten, schwankten, sprangen, hüpften, tanzten umher und drehten sich.

Sie machten Sätze wie Hirsche auf dem Mond.

Die Studioecke war neun Meter hoch, aber jeder Sprung brachte die Tänzer näher an sie heran.

Es wurde offensichtlich ihr Wunsch, die Decke zu küssen.

Sie küßten sie.

Und dann, indem sie die Schwerkraft mit Liebe und reiner Willenskraft überwanden, blieben sie Zentimeter unter der Decke in der Luft schweben und küßten sich eine sehr lange Zeit.

In diesem Moment kam Diana Moon Glampers, die den Posten des Generalhandikappers innehatte, mit einer doppelläufigen Zehn-Zoll-Schrotflinte ins Studio. Sie feuerte zweimal, und der Kaiser und die Kaiserin waren tot, bevor sie auf dem Boden aufschlugen.

Diana Moon Glampers lud die Flinte nach. Sie zielte auf die Musiker und erklärte ihnen, daß sie zehn Sekunden Zeit hatten, um ihre Handikaptaschen wieder umzuhängen.

In diesem Moment brannte bei den Bergerons die Bildröhre durch.

Hazel wandte sich um und wollte sich bei George über den Ausfall beklagen. Aber George war in die Küche gegangen, um eine Dose Bier zu holen.

George kam mit dem Bier zurück und hielt inne, während ein Handikapsignal ihn durchschüttelte. Dann setzte er sich wieder »Hast du geweint?« fragte er Hazel.

»Ja, ja«, sagte sie.

»Warum denn?«

»Ich hab's vergessen. Irgendwas ganz Trauriges im Fernsehen.«

»Was denn?«

»Es ist irgendwie alles durcheinander in meinem Kopf.«

»Vergiß die traurigen Sachen.«

»Mach ich immer.«

»So kenn ich mein Mädchen«, sagte George. Er zuckte

in sich zusammen. In seinem Kopf tönte das Knattern einer Nietmaschine.

»Mann, das war wohl ein starkes Stück, was?« fragte Hazel.

»Das kannst du laut sagen«, meinte George.

»Mann«, rief Hazel. »Das war wohl ein starkes Stück, was?«

Piers Anthony

Mit überlebensgroßen Charakteren, die sich solcher Namen wie Sos, Neq und Veg erfreuen, und mit Erzählungen, die von ›Der Retter von Dent-All‹ (1971) – über einen irdischen Zahnarzt aus dem einundzwanzigsten Jahrhundert, der von Außerirdischen entführt und zur Arbeit an einer gräßlichen Abart fremdartiger Zähne gezwungen wird – bis zu der pornographischen Fantasy ›Pornucopia‹ (1989) reichen, genießt Piers Anthony bei den amerikanischen Fans der komischen Phantastik einen ähnlichen Status wie Terry Pratchett im Vereinigten Königreich. Bemerkenswerterweise ist auch Piers in England geboren worden, doch er nahm 1958 die Staatsbürgerschaft der USA an und hat seitdem immer dort gelebt. Als produktiver und einfallsreicher Schriftsteller, dessen Sinn für Humor vom Beunruhigenden bis zum Poetischen reicht, hat er mehrere Zyklen geschaffen, darunter die ›Inkarnationen von Unsterblichkeit‹, ›Zauberlehrling‹ und der berühmteste, der Xanth-Zyklus. Die letzteren Bücher mit Titeln wie Zentauren-Fahrt (Centaur Aisle, 1982), Drachen-Mädchen (Dragon on a Pedestal, 1983) und Heldenmaus (Vale of the Vole, 1987) haben ihm ein weltweites Publikum von Bewunderern eingebracht, und wie der Scheibenwelt-Zyklus haben sie eine Anzahl von Nebenprodukten nach sich gezogen, darunter Piers Anthonys Bildführer durch Xanth (Piers Anthony's Visual Guide to Xanth, 1989). Ebenso hat sich jeder neue Band des Zyklus beim Erscheinen an die Spitze der US-Bestsellerliste gesetzt, dazu beigetragen, daß humorvolle Fantasy eins der populärsten literarischen Genres in den USA wurde, und eine ganze Generation neuer Autoren angespornt, sich dem Genre zuzuwenden. Zum Glück zeigt Anthonys eigener reichhaltiger Vorrat an Humor keinerlei Anzeichen der Erschöpfung.

1934 als Piers Anthony Dillingham Jacob in Oxford geboren, wurde er in Amerika ausgebildet und arbeitete einige Jahre lang als Autor technischer Texte für eine Kommunikationsgesellschaft, ehe er eine Zeitlang an der Admiral Farragat-Akademie Englisch unterrichtete. Sein Roman Das Erbe der Titanen (Sos the Rope, 1968) errang den Pyramid Award von 5000 $, und dies sowie die Ermutigung von seiten Arthur C. Clarkes gaben ihm den Anstoß, Berufsschriftsteller zu werden. In den letzten Jahren hat Anthony fast ausschließlich Werke von Romanlänge geschrieben, doch ›Phantastisch bis Rar‹, ursprünglich in der Zeitschrift Fantastic vom April 1963 erschienen, ist typisch für seinen Stil der komischen Fantasy, und die Geschichte von einem kleinen Jungen, der das am höchsten geschätzte von allen fliegenden Wesen besitzen möchte, einen Pegasus, bildet einen hübschen Abschluß für den ersten Abschnitt dieser Anthologie.

Piers Anthony

Phantastisch bis Rar

»Ich möchte einen Pegasus, Vati«, begrüßte ihn Junior an der Tür, und sein blondgelockter Kopf hüpfte aufgeregt. »Einen kleinen, mit weißen flattrigen Flügeln und einem aerodynamischen Schwanz und ...«

»Sollst du kriegen, Junge«, sagte Vati liebevoll, während er geistesabwesend Jackett und Schlips ablegte. Nächste Woche würde Bradley Newton jr. seinen sechsten Geburtstag haben, und Bradley senior hatte ihm ein Exemplar von *Jetzt sind wir sechs* und ein Haustier für ihn ganz allein versprochen. Newton war ein gutsituierter Mann, so daß es kein leeres Versprechen war. Er glaubte das dem Jungen schuldig zu sein, um ihn in gewissem Grad für das viel zu frühe Hinscheiden von Mrs. Newton zu entschädigen.

Er machte es sich im Sessel bequem und empfand eine gewisse Befriedigung, daß sein Sohn soviel Phantasie zeigte. Ein anderes Kind hätte etwas Gewöhnliches verlangt, wie einen Köter oder ein Shetland-Pony. Ein Pegasus allerdings ...

»Du meinst das geflügelte Pferd, Junge?« erkundigte sich Newton, und eine dünne Nadel des Zweifels stach in seine Selbstzufriedenheit.

»Stimmt, Vati«, sagte Junior strahlend. »Aber es muß ein sehr kleiner sein, weil ich einen Pegasus möchte, der richtig fliegen kann. Bei einem ausgewachsenen Tier funktionieren die Flügel nicht, weil die relative Flügelspanne nicht ausreicht, um es in die Luft zu heben.«

»Ich verstehe, Junge«, sagte Newton rasch. »Einen kleinen.« Die Leute hatten gelacht, als er darauf bestanden hatte, Juniors Kinderfrau müsse einen akademischen Grad haben. Zum Glück hatte er billig eine kriegen können, indem er sie von der Schulbehörde weg einstellte. In diesem Augenblick bedauerte er, daß sie ihren freien Tag hatte; Junior konnte sehr starrsinnig sein.

»Weißt du, Junge«, improvisierte er, »ich bin nicht sicher, wo man ein solches Pferd kaufen kann. Und dann mußt du wissen, wie man es füttert und pflegt, sonst wird es krank und stirbt. Das willst du doch nicht, oder?«

Der Junge überlegte. »Du hast recht, Vati«, sagte er schließlich. »Es wäre ratsam, ihn nachzuschlagen.«

»Ihn nachzuschlagen?«

»In der Enzyklopädie, Vati. Du hast doch immer gesagt, das ist eine verläßliche Quelle für Tatsachen.«

Das war ein Hoffnungsschimmer. Junior glaubte an die Enzyklopädie. »Genau, das hab ich gesagt, Junge. Schauen wir nach, was drin steht... Da haben wir *Onyx bis Pelerine*... In dem Band müßte es sein. Ja.« Er hatte die Stelle gefunden und las laut: »»Pegasus: Flügelroß, entsprang dem Blut der Gorgone Medusa, nachdem Perseus sie enthauptet hatte.‹«

Junior öffnete den kleinen Mund. »Das muß im übertragenen Sinne gemeint sein«, ließ er sich vernehmen. »Pferde entstehen nicht aus...«

»... einer Gestalt der griechischen Mythologie«, vollendete Newton triumphierend den Satz.

Junior verdaute das. »Du meinst, er existiert nicht«, sagte er entgeistert. Denn hellte sich seine Miene auf. »Vati, wenn ich um ein Tier bitte, das existiert, kriege ich es dann?«

»Klar, Junge. Wir schauen einfach hier nach, und wenn das Buch sagt, daß es das wirklich gibt, dann gehen wir los und kaufen es. Ich denke, daß ist eine faire Abmachung.«

»Ein Einhorn«, sagte Junior.

Newton verkniff sich ein Lächeln. Er griff nach dem Band mit der Aufschrift *Ehrlich bis Familie* und blätterte rasch durch die Seiten. »›Einhorn: sagenhaftes Wesen ähnlich einem Pferd…‹«, begann er.

Junior warf ihm einen mißtrauischen Blick zu. »Nächstes Jahr gehe ich in die Schule und lerne selbst lesen«, murrte er. »Willst du darauf hinaus, daß es so ein Tier nicht gibt?«

»So steht es in dem Buch, Junge. Wirklich.«

Der Junge schien zu zweifeln, entschloß sich aber, es dabei zu belassen. »Na schön – versuchen wir's mit einem Zebra.« Er sah zu, wie Newton *Zauber bis Index* hervorzog. »Ich sag dir aber gleich, Vati«, erklärte er bedeutungsschwer, »daß auf der letzten Seite von meiner Fibel ein Bild von einem Zebra ist.«

»Ich werde dir genau vorlesen, was hier steht«, verteidigte sich Newton. »Also: ›Zebra: gestreiftes pferdeähnliches Tier, das in Afrika gelebt haben soll. Kommt in europäischen und amerikanischen Legenden häufig vor, ist aber rein mythisch…‹«

»Also das schwindelst du«, warf ihm Junior ärgerlich vor. »Ich hab ein Bild.«

»Aber Junge – ich dachte selbst, es gebe wirklich welche. Ich habe nie ein Zebra gesehen, aber ich dachte… Schau mal. Du hast doch auch ein Bild von einem Geist, nicht wahr? Aber du weißt, daß es in Wirklichkeit keine gibt.«

Junior machte einen verkniffenen Mund. »Die Beispiele sind nicht analog. Geister sind übernatürlich…«

»Warum versuchen wir's nicht mit einem anderen Tier?« warf Newton ein. »Wir können später auf das Zebra zurückkommen.«

»Maultier«, sagte Junior mürrisch.

Newton lief rot an, dann erfaßte er, daß der Junge nicht ihn meinte. Schweigend zog er den Band hervor, der *Lyra bis Morphin* umfaßte. Die Wendung, die die Ereignisse genommen hatten, hatte ihn ein wenig aus dem Gleichgewicht gebracht. So was aber auch – er hatte sein ganzes Leben an ein Tier geglaubt, das gar nicht existierte. Aber natürlich war es dumm, auf ein Pferd mit Sträflingsstreifen zu schwören ...

»›Maultier‹«, las er. »›Abkömmling einer Stute und eines männlichen Esels. Ein sehr großer, kräftiger Hybrid mit sicherem Tritt und bemerkenswerter Intelligenz. Ein Geschöpf der Folklore, wenngleich, wie Einhorn und Zebra, von abergläubischen Menschen weithin für bare Münze genommen ...‹«

Sein Sohn schaute ihn an. »Pferd«, sagte er.

Newton schlug ziemlich müde *Peleus bis Phantasie* auf. Er war froh, daß er selber nicht abergläubisch war. »Da haben wir's, Junge. ›Pferd: sagenhaftes Huftier, sehr häufig in der Mythologie. Ein sehr leichtfüßiger Vierbeiner, üblicherweise mit wehender Mähne, Haarschweif und von gutartiger Natur. Hufeisen, die von dem Tier getragen worden sein sollen, gelten als Glückszauber, vergleichbar dem Horn eines Einhorns ...‹«

Juniors Miene umwölkte sich bedrohlich. »Moment mal, Junge«, sprudelte Newton hervor. »Ich weiß, daß das nicht stimmt. Ich habe selber Pferde gesehen. Ja doch, man verwendet sie in Fernseh-Western ...«

»Das ist kein Argument«, murmelte Junior halbherzig.

»Paß auf, Junge – ich werd's beweisen. Ich ruf die Rennbahn an. Ich habe früher immer gewettet ... Ich meine, ich bin immer hingegangen, um mir die Pferde anzusehen. Vielleicht dürfen wir die Ställe besuchen.« Newton wählte mit unruhigem Finger, sprach ins Telefon. Nach einem kurzen enttäuschenden Wortwechsel warf er den Hörer wieder auf die Gabel. »Sie lassen jetzt Hunde rennen«, sagte er.

Er blätterte durch die Gelben Seiten und versuchte, an gar nichts zu denken. Das Buch sprang rebellisch von *Pfefferkuchen* zu *Pflanzen*. Er wählte das Amt, um die Nummer des nächsten Gestüts zu verlangen, wählte dann wütend eine Null und landete schließlich nach einiger Verwirrung bei ›Pferdestärken Vertrieb‹, einem Traktorenhändler.

Junior verfolgte den Fortgang mit gründlichem Widerwillen. »Die Dame, wie mich dünkt, gelobt zuviel«, zitierte er lieb.

Verzweifelt rief Newton einen Nachbarn an. »Hör mal, Sam – kennst du hier in der Gegend irgendwen, der ein Pferd besitzt? Ich habe meinem Jungen versprochen, daß ich ihm heute eins zeige...«

Sams Gelächter kam durch die Leitung. »Du bist vielleicht 'n komischer Vogel, Brad. Pferde, ausgerechnet. Bringst du ihm auch bei, an Feen zu glauben?«

Newton nahm die Niederlage zögernd hin. »Ich glaube, ich hab mich bei dem Pferd geirrt, Junge«, sagte er unbeholfen. »Ich hätte schwören können – aber laß gut sein. Es beweist einfach, daß man nie zu alt ist, um einen Fehler zu machen. Warum suchst du dir nicht ein anderes Tier aus? Weißt du was – egal, was du dir aussuchst, du kriegst ein Pärchen.«

Juniors Miene hellte sich etwas auf. Er merkte schnell, wenn er Plus machen konnte. »Wie wär's mit einem Vogel?«

Newton lächelte zutiefst erleichtert. »Das wär prima, Junge, einfach prima. An welche Sorte dachtest du?«

»Na ja«, sagte Junior nachdenklich, »Dann hätte ich gern einen lebhaften Vogel. Einen richtig lebhaften, wie einen Phönix oder vielleicht eine Harpyie...«

Newton langte nach *Phantastisch bis Rar*.

2
Tödliche Nachtgestalten

*Erzählungen
vom Übernatürlichen*

John Collier

Von der Saturday Review of Literature einmal als ›Sammler von Dämonen, Kenner von Dschinnen und ein alter Bekannter des Teufels selber‹ beschrieben, ist John Collier der ideale Autor, um einen Abschnitt komischer phantastischer Geschichten zu eröffnen, die dem Übernatürlichen gewidmet sind. Seine Romane und Erzählungen sind berühmt dafür, daß sie außerordentliche Gestalten jedweder Art vorstellen, von einem Teufel mit einer Erkältung bis zu einem übernatürlichen Papagei, von einem Engel, der sich in einen jungen Architekturstudenten verliebt, bis zu einer Kolonie von Warenhausgeistern. Der führende amerikanische Kritiker Clifton Fadiman nannte ihn einen Meister des ›perversen Nonsens, der wunderbar vollkommen ist‹.

Obwohl John Collier (1901–1980) in England geboren wurde, verbrachte er einen Großteils seines Arbeitslebens in Amerika und war eine Zeitlang einer der führenden Drehbuchautoren in Hollywood, wo er sein Talent an solche Meilensteine des Films wie African Queen (1952) und Ich bin eine Kamera (1955) nach Christopher Isherwoods berühmtem Buch wandte. Collier war ein großer Bewunderer von P. G. Wodehouse und zollte ihm in einer typisch Wodehouseschen Erzählung Tribut, ›Eichhörnchen haben helle Augen‹, in der ein ›der abscheuliche Fenshawe-Fanshawe‹ genannter Bösewicht vorkommt, eine amazonenhafte Heldin, die sich zu Ausbrüchen hinreißen läßt wie ›die Welt kann mit ihrem groben libidinösen Geschnauf keinem Mädchen kommen, das tugendhaft mit seiner Lee-Engfield, seinem Ballard und seiner leichten Winchester lebt‹, und ein erfolgloser junger Mann, der sich einen ganzen Tag lang nicht bewegt und vorgibt, präpariert und ausgestopft zu sein! Colliers Roman Sein Affenweib (His Monkey Wife, 1930) ist als Klassiker der Fantasy anerkannt, doch die meiste Bewunderung – und Nachahmung – verdankt er seinen Kurzgeschichten. ›Die richtige

Seite‹ ist vorgeblich eine Erzählung zu dem zeitlosen Thema von einem Pakt mit dem Teufel – eine Idee, die natürlich seit Jahrhunderten in der phantastischen Literatur gang und gäbe ist –, aber in John Colliers geistreicher Phantasie wird daraus etwas gleichermaßen Einmaliges und sehr Amüsantes...

John Collier

Die richtige Seite

Ein junger Mann von außerordentlich blassem Aussehen ging bis zur Mitte der Westminster-Brücke und kletterte auf die Brüstung. Ein dunkelhäutiger Herr, etliche Jahre älter, im Abendanzug mit dunkelrotem Futter, einem Inverness-Mantel, mit Monokel und kurzem Spitzbart erschien wie aus dem Nichts und packte ihn am Arm.

»Lassen Sie mich los, verdammt!« murmelte der verhinderte Selbstmörder, wobei er zerrte und trat.

»Kommen Sie runter und gehen Sie neben mir«, sagte der Fremde, »oder der Polizist dort, der schon ein, zwei Schritte auf uns zu gemacht hat, wird Sie ganz gewiß verhaften. Lassen Sie uns so tun, als wären wir zwei Freunde, von denen der eine etwas Aufregung suchte, während sich der andere Sorgen machte, er könnte das Gleichgewicht verlieren und hinunterstürzen.«

Der junge Mann, der so gern in der Themse gewesen wäre, hatte einen großen Widerwillen, in einer Gefängniszelle zu sein. Dementsprechend nahm er den Schritt der Fremden auf, lächelte (denn sie kamen gerade an dem Bobby vorbei) und sagte: »Verflucht sollen Sie sein! Warum können Sie sich nicht um Ihre eigenen blöden Angelegenheiten kümmern?«

»Aber, mein lieber Philip Westwick«, erwiderte der andere, »ich betrachte Sie durchaus als meine Angelegenheit.«

»Wer können Sie sein?« rief der junge Mann ungeduldig aus. »Ich kenne Sie nicht. Wie sind Sie an meinen Namen gekommen?«

»Er ist mir«, sagte sein Begleiter, »eben erst vor einer halben Stunde eingefallen, als Sie Ihren übereilten Entschluß faßten.«

»Ich weiß nicht, wie das sein kann«, sagte Philip. »Und ich will's auch gar nicht wissen.«

»Ihr verliebten Männer«, sagte sein Begleiter, »seid durch nichts zu überraschen, außer erstens, daß eure Angebetete etwas an euch findet, und dann, daß sie etwas an einem anderen findet.«

»Woher wissen Sie«, rief unser armer Philip aus, »daß es um so etwas ging?«

»Ich weiß es, und noch viel mehr, was ebenso lächerlich ist«, erwiderte der andere. »Was würden Sie sagen, wenn ich Sie daran erinnerte, daß Sie vor gut einem Monat, als Sie im Himmel zu sein glaubten und tatsächlich in den Armen Ihrer Millicent lagen, eine Art Überdruß verspürten und sich in der Tat wünschten, sie möge sich in die kleine Brünette verwandeln, die in der Teestube in der Bond Street serviert? Und jetzt sind Sie drauf und dran, Selbstmord zu begehen, weil Ihre Millicent Sie verlassen hat, obwohl die kleine Brünette meines Wissens immer noch in der Bond Street ist. Was sagen Sie dazu?«

»Es scheint Ihnen nicht bewußt zu sein«, sagte Philip, »daß die Wünsche eines Mannes, wenn er in den Armen seines Mädchen liegt, und seine Wünsche, wenn wahrscheinlich jemand anders dort liegt, zwei ganz verschiedene Dinge sind. Im übrigen gebe ich zu, daß Ihr Wissen teuflisch unheimlich ist.«

»Das ist nur natürlich«, erwiderte der andere mit einem selbstgefälligen Lächeln, an dem Philip sogleich erkannte, daß sein Begleiter kein anderer als der Teufel selbst war.

»Was haben Sie vor?« fragte er und rückte ein wenig ab.

Mit einem Blick voll außerordentlichem Wohlwollen bot ihm der Teufel eine Zigarette an.

»Ich nehme an, da sind keine Drogen drin?« wollte Philip wissen, während er mißtrauisch an der Zigarette schnupperte.

»Also ich bitte Sie!« sagte der Teufel spöttisch. »Glauben Sie, ich müßte zu derlei Mitteln Zuflucht nehmen, um Sie zu überwinden? Ich habe die Vernunft auf meiner Seite. Feuer?« Ohne auf eine Antwort zu warten, streckte er den Mittelfinger aus, dessen Spitze die Zigarette sofort in Brand setzte.

»Sie sind dafür bekannt, daß Ihre Vernunftsgründe auf ein gewisses Ziel aus sind«, sagte Philip. »Ich habe wenig Lust, in Ewigkeit verdammt zu sein.«

»Was haben Sie denn erwartet«, sagte der Teufel, »als Sie Selbstmord planten?«

»Ich sehe nichts Schlechtes darin«, sagte unser Held.

»Das tut der junge Hund auch nicht, wenn er die Pantoffeln seines Herrchens zerbeißt«, entgegnete der Teufel. »Trotzdem wird er dafür bestraft.«

»Ich kann es nicht glauben«, sagte Philip starrsinnig.

»Dann kommen Sie mit«, sagte der Teufel und führte ihn zu einem Rummelplatz in der Nähe der Tottenham Court Road. Hier vergnügten sich einige der häßlichsten Wichte auf Erden mit Glücksspielen, andere schauten in Guckkästen, die Szenen aus dem Pariser Nachtleben zeigten. Die übrigen befaßten sich mit Taschendiebstahl, verhandelten mit gewissen weiblichen Stammgästen der Gegend, fluchten und führten allerlei schmutzige Reden.

Der Teufel betrachtete sie alle ganz so, wie jemand nach einem Spaziergang zwischen den Mohn- und Kornblumen der Felder die wohlgehegten Pflanzen in seinem Garten hinterm Haus betrachtet. Der Portier tippte sich an die Mütze, ganz so, wie es Gärtner tun; der Teufel erwiderte der Gruß, nahm einen Hausschlüssel und führte Philip zu einer kleinen Tür in der Wand, die, als sie offen war, den Weg zu einem kleinen Privatlift freigab.

Sie stiegen ein und fuhren mehrere Minuten lang mit unglaublicher Geschwindigkeit abwärts.

»Mein lieber Teufel«, sagte Philip und zog an seiner Zigarette, die tatsächlich Drogen enthielt und ihm den Eindruck vermittelte, ein Mann von Welt zu sein, »mein lieber Teufel, wenn wir in dem Tempo weiterfahren, sind wir bald direkt in der Hölle.«

Nichts hätte wahrer sein können. Der Fahrstuhl hielt an, und sie stiegen aus. Sie befanden sich in einer großen Halle, die am ehesten ans Foyer eines riesigen Theaters oder Kinos erinnerte. Es gab zwei, drei Kartenschalter, vor denen die Eintrittspreise angezeigt wurden: Parkett – Völlerei, Privatlogen – Wollust, erster Rang – Eitelkeit, Galerie – Trägheit, und so weiter. Es gab auch eine Bar, an der ein, zwei uniformierte Teufel mit den Bardamen plauderten, unter denen unser Freund zu seinem Erstaunen die kleine Brünette aus der Bond Street sah.

Hin und wieder öffnete sich die Tür zu dem großen Zuschauerraum, und es war deutlich, daß die laufende Vorstellung lebhaft war.

»Da drüben gibt es eine Tanzdiele«, sagte der Teufel, »zu der ich Sie eigentlich führen wollte.«

Eine Tür wurde für sie geöffnet. Sie fanden sich in einem ziemlich großen Raum, der im Grottenstil errichtet war, mit Farnen und imitiertem Gestein und einer feucht-kühlen Luft. Eine Kapelle spielte eine Travestie auf Scarlatti. Etliche Leute tanzten ziemlich lustlos. Philip bemerkte, daß viele von ihnen abstoßend dick waren.

Der Teufel begleitete ihn zu einem schlanken und bleichen Mädchen, murmelte ein paar Worte, und Philip, der nicht wußte, was er anders tun sollte, verbeugte sich, bot ihr den Arm an, und sie kreisten durch den Raum.

Sie tanzte sehr matt und hielt die schweren Lider gesenkt. Philip machte ein, zwei belanglose Bemerkungen. »Kommen Sie oft hierher?« fragte er. Sie lächelte schwach, gab aber keine Antwort.

Er war ein wenig pikiert, daß sie so lustlos blieb (außerdem hatte er eine von den Zigaretten des Teufels geraucht). »Wie kalt Ihre Hand ist!« sagte er, während er sie leicht drückte. Das war sie in der Tat. Er manövrierte seine verschlossene Partnerin in eine Ecke, wo er ihre Taille weitaus stärker umfaßte, als zum Tanzen nötig war. Er spürte, wie eine feuchte Kälte durch seinen Jackenärmel drang, und ein leichter, aber unverkennbarer Geruch von Flußschlamm war wahrzunehmen. Er schaute sie eingehend an und bemerkte einen ausgesprochenen Perlmuttschimmer in ihren Augen.

»Ich habe Ihren Namen nicht verstanden«, sagte Philip.

Seine Partnerin bewegte kaum die farblosen Lippen. »Ophelia«, sagte sie.

»Entschuldigen Sie mich«, sagte Philip.

Unverzüglich gesellte er sich wieder dem Teufel zu.

»Nun«, sagte der würdevoll, »können Sie immer noch nicht glauben, daß diejenigen, die sich ertränken, in Ewigkeit verdammt sind?«

Philip mußte das zugeben.

»Sie haben keine Vorstellung, wie sehr sich dieses arme Mädchen langweilt«, sagte der Teufel mitfühlend. »Dabei ist sie erst seit ein paar hundert Jahren hier. Was ist das im Vergleich zur Ewigkeit?«

»Sehr wenig. Sehr wenig, in der Tat«, sagte Philip.

»Sie sehen, welche Partner sie bekommt«, bemerkte der Erzfeind. »Bei jedem Tanz lassen sie einander ein wenig Unangenehmes von der Art spüren, die Sie so beunruhigt hat.«

»Aber warum sollten sie in einer Tanzdiele sein?« fragte Philip.

»Warum nicht?« sagte der Teufel mit einem Achselzucken. »Nehmen Sie noch eine Zigarette.«

Dann schlug er vor, sie sollten sich in sein Büro begeben, um das Geschäftliche zu besprechen.

»Also, mein lieber Westwick«, sagte er, als sie es sich in Lehnsesseln bequem gemacht hatten, »worauf wollen wir uns einigen? Ich kann natürlich alles, was sich ereignet hat, ungeschehen machen. In diesem Fall werden Sie sich auf der Brüstung wiederfinden, mitten im Sprung, gerade als ich Sie am Arm packte. Kurz danach werden Sie in der kleinen Tanzdiele eintreffen, die Sie gesehen haben, ob dick oder dünn, hängt von den Launen des Wassers ab.«

»Es ist Nacht«, sagte Philip. »Der Fluß strömt mit vier Meilen pro Stunde. Ich würde wahrscheinlich unbemerkt aufs offene Meer treiben. Ja, ich wäre höchstwahrscheinlich einer von den Dicken. Sie schienen mir ein ausgeprägtes Defizit an *dem* oder S. A.* zu haben, falls Ihnen die Begriffe etwas sagen.«

»Ich habe davon gehört«, sagte der Teufel mit einem Lächeln. »Nehmen Sie eine Zigarre.«

»Nein, danke«, sagte Philip. »Welche Alternative schlagen Sie vor?«

»Hier ist unser Standardvertrag«, sagte der Teufel. »Sie sollten doch eine Zigarre nehmen. Sie sehen: unbeschränktes Vermögen, fünfzig Jahre, die schöne Helena – also das ist veraltet. Sagen wir, Miss...« Und er nannte den Namen eines reizenden Filmstars.

»Natürlich«, sagte Philip, »ist da die kleine Klausel über den Besitz meiner Seele. Ist das wesentlich?«

»Nun ja, das ist so üblich«, sagte der Teufel. »Lassen wir's lieber stehen. Hier kommt die Unterschrift hin.«

---

* Sex appeal. – *Anm. d. Übers.*

»Also ich weiß nicht«, sagte Philip. »Ich glaube, ich werde nicht unterschreiben.«

»Was?« schrie der Teufel.

Unser Held machte einen Schmollmund.

»Ich möchte Ihnen nichts einreden, mein lieber Westwick«, sagte der Teufel, »aber haben Sie den Unterschied bedacht, ob Sie morgen als ertrunkener Selbstmörder hier ankommen oder – in fünfzig glorreichen Jahren, wohlgemerkt – als Mitglied des Personals? Das waren Mitglieder des Personals, die Sie an der Bar mit der kleinen Brünetten haben reden sehen. Nettes Mädchen!«

»Egal«, sagte Philip. »Ich glaube nicht, daß ich unterschreiben werde. Trotzdem vielen Dank.«

»Na schön«, sagte der Teufel. »Dann zurück mit Ihnen!«

Philip hatte die Empfindung rascher Bewegung, er schien wie eine Rakete emporzuschießen. Dennoch behielt er seine Geistesgegenwart und die Füße unten, und als er auf der Brüstung landete, sprang er hinunter, aber auf der richtigen Seite.

Fredric Brown

Während in John Colliers Erzählungen Männer und Frauen meistens die Oberhand über die Bewohner der übernatürlichen Welt gewinnen, trifft das Gegenteil bei Fredric Brown zu, dessen Kurzgeschichten voller witziger Gags mit einem Stachel am Ende zu den Perlen der komischen Phantastik gehören. Zum Beispiel fällt in einer Geschichte ein kleiner Gauner, dem die Macht gegeben ist, daß alles, was er sagt, wahr wird, seiner Lieblings-Redensart ›Der Schlag soll dich treffen!‹ zum Opfer, während ein Mann, der sich in eine Nixe verliebt und dem ein Triton eine Verwandlung anbietet, nachher entdeckt, daß ein wesentlicher Teil seiner Anatomie nun fehlt. In den fünfziger und sechziger Jahren war Brown der unbestrittene Meister dieser Form, und sein Wort ›Giesenstecks‹ zur Bezeichnung gewisser dämonischer Lebensformen ist in den Wortschatz der komischen Fantasy eingegangen.

Fredric Brown (1906–1972) war Journalist in Milwaukee und New York, ehe er mit ›Placet ist ein verrückter Ort‹ (1946), einem frühen Beispiel für die von Terry Pratchett und seinen Zeitgenossen nun so populär gemachte komisch-unglaubliche Art von Welt, seine SF- und Fantasy-Geschichten zu schreiben begann. Als 1961 die besten von Browns Kurzgeschichten in dem Band Alpträume (Nightmares and Geezenstacks) gesammelt wurden, unterstrichen sie seine Fähigkeit, durch und durch originelle Fantasy-Geschichten zu schreiben – manche nur ein paar hundert Wörter lang –, in denen er es fertigbrachte, wichtige Information zurückzuhalten, bis die Wendung der Schlußpointe die Leser erstaunte und amüsierte. Brown war auch einer der ersten Fantasy-Autoren, die Erotica in ihre Geschichten einflochten, wie Sie in ›Koboldgeist‹ feststellen werden, wo ein alternder Lothario, Walter Beauregard, Schwarze Magie zum Beschwören eines Dämons benutzt, um seine darniederliegende Potenz wiederherzustellen. Wie üblich hat der Autor für den alten Lüstling eine unerwartete Wendung in petto.

Fredric Brown

Koboldgeist

Walter Beauregard war fast fünfzig Jahre lang ein enthusiastischer und erfahrener Schürzenjäger gewesen. Im Alter von fünfundsechzig Jahren geriet er jetzt in Gefahr, die Mitgliedschaft in diesem Exklusivklub zu verlieren. Geriet er wirklich nur in Gefahr? Nein, seien wir ehrlich: Er hatte die Mitgliedschaft *tatsächlich* verloren. Seit drei Jahren war er von Arzt zu Arzt, von Quacksalber zu Quacksalber geeilt und hatte alle Geheim- und Wundermittel ausprobiert: alles ohne jeden Erfolg.

Schließlich erinnerte er sich an seine Bücher über Magie und Geisterbeschwörung. Er hatte diese Bücher gesammelt und seiner umfangreichen Bibliothek einverleibt, ohne sich bisher näher mit ihnen zu beschäftigen. Das tat er jetzt. Warum auch nicht? Es konnte ja nichts schaden.

In einem vergilbten, übelriechenden, aber seltenen Wälzer fand er, was er suchte. Entsprechend den Anweisungen zeichnete er den Drudenfuß, kopierte die kabbalistischen Zeichen, zündete die Kerzen an und las laut die Beschwörungsformel.

Ein Lichtstrahl zuckte auf, eine Rauchwolke puffte empor, und der Dämon erschien. Es genügt, wenn man ihn als eine Abscheulichkeit von Koboldgeist beschreibt, dessen Anblick Ekel und Angst erregt.

»Wie ist dein Name?« fragte Beauregard. Er versuchte, ganz ruhig und gelassen zu sprechen, aber seine Stimme bebte ein wenig.

Der Dämon gab Laute von sich, die eine Mischung von Quietschen und Pfeifen mit einem Unterton von dumpfem Baßgeigendröhnen waren. Dann sagte er: »Aber diesen Namen wirst du nicht aussprechen können. In deine langweilige Sprache übersetzt, würde es etwa Koboldgeist bedeuten. Nenn mich also einfach Koboldgeist. Ich nehme an, du verlangst das Übliche.«

»Was ist das Übliche?« erkundigte sich Beauregard.

»Ein Wunsch, natürlich. Also gut, du kannst ihn haben. Aber keine drei Wünsche. Die Geschichte mit den drei Wünschen ist reiner Aberglaube. Du bekommst nur einen erfüllt, und du wirst keine Freude daran haben.«

»Ich will nur einen Wunsch erfüllt haben. Und ich kann mir nicht vorstellen, daß ich keine Freude daran haben würde.«

»Das wirst du schon noch merken. Na, schön, ich weiß, was du dir wünschst. Und hier ist die Erfüllung.« Koboldgeist griff in die leere Luft, und seine Hand verschwand und kehrte mit einer silbrig schimmernden Badehose zurück. Er hielt sie Beauregard hin. »Trage sie in guter Gesundheit«, sagte er.

»Was ist das?«

»Wonach sieht es denn aus? Es ist eine Badehose. Aber von ganz besonderer Art. Das Material kommt aus der Zukunft – ein paar Jahrtausende nach unserer Zeit. Es ist unzerstörbar. Die Badehose wird sich nie abtragen, zerreißen oder verschließen. Gutes Material. Aber die damit verbundene Magie ist ziemlich alt. Zieh das Ding an und probier es selbst aus.«

Der Dämon verschwand.

Walter Beauregard zog sich schnell aus und schlüpfte in die wunderhübsche, silbrig schimmernde Badehose. Sofort spürte er eine wunderbare Verjüngung. Männlichkeit durchströmte ihn, als wäre er wieder der Jüngling, der gerade seine Karriere als Schürzenjäger begonnen hätte.

In aller Eile zog er einen Bademantel an und streifte Sandalen über die Füße. (Es bliebe noch zu erwähnen, daß er ein reicher Mann war. Und daß seine Wohnung ein Penthouse auf dem Dach des elegantesten Hotels von Atlantic City war.) In seinem Privatlift fuhr er hinunter und ging zu dem luxuriösen Swimming-pool des Hotels hinaus. Wie üblich, war das Schwimmbecken umlagert von wunderhübschen Mädchen in Bikinis, die unter dem Vorwand, sich zu sonnen, ihre Reize zur Schau stellten und auf Angebote von so wohlhabenden Männern wie Beauregard warteten.

Er ließ sich Zeit mit der Auswahl. Aber nicht zuviel Zeit.

Zwei Stunden später saß er – noch immer mit der wunderbaren, magischen Badehose bekleidet – am Bettrand und starrte seufzend auf die reizende Blondine, die nackt auf seinem Bett ausgestreckt lag und fest schlief.

Der Koboldgeist hatte so recht gehabt – und sein Name stimmte nur zu genau. Die Wunderbadehose, die unzerstörbare, unzerreißbare Badehose wirkte mit Perfektion. Aber wenn er sie auszog oder auch nur herunterstreifte ...

Nelson Bond

Geister und Spukhäuser sind seit Beginn des viktorianischen Zeitalters ein beliebtes Thema der humoristischen Literatur des Übernatürlichen – insbesondere in der Ausführung von Autoren wie Richart Barham (›Das Gespenst von Tappington Hall‹, 1840), Frank Stockton (›Der ausgelagerte Geist‹, 1884) und Oscar Wilde, dessen vielfach in Anthologien aufgenommener Klassiker ›Das Gespenst von Canterville‹ (1891) mehrmals für Kino und Fernsehen verfilmt worden ist. Diese spezielle Spielart des Komischen ist in der Tat so reichhaltig, daß ihr mehrere Anthologien gewidmet wurden, darunter Dorothy Scarboroughs schöne Sammlung Humorvolle Geister (Humorous Ghosts), 1921 erschienen. Unter den neueren Autoren, die sich mit dieser Art Erzählungen hervorgetan haben, sind Thorne Smith, James Thurber und Nelson Bond, dessen komische Erfindungen von James Branch Cabell, dem Schöpfer des legendären Poictesme-Fantasyzyklus, sehr bewundert wurden.

Nelson Slade Bond (geb. 1908), vormals Öffentlichkeitsarbeiter und Buchantiquar, ist einer der hervorragenden Autoren von ›verrückter‹ Literatur genannt worden, und unter seinen zahlreichen populären Zyklen müssen die Geschichten von Pat Pending erwähnt werden, dem Schöpfer außerordentlicher Erfindungen, von Lancelot Briggs, einem kauzigen Raumreisenden, Hank Horse-Sense, der Lügengeschichten erzählt, und Squaredeal Sam McGhee, der in der folgenden Erzählung auftritt. Bond begann 1937, komische Fantasy-Geschichten zu schreiben, und im selben Jahr brachte er einen Klassiker zustande, ›Herrn Merkenthwirkers Lobblies‹, aus dem inzwischen eine Hörspielserie sowie erfolgreiche Bühnen- und Fernsehadaptionen entstanden sind. Seine Vorliebe für trickreiche Schlüsse hat ihm den Vergleich mit O. Henry eingebracht, während ein Großteil seiner Werke denselben Witz und dieselbe Liebe zum Phantastischen offenbart, wie sie seinen berühmteren Zeitgenossen Fredric Brown und Robert Bloch eignet. Nelson Bond hat die Geschichten um Squaredeal Sam McGhee in den vierziger und fünfziger Jahren für die Zeitschrift Bluebook geschrieben, und ›Der Geist ist billig‹ mit dem Wortspiel im Titel und der Geschichte von einem Geist, der sich vor Menschen fürchtet und dem Suff verfällt, ist eine der allerbesten ...

NELSON BOND

Der Geist ist billig

> Haben Geister etwa nicht
> durchaus ein Recht auf Furcht vor Licht
> wie wir vor Dunkelheit?

»Glaubst du«, erkundigte sich Squaredeal Sam McGhee*, abrupt, »an Geister?«

Der alte Spieler, Schwindler und Trickser saß seit einer Stunde still und geduldig in meinem Büro und wartete, daß ich mein jüngstes Meisterwerk vollendete. Nun, da ich die Blätter säuberlich zu einem Rechteck zusammenstauchte, eröffnete er den Angriff und beugte sich beiläufig vor, um an eine von meinen Zigarren zu kommen.

Ich grinste, denn ich erkannte das Gambit als eine von den unnachahmlichen Eröffnungen des alten Gauners für einen Schnorrversuch, eine Art erzählerischer Haken, um meine Neugier zu fesseln und meine Dollars zu lockern. Da er offensichtlich auf eine Verneinung aus war, konterte ich mit einem Kopfnicken.

»Aber natürlich«, erwiderte ich. »Ich glaube felsenfest an Geister. Ich kann nichts dagegen machen; es liegt in der Familie. Mein Vetter hört gern Geister weinen, er hat sich extra ein Weingeist-Thermometer gekauft. Mein Großonkel, Eerie McSlug, hatte an seinem rausgenom-

---

* Ein *square deal* ist ein gerechter Handel. – *Anm. d. Übers.*

menen Blinddarm Phantomschmerzen. Und bei meiner Schwester vertreibe ich immer die Geister, wenn ich zu Besuch komme.«

»Du vertreibst die Geister?«

»Genau. Sie und ihr Mann gucken jedesmal ganz entgeistert.«

»Witzbold!« Sam runzelte mißbilligend die Stirn. »Alleinunterhalter! Entschuldigung, daß ich deine Zeit so in Anspruch genommen habe. Ich werd dann gehen, damit du deinen Joe Miller weiterlesen kannst.«

Er erhob sich und langte nach seiner vom Wetter mitgenommenen Melone, doch ich kicherte und drückte ihn auf den Stuhl zurück.

»Bleib ruhig, Kumpel. Ich hab nur Spaß gemacht.«

»Auch 'n Spaß«, sagte Sam. »Hat mir grade noch gefehlt.«

»Aber da es gerade um Geistiges zu gehen scheint, habe ich einen Beweis, daß es hier sicher so was gibt«, sagte ich, während ich in meiner Tischschublade kramte. »Mit *hochprozentiger* Sicherheit. Du bist sicher, daß du weg mußt?«

»Na ja«, McGhee lehnte sich zurück und billigte mein Friedensangebot mit Kennerblick, »wenn ich mir's recht überlege, hab ich nichts vor, was nicht ein paar Schluck... ich meine, ein paar Stunden warten könnte. Vorsichtig mit diesem Sodawasser. Man kriegt gräßliche Kopfschmerzen davon.«

Ich schenkte ein und reichte ihm sein Glas.

»Du sagtest etwas von Geistern?«

Sam zuckte mit den Achseln. »Nichts von Bedeutung. Vergiß es.«

»Aber«, sagte ich, »es interessiert mich. Du hattest irgendeine entnervende Begegnung mit dem Übernatürlichen?«

»Ja«, sagte Sam, »und nein. Das heißt, ich hatte so eine Begegnung, und sie ist mir auf die Nerven gegangen... bloß nicht auf die Art, wie du vielleicht denkst. Wenn du noch einen Tropfen von diesen Mittel gegen Schlangenbisse erübrigen kannst...«

Ich goß ein.

»Wenn's reicht!« sagte Sam, als die Flüssigkeit über den Rand des Glases rann. Er seufzte zufrieden und hievte seine hohen Schuhe auf die Oberfläche meines Schreibtischs. »Also das war so. Wahrscheinlich weißt du, daß Wohnraum heutzutage knapp ist...«

Wahrscheinlich weißt du (sagte Squaredeal Sam), daß Wohnraum heutzutage knapp ist. Häuser zum Verkauf sind so selten wie Boogieklänge in einem Heilsarmeekonzert, die Einfamilienhäuser sind alle zu horrend hohen Preisen von Schlaubergern gemietet worden, die ihre *eigenen* Einfamilienhäuser zu horrenden Preisen vermietet haben. Und was Wohnungen angeht... Also ein Freund von mir, der für 'ne Telefongesellschaft arbeitet, hat mir erzählt, wie einer ihrer öffentlichen Fernsprecher defekt gemeldet wurde, und ehe er in die Zelle konnte, um ihn zu reparieren, mußte er einen Kerl auf die Straße setzen, der mit seiner Frau, drei Kindern und 'ner ledigen Tante dort wohnte.

Natürlich (räumte Sam ein) kann er 'ne Spur übertrieben haben. Ich kann mir nicht vorstellen, daß in der Zelle noch Platz für eine ledige Tante blieb.

Jedenfalls sah die Lage ziemlich trübe aus, wie ich wieder in die Stadt einrückte, nachdem ich einen Winter lang in Palm Beach an besagtem Strand die Leute auf besagte Palme gebracht hatte. Florida ist 'n prima Ort für Leute, wenn sie alt sind... und es hilft ihnen, es schneller zu werden. Man fährt hin, um mal auszuspannen und sich gehen zu lassen, und wenn einem das Hotel alles ausgespannt hat, läßt es einen gehen. An dem Tag, als ich abgereist bin, haben sie mir eine Rechnung gegeben, die sah aus wie die Entfernung zum fernsten Stern, in Zoll berechnet, und wenn ich nicht einen Koffer mit zehntausend Aktien für ein Kupferbergwerk hätte zurücklassen können, was vielleicht eines Tages in Colorado entdeckt wird, hätte ich ein mächtig schlechtes Gewissen gehabt, als ich da die Dachrinne runterrutschte.

Stell dir also meine Überraschung vor, wie ich am Tag, nachdem ich wieder in die Stadt eingeritten war, durch eine nette Wohngegend schlendere und *Bingo!*, da ist 'n hübsches Haus mit dem Anschlag an der Vordertür: *Zimmer zu vermieten*.

Mein erster Gedanke war, daß die Gesundheitsbehörde nicht mehr genug Pockenfälle für die Quarantäne hatte, aber dann stellte sich heraus, es war doch der wahre Jakob. So ein verhutzelter kleiner alter Kerl mit 'ner Nase wie 'ne angeschimmelte Essiggurke sagt ja, er hat 'n Zimmer zu vermieten, und nein, es ist noch nicht vergeben, und wenn's mir nichts ausmacht, wären das dann zwei Wochenmieten im voraus, bitte.

Ich sagte: »Also Moment mal, Mister...«

»Snead«, gab er zu. »Ephraim Snead.«

»Mal langsam mit die jungen Pferde«, sagte ich. »Woher weiß ich denn, ob mir das Zimmer gefallen wird? Ich hab's noch nicht mal gesehen.«

»Oh, es wird Ihnen gefallen«, versicherte er eifrig. »Es ist das beste Zimmer im Haus; groß, sonnig und freundlich.«

»Und was die Miete betrifft«, fuhr ich fort, »muß ich Sie bitten, ein paar Tage zu warten, bis ich meine Angelegenheiten auf der Reihe hab. Ich bin eben von einem längeren Urlaub zurückgekommen und vorübergehend das, was die Ökonomen finanziell adstringent nennen. Aber«, sagte ich ihm, »wie Ihnen jeder im Showbussiness bestätigen kann, ist Sam McGhee sicher wie die Parkbank von England. Wenn es Ihnen also nichts ausmacht, für 'ne kurze Zeit anzuschreiben...?«

Der alte Pickelheimer runzelte die Stirn, und 'n paar Sekunden lang dachte ich, ich sollte mir meine Rechnungen weiter postlagernd schicken lassen. Aber schließlich zuckte er mit den Achseln und verzog das Gesicht zu so etwas wie einem Lächeln. »Sehr gut«, sagte er. »Ich denke, das geht in Ordnung. Da entlang, bitte.« Und er führte mich eine Treppe zum Vorderzimmer im ersten Stock hoch.

Ich hätte gleich wissen sollen, daß da was stank in Schweden. Vor allem war dieser Ephraim Snead nicht der Typ, der irgendwas umsonst rausrückte. Er trug Hosenträger und 'nen Gürtel, beides... das sichere Zeichen für 'nen Übervorsichtigen. Außerdem hatte er so Schwielen zwischen Zeigefinger und Daumen, was 'n Zeichen entweder für 'nen Berufszocker oder 'nen Geizhals ist, und aus eigener Anschauung wußte ich, daß das erstere nicht in Frage kam. Und schließlich war das Zimmer genau das, was er behauptet hatte – groß, sonnig und freundlich. Und wie's nun mal zugeht in der Welt, mußte der einzige gute Grund, aus dem es leer stand, 'n schlechter sein.

Aber ich machte mir deswegen keinen Kopf. Ich packte die Gelegenheit beim Kropfe und sagte Onkel Eph, er solle das Schild ›Zu vermieten‹ runternehmen. Als er weg war, zog ich den Mantel aus, haute mich auf ein großes, altmodisches Federbett... und ehe man einen Cocktail zweimal geschüttelt hat, befand ich mich in Murphys Armen.

Ich wollte bloß 'n kurzes Nickerchen vorm Essen machen. Aber du weißt, wie so was geht. Wie der Dichter sagt: ›Was Mann und Maus auch brüten aus, es wird ja doch nichts draus.‹ Ich war groggy, und das Bett war weich. Ein Momentchen kam zum anderen, und als ich endlich aufwachte, war es nach Mitternacht, und das Zimmer war schwarz wie die Seele eines Rechtsanwalts, das heißt, es *hätte* schwarz sein müssen. War's aber nicht, nicht ganz. In dem Lehnsessel, der am Kamin stand, war ein komisches, zappelndes, irgendwie graues *Schimmern*. Nicht direkt 'n Licht. Eher wie das Rücklicht von 'nem ermatteten Glühwürmchen, wenn man's durch 'ne dunkle Brille in 'nem fleckigen Spiegel sieht. So *verschwommen* und unscharf.

Ich saß gleich kerzengrade im Bett. »He!« sag ich. »Was geht hier los?«

Wie ich das sagte, wurde das Schimmern heller und zu 'ner Gestalt – zur Gestalt von 'nem Mann. Sie drehte den Kopf herum, starrte mich den Bruchteil einer Sekunde an – und schrie wie am Spieß.

Sam seufzte nachdenklich, während er eine Pyramide von Zigarrenasche ins Gewebe meines Teppichs scharrte. Ich runzelte die Stirn.

»*Sie* schrie wie am Spieß?« wiederholte ich. »Du meinst, *du* schriest, nicht wahr?«

»Ich meine, sie schrie«, sagte Sam. »Genauer gesagt, *er*.«

»Aber wenn es wirklich ein Geist war, was du gesehen hast...«

»Er war ein Geist«, bekräftigte Sam, »und er war es, der losbrüllte. Er hatte nämlich Angst vor Menschen.«

Ich starrte ihn an. »Was stellte er dar?«

»Überhaupt nichts«, sagte mein Freund. »Er war kein Darsteller. Edgar war 'n gewöhnliches, altmodisches echtes Gespenst.«

»Edgar?«

»So hieß er. Das hab ich natürlich erst später erfahren. Erst mal mußte ich ihn beruhigen. Er war 'n Nervenbündel.«

Dieser Edgar (fuhr Squaredeal Sam McGhee fort) war 'n Nervenbündel, wenn ich je eins gesehen habe. Er schrie nicht bloß, wie er mich sah, sondern sprang auch aus dem Sessel und rannte im Kreis im Zimmer rum wie' n Irrlicht, dem ein Karussell auf den Fersen ist.

Die Übung lud anscheinend auch seinen Dynamo auf, denn er wurde immer heller und fester und fester, und als ich ihn endlich zwischen dem Vertiko und dem Waschbecken in der Klemme hatte, hatte er genug Leuchtkraft, daß man Kleingedrucktes dabei lesen konnte. Und wenn du jemals 'ne Gespenstergeschichte schreibst, wird dich auch interessieren, wie er sich anfühlte. Also wie 'ne Spinnwebe, nur durchlässiger und nachgiebiger. Man konnte geradewegs einen Finger durch ihn durchstecken, und es störte ihn nicht. Er war sofort wieder ganz, wenn man das Patschhändchen rauszog.

Und kalt war er auch ... 'ne komische Art Kälte; wenn man ihn berührte, kroch die einem wie tiefgekühlte Raupen durch die Adern.

Ich hätte mir beinahe Frostbeulen dabei geholt, aber schließlich brachte ich ihn dazu, stehenzubleiben und mit seinem gottserbärmlichen Geplärr aufzuhören. Als er statt zu heulen bloß noch wimmerte, hab ich's ihm gegeben.

»Du bist mir vielleicht einer!« schimpfte ich. »So ein Aufruhr. Was willst du eigentlich – die Toten aufwecken?«

Er sagte beleidigt: »Du hast mir aufgelauert. Du solltest dich was schämen, auf einem armen körperlosen Geist rumzuhacken.«

»Du bist es«, sagte ich, »der sich schämen sollte. Was ist 'n das für 'ne Art von so 'nem großen Gespenst wie dir, gleich aus dem Ektoplasma zu springen, bloß weil jemand es anspricht. Du sollst Leute erschrecken, nicht andersrum.«

Edgar sagte: »Ja, aber ...« Und er grübelte 'ne Minute. Dann nickte er. »In Ordnung. Hat vielleicht was für sich. *Buh!*«

Und er schnitt mir ein schreckliches Gesicht oder was ein schreckliches Gesicht sein sollte. Aber bei ihm mit seinen großen traurigen Augen und dem trübseligen Mund sah es bloß lächerlich aus. Ich streckte ihm die rechte Hand entgegen und wackelte in seinem Gesicht mit den Fingern.

»Selber buh«, kicherte ich, »und dann... He! Komm da runter.«

Denn kaum daß ich ›buh‹ zu ihm gesagt hatte, war er die Wand hochgegangen wie ein erschrockener Unterrock, die Decke lang geflutscht und auf der Lampe hocken geblieben, zitternd wie Espenlaub.

»Tu das ja nicht!« heulte er. »Ich halte das nicht aus. Es schmerzt meinen Astralleib!«

»Und du gehst mir auch aufs Gemüt«, knurrte ich. »Was ist los mit dir? Hast du denn gar keinen Mumm in den Knochen?«

»Sei nicht albern«, schnappte er gereizt zurück. »Wenn ich Knochen hätte, wär ich kein Geist, oder?«

Er stöhnte, und zwei dicke Tränen rannen ihm über die Wangen. »Du hast ja keine Ahnung, wie entsetzlich es ist, ein Gespenst zu sein«, sagte er. »Die ganze Nacht auf... nichts anzuziehen als ein widerliches altes Leichentuch... keine Freunde, mit denen man sich unterhalten könnte. Und die Kälte, immerzu diese fürchterliche Kälte.« Er nieste zum Beweis. Ich starrte ihn nachdenklich an.

»Was du brauchst«, stellte ich fest, »ist 'n guter kräftiger Schluck. Komm runter, und ich spendier dir einen Kurzen Frostschutzmittel aus der Flasche. Zieh nicht so 'n Gesicht. Es ist guter Stoff. Danach siehst du garantiert weiße Mäuse... und was sonst noch im Korn lebt.«

Aber Edgar schüttelte den Kopf.

»Hat keinen Zweck«, sagte er bedauernd. »Ich kann nicht trinken. Ich bin ein Geist. Schnaps geht glatt durch mich durch.«

»Das«, sagte ich stirnrunzelnd, »macht die Sache kompliziert. Aber ich hab ja immer gehört, wenn der Geist willig ist...« Mich durchzuckte eine Erleuchtung. »Wart mal. Den *Geist* von einem Schnaps könntest du doch trinken, nicht wahr?«

Er schaute zweifelnd drein. »Ich denke schon. Ich hab's nie versucht.«

»Also wenn ich einen getrunken hab«, erklärte ich ihm, »dann ist er doch hinüber, ja? Du hast doch von ›toten Soldaten‹ gehört?«

Sein Blick hellte sich auf. »Leere Flaschen meinst du? Natürlich! Glaubst du wirklich, daß es klappt?«

»Ein Versuch kann nicht schaden«, sagte ich. »Da haben wir's!« Ich holte eine Flasche mit meiner liebsten Hexenschuß-Einreibung vor, goß vier Fingerbreit in ein Glas und kippte es hinter. Dann gab ich ihm das leere Glas, das er mit einiger Anstrengung im Griff hielt... aber es war kein *leeres* Glas mehr. Denn siehst du, ich hatte diesen Drink *erledigt*! Wie er das Glas an den Mund hielt, sah ich 'n bleichen, schimmernden, gelblichen Nebel drin schwappen, genau den Zwilling von dem, was ich eben geschluckt hatte, bloß gespenstischer. Und er hatte dieselbe Wirkung, nur in Farbe. Wie er Edgars Schlund runterrann, wurde der immer heller, wärmer und zuversichtlicher, und wie er ihn ganz intus hatte, sah er genau wie 'n Zitronensoufflé mit 'ner Kirsche in der Mitte aus.

Sam hielt inne und warf mir einen schrägen Blick zu. »Ich denk mir«, wagte er zu fragen, »du findest das mächtig schwer zu glauben?«

»Aber nein!« versicherte ich ihm gut aufgelegt. »Ich kann alles glauben. Ich bin die naive Seele, die Dean Swift im Sinn hatte, als er *Gullivers Reisen* schrieb. Ich glaube an Werbesendungen, die Wahlreden von Politikern und an die Wettervorhersage. Ich glaube an Deodorants, Telepathie und die Heiligkeit der Frau. Ich glaube, daß Zeit alle Wunden heilt, Ehrlichkeit die beste Politik ist und viele Federn ein Bett ergeben. Ich glaube...«

»Du bist 'n Zyniker«, sagte McGhee vorwurfsvoll. »Du hast einen niedrigen, mißtrauischen Sinn, und ich wette, du guckst unter die Kruste einer Pastete, ehe du sie probierst.

Trotzdem, du würdest diese Geschichte glauben, wenn du das Zimmer gesehen hättest. Es sah wirklich aus wie ein Zimmer in einem Spukhaus. Ich habe es mir genau angesehen, während ich mit Edgar die Flasche niedermachte. Es hatte so altmodische Roßhaar-Polster und Schnitzereien an den Balken. Zwischen den Schlucken zeigte mir Edgar, wie die Fenster tief in die Wand gesetzt waren, mit so Säulen, und die Leinentapete. Da war ein Muster, was einen fast zum Wahnsinn trieb, wenn man versuchte, es mit dem Blick zu verfolgen.«

»Im Stoff?« fragte ich.

»Edgar?« erwiderte McGhee. »Und ob! Bis obenhin! Eigentlich waren wir beide voll im Stoff.«

Obwohl er sich umguckte (fuhr Squaredeal Sam McGhee fort), machte sich keiner von uns einen Kopf. Für gewöhnlich bin ich ziemlich gut darin, wenn es darum geht, Geistiges niederzumachen, aber ich hatte seit dem Frühstück nichts zu essen gehabt, so daß mich der Kater leichter erwischte als 'ne Stoffmaus.

Außerdem hatte Edgar einen Durst, der absolut nicht von dieser Welt war... Was verständlich ist, wenn man bedenkt, daß er keinen zu trinken gekriegt hatte, seit er seine sterbliche Hülle übern Jordan geschmissen hatte. Und natürlich konnte er keinen Drink nehmen, wenn ich nicht zuvor dessen materiellen Vorgänger genommen hatte, so daß du siehst, wo *ich* dabei hinkam. Direkt untern Tisch.

In fünfzehn Minuten hatten wir Namen, Adressen und Telefonnummern getauscht; 'ne halbe Flasche später sangen wir zusammen so schöne alte Sp'rituals wie ›Freut euch des Todes‹ und Arien aus den ›Geistersingern‹, ganz zu schweigen von *Semper fröhlich, nunquam selig*, was das Marschlied der Wilden Jäger ist. Und als wir den Stoff erledigt hatten, waren Edgar und ich solche Busenfreunde geworden, daß er auf meinem Schoß saß und mir die Geschichte seines kurzen unglücklichen Daseins als Mensch vorflennte.

Es sah so aus, als sei Edgar schon lange tot gewesen. Im Leben war er ein Bankgehilfe gewesen. Bei der Arbeit hatte er mit großen Mengen Geld zu tun. »Tausende von Dollar jeden Tag«, erzählte er. »Und die Summe wurde mir zum Verhängnis.«

Er erzählte, wie er eines Tages von der Arbeit nach Hause kam und feststellte, daß er rein aus Versehen ein paar hundert Dollar von der Bank in der Hosentasche hatte.

»Das Komische daran war«, sagte er in jämmerlichem Ton, »daß die Bilanzen an dem Tag perfekt aufgegangen waren. Kein roter Heller zuwenig, keiner zuviel. Und doch stand ich da und war mit 450,00 $ geschlagen, die mir nicht gehörten!«

»So möchte ich auch mal geschlagen sein«, knurrte ich. »Wenn du jemals einen triffst, der dafür 'nen Prügelknaben sucht...«

»Ich habe mir die ganze Nacht deswegen Sorgen gemacht«, sagte er. »Tags darauf habe ich die Bücher haarklein durchgesehen... aber ich konnte den Fehler nicht finden. Ich brauchte vier Tage harte Arbeit, um ihn zu orten, und wie sich herausstellte, war ich der einzige, dem das überhaupt gelingen konnte. Unwillkürlich war ich auf eine absolut narrensichere Methode gestoßen, die doppelte Buchführung auszutricksen.«

Er seufzte, und um ihn auf andere Gedanken zu bringen, gab ich ihm die Kippe von einer Zigarette, die ich gerade geraucht hatte. Er zog mit Genuß an einer brandneuen Geister-Lulle und fuhr fort: »Und das schlimmste war, es war ganz ausgeschlossen, das Geld wieder in die Bücher zu bringen. Um das zu tun, hätte ich die Einträge so offensichtlich fälschen müssen, daß ich im Handumdrehen aufgeflogen wäre. Und mir fiel ums Verrecken keine plausible Erklärung ein, warum ich etwas in den Tresor hätte *hineinlegen* sollen, was anscheinend mein eigenes Geld war.

Du mußt mir glauben, ich wollte dieses Geld nicht haben. Ich schämte mich deswegen und über mich selbst, daß ich es eingesteckt hatte. Jedenfalls anfangs. Aber dann kam der Krieg und brachte die Inflation. Waren wurden knapp, die Preise schossen in die Höhe, und mein Gehalt war meinen Bedürfnissen nicht angemessen. Ehe ich es merkte, hatte ich diese 450 $ aufgebraucht... Und ich hatte soviel Ausgaben, daß ich mehr brauchte. Und das« – Edgar wandte mir seine traurigen Augen zu, als ob er um Verständnis bitten wollte – »war der Anfang von meinem Fall. Ich borgte mir noch ein paar hundert von der Bank... dann wieder ein paar... und noch mehr... bis ich eines Tages zu meinem Entsetzen entdeckte, daß ich zwanzigtausend Dollar gestohlen hatte!«

Ich stieß einen Pfiff aus und nickte gewichtig.

»Und dann«, riet ich, »haben sie dich erwischt?«

»Nein«, sagte Edgar dumpf, »dann, auf dem Tiefpunkt meiner Niedertracht, lief ich davon. Nicht weil ich befürchten mußte, erwischt zu werden. Wie ich dir gesagt habe, war meine Methode narrensicher. Mein Flucht war ein Versuch, meinem eigenen Gewissen zu entfliehen. Ich lief aus meiner Heimatstadt weg und schlug mich, nach unglaublichen Schwierigkeiten, nach Norden bis New York durch.

Sogar da hatte ich noch gute Absichten. Obwohl ich

das meiste von dem Geld ausgegeben hatte, hoffte ich, ich könnte es irgendwie zurückzahlen. Aber eine Woche, nachdem ich das Zimmer gemietet hatte, holte ich mir eine schwere Erkältung. Aus der Erkältung wurde Lungenentzündung, und« – Edgar stöhnte trostlos – »da bin ich. Für den Rest meines unsterblichen Daseins an dieses Zimmer gefesselt, weil ich mit einem Verbrechen auf dem Gewissen gestorben bin.«

Es folgte ein langes unbehagliches Schweigen, nur vom Klang seines Schluchzens durchbrochen. Dann fragte ich: »Kann man nichts tun, damit du aufhörst, ein Geist zu sein, Eddie?«

»Nur eins«, sagte er. »Ich muß mein Verbrechen sühnen.«

»Du meinst, das Geld zurückzahlen, das du geborgt hast?«

»Das ist der einzige Weg.« Er schaute mich mit plötzlicher Hoffnung an. »Sam«, sagte er, »vielleicht kannst *du* mir helfen?«

»Ich? Wie denn?«

»Du bist am Leben. Du kannst das Geld beschaffen, das ich brauche, um meine Ehrenschuld zu bezahlen ... es an die Bank in Richmond schicken, wo ich es gestohlen habe. Dann wird meine Seele frei sein. Ich kann dann ...«

»Stop!« sagte ich. »Ich glaub an Hilfe für die Mitmenschen und den ganzen Kram, aber wenn du denkst, ich hab zwanzig Riesen einfach so wegzuschmeißen, als ob's 'n Pappenstiel wär, dann hast du nicht bloß Haare auf dem Kopf, sondern auch drin. Überhaupt, was denkst du, wo ich das ganze Geld auftreiben soll?«

»Du könntest es dir vielleicht von Sneads borgen«, schlug Edgar vor. »Der alte Geizhalz hat zehnmal soviel hier im Hause versteckt.«

»Und was sollte ich ihm dafür geben? Meinen rechten Arm?«

»Nun ja, du könntest...« Edgar hüstelte zurückhaltend. »Ich dachte, du könntest dir das Geld so borgen, wie ich es von der Bank geborgt habe...«

»Und mich dir im Spukland zugesellen, wenn ich den Löffel abgebe? Nein, danke! Squaredeal Sam McGhees Gewissen ist klar wie Kloßbrühe, und er hat vor, es dabei zu belassen.«

»Also du brauchst deswegen nicht gleich hochzugehen«, sagte Edgar trübsinnig. »War nur ein Vorschlag. Und letzten Endes *schuldet* er mir das Geld... in gewissem Sinne. Es waren Halsabschneider wie er, die sich während des Krieges an Leuten wie mir gesundgestoßen haben.«

»Was meinst du?« fragte ich ihn.

Edgar erklärte es. Er erklärte es ausführlich und ziemlich heftig, was die Fakten betraf. Aber was er sagte, ließ mich stutzen und dann auf einen Dreh kommen.

Wie er mit der Erklärung fertig war, überlegte ich es mir noch mal mit meinem ursprünglichen Entschluß.

»Hör mal, Kumpel«, sagte ich, »vielleicht können wir beide doch ins Geschäft kommen. Angenommen, ich bereinige diese Schuld von dir – wirst du mir im Gegenzug einen Gefallen tun?«

»Alles, was du willst, alter Junge«, schwor Edgar ernst. »Du brauchst nur zu sagen, alter Junge, alter Junge.«

»Tu ich, wenn ich wieder da bin«, sagte ich zu ihm, »was nicht lange dauern sollte. Bleib einfach hier und warte auf mich. Ich hab 'nen Einfall, der dich bis zum Morgen aus dem Schlamassel zieht.«

Und damit verließ ich ihn. Ich ging in die Stadt und beschaffte mir die zwanzigtausend Dollar, steckte sie in 'nen Umschlag und schickte sie an die Bank, dann sah ich zu, daß ich nach Hause kam, ganz aufgeregt. Aber ich kriegte sofort 'ne kalte Dusche. Denn wie ich in mein Zimmer kam, war Edgar weg. Er war verschwunden wie 'ne Seemansheuer beim Landgang. Und ich hab ihn nie mehr gesehen.

Sam seufzte und verfiel in düsteres Schweigen. Ich wartete einen Moment lang geduldig, dann machte ich mich bemerkbar.

»Also, Sam?«

Er zuckte bedauernd mit den Achseln. »Also ... das ist alles. Mein Fehler war, daß ich mir den Gefallen nicht im voraus tun ließ. Ich denk mir, Edgar hat sich nicht vor mir verdrückt. Er war 'n Opfer der Umstände. Als ehrliches Gespenst hätte er *gern* auf mich gewartet, aber sowie sein Verbrechen gesühnt war, war er nicht mehr ans Diesseits gefesselt. Wahrscheinlich stimmt er jetzt gerade 'ne Harfe. Und wenn nicht, dann hat er's in seinem neuen Zuhause wenigstens schön warm.«

Sam warf mir einen nachdenklichen Blick zu. »Du siehst also, warum ich vorbeigekommen bin. Nicht daß ich dich bitten wollte, mir das Geld zu geben. Ich möchte bloß 'n Darlehen für 'ne Investition, die überhaupt nicht schiefgehen kann ...«

»Du meinst«, rief ich aus, »ich soll dir *zwanzigtausend Dollar* leihen! Bist du wahnsinnig?«

»Natürlich nicht!« knurrte Sam. »Du vielleicht? Hab ich irgendwas von zwanzig Mille gesagt? Ich will weiter nichts als 'n zeitweiliges Darlehen von 'nem Fünfer auf die Kralle, daß ich zu 'nem guten Spiritisten gehen und Edgar übers Ouija-Brett rufen kann. Er ist mir immer noch einen Gefallen schuldig ... und ich will wissen, wie dieser Trick mit der doppelten Buchführung funktioniert, auf den er gestoßen ist. Ich hab mir schon eine Stelle als Bankgehilfe in der First National Bank besorgt, nächste Woche fang ich an. Und gewissenhaft, wie ich nun mal bin, will ich doch nicht für 'nen neuen Arbeitgeber arbeiten, ohne alle Feinheiten von dem Schwindel zu kennen ... ich meine, vom Geschäft.«

»Aber die zwanzig Riesen, die du an Edgars Bank geschickt hast?« protestierte ich. »Wie willst du die zurückzahlen? Und wo hast du sie her? Du hast gesagt, daß du pleite warst, als du nach New York kamst.«

»*Fast* pleite«, berichtigte Sam. »Ich hatte noch ein, zwei Dollar in der Tasche. Genug, um 'n Faß von dem zu kaufen, was ich brauchte, um Edgars Ehrenschuld zu bezahlen.

Ich hab dir gesagt, daß er lange tot gewesen war. Und ich hab dir gesagt, daß es die Kriegsinflation war, die ihn zum Verbrecher machte. Was ich vielleicht vergessen hab zu sagen: Er hat seine Diebereien während des Bürgerkriegs gemacht. Wie ich das erfahren hab, wußte ich gleich, wie ich die Schuld für ihn bezahlen könnte. Ich habe der Bank von Richmond alles prompt zurückgezahlt – zwanzigtausend Dollar in Konföderierten-Geld!«

Thomas M. Disch

In der langen Tradition von Geschichten um Hexerei erschien die überwiegende Mehrheit der Hexen als bösartige alte Vetteln von ungewissen übernatürlichen Kräften, die inmitten von Haß und Mißtrauen in isolierten Gemeinschaften über Großbritannien, Europa und Amerika verstreut lebten. In der komischen Fantasy allerdings neigt die moderne Hexe dazu, in einer Reihe von Verkleidungen aufzutreten, vom harmlosen verrückten alten Huhn in dörflicher Umgebung bis zur weitaus bösartigeren und raffinierteren Frau, die in einer Mittel- oder Großstadt wohnt. Zumindest in diesem Genre ist die Hexerei mit der Zeit gegangen, und Hexen erscheinen oft als Gestalten von bemerkenswerten Kräften, die mit einem Sinn für Humor eher gesegnet als geschlagen sind. ›Küchenschaben‹ ist eins der originellsten Beispiele für diese Art Erzählung und von Jack Sullivan in der Enzyklopädie des Horrors und des Übernatürlichen (The Encyclopedia of Horror and the Supernatural, 1986) ›eine der schreckerregendsten und komischsten Geschichten in der Literatur‹ genannt worden.

Thomas Michael Disch (geb. 1940) ist als ›einer der großartigsten Geister und Stilisten der SF‹ gelobt worden. Zunächst in der Werbung und bei in einer Bank in New York angestellt, lebte Disch anschließend in einer Reihe von Ländern, darunter Italien, die Türkei, Mexiko und das Vereinigte Königreich, nachdem er in seinen Erzählungsbänden Einhundertundzwei H-Bomben (One Hundred and Two H-Bombs, 1966) und Weißzahn macht den Dingo und andere komische SF-Geschichten (White Fang Goes Dingo and Other Funny SF Stories, 1971) mit seiner spezifischen Art von trockener Komik auf sich aufmerksam gemacht hatte. Sein Roman Die Herrschaft der Fremden (›Mankind Under the Leash‹, 1966, auch ›The Puppies of Terra‹) zeigt die Erde unter der Herrschaft Außerirdischer, die aus der Menschheit Haustiere machen, und ihm folgte eine Reihe anderer unverwechselbarer Werke, darunter Autobahn-Sandwiches (Highway Sandwiches, 1970), Die Erzählung von Dan de Lion (The Tale of Dan de Lion, 1986), Der tapfere kleine Toaster fliegt zum Mars (The Brave Little Toaster Goes to Mars, 1988) und Das silberne Kopfkissen: Eine Geschichte von Hexerei (The Silver Pillow: A Tale of Witchcraft, 1988). In ›Küchenschaben‹ erleben wir, was Jack Sullivan ›das Nonplusultra der Stadthexe‹ nennt – eine Frau, die Schaben dazu bringen kann, ihnen Befehlen zu folgen. Doch seien Sie gewarnt: Diese Geschichte ist ebenso entsetzlich wie komisch...

Thomas M. Disch

Küchenschaben

Miß Marcia Kenwell hatte einen ausgeprägten Abscheu gegen Küchenschaben. Es war ein völlig anderer Abscheu als derjenige, den sie zum Beispiel gegen die braunrote Flohfarbe hegte.

Marcia Kenwell ekelte sich vor den kleinen Dingern. Sie konnte keines sehen, ohne einen Zwang zum Schreien in sich zu spüren. Ihre Abneigung war so enorm, daß sie es nicht einmal ertragen konnte, sie mit den Schuhsohlen zu zertreten. Nein, das wäre zu schrecklich gewesen. Statt dessen lief sie nach der Sprühdose mit ›Insektentod‹ und überflutete die kleine Bestie mit Gift, bis sie aufhörte, sich zu bewegen oder in eine der Ritzen krabbelte, wo sie alle zu leben schienen. Es war furchtbar, unaussprechlich furchtbar, sie sich vorzustellen, wie sie in den Wänden und unter dem Linoleum nisteten und nur darauf warteten, daß die Lichter ausgemacht würden, um dann ... Nein, es war am besten, nicht daran zu denken.

Jede Woche sah sie die *New York Times* durch, in der Hoffnung, eine andere Wohnung zu finden. Aber entweder waren die Mieten unerschwinglich (Marcias Lohn betrug bloße 62,50 Dollar brutto), oder das Gebäude war offensichtlich schabenbefallen. Sie erkannte es immer: Die leeren Hüllen toter Schaben lagen in dem Staub unter dem Abfluß herum – klebten an der fettigen Rückseite des Herdes – umsäumten Küchenborde, die außerhalb der normalen Reichweite lagen. Sie verließ solche Räume, von Ekel erfüllt, und war, bis sie ihre eigene Wohnung wieder erreichte, nicht zum Denken fähig. Dort war die Luft geschwängert durch den Gestank von ›Insektentod‹, von ›Sprühtod‹ und den Geruch der giftigen Pasten, die auf Kartoffelscheiben gestrichen und in hundert Ritzen versteckt waren, von denen nur sie und die Schaben wußten.

Wenigstens dachte sie, *halte ich meine Wohnung sauber.* Und wahrhaftig: Das Linoleum unter dem Abfluß, die Rückseite und die Unterseite des Herdes und das weiße Klebpapier, das ihre Küchenborde säumte, waren makellos. Sie konnte nicht verstehen, daß andere Leute diese Dinge so völlig schleifen ließen. *Das müssen Puortorikaner sein,* entschied sie – und schüttelte sich von neuem vor Grauen, wenn sie an diesen Abfall aus leeren Hüllen, an den Schmutz und die Krankheiten dachte.

Solch extremer Widerwille gegen Insekten – gegen ein bestimmtes Insekt – mag übertrieben scheinen. Aber Marcia Kenwell war darin wirklich nicht außergewöhnlich. Es gibt viele Frauen, die dieses Gefühl teilen; obwohl man um der himmlischen Barmherzigkeit willen hoffen möchte, daß sie Marcias eigentümlichem Schicksal entgehen.

Marcias Angstzustände waren, wie das meist der Fall ist, erblich bedingt. Das will heißen, daß sie sie von ihrer Mutter geerbt hatte, die von einer krankhaften Furcht vor allem besessen war, was krabbelte oder kroch oder in kleinen Löchern lebte. Mäuse, Frösche, Schlangen, Würmer, Käfer – sie alle konnten Mrs. Kenwell zur Hysterie treiben, und es wäre wirklich ein Wunder gewesen, wenn die kleine Marcia nicht nach ihr geraten wäre. Es war jedoch ziemlich seltsam, daß Ihre Furcht sich so spezialisiert hatte. Und noch seltsamer, daß es besonders Küchenschaben sein sollten, die ihre Phantasie gefangen hielten. Denn Marcia hatte bei bereits sehr ausgeprägter Furcht noch keine einzige

Küchenschabe gesehen, sie wußte gar nicht, was sie waren. (Die Keanwells waren nämlich eine Familie aus dem Mittelwesten, und Familien im Mittelwesten haben keine Küchenschaben!) Tatsache war, daß das Thema sich nicht ergab, bis Marcia neunzehn war und sich aufmachte (bewaffnet mit nichts weiter als einem Oberschul-Abschlußzeugnis und einer Gitarre), um New York zu erobern.

Am Tag ihrer Abreise kam ihre liebste und einzige noch lebende Tante mit ihr zum Autobus-Bahnhof und gab ihr zum Abschied diesen Rat: »Nimm dich vor den Schaben in acht, Marcia, mein Schatz. New York ist voller Küchenschaben!« Zu jener Zeit beachtete Marcia die Tante kaum, die von Anfang an gegen die Reise gewesen war und hundert oder mehr Gründe aufgezählt hatte, warum Marcia besser nicht fahren sollte – jedenfalls nicht, bis sie älter war.

Ihre Tante hatte in allen Punkten recht behalten: Nach fünf Jahren und fünfzehn Arbeitsvermittlungsgebühren konnte Marcia in New York nichts als langweilige Jobs bei mäßiger Bezahlung finden; sie besaß nach dem ersten Wohnungswechsel auch nicht mehr Freunde als zu der Zeit, als sie in der 16. Weststraße gelebt hatte; und abgesehen von dem Ausblick auf ein Stückchen Himmel, stellte ihre gegenwärtige Wohnung in der Unteren Thompson-Straße gegenüber der Vorgängerin keine große Verbesserung dar. Die Stadt war voller Verheißungen, aber sie galten alle anderen Leuten.

Die Stadt, die Marcia kannte, war sündig, indifferent, schmutzig und gefährlich. Jeden Tag las sie Berichte über Frauen, die in Untergrundbahnstationen angegriffen worden waren, in den Straßen genotzüchtigt, in ihren eigenen Betten erstochen. Hundert Menschen sahen die ganze Zeit über neugierig zu und leisteten keine Hilfe. Und als Gipfelpunkt alles übrigen gab es die Schaben.

Schaben waren überall, wenn Marcia sie auch nicht sah, bis sie einen Monat in New York gewesen war. Sie liefen ihr zu, oder sie ihnen – in Silversmith's Bürowarenladen in der Naussau-Straße, wo sie gerade seit drei Tagen arbeitete. Es war der erste Job, den sie hatte finden können. Allein oder von einem pickligen Lagerburschen unterstützt, wanderte sie an Reihen rauhkantiger Metallregale in dem moderigen Tiefparterre entlang und machte Inventur von Bündeln und Stapeln und Kartons mit Briefpapier, kunstledereingebundenen Tagebüchern, Nadeln und Klammern und Kohlepapier. Das Tiefparterre war schmutzig und so schwach beleuchtet, daß sie für die untersten Fächer eine Taschenlampe brauchte. In der dunkelsten Ecke tropfte aus einem Wasserhahn ständig Wasser in ein graues Abflußbecken: Sie hatte in der Nähe dieses Abflußbeckens Pause gemacht und eine Tasse lauwarmen Kaffee getrunken. Sie dachte wahrscheinlich gerade daran, wie sie sich verschiedene Dinge leisten könne, die sie sich einfach nicht leisten konnte – als sie die dunklen Punkte bemerkte, die sich neben dem Becken bewegten. Zuerst dachte sie, es seien nichts weiter als kleine Trübungen, die in der Gallerte ihrer Augen schwammen; oder jene kleinen Punkte, die man nach Überanstrengungen an einem heißen Tag sieht.

Aber sie blieben zu lange da, um eine Illusion zu sein. Und Marcia ging näher heran. *Woher weiß ich denn, daß das Insekten sind?* dachte sie.

Wie sollen wir die Tatsache erklären, daß das, was uns am meisten abstößt, zu gewissen Zeiten übermäßig attraktiv sein kann? Warum ist die Kobra, die sich zum Biß aufrichtet, so schön? Die Faszination des Greuels ist etwas, das wir lieber nicht erklären wollen. Das Thema grenzt an Obszönität, und es besteht keine Notwendigkeit, sich hier damit zu befassen; außer daß man das atemlose Staunen feststellen muß, mit dem Marcia diese ihre ersten Schaben beobachtete. Ihr Stuhl war so nahe an den Abfluß herangezogen, daß sie die Sprenkelung der ovalen, ungegliederten Körper sehen konnte und das eilige Getrippel ihrer dünnen Beine und das schnelle Flattern ihrer Fühler. Sie bewegten sich regellos und schienen außerordentlich aufgestört zu sein. *Vielleicht*, dachte Marcia, *hat meine Anwesenheit eine krankhafte Auswirkung auf sie?*

Erst da wurde ihr voll bewußt, daß dies die Küchenschaben waren, vor denen sie gewarnt worden war. Ekel packte sie. Sie schrie und fiel in ihren Stuhl zurück, wobei sie fast ein Regal umwarf. Gleichzeitig verschwanden die Schaben im Ausguß.

Mister Silversmith kam herunter, um sich nach der Ursache von Marcias Angst zu erkundigen, und fand sie bewußtlos. Er besprenkelte ihr Gesicht mit Leitungswasser, und sie erwachte mit einem Schauder. Sie weigerte sich, zu erklären, warum sie geschrien hatte, und bestand darauf, daß sie Mister Silversmiths Dienste unverzüglich verlassen müsse. Er nahm an, daß der picklige Lagerbursche (der sein Sohn war) zudringlich geworden war, zahlte sie für die drei Tage aus, die sie gearbeitet hatte, und ließ sie ohne Bedauern ziehen. Von diesem Moment an waren Küchenschaben ein regelmäßiger Zug in Marcias Dasein.

In der Thompson-Straße war es Marcia vergönnt, eine Art Unentschieden mit den Küchenschaben zu erreichen. Sie entwickelte eine Routine der Pasten und der Puder, des Schrubbens und des Wachsens, der Vorbeugung (sie trank niemals auch nur eine Tasse Kaffee, ohne Tasse und Kaffeekanne unmittelbar hinterher auszuwachsen und abzutrocknen) und der rücksichtslosen Ausrottung. Die einzigen Schaben, die sich Übergriffe auf ihre zwei gemütlichen Zimmer erlaubten, kamen von der Wohnung darunter. Und die blieben auch nicht lange, dessen können Sie sicher sein! Marcia hätte sich ja bei der Hauswirtin beschwert, nur – es war die Wohnung der Wirtin, und es waren ihre Schaben.

Marcia war in dieser Wohnung gewesen, um am Heiligen Abend ein Glas Wein mit ihr zu trinken, und sie mußte zugeben, daß es dort eigentlich gar nicht so besonders schmutzig war. Es war sogar mehr als normal sauber – aber *das* war in New York nicht genug. *Wenn jedermann*, dachte Marcia, *so viel Vorsicht walten lassen würde wie ich, dann gäbe es bald keine Küchenschaben in New York City mehr.*

Dann (es war März und ihr sechstes Jahr in der Stadt) zogen eine Tür weiter die Schchapalows ein. Zwei Männer und eine Frau – und sie waren alt, obwohl man schwer sagen konnte, wie alt: Sie waren durch mehr als durch die Zeit alt geworden. Vielleicht waren sie nicht älter als Vierzig. Die Frau zum Beispiel, obwohl ihr Haar noch braun war, hatte ein Gesicht, so schrumpelig wie eine Dörrpflaume, und ihr fehlten verschiedene Zähne. Sie hielt Marcia immer im Flur oder auf der Straße an und redete auf sie ein – stets die gleiche simple Klage über das Wetter, das zu heiß oder zu kalt oder zu naß oder zu trocken war. Marcia verstand niemals auch nur die Hälfte dessen, was die alte Frau sagte. Sie nuschelte nämlich. Danach wackelte sie dann zum Feinkostladen davon mit ihrer Einkaufstasche voll leerer Flaschen.

Die Schchapalows tranken. Marcia, die eine ziemlich übertriebene Vorstellung von den Einkaufspreisen für Alkohol hatte, machte sich Gedanken, wo sie das Geld für dieses viele Trinken hernahmen. Sie wußte, daß sie nicht arbeiteten. Denn an solchen Tagen, an denen Marcia mit einer Grippe zu Hause lag, konnte sie die drei Schchapalows durch die dünne Wand zwischen deren Küche und ihrer eigenen hören. *Sie leben von der Wohlfahrt,* entschied Marcia. Vielleicht bekam der Mann eine Versehrtenrente.

Ihre Streitereien störten Marcia nicht so sehr (sie war nachmittags selten zu Hause), aber ihren Gesang konnte sie nicht ausstehen. Am frühen Abend fingen sie an und sangen sich durch die Radiostationen mit. Es gab Gebrüll, Gebell und Schreie.

Etwas Ähnliches hatte Marcia einmal auf einer Folklore-Schallplatte mit tschechoslowakischen Hochzeitsliedern gehört. Sie war ziemlich außer sich, sobald der schreckliche Lärm begann, und mußte das Haus verlassen, bis ihre Nachbarn damit zu Ende kamen. Eine Beschwerde hätte nichts geholfen, denn die Schchapalows hatten das Recht, zu solchen Stunden zu singen.

Außerdem hieß es, einer der Männer sei durch Heirat mit der Hauswirtin verwandt. Auf diese Weise hatten sie wohl auch die Wohnung bekommen, die bis zu ihrem Einzug als Lagerraum verwendet worden war. Marcia verstand sowieso nicht, wie die drei auf so wenig Raum überhaupt Platz fanden. Nur eineinhalb Räume mit einem schmalen Fenster, das in den Luftschacht hinausging.

Aber wenn schon deren Gesinge sie bedrängte, was sollte sie dann erst gegen die Schaben tun? Die weibliche Schchapalow war die Schwester des einen Mannes, und mit dem anderen war sie verheiratet. Manchmal, so schien es Marcia nach den Worten, die durch die Wände drangen, daß sie mit keinem verheiratet war oder mit beiden. Also diese Schchapalow war eine schlechte Hausfrau. Die Wohnung der Schchapalows wimmelte bald von Schaben. Da Marcias Abfluß und jener der Schchapalows an dieselben Rohre angeschlossen waren, ergoß sich ein steter Schaben-Überschuß in Marcias untadelige Küche. Sie konnte sprühen und noch mehr vergiftete Kartoffeln auslegen; sie konnte schrubben und abstauben und Kleenex-Papiertücher in Löcher stopfen, wo die Rohre durch die Wand kamen – es nützte nichts. Die Schchapalow-Schaben brauchten nur eine weitere

Million Eier in die Mülltüten zu legen, die unter dem Abfluß der Schchapalows verrotteten. In wenigen Tagen wimmelten sie dann durch die Rohre und Risse auf Marcias Küchenborde.

Marcia legte sich ins Bett und beobachtete sie (dies war möglich, weil sie in jedem Raum ein Nachtlicht brennen ließ). Sie gingen quer über den Boden vor und die Wände hoch, wobei sie den Unrat und die Krankheitskeime der Schchapalows überall umherschleppten.

An einem solchen Abend waren die Schaben besonders schlimm, und Marcia versuchte sich zu dem Entschluß durchzuringen, aus ihrem warmen Bett zu steigen und sie mit ›Schabentod‹ anzugreifen. In der Überzeugung, daß Küchenschaben Kälte nicht mögen, hatte sie die Fenster offengelassen; aber sie fand, daß sie selbst das noch viel weniger mochte. Wenn sie schluckte, tat es weh, und sie wußte, daß sie bald mit einer Erkältung im Bett festliegen würde.

»*Oh, geht doch weg!*« bettelte sie. »*Geht weg! Raus aus meiner Wohnung!*«

Sie sprach die Schaben mit derselben verzweifelten Intensität an, mit der sie manchmal Gebete zum Allmächtigen gesprochen hatte. Einmal hatte sie die ganze Nacht darum gebetet, von ihrer Akne befreit zu werden, aber am Morgen war sie schlimmer gewesen als je. Menschen in unerträglichen Situationen beten zu allem und jedem. In Schützenlöchern liegen nie Atheisten: Die Männer dort beten zu den Bomben, doch woanders herunterzukommen.

Das Seltsame in Marcias Fall ist, daß ihre Gebete auch erhört wurden. Die Schaben flohen aus ihrer Wohnung so schnell, wie ihre kleinen Beine sie tragen konnten. Hatten sie sie gehört? Hatten sie verstanden?

Marcia konnte eine Schabe noch sehen, die von dem Küchenbord herunterkam. »*Halt!*« befahl sie. Und die Schabe hielt an.

Auf Marcias Kommando marschierte die Schabe auf und ab, nach links und nach rechts. In dem Verdacht, daß ihre Furcht zum Irrsinn herangereift war, verließ Marcia ihr warmes Bett, machte das Licht an und näherte sich vorsichtig der Schabe, die bewegungslos blieb, wie ihr geheißen worden war. »*Wackle mit deinen Fühlern*«, befahl sie. Die Küchenschabe wackelte mit ihren Fühlern.

Sie fragte sich, ob *alle* ihr gehorchen würden – und fand innerhalb der nächsten Tage heraus, daß sie ihr in der Tat alle gehorchten. Sie taten alles, was sie ihnen sagte. Sie fraßen ihr Gift aus der Hand! Nun, nicht gerade aus der Hand, aber es lief auf dasselbe hinaus. Sie waren ihr ergeben. Sklavisch.

Das ist das Ende, dachte sie, *meines Schabenproblems.* Aber natürlich war es nur der Anfang.

Marcia fragte nicht allzu sehr nach dem Grund, aus dem ihr die Schaben gehorchten. Sie hatte sich nie sehr mit abstrakten Problemen abgemüht. Nachdem sie den Schaben so viel Zeit und Aufmerksamkeit gewidmet hatte, schien es nur natürlich, daß sie eine gewisse Macht über sie hatte. Doch sie war weise genug, von dieser Macht nie zu jemanden anderem zu sprechen – nicht einmal zu Miß Bismuth im Versicherungsbüro. Miß Bismuth las Horoskop-Magazine und behauptete, mit ihrer 68jährigen Mutter telepathisch in Verbindung zu stehen. Ihre Mutter lebte in Ohio. Aber was hätte Marcia sagen sollen: daß *sie* telepathisch mit Küchenschaben in Verbindung stand? Unmöglich!

Ebensowenig setzte Marcia ihre Macht zu irgendeinem anderen Zweck ein als dem, die Küchenschaben von ihrer Wohnung fernzuhalten. Sobald sie eine sah, befahl sie ihr einfach, in die Schchapalow-Wohnung zu gehen und dort zu bleiben. Es war immerhin überraschend, daß ständig weitere Schaben durch die Rohre zurückkamen. Marcia nahm an, daß es jüngere Generationen waren. Küchenschaben vermehren sich bekanntlich schnell. Aber es war leicht genug, sie den Schchapalows auf den Hals zu schicken.

»*In ihre Betten*«, fügte sie bei weiterem Nachdenken hinzu. »*Geht in ihre Betten.*« Unappetitlich, wie diese Idee war, verschaffte sie ihr doch einen angenehmen Kitzel.

Am nächsten Morgen wartete das Schchapalow-Weib, das noch ein wenig übler roch als sonst, an ihrer offenen Wohnungstür. Sie wollte Marcia sprechen, bevor Marcia zur Arbeit ging. Ihr Hauskleid war von einem Versuch verdreckt, den Boden zu schrubben.

»Keine blasse Ahnung! Sie haben ja keine Ahnung, wie schlimm es ist ...«

»Was?« fragte Marcia, die nur zu gut wußte, was da kam.

»Die Käfer! Oh, die Käfer sind einfach überall. Haben Sie die nicht, Herzchen? Ich weiß nich, was ich machen soll. Ich müh mich doch, ein anständiges Haus zu führen, weiß Gott ...« – zum Zeugnis ihrer Worte richtete sie ihre schmutzig-feuchten Augen zum Himmel – »... aber ich weiß nicht mehr, was ich machen soll.« Sie lehnte sich vertraulich vor. »Sie werden mir das nicht glauben, Herzchen, aber heute nacht ...«

Eine Küchenschabe begann aus den schlaffen Haarsträhnen, die der Frau in die Augen hingen, herauszuklettern. »... die sind zu uns ins Bett gekommen! Ist das noch zu glauben? Es müssen ein paar hundert gewesen sein. Ich habe zu Ossip gesagt, habe ich gesagt – was ist denn, Herzchen?«

Marcia, sprachlos vor Grauen, zeigte auf die Schabe, die fast die Nasenwurzel der Frau erreicht hatte. »Iiik!« schrie die Frau, schlug die Schabe tot und wischte sich den beschmutzten Daumen an dem beschmutzten Kleid ab. »Gottvafluchte Käfer! Ich hasse sie, ich schwör's zu Gott. Aber was soll man machen? Also, was ich Sie mal fragen wollte, Herzchen: Haben Sie eigentlich auch Schwierigkeiten mit die Keefa? Indem Sie doch gleich nächste Tür wohnen, hab' ich mir gedacht...« Sie lächelte ein vertrauliches Lächeln, als ob sie sagen wollte: Es bleibt ganz unter uns Damen. Marcia erwartete fast, eine Schabe zwischen ihren lückenhaften Zähnen herauskrabbeln zu sehen.

»Nein«, sagte sie. »Nein, ich verwende ›Insektentod‹.« Rückwärtsgehend zog sie sich vom Wohnflur gegen die Sicherheit des Treppenflurs zurück. »Insektentod«, sagte sie noch einmal lauter.

»Insektentod!« schrie sie von unten hinauf. Ihre Knie zitterten so, daß sie sich am eisernen Treppengeländer festhalten mußte.

Im Versicherungsbüro konnte Marcia an diesem Tag ihre Gedanken keine fünf Minuten auf die Arbeit konzentrieren. Sie dachte immer wieder an die Küchenschaben in dem verfilzten Haar des Schchapalow-Weibes; an deren Bett, das von Schaben wimmelte; an andere, nicht so konkrete Schrecken am Rand ihres Bewußtseins. Die Zahlen schwammen und drehten sich vor ihren Augen durcheinander. Zweimal mußte sie die Damentoilette aufsuchen, aber jedesmal war es ein falscher Alarm. Nichtsdestoweniger war sie zur Mittagszeit ganz ohne Appetit. Statt in die Angestelltenkantine hinunterzugehen, trat sie hinaus in die frische Aprilluft und schlenderte die 23. Straße hinunter. Trotz des Frühlings schien alles einen Niedergang anzukündigen, einen fauligen Verfall. Aus den Steinen des Flatiron-Gebäudes suppte feuchte Schwärze; in den Gossen häufte sich weiche Fäulnis; vor den billigen Restaurants hing der Geruch von brennendem Fett wie Zigarettenrauch in einem engen Raum.

Der Nachmittag war noch schlimmer. Ihre Finger fanden nicht die korrekten Zahlen auf der Maschine, sobald sie nicht direkt hinsah. Eine alberne Phrase ging ihr wieder und wieder durch den Kopf: »Etwas muß geschehen. Etwas muß geschehen.« Sie hatte völlig vergessen, daß erst sie die Schaben in das Bett der Schchapalows geschickt hatte.

An diesem Abend, statt unmittelbar nach Hause zu gehen, ging sie in ein Stinkkino in der 42. Straße. Die besseren Filme konnte sie sich nicht leisten. Susan Haywards kleiner Junge ertrank beinahe im Treibsand, das war das einzige, woran sie sich hinterher erinnerte.

Dann tat sie etwas, was sie nie zuvor getan hatte. Sie ging in eine Bar und trank etwas. Sie trank noch etwas. Niemand belästigte sie; niemand blickte auch nur in ihre Richtung. Sie nahm ein Taxi zur Thompson-Straße (die U-Bahn war zu dieser Stunde nicht sicher) und kam gegen elf Uhr vor ihrer Tür an. Für ein Trinkgeld war ihr nichts mehr geblieben. Der Taxifahrer sagte, er verstehe schon.

Unter der Tür der Schchapalows war Licht, und sie waren mitten im Singen. Es war elf Uhr. »Es muß etwas *geschehen*«, flüsterte Marcia sich selbst zu. »Es muß etwas *geschehen*.«

Ohne das Licht anzumachen, sogar ohne ihre neue Frühlingsjacke auszuziehen, ließ sie Marcia auf die Knie nieder und kroch unter den Abfluß. Sie riß das Kleenexpapier heraus, das sie in die Risse rund um die Rohre gestopft hatte.

Da waren sie alle drei, die Schchapalows, und tranken. Die Frau plumpste auf den Schoß des einäugigen Mannes, und der andere Mann – in schmutzigem Unterhemd – stampfte mit dem Fuß den Takt zu den lauten Mißklängen ihres Gesanges. Fürchterlich. Natürlich tranken sie, das hätte sie wissen müssen, und jetzt drückte die Frau ihren schabenverseuchten Mund auf den Mund des einäugigen Mannes – furchtbar.

Marcias Hände krallten sich in ihr mausfarbenes Haar, und sie dachte: *Der Schmutz, die Krankheitskeime!*

Hatten sie denn aus der letzten Nacht überhaupt keine Lehren gezogen?

Etwas später (Marcia hatte jedes Zeitgefühl verloren) wurde das Deckenlicht in der Wohnung der Schchapalows ausgemacht. Marcia wartete, bis sie keine Geräusche mehr von sich gaben.

»Jetzt«, sagte Marcia, »ihr alle! Ihr alle in diesem Gebäude, ihr alle, die ihr mich hören könnt, versammelt euch um das Bett, aber wartet noch eine kleine Weile. Geduld. Ihr alle...« Die Worte ihres Befehls fielen in kleine Bruchstücke auseinander, die sie wie zu Perlen eines Rosenkranzes sprach – kleine, braune, eiförmige, hölzerne Perlen.

»...versammelt euch ringsherum...« Ihre Hand streichelte rhythmisch die kalten Wasserrohre, und es schien, daß sie sie hören konnte – wie sie sich versammelten, wie sie durch die Wände herantrippelten, wie sie von den Küchenborden kamen, aus den Mülltüten – ein Schwarm, eine Armee. Und sie war ihre absolute Königin.

»Jetzt!« sagte sie. »Besteigt sie! Bedeckt sie! Freßt sie auf!«

Es gab keinen Zweifel, daß sie sie jetzt hören konnte. Sie hörte sie geradezu fühlbar. Ihr Geräusch war wie Gras im Wind, wie die ersten Rollbewegungen von Kies, der von einem Lastwagen ausgeschüttet wird. Dann war der Schrei des Schchapalow-Weibes und Flüche von den Männern! So schreckliche Flüche, daß Marcia es kaum ertragen konnte, darauf zu lauschen.

Ein Licht ging an, und Marcia konnte sie sehen – die Schaben. Überall! Jede Oberfläche, die Wände, die Fußböden, der schäbige Bruch von Möblierung, saß dickgesprenkelt voller *blattelae germanicae*. Sie saßen mehrere Schichten dick.

Das Schchapalow-Weib stand auf dem Bett und kreischte monoton. Ihr rosafarbenes Kunstseidennachthemd war von schwarzbraunen Punkten gesprenkelt. Ihre knotigen Finger versuchten Insekten aus dem Haar zu streifen, aus dem Gesicht zu streifen. Der Mann im Unterhemd, der wenige Minuten vorher mit seinen Füßen zu Musik den Takt gestampft hatte, stampfte jetzt viel dringlicher, eine Hand noch immer an der Lichtkordel. Bald war der Fußboden schlüpfrig von zertrampelten Schaben, und er rutschte aus. Das Licht ging aus. Das Kreischen der Frau wirkte jetzt erstickt, als ob ...

Aber Marcia wollte an so etwas nicht denken. »Genug«, flüsterte sie. »Nicht mehr. Halt.«

Sie kroch von dem Abfluß fort – quer durch den Raum auf ihr Bett, das sich tagsüber mit Hilfe von ein paar Kissen als Couch ausgab. Ihr Atmen wurde mühsam, und in ihrer Kehle zog sich auf merkwürdige Weise etwas zusammen. Sie schwitzte.

Aus dem Raum der Schchapalows kamen Laufgeräusche, eine Tür knallte zu, laufende Füße – und dann ein lauteres Geräusch, vielleicht ein Körper, der die Treppen hinunterfiel. Die Stimme der Hauswirtin: »Was zum Teufel glaubt ihr, daß ihr ...« Andere Stimmen, die ihre übertönten. Unzusammenhängendes Gerede und Schritte, die die Treppen heraufkamen. Dann wieder die Hauswirtin: »Da sind doch keine Käfer! Die Käfer sind in euren Köpfen! Weiße Mäuse habt ihr jesehen. Aber es wäre kein Wunder, wenn es hier Käfer gäbe. Die Wohnung ist dreckig! Seht euch mal diesen Mist auf dem Fußboden an. Den Dreck habe ich mir jetzt lange genug angesehen. Morgen zieht ihr aus, verstanden? Hier ist ein anständiges Haus!«

Die Schchapalows protestierten nicht gegen ihren Hinauswurf. Sie warteten nicht einmal bis zum Morgen mit dem Auszug. Sie verließen ihre Wohnung mit nur einem Koffer, einer Wäschereitüte und einem elektrischen Toaster. Marcia sah ihnen durch ihre halboffene

Tür zu, wie sie die Treppen hinuntergingen. *Das wäre erledigt*, dachte sie. *Es ist alles vorbei.*

Mit einem Seufzer fast sinnlicher Freude machte sie die Lampe neben dem Bett an, dann die anderen Lampen. Der Raum schimmerte makellos. Sie beschloß ihren Sieg zu feiern und ging zu dem Küchenbord, wo sie eine Flasche *Crème de Menthe* hatte.

Das Küchenbord war voller Schaben.

Sie hatte ihnen nicht gesagt, wohin sie gehen sollten, und wo sie *nicht* hingehen sollten, als sie die Schchapalow-Wohnung verließen. Es war ihre eigene Schuld.

Die große, schweigende Masse Schaben betrachteten Marcia ruhig, es schien dem verwirrten Mädchen, daß sie ihre Gedanken lesen konnte – oder vielmehr ihren Gedanken, denn sie hatten nichts als einen einzigen Gedanken. Sie konnte ihn so klar und deutlich lesen, wie sie die Leuchtreklame des Warenhauses vor ihrem Fenster lesen konnte. Der Gedanke war so fein wie Musik, die aus tausend kleinen Instrumenten kam. »Wir lieben dich, wie lieben dich, wir lieben dich, wir lieben dich.«

Etwas Seltsames ereignete sich da in Marcia – sie erwiderte das Gefühl.

»Ich liebe euch auch«, antwortete sie. »Oh, ich liebe euch! Kommt zu mir, ihr alle. Kommt zu mir. Ich liebe euch. Kommt zu mir. Ich liebe euch. Kommt zu mir.«

Aus jeder Ecke Manhattans, aus den zerfallenden Wänden von Harlem, aus den Restaurants in der 56. Straße, von Lagerhäusern längs des Flusses, aus Abflußrohren und von Orangenschalen, die in Mülltonnen moderten, kamen die liebenden Schaben hervor und begannen auf ihre Herrin zuzukriechen.

Angela Carter

Auch der Vampir streift in der Literatur für gewöhnlich blutdürstig durch die Nacht und setzt die Tradition fort, die Bram Stoker vor einem Jahrhundert in seinem klassischen Roman Dracula (1897) populär gemacht hat. Die Ausnahmen von dieser Regel sind wenige und verstreut, in der Literatur wie im Film. David Niven hat in der Komödie Vampira (1974) gespielt, und humoristische Fantasy-Geschichten von Anthony Boucher (›Sie beißen‹, 1943), Robert Bloch (›Die Fledermaus ist mein Bruder‹, 1944) und Philip K. Dick (›Die Keks-Dame‹, 1953) wagen sich ebenfalls in eine andere Richtung vor. Zusammen mit Angela Carters Erzählung hier sind das wohl die besten Beispiele. In ›Die Dame aus dem Haus der Liebe‹ begegnen wir einer zaudernden Vampirin, die sich in ein weißes Négligé kleidet, eine grüne Brille trägt, gern Patiencen legt und viel lieber Kaninchen als Kuscheltiere hielte, statt sie zu essen, wenn keine menschliche Nahrung zur Verfügung steht.

Angela Carter (1940–1992) ist von der Times ›eine Erzählerin von dämonischer Energie‹ genannt worden, die beim Schreiben ihrer geistreichen barocken Romane und Erzählungen aus Mythen und Legenden schöpfte. In Sussex geboren, gab sie einige Jahre lang in England und Amerika Unterricht in dichterischem Schreiben, während sie ihren einmaligen Stil entwickelte, der so hochgelobte Fantasy-Romane wie Das Haus des Puppenmachers (The Magic Toyshop), der 1967 den John Llewellyn Rhys-Preis gewann, Die Infernalischen Traummaschinen des Doktor Hoffmann (The Infernal Desire Machines of Doctor Hoffmann, 1972) und Nächte im Zirkus (Nights at the Circus, 1984, mit dem James Tait Black Gedächtnispreis ausgezeichnet) umfaßt. Angela Carters Werwolfgeschichte ›Zeit der Wölfe‹, die die Geschichte vom Rotkäppchen parodiert, wurde 1984 von Neil Jordan verfilmt. ›Die Dame aus dem Haus der Liebe‹ ist auch eine Art Parodie auf Dracula, obwohl unsere ›Königin der Vampire‹ wirklich menschlich sein möchte und ihr gutaussehender junger Besucher kein in tiefster Nacht mit der Kutsche ankommender Rechtsanwaltsgehilfe ist, sondern ein tweedgekleideter junger Tourist, der an einem heißen Sommertag unschuldig vor ihrem Haus in den Karpaten vom Fahrrad steigt...

ANGELA CARTER

Die Dame aus dem Haus der Liebe

Die Geister der Verstorbenen wurden schließlich so zudringlich, daß die Bauern das Dorf verließen, und damit geriet es in den alleinigen Besitz von heimtückischen und rachsüchtigen Bewohnern, die ihre Gegenwart durch Schatten bemerkbar machen; Schatten, die fast unmerklich schräg fallen, viel zu viele Schatten, sogar um die Mittagsstunde, Schatten, deren Ursprung nichts Sichtbares ist; oder manchmal durch ein Geräusch wie von einem Schluchzen in einem verlassenen Schlafzimmer, wo ein zersprungener Spiegel an der Wand kein Bild mehr zurückwirft; oft ist es auch nur ein Gefühl des Unbehagens, das den Reisenden überfällt, der töricht genug ist, anzuhalten und aus dem Brunnen auf dem Dorfplatz zu trinken, aus dem immer noch das Quellwasser aus einer Röhre im steinernen Maul eines Löwen sprudelt. Ein Kater streicht durch einen vom Unkraut überwucherten Garten, er grinst und faucht, macht einen Buckel, prallt mit einem Satz seiner vier schreckensstarren Beine zurück vor etwas Unberührbarem. Alle machen inzwischen einen Bogen um das Dorf zu Füßen des Schlosses, in dem die wunderschöne Schlafwandlerin rettungslos die Verbrechen ihrer Ahnen wiederholt.

In ein uraltes Brautgewand gehüllt, sitzt die schöne Königin der Vampire allein in ihrem düsteren, hohen Haus unter den Augen der Porträts ihrer wahnsinnig gewordenen und gräßlichen Ahnen, von denen jeder, durch sie, ein unseliges Weiterleben nach dem Tode führt. Sie legt sich Tarockkarten, sucht rastlos eine bestimmte Konstellation von Möglichkeiten, als könnte die zufällige Kartenfolge auf der roten Plüschdecke sie aus ihrem eiskalten, verschlossenen Zimmer in ein Land mit ewiger Sonne entführen und so die unaufhörliche Trauer eines Mädchens tilgen, das beides ist, Tod und Jungfrau.

Ihre Stimme ist voller ferner Klänge, wie der Widerhall in einer Höhle: Jetzt bist du am Ort deiner Auslöschung, jetzt bist du am Ort deiner Auslöschung. Und sie ist selber eine Höhle voller Echos, sie ist ein System von Wiederholungen, sie ist ein geschlossener Kreis. »Kann ein Vogel nur das Lied singen, das er kennt, oder kann er ein neues lernen?« Sie zieht ihre langen, scharfen Fingernägel über die Stäbe des Käfigs, in dem ihre Lieblingslerche singt, und es gibt einen schwirrenden Klageton, wie wenn die Herzsaiten einer Frau aus Metall gezupft würden. Ihre Haare fallen herab wie Tränen.

Das Schloß wird meistens geisterhaften Bewohnern überlassen, aber sie hat darin ihre eigene Suite, einen Salon und ein Schlafzimmer. Fest verriegelte Fensterläden und schwere Samtgardinen halten jeden Strahl von natürlichem Licht fern. Hier steht ein runder Tisch auf einem Bein mit einer roten Plüschdecke darauf, auf dem sie sich immer die Tarockkarten legen muß. Die Räume sind von einer dichtverhängten Lampe auf dem Kaminsims niemals mehr als schwach beleuchtet, und die dunkelrote Tapete mit ihren Figuren trägt düstere, jämmerliche Muster des Regens, der durch das verrottete Dach dringt und zufällige Fleckgebilde hinterläßt, unheilvolle Zeichen wie jene, die tote Liebende auf dem Laken hinterlassen. Moder überall, Verfall und Schimmel. Der nie benutzte Kronleuchter ist so schwer von Staub, daß die einzelnen Prismen keine Formen mehr zeigen; fleißige Spinnen haben in den Winkeln dieses prunkvollen, verfallenen Ortes ihre Baldachine gewebt und den Porzellanvasen auf dem Kaminsims weiche graue Netze übergeworfen. Aber die Herrin über diesen ganzen Verfall bemerkt nichts von alldem.

Sie sitzt in einem mottenzerfressenen burgunderroten Samtsessel vor dem niedrigen, runden Tisch und legt ihre Karten; manchmal tiriliert die Lerche, meistens jedoch ist sie nur ein trübseliges Häufchen graubrauner Federn. Von Zeit zu Zeit weckt die Gräfin sie auf für eine kurze Kadenz, indem sie über die Käfigstäbe fährt, sie hört es so gern, wenn die Lerche verkündet, daß sie nicht fliehen kann.

Die Gräfin steht auf, wenn die Sonne untergeht, und setzt sich sofort an ihren Tisch, wo sie ihre Patiencen spielt, bis sie Hunger bekommt, blutrünstigen Hunger. Sie ist so schön, daß sie unnatürlich sein muß; ihre Schönheit ist monströs, eine Verkrüppelung, denn keiner ihrer Züge zeigt eine von den rührenden Unvollkommenheiten, die uns mit der Unvollkommenheit des Menschenlebens versöhnen. Ihre Schönheit ist ein Symptom ihrer heillosen Unordnung, ihrer Seelenlosigkeit.

Die weißen Hände der finsteren Schönen teilen die Schicksalskarten aus. Ihre Fingernägel sind länger als die der Mandarine des alten China, und jeder ist nadelspitz gefeilt. Die Nägel und die Zähne, spitz und weiß wie Nadeln aus gesponnenem Zucker, sind die sichtbaren Zeichen des Schicksals, dem sie durch die Arcana verzweifelt zu entkommen versucht. Ihre Krallen und Zähne sind seit Jahrhunderten an Leichen gewetzt worden, sie ist die letzte Knospe des Giftbaumes, der den Lenden Wlads des Pfählers entsproß, der in den Wäldern Transsylvaniens sein Picknick aus Leichen hielt.

Die Wände des Schlafzimmers sind mit schwarzer Seide verhängt, in die Tränen aus Perlen eingestickt sind. In den vier Ecken dieses Raumes stehen Urnen und Schalen, aus denen träge, durchdringende Weihrauchwolken aufsteigen. In der Mitte erhebt sich ein kunstvoll gearbeiteter Katafalk aus Ebenholz umgeben von hohen Kerzen in riesigen silbernen Leuchtern. Die Gräfin klettert jeden Morgen bei Tagesanbruch in ihrem weißen, ein wenig mit Blut befleckten Spitzennegligé auf ihren Katafalk und legt sich in einen offenen Sarg.

Ein orthodoxer Priester mit einem Beffchen pfählte ihren verruchten Vater auf einem Kreuzweg in den Karpaten, bevor ihre Milchzähne noch gewachsen waren. In dem Augenblick, als sie ihn durchstießen, rief der todgeweihte Graf: »Nosferatu ist tot; lang lebe Nosferatu!« So besitzt sie nun all die spukenden Wälder und geheimnisvollen Schlupfwinkel seines unermeßlichen Reiches; sie ist durch Erbschaft die Befehlshaberin der Armee von Schatten, die im Dorf zu Füßen des Schlosses haust, die in Gestalt von Eulen, Fledermäusen und Füchsen durch die Wälder geistert, die die Milch gerinnen und die Butter verderben läßt, die Nacht für Nacht mit den Pferden auf die wilde Jagd geht, so daß sie am Morgen nur noch aus Haut und Knochen bestehen, die die Kühe so erschreckt, daß sie keine Milch geben, und die vor allem heranwachsende Mädchen mit Ohnmachtsanfällen, unregelmäßigen Blutungen und eingebildeten Leiden peinigt.

Die Gräfin jedoch hat keinen Sinn für ihre eigene gespenstische Autorität, es ist, als ob sie sie nur träumte. In ihren Träumen möchte sie gern menschlich sein, aber sie weiß nicht, ob das möglich ist. Die Tarockkarten zeigen sie immer in den gleichen Gestalten: als *La Papesse*, *La Mort*, *La Tour Abolie* – die Bilder für Weisheit, Tod und Auflösung.

In mondlosen Nächten läßt ihre Wärterin sie in den Garten hinaus. Dieser Garten ist ein außergewöhnlich düsteres Stück Erde und erinnert stark an einen Friedhof, und all die Rosen, die ihre verstorbene Mutter noch gepflanzt hatte, sind hoch aufgeschossen zu einer gewaltigen dornigen Mauer, hinter der sie und ihr ererbtes Schloß eingesperrt sind. Kaum öffnet sich die Hintertür, schnuppert die Gräfin in der Luft und stößt ein Geheul aus. Dann kauert sie auf allen vieren und nimmt bebend die Witterung ihrer Beute auf. Ach, wie köstlich krachen die zerbrechlichen Karnickelknochen und das kleine Pelzgetier, das sie mit gleitender, vierfüßiger Geschwindigkeit hetzt! Dann kriecht sie heim, winselnd und mit blutverschmierten Wangen.

In ihrem Schlafzimmer gießt sie Wasser aus dem Krug in ihre Schüssel und wäscht sich das Gesicht mit den selbstgefälligen, verwöhnten Gesten einer Katze.

Diese gefräßigen Momente der Nacht der Jägerin im düsteren Garten – Lauern, dann Anfallen – säumen ihr gewohntes qualvolles Schlafwandeln, ihr Leben oder vielmehr ihre Imitation von Leben. Die Augen dieses nächtlichen Geschöpfs werden groß und glühend. Ganz Klauen und Zähne – so schlägt sie zu, erwürgt. Aber nichts kann sie über die Entsetzlichkeit ihrer Existenz hinwegtrösten, gar nichts. Sie flüchtet sich in den magischen Trost des Tarockspiels, mischt die Karten, legt sie, liest sie, rafft sie mit einem Seufzer zusammen, mischt sie neu – unaufhörliche Versuche über eine Zukunft, die unwiderruflich bleibt.

Eine stumme Alte sorgt für sie, achtet darauf, daß sie niemals die Sonne sieht, daß sie den ganzen Tag in ihrem Sarg liegen bleibt, hält Spiegel und alle spiegelnden Oberflächen von ihr fern – kurz, verrichtet alles, was Diener von Vampiren zu verrichten haben. Alles an dieser wunderschönen und grauenhaften Dame ist so, wie es sein soll. Sie ist Königin der Nacht, Königin des Schreckens, aber – ihre Rolle ist ihr zutiefst zuwider.

Trotzdem, wenn ein leichtsinniger Abenteurer auf dem verlassenen Dorfplatz Rast macht, um sich am Brunnen zu erquicken, so tritt alsbald ein altes Weib mit schwarzem Kleid und weißer Schürze aus einem Haus. Ihr Lächeln und ihre Gesten laden dich ein, du folgst ihr. Die Gräfin gelüstet nach frischem Fleisch. Als sie noch ein kleines Mädchen war, glich sie einem Fuchs und stillte ihren Heißhunger an jungen Kaninchen, die jämmerlich quiekten, wenn sie ihnen in grausiger Wollust die Zähne in den Nacken schlug, oder mit Erdmäusen und Feldmäusen, die einen einzigen Augenblick lang zwischen den Fingern ihrer Jägerin schwebten. Jetzt aber ist sie eine Frau, jetzt braucht sie Menschen. Wenn du zu lange bei dem murmelnden Brunnen verweilst, dann wirst du an die Hand genommen und in die Speisekammer der Gräfin geführt.

Den lieben langen Tag liegt sie in ihrem Negligé aus blutbefleckter Spitze in ihrem Sarg. Aber kaum versinkt die Sonne hinter dem Berg, gähnt sie und regt die Glieder und zieht das einzige Kleid an, das sie besitzt, das Hochzeitskleid ihrer Mutter, um sich dann hinzusetzen und ihre Karten zu studieren, bis sie Hunger bekommt. Sie ekelt sich vor den Mahlzeiten, die sie verschlingt; sie würde die Kaninchen viel lieber mit nach Hause nehmen, mit Salatblättern füttern, mit ihnen spielen und ihnen in ihrem rotschwarzen chinesischen Sekretär ein Nest einrichten, aber der Hunger überwältigt sie immer. Sie schlägt ihnen ihre Zähne an der Stelle in den Hals, wo die Angst die Arterie pochen läßt; die leere Hülle, aus der sie alle Nahrung gesogen hat, läßt sie mit einem kleinen Schrei aus Qual und Abscheu zu Boden fallen. Und genauso ergeht es den Schäferjungen und Zigeunerburschen, die aus Unwissenheit oder Torheit zum Brunnen kommen, um sich den Staub von den Füßen zu waschen; die Gouvernante der Gräfin führt sie in den Salon, und die Karten auf dem Tisch zeigen immer gerade den strengen Schnitter Tod. Die Gräfin selbst reicht ihnen Kaffee in hauchdünnen, zersprungenen kostbaren Tassen, dazu kleine Zuckerkringel. Und die armen Tölpel hocken da, ein überschwappendes Täßchen in der einen und Gebäck in der anderen Hand, und glotzen die Gräfin in ihrem seidenen Staat an, wie sie den Kaffee aus einer Silberkanne gießt und abwesend mit ihnen plaudert, damit sie sich wohl fühlen in ihrem todgeweihten Schicksal. Eine gewisse verzweifelte Ruhe in ihren Augen zeigt an, daß sie untröstlich ist. Sie würde ihnen so gern über die braunen Wangen streicheln und durch die zerzausten Haare fahren. Wenn sie sie bei der Hand nimmt und in ihr Schlafzimmer führt, dann können sie ihr Glück kaum fassen.

Später kehrt die Gouvernante die Reste zu einem ordentlichen Haufen zusammen und wickelt sie in die leeren Kleider. Dieses tödliche Päckchen begräbt sie dann heimlich im Park.

Das Blut auf den Wangen der Gräfin ist stets mit Tränen vermischt; die Haushälterin reinigt ihr die Fingernägel mit einem zierlichen silbernen Zahnstocher, um die Reste von Haut und Knochen zu entfernen, die sich dort eingenistet haben.

Fa fe fi fo fann –
ich rieche Blut von einem englischen Mann!

Im glühendheißen Hochsommer in den Jugendjahren unseres Jahrhundert beschloß ein junger britischer Offizier, blond, blauäugig und mit kräftigen Muskeln, der Freunde in Wien besucht hatte, den Rest seines Urlaubs für eine Erkundungsfahrt durch das kaum bekannte rumänische Bergland zu nutzen. Er faßte den phantastischen Entschluß, die holprigen Karrenpfade mit dem Fahrrad zu bewältigen, weil ihm die Pointe gefiel: »Auf zwei Rädern durch das Land der Vampire.« Und so macht er sich vergnügt auf in sein Abenteuer.

Er verfügt über eine besondere Eigenschaft der Jungfräulichkeit, diesen Zustand, der am meisten und zugleich am wenigsten zweideutig ist: die Unwissenheit; gleichzeitig aber auch über höchste Kraft und außerdem über Ahnungslosigkeit, was ja nicht das gleiche wie Unwissenheit ist. Er stellt mehr dar, als er weiß – und hat überdies das gewisse Flair jener Generation an sich, für die die Geschichte bereits ein besonderes und exemplarisches Schicksal bereithält, in den Schützengräben Frankreichs. Dieses Lebewesen, fest verwurzelt im Wandel der Zeit, steht nun im Begriff, mit der zeitlosen mittelalterlichen Ewigkeit der Vampire zusammenzuprallen, für die alles so ist, wie es immer war und sein wird, deren Karten immer im gleichen Muster gelegt werden.

Er ist zwar noch jung, aber er hat doch Vernunft. Er hat sich für seine Rundreise durch die Karpaten das vernünftigste Fortbewegungsmittel der Welt ausgesucht. Mit einem Fahrrad zu fahren, bietet an sich schon einen gewissen Schutz vor abergläubischen Ängsten, denn das Fahrrad ist Produkt der auf Bewegung angewandten reinen Vernunft. Geometrie im Dienste des Menschen! Gib mir zwei Kreise und eine Gerade, und ich will dir zeigen, wie weit ich damit komme. Voltaire persönlich hätte das Fahrrad erfunden haben können, denn es trägt so viel bei zum Wohl des Menschen und gar nichts zu seinem Wehe. Es ist segensreich für die Gesundheit, stößt keine schädlichen Gase aus und erlaubt nur höchst angemessene Geschwindigkeiten. Wie könnte ein Fahrrad je Werkzeug des Üblen sein?

Ein einziger Kuß erweckte Dornröschen im Wald.

Die wächsernen Finger der Gräfin, Finger eines geheiligten Bildes, decken eine Karte auf, die *Les Amoureux* heißt. Niemals, noch niemals zuvor... Niemals zuvor hat die Gräfin sich selbst ein Schicksal vorausgesagt, in dem Liebe eine Rolle spielte. Sie zittert, sie bebt, ihre großen Augen verschwinden unter den zartgeäderten, nervös flatternden Augenlidern; die schöne Kartenlege-

rin hat sich diesmal, zum ersten Male, ein Blatt aus
Liebe und Tod gemischt.

> Ob er lebendig, ob er tot –
> ich mahl seine Knochen für mein Brot.

In der malvenfarbenen Dämmerung müht sich der englische Herr den Hügel zu dem Dorf hinauf, das er aus weiter Ferne erspäht hat; er muß absteigen und sein Rad schieben, der Weg ist zu steil zum Fahren. Er hofft, für die Nacht in einem freundlichen Gasthof unterzukommen; er schwitzt, er hat Hunger und Durst, ist erschöpft und verstaubt... Zuerst – ach, welche Enttäuschung! – entdeckt er, daß die Dächer des ganzen Dorfes eingestürzt sind, Unkraut wuchert zwischen Haufen von herabgefallenen Dachziegeln, Fensterläden hängen schief in ihren Angeln. Der Ort ist vollkommen verlassen. Und im üppigen Grün wispert es wie von schmutzigen Geheimnissen, hier und dort, und wer genügend Phantasie besitzt, der könnte sich fast einbilden, verzerrte Gesichter erschienen für einen Moment unter den verrosteten Dachtraufen... Aber das Abenteuerliche seiner Lage, der tröstliche Anblick der überschäumenden, strahlenden Pracht von Fliederbüschen, die in den verwahrlosten Gärten noch immer in kühner Blüte standen, die Schönheit des flammenden Sonnenuntergangs, all diese Eindrücke waren bald mächtiger als seine Enttäuschung und erstickten sogar das leise Unbehagen, das er empfand. Und aus dem Brunnen, an dem die Bäuerinnen einst ihre Wäsche gewaschen hatten, sprudelte immer noch helles und klares Wasser. Dankbar reinigte er sich Hände und Füße, hielt den Mund unter das Rohr und ließ sich schließlich den eisigen Strom übers Gesicht rinnen.

Als er seinen Kopf tropfnaß und erquickt wieder aus dem Löwenmaul zog, sah er eine alte Frau, die lautlos neben ihm auf dem Dorfplatz aufgetaucht sein mußte und ihm nun eifrig, fast versöhnlich zulächelte. Sie trug ein schwarzes Kleid mit einer weißen Schürze und hatte ein Haushälterinnenschlüsselbund an der Seite; ihre grauen Haare waren adrett zu einem Knoten aufgesteckt, auf dem die weiße Leinenhaube saß, die die alten Frauen dieser Gegend trugen. Sie machte einen Knicks vor dem jungen Mann und bedeutete ihm, ihr zu folgen. Als er zögerte, wies sie auf das große Gebäude hoch über ihnen, dessen Fassade dräuend über das Dorf ragte, rieb sich den Bauch, deutete auf ihren Mund, rieb sich abermals den Bauch – eine eindeutige Einladung zum Essen. Dann winkte sie ihm wieder zu, und diesmal drehte sie sich so entschlossen auf dem Absatz um, als duldete sie gar keinen Widerspruch. Und er folgte ihr.

Eine ungeheure, betäubende Woge des schweren Dufts von roten Rosen schlug ihm ins Gesicht, sowie sie das Dorf verließen, und verschaffte ihm ein sinnliches Schwindelgefühl; ein Windstoß von üppiger, schon leicht fauliger Süße, so stark, daß er fast hingefallen wäre. Zu viele Rosen. Zu viele Rosen blühten an dicken Hecken, die den Pfad säumten, Hecken, die vor Dornen starrten, und die Blumen selbst waren fast zu überschwenglich, die geballte Ansammlung von samtenen Blütenblättern fast obszön in ihrem Exzeß, die gewundenen knospenreichen Blütenstände aufdringlich in ihrer Überfülle. Nur widerwillig tauchte das Haus aus diesem Dschungel auf.

Im gleißenden, quälenden Licht der untergehenden Sonne, jenem goldenen Licht, das schwer ist vor Sehnsucht nach dem gerade vergangenen Tag, erinnerte ihn das schwermütige Aussehen dieses Anwesens – halb Herrenhaus, halb befestigtes Bauernhaus, ausgedehnt, drohend, ein baufälliger Adlerhorst hoch über dem Tal, durch das sich das zugehörige Dorf schlängelte – an die

Märchen seiner Kindheit, an Winterabenden erzählt, wenn er und seine Geschwister sich halb zu Tode geängstigt hatten über Gespenstergeschichten, die an genau solchen Orten spielten, und danach Kerzen brauchten, um die von neuen Schreckgestalten bevölkerten Stiegen nach oben ins Bett zu beleuchten. Fast tat es ihm schon leid, daß er die unausgesprochene Einladung der alten Frau angenommen hatte, aber als er jetzt vor dem Tor aus altersbleicher Eiche stand, während sie aus dem klirrenden Bund an ihrer Hüfte einen riesigen Eisenschlüssel auswählte, wußte er, es war zu spät für eine Umkehr, und er ermahnte sich streng, daß er kein Kind mehr war und keine Angst vor seinen eigenen Schreckgespenstern haben mußte.

Die alte Frau öffnete das Tor, das in melodramatisch quietschenden Angeln aufschwang, und nahm sich trotz seiner Proteste geschäftig seines Fahrrads an. Er fühlte, wie ihm das Herz sank, er konnte nichts dagegen tun, als er sein wunderschönes zweirädriges Symbol der Rationalität in den dunklen Eingeweiden des Hauses verschwinden sah, in einen zweifellos viel zu feuchten Schuppen, in dem es niemand ölen noch aufpumpen würde. Trotzdem – mitgehangen, mitgefangen – trat der junge Mann jetzt in all seiner Jugend, Unbekümmertheit und blonden Schönheit, in all seiner unsichtbaren, nicht einmal erahnten magischen Jungfräulichkeit über die Schwelle von Nosferatus Schloß und bebte nicht einmal in dem kalten Luftzug, der ihm wie aus einem Grab aus dem lichtlosen, höhlenartigen Innern entgegenschlug.

Das alte Weib führte ihn zu einer kleinen Kammer, in der ein schwarzer Eichentisch stand, zierlich mit einem sauberen weißen Tischtuch gedeckt; auf dem Tuch lag schweres silbernes Besteck, etwas angelaufen, als hätte ein Schwefelatem darübergehaucht, es war aber nur für eine Person gedeckt. Sonderbar, da wird er erst zum

Abendbrot in ein Schloß eingeladen, und jetzt soll er allein essen. Trotzdem, er nahm Platz, als sie ihn bat. Obgleich es draußen noch nicht vollkommen dunkel war, waren die Vorhänge fest zugezogen, und nur das dürftige Licht einer einzigen Petroleumlampe zeigte ihm, wie trostlos seine Umgebung war. Die alte Frau wuselte um ihn herum und brachte ihm eine Flasche Wein und ein Glas aus einem altertümlichen Kabinettschrank aus wurmstichiger Eiche; während er nachdenklich seinen Wein trank, verschwand sie, kehrte jedoch sofort zurück mit einer dampfenden Schüssel voll würzigem Gulasch und Knödeln und einem Laib dunklem Brot. Er hatte nach der langen Tagestour gesunden Hunger, er aß ausgiebig und putzte den Teller mit einem Brotstück blank, obwohl diese deftige Hausmannskost kaum dem entsprach, was er sich als Kost bei Edelleuten erwartet hätte, und das abschätzige Funkeln in den Augen der stummen Alten, die ihm beim Essen zuschaute, verwirrte ihn.

Aber sowie er die erste Portion verschlungen hatte, schoß sie herbei und tischte ihm ein zweites Mal auf; sie wirkte überhaupt so freundlich und entgegenkommend, daß er wußte, genauso wie auf das Essen für diese Nacht konnte er sich auf ein Bett im Schloß verlassen, und deshalb tadelte er sich selbst als kindisch, weil er sich für dieses gespensterhafte Schweigen, die klamme Kälte dieses Ortes nicht recht begeistert hatte.

Nachdem er die zweite Portion verdrückt hatte, kam die alte Frau wieder und bedeutete ihm, den Tisch zu verlassen und ihr abermals zu folgen. Sie machte die Gesten des Trinkens; er übersetzte sich das so, daß er nun in einem anderen Zimmer den Kaffee zum Dessert angeboten bekäme, wahrscheinlich mit einem höhergestellten Mitglied des Haushaltes, das zwar die Mahlzeit nicht mit ihm hatte teilen wollen, jetzt aber seine Bekanntschaft zu machen wünschte. Zweifelsohne eine Ehre; um bei seinem Gastgeber einen guten Eindruck zu machen, zog er seine Krawatte wieder fest und klopfte die Krümel aus seiner Tweedjacke.

Überrascht stellte er fest, wie zerfallen und verwahrlost das Innere des Hauses war – Spinnweben, wurmstichige Balken, zerbröckelnder Putz. Das stumme alte Weib führte ihn jedoch energisch im Lichte ihrer Laterne endlose gewundene Korridore entlang, Wendeltreppen hinauf, durch lange Galerien, zu denen die gemalten Augen auf Ahnenbildern kurz aufflackerten, als der junge Mann und die Alte vorübergingen, Augen, wie er feststellte, in Gesichtern, die alle bemerkenswert gräßlich aussahen. Schließlich machte sie halt, und hinter der Tür, vor der sie stehengeblieben waren, vernahm er ein schwaches, metallisches Sirren, vielleicht so, als hätte jemand die Saite einer Harfe gezupft. Und dann erklang wunderbarerweise das Tirilieren einer Lerche und brachte ihm, hier im Herzen von Julias Grabkammer – hätte er es nur gewußt –, die Frische eines Morgens.

Das alte Weib klopfte mit den Knöcheln auf die Vertäfelung, und die verführerischste, zärtlichste Stimme, die er je im Leben vernommen hatte, rief sanft in akzentreichem Französisch, der Wahlsprache des rumänischen Adels: »*Entrez!*«

Zuerst sah er nur einen Umriß, einen Umriß, der ganz schwach leuchtete, denn alles, was seine gelbliche Oberfläche reflektieren konnte, war das bißchen Licht, das in diesem schlecht beleuchteten Raum schien. Dieser Umriß entpuppte sich dann – wer hätte das vermutet! – als weißes Satinkleid mit Reifrock und hier und da Spitzenbesatz, ein Kleid, das seit fünfzig oder sechzig Jahren aus der Mode sein mußte, aber einstmals ganz offensichtlich als Hochzeitskleid gedacht war. Und jetzt erkannte er das Mädchen, das dieses Kleid trug, sie war zerbrechlich wie das Skelett einer Motte, so dünn und schwach, daß ihr Kleid auf den ersten Blick in der klammen Luft zu schweben schien wie eine leere Hülle, eine zauberische Leihgabe, ein selbständiges Gehäuse, in dem sie lebte wie ein Geist in einer Maschine. Alles Licht im Raum kam von einer matten Lampe mit einem dicht verhängten grünlichen Schirm, die weitab auf einem Kaminsims stand; das alte Weib, das ihn begleitet hatte, schirmte die Laterne mit der Hand ab, so als müßte sie ihre Herrin davor bewahren, zu plötzlich etwas zu sehen, oder den Gast davor, die Herrin zu plötzlich zu sehen.

So nahm er also erst nach und nach, so schnell sich seine Augen an das Halbdunkel gewöhnten, wahr, wie wunderschön und wie blutjung die ausstaffierte Vogelscheuche war, und er dachte an ein Kind, das sich mit den Roben seiner Mutter verkleidet, ein Kind vielleicht, das die Kleider einer toten Mutter anlegt, um sie, wenn auch nur für Augenblicke, ins Leben zurückzurufen.

Die Gräfin stand hinter einem niedrigen Tisch, neben einem schönen, simplen vergoldeten Vogelkäfig und streckte die Hände auf eine so abwesende Art und Weise von sich, als wollte sie fliegen. Als die beiden eintraten, sah sie so erschrocken drein, als hätte sie nicht darum gebeten. Mit ihrem starren weißen Gesicht und ihrem lieblichen totenschädelartigen Kopf, von dem die dunklen Haare solang und glatt niederrannen, als ob sie klitschnaß wären, sah sie aus wie eine ertrunkene Braut. Ihre großen dunklen Augen mit ihrem streunenden, verlorenen Blick brachen ihm fast das Herz; aber ihn störte ihr außerordentlich voller Mund, ja fast widerte er ihn an, dieser Mund mit schwellenden, breiten Lippen in vibrierendem Purpurrot, ein todverheißender Mund. Vielleicht auch – obgleich er den Gedanken sofort wieder beiseite schob – ein Hurenmund. Sie zitterte die ganze Zeit, als ob sie vor Hunger fröstelte, als ob ihre Knochen sich im Sumpffieber schüttelten. Er hielt sie für höchstens sechzehn oder siebzehn Jahre alt, kaum älter, von der hektischen, ungesunden Schönheit einer Schwindsüchtigen. Sie war die Herrin über all diesen Verfall.

Mit zärtlicher Umsicht hob das alte Weib jetzt das Licht in ihrer Hand in die Höhe, um der Gastgeberin das Antlitz ihres Gastes zu zeigen. Dabei stieß die Gräfin einen dünnen mauzenden Schrei aus und machte eine blinde, entsetzte Geste mit den Händen, wie um ihn beiseite zu stoßen, so daß er gegen den Tisch taumelte, und die bunten Karten flatterten wie ein Schmetterlingsschwarm zu Boden. Ihr Mund formte ein rundes klagendes O, sie schwankte ein wenig, sank dann in ihren Sessel und blieb dort liegen, als ob sie sich nun kaum mehr bewegen könnte. Ein verwirrender Empfang. Die Alte murmelte mißbilligend vor sich hin und stöberte so lange emsig auf dem Tisch herum, bis sie eine riesenhafte Brille mit dunklen Gläsern entdeckt hatte, wie blinde Bettler sie tragen, und setzte sie der Gräfin auf die Nase.

Er trat vor, um ihr die Karten vom Teppich aufzuheben, der zu seiner Verblüffung zum Teil zerschlissen und zum Teil von allen möglichen sehr giftig aussehenden Pilzen überwuchert war. Er sammelte die Karten ein und mischte sie ohne besondere Aufmerksamkeit, denn sie bedeuteten ihm nichts, sie schienen ihm nur ein sonderbares Spielzeug für ein so junges Mädchen zu sein. Was für ein grausliches Bild von einem Kapriolen schlagenden Knochenmann! Er deckte die Karte mit einer netteren zu – zwei junge Liebende, die sich anlächelten – und drückte ihr das Spiel wieder in eine Hand, die so schmal und hager war, daß man durch die durchschimmernde Haut fast die Knochen erkennen konnte, eine Hand mit Nägeln, so lang und so fein gespitzt wie die Fingerhüte von Zitherspielern.

Unter seiner Berührung schien sie sich wieder ein wenig zu erholen und lächelte fast, als sie sich wieder aufrichtete.

»Kaffee«, sagte sie, »Sie müssen Kaffee trinken.« Damit schob sie ihre Karten zu einem Haufen zusammen, so daß das alte Weib einen silbernen Wasserkessel vor sie stellen konnte, eine silberne Kaffeekanne, Sahnekännchen, Zuckerdose, Tassen, die bereits auf einem Silbertablett standen, ein merkwürdiger Hauch von Eleganz, wenn auch alles angelaufen und verfärbt, inmitten dieses verwüsteten Interieurs, dessen Herrin so ätherisch schimmerte, als ob sie ihre eigene gedämpfte, unterseeische Lichtquelle besäße.

Das alte Weib schob ihm einen Sessel hin und verschwand dann, lautlos vor sich hin murmelnd, wodurch der Raum noch düsterer wurde.

Während sich die junge Dame mit der Kaffeezubereitung beschäftigte, hatte er Zeit und Muße, über eine weitere Reihe von Ahnenbildern nachzudenken, die in einiger Entfernung die fleckigen und abbröckelnden Wände des Raumes schmückten; diese leichenfahlen Gesichter schienen alle wie verzerrt durch einen fieberhaften Irrsinn, und die aufgeworfenen Lippen, die riesigen, wahnsinnigen Augen, die ihnen allen gemein waren, zeigten eine beunruhigende Ähnlichkeit mit denen dieses unseligen Opfers ihrer Inzucht, das jetzt geduldig das duftende Getränk durchfiltern ließ, wenn auch eine seltene Anmut die Züge in ihrem Fall verfeinert hatte. Die Lerche hatte ihr Lied zu Ende gesungen und war schon seit langem wieder stumm; kein Geräusch, nur das leise Klirren von Silber auf Porzellan. Bald darauf reichte sie ihm eine winzige Porzellantasse mit Rosen darauf.

»Willkommen«, sagte sie mit ihrer Stimme, in der die

Brandung des Meeres rauschte, eine Stimme, die von weit her zu kommen schien, nur nicht aus dieser weißen, stillen Kehle. »Willkommen in meinem Château. Ich bekomme nur selten Besuch, und das ist ein Unglück, denn nichts belebt mich auch nur halb so sehr wie die Gegenwart eines Fremden... Dieser Ort ist so einsam, seitdem das Dorf nicht mehr bewohnt wird, und meine einzige Gesellschafterin kann leider nicht sprechen. Oft schweige ich so lange, daß ich fürchte, auch ich werde es bald verlernt haben und niemand hier wird je wieder sprechen.«

Sie reichte ihm Zuckerkringel auf einer Limoges-Schale, ihre Fingernägel machten ein Glockenspiel aus dem alten Porzellan. Ihre Stimme, sie kam aus Lippen, so rot wie die welken Rosen in ihrem Garten, Lippen, die sich nicht bewegen – ihre Stimme klang merkwürdig körperlos. Sie ist wie eine Puppe, dachte er, die Puppe eines Bauchredners, oder eigentlich noch eher wie eine große, genial konstruierte Aufziehpuppe. Denn sie schien nur unzureichend ausgestattet mit einer trägen Energie, über die sie keine Kontrolle besaß, als wäre sie schon vor vielen Jahren aufgezogen worden, bei ihrer Geburt, und als liefe das Werk jetzt unerbittlich ab und ließe sie leblos zurück. Die Vorstellung, sie wäre vielleicht ein Automat in weißem Samt und schwarzem Fell, der sich nicht aus eigenem Antrieb bewegen könne, ließ ihn nicht wieder los, sie rührte ihn vielmehr im tiefsten Herzen. Der Verwesungsgeruch ihres weißen Kleides verstärkte nur den Eindruck ihrer Unwirklichkeit, sie wirkte wie eine traurige Colombina, die sich vor langer Zeit im Wald verirrt und niemals den Jahrmarkt erreicht hatte.

»Und das Licht. Ich muß mich für das schwache Licht entschuldigen... Ein erbliches Augenleiden...«

Ihre Blindenbrille warf sein hübsches Antlitz zweimal zurück; wenn er sich ihrem ungeschützten Gesicht präsentierte, dann würde er sie blenden wie die Sonne, die sie niemals sehen darf, denn sie müßte augenblicklich zerfallen. Armer Nachtvogel, armer blutgieriger Vogel.

Vous serez ma proie.

Sie haben eine so köstliche Kehle, M'sieur, wie eine Säule aus Marmor. Als Sie durch meine Tür traten, noch von all dem goldenen Licht des Sommertages umspielt, von dem ich gar nichts weiß, überhaupt nichts, da war gerade die Karte mit dem Namen *Les Amoureux* aus dem zusammenstürzenden Chaos von Bildern vor mir aufgetaucht; es kam mir so vor, als wären Sie aus der Karte direkt in meine Dunkelheit getreten, und einen Augenblick lang hoffte ich, Sie könnten sie vielleicht erhellen.

Ich will Ihnen nicht weh tun. Ich werde in meinem Brautkleid in der Dunkelheit auf Sie warten.

Der Bräutigam ist gekommen, er wird in die Kammer gehen, die für ihn bereitet ist.

Ich bin verdammt zu Einsamkeit und Dunkelheit; ich will Ihnen nicht weh tun.

Ich will es ganz sanft tun.

(Und könnte mich Liebe von den Schatten erlösen? Kann ein Vogel nur das Lied singen, das er kennt, oder kann er ein neues lernen?)

Sieh nur, ich bin bereit für dich. Ich war immer bereit für dich, ich habe auf dich gewartet, in meinem Brautkleid, warum hast du es so lange aufgeschoben... Es wird alles ganz schnell vorüber sein.

Du wirst keinen Schmerz spüren, mein Liebling.

Sie selbst ist ein Haus, in dem es spukt. Sie gehört sich nicht, ihre Ahnen kommen manchmal herbei und spähen durch die Fenster ihrer Augen, und das sieht furchterregend aus. Sie lebt in der geheimnisvollen Verlassenheit der Zwischenwelten, geistert durch ein Niemandsland zwischen Leben und Tod, Schlafen und Wachen, hinter der Hecke der Dornenblumen, Nosferatus blutrünstige Rosenknospe. Die bestialischen Vorfahren an den Wänden verdammen sie zur endlosen Wiederholung ihrer finsteren Leidenschaften.

(Ein Kuß jedoch, und nur ein einziger, hat Dornröschen im Wald erweckt.)

Nervös und um ihre inneren Stimmen zu verbergen, hält sie einen Schutzwall aus oberflächlichem französischem Geplauder aufrecht, und ihre Ahnen an den Wänden schneiden höhnische Grimassen dazu. So verzweifelt sie sich auch bemüht, an etwas anderes zu denken, sie kennt doch nur eine einzige Art der Erfüllung.

Er war von neuem bestürzt über die vogelhaften Beutekrallen an ihren wunderschönen Händen; das Gefühl des Unbehagens, das in ihm hochgestiegen war, seit er den Kopf unter das Brunnenwasser im Dorf gesteckt, seit er das düstere Portal des unheilschwangeren Schlosses durchschritten hatte, ergriff jetzt ganz von ihm Besitz. Wäre er eine Katze gewesen, so wäre er beim Anblick ihrer Hände auf vier angsterstarrten Pfoten zurückgeprallt, aber er ist keine Katze, er ist ein Held. Er kann grundsätzlich nicht glauben, was er hier sieht – nicht einmal im Boudoir der Gräfin Nosferatu selbst –, und das gibt ihm Kraft. Er hätte vielleicht gesagt, daß es gewisse Dinge gibt, die wir, selbst wenn sie tatsächlich wahr sind, lieber nicht für möglich halten sollten. Er könnte auch gesagt haben: Es ist töricht, den eigenen Augen zu glauben. Nicht, daß er etwa nicht an die Gräfin glaubt, er kann sie ja sehen, sie ist wirklich. Wenn sie ihre dunkle Brille abnimmt, dann werden aus ihren Augen all die Schreckensbilder quellen, die dieses von Vampiren geschüttelte Land bevölkern, doch da er selbst immun gegen Scharten ist, dank seiner Unschuld – er weiß noch nicht, was es an ihnen zu fürchten gibt – und dank seines Heldenmutes, der ihn wie die Sonne strahlen läßt, sieht er vor sich zuerst und vor allem nur ein übernervöses Mädchen, ein Kind der Inzucht, ohne Vater und Mutter, das viel zu lange im Dunkeln gehalten wurde, bleich wie eine Pflanze, die nie das Licht sieht, und halb blind wegen irgendeiner ererbten Augenschwäche. Und so fühlt er sich zwar unbehaglich, aber fürchten kann er sich nicht. Er ist wie der Junge in dem Märchen, der nicht lernt, sich zu fürchten, und weder Geister, Ungeheuer, Spukgestalten noch der Teufel persönlich mit seiner ganzen Schar könnten es ihm beibringen.

Dieser Mangel an Vorstellungskraft macht den Helden so heldenhaft.

Er wird das Zittern in den Schützengräben lernen. Vor diesem Mädchen zittert er nicht.

Jetzt ist es dunkel. Vor den fest versperrten Fenstern taumeln und kreischen Fledermäuse. Der Kaffee ist ausgetrunken, die Zuckerkringel sind gegessen. Die Gräfin plaudert nur noch spärlich und verstummt dann völlig. Sie hakt ihre Finger ineinander, zupft dann an der Spitze ihres Kleides, rutscht nervös in ihrem Sessel hin und her. Eulen schreien; ihr ganzer Troß kreischt und schnattert um uns herum. Jetzt bist du am Ort deiner Auslöschung, jetzt bist du am Ort deiner Auslöschung. Sie wendet ihren Kopf von den blauen Strahlen seiner Augen ab. Sie kennt keine andere Erfüllung, diese ist die einzige, die sie ihm bieten kann. Sie hat seit drei Tagen nichts gegessen. Es ist Zeit zum Essen. Es ist Zeit fürs Bett.

> *Suivez-moi.*
> *Je vous attendais.*
> *Vous serez ma proie.*

Der Rabe krächzt auf dem verrotteten Dach. »Zeit zum Essen, Zeit zum Essen«, höhnen die Porträts an der Wand. Grauenhafter Hunger nagt an den Eingeweiden der Gräfin, sie hat ihr ganzes Leben lang auf ihn gewartet, ohne es zu wissen.

Der hübsche Radfahrer wird sein Glück kaum fassen

können und ihr ins Schlafzimmer folgen; die Kerzen brennen schon rings um ihren Opferaltar herum in schwachen, klaren Flammen, und das Licht fängt sich in den gestickten silbernen Tränen auf der Wand. Sie wird ihn in Sicherheit wiegen, mit der Stimme der Versuchung: »Meine Kleider müssen nur fallen, und du wirst eine Folge von Mysterien erblicken.«

Sie hat keinen Mund zum Küssen, keine Hände zum Streicheln, nur die Reißzähne und Krallen eines Raubtiers. Wer den mineralischen Glanz ihres Fleisches berührt, den sie im kühlen Kerzenschimmer enthüllt, fordert ihre tödliche Umarmung heraus, und mit ihrer leisen, süßen Stimme summt sie das Wiegenlied des Hauses Nosferatu.

Umarmungen, Küsse – dein goldenes Haupt, wie von einem Löwen, obwohl ich noch nie einen Löwen gesehen habe, nur eingebildet, wie die Sonne, obwohl ich nur das Bild der Sonne auf der Tarockkarte kenne, dein goldenes Haupt des Liebsten, von dem ich träumte, daß er mich eines Tages erlösen kommt, dieses Haupt wird zurücksinken und die Augen nach oben rollen, in einem Krampf, den du irrtümlich für den der Liebe und nicht des Todes hältst. Der Bräutigam blutet auf meinem widernatürlichen Hochzeitsbett. Starr und tot – armer Radfahrer, er hat seinen Preis für eine Nacht mit der Gräfin gezahlt. Manche halten ihn für zu hoch und manche nicht.

Morgen wird die Haushälterin seine Knochen unter den Rosen begraben. Von dieser Nahrung bekommen die Rosen ihre üppige Farbe, den betäubenden Duft, der so lasziv nach verbotenen Vergnügungen riecht.

Suivez-moi.

»*Suivez – moi!*«

Der hübsche Radfahrer ist ängstlich besorgt um Gesundheit und Wohl seiner Gastgeberin, und gehorsam folgt er ihrem hysterischen Befehl in den anderen Raum. Er würde sie gern in die Arme nehmen und vor den Ahnen schützen, die von den Wänden grinsen.

Was für ein makabres Schlafzimmer!

Sein Oberst, ein alter Bock mit übersättigtem Appetit, hatte ihm die Visitenkarte eines Bordells in Paris zugesteckt, wo er, wie der Lüstling versicherte, für zehn Louisdor genauso ein erbärmliches Schlafzimmer kaufen könnte, mit einem nackten Mädchen in einem Sarg dazu, hinter der Bühne würde der Bordellpianist auf dem Harmonium das *Dies Irae* spielen, und inmitten all der Düfte eines Aufbahrungsraums würde der Kunde seine nekrophile Freude an einer nachgemachten Leiche finden. Er hatte die Einladung des alten Mannes zu einer solchen Initiation gutmütig abgelehnt. Wie könnte er jetzt verbrecherischen Nutzen ziehen aus der Geistesverwirrung dieses Mädchens mit den fieberheißen, knochentrockenen und klauenartigen Händen und den Augen, die alle erotischen Versprechen ihres Körpers leugnen mit ihrem Entsetzen, ihrer Schwermut, ihrer grauenhaften, versäumten Zärtlichkeit?

So zart und verdammt, das arme Ding. Ganz und gar verdammt.

Ich glaube freilich, sie weiß kaum, was sie tut.

Sie klappert mit den Knochen, als wären sie nicht richtig eingehängt, als könnte sie gleich in Stücke fallen. Sie hebt die Hände, um ihr Kleid am Hals aufzuhaken, und ihre Augen quellen über von Tränen, sie rinnen unter dem Rand ihrer dunklen Brille hervor. Sie kann das Hochzeitskleid ihrer Mutter nicht ablegen, wenn sie nicht auch ihre dunkle Brille ablegt, sie gerät mit dem Ritual durcheinander, es ist nicht länger unerbittlich. Der Mechanismus in ihr läßt sie im Stich, jetzt, wo sie ihn am meisten braucht. Als sie die dunkle Brille abnimmt, gleitet sie ihr aus den Fingern und zerspringt auf den Bodenfliesen in tausend Scherben. Aber in ihrem Drama ist kein Platz für Improvisationen, und dieses unerwartete, weltliche Geräusch von splitterndem Glas läßt auch den bösen Zauber in diesem Raum zersplittern, ganz und gar. Sie tastet blind nach den Scherben und verschmiert mit der Faust die Tränen auf ihrem Gesicht. Was soll sie denn jetzt tun?

Während sie noch kniet, um die Glasscherben einzusammeln, bohrt sich ein Splitter tief in ihren Daumen, sie schreit auf, laut und ganz wirklich. Sie kniet zwischen den Scherben und verfolgt, wie sich das helle Blut zu einem Tropfen sammelt. Sie hat nie zuvor ihr eigenes Blut gesehen, nicht ihr *eigenes* Blut. Es übt eine ehrfurchtsvolle Faszination auf sie aus.

In diese lasterhafte Mordkammer bringt der hübsche Radfahrer die unschuldigen Heilmittel der Kinderstube, und er selbst ist durch seine bloße Gegenwart schon ein Exorzismus. Sanft zieht er ihr die Hand fort und tupft ihr das Blut mit seinem Taschentuch ab, doch es quillt weiter. Und so drückt er ihr den Mund auf die Wunde. Er wird es ihr wegküssen, wie ihre Mutter es getan hätte, wenn sie noch lebte.

Alle Silbertränen fallen leise klirrend von der Wand. Ihre gemalten Ahnen wenden die Augen ab und knirschen mit den Reißzähnen.

Wie erträgt sie den Schmerz, ein Mensch zu werden?

Das Ende der Verbannung ist das Ende des Lebens.

Er wachte auf vom Tirilieren der Lerche. Die Fensterläden, die Vorhänge, sogar die so lange versiegelten Fenster dieses schrecklichen Schlafzimmers standen alle weit offen, und Licht und Luft strömten herein. Jetzt konnte man genau erkennen, wie verrottet alles war, wie dünn und schäbig der Satin, der Katafalk nicht einmal aus Ebenholz, sondern aus schwarz angestrichenem Papier, das auf ein Lattengestell geklebt war, wie im Theater. Der Wind hatte einen Regen aus Rosenblättern von draußen in den Raum geblasen, und diese rosigen Reste wirbelten sacht über den Boden. Die Kerzen waren heruntergebrannt, und sie mußte ihre Lieblingslerche freigelassen haben, denn sie saß auf dem Rand des albernen Sargs und sang ihm ihr ekstatisches Morgenlied. Seine Glieder waren steif und schmerzten, er hatte auf dem Fußboden geschlafen, seine zusammengerollte Jacke als Kissen unterm Kopf, nachdem er sie zu Bett gebracht hatte.

Aber jetzt war keine Spur mehr von ihr zu sehen, nur, nachlässig auf die zerwühlte schwarze Seidenbettdecke geworfen, ein Spitzennegligé, leicht befleckt wie vom Monatsblut einer Frau, und eine Rose, die von den wilden Büschen stammen mußte, die zum Fenster hineinnickten. Die Luft war schwer von Weihrauch und von Rosen, und er mußte husten. Die Gräfin war sicher früh aufgestanden, um den Sonnenschein zu genießen, und hinausgeschlüpft, um ihm eine Rose zu pflücken. Er stand auf, lockte die Lerche auf seine Hand und trug sie ans Fenster. Sie zeigte zuerst die Scheu des lange eingesperrten Tieres vor dem freien Himmel, aber als er sie hinauf in die Lüfte warf, breitete sie ihre Schwingen aus, und schon war sie hoch oben im klaren blauen Himmelsgewölbe verschwunden. Er verfolgte ihren steilen Flug, und sein Herz tat einen Freudensprung.

Dann tappte er in das Boudoir, den Kopf voller Pläne. Wir werden sie nach Zürich bringen, in eine Klinik, nervöse Hysterie kann man behandeln. Dann zu einem Augenspezialisten, wegen ihrer Lichtscheu, anschließend zu einem Zahnarzt, der ihr die Zähne richtet. Eine fähige Maniküre wird sich mit ihren Krallen befassen. Wir werden sie schon wieder zu dem hübschen Mädchen machen, das sie ist, und von diesen Angstträumen werde ich selbst sie heilen.

Die schweren Vorhänge sind zurückgezogen, damit die schmetternden Fanfaren des frühen Morgenlichts hereinkönnen; in der Trostlosigkeit des Boudoirs sitzt sie in ihrem weißen Kleid am Tisch, die Karten sind vor ihr ausgelegt. Sie ist über den Schicksalskarten eingeschlafen, die so verknickt, so verklebt und so abgeschabt sind vom ständigen Mischen, daß man die einzelnen Bilder nicht mehr erkennen kann.

Sie schläft nicht.

Im Tod sah sie viel älter aus, gar nicht mehr so schön und damit zum ersten Male vollkommen menschlich.

Ich werde im Morgenlicht vergehen; ich war nur eine Erfindung der Finsternis.

Und ich lasse dir zur Erinnerung die dunkle, dornige Rose, die ich zwischen meinen Schenkeln gepflückt habe, wie eine Blume, die auf einem Grabe lag. Auf einem Grab.

Meine Haushälterin wird für alles sorgen.

Nosferatu sorgt immer für die Bestattung der Seinen, sie wird nicht ohne Geleit zum Friedhof gehen. Und jetzt tauchte das alte Weib auf, schluchzte und verscheuchte ihn mir groben Gesten. Nachdem er mehrere modrige, stinkende Schuppen durchsucht hatte, entdeckte er sein Fahrrad, brach seinen Urlaub ab und radelte direkt nach Bukarest, wo ihn ein postlagerndes Telegramm erwartete, der Befehl, sich sofort bei seinem Regiment zu melden. Viel später, als er in seinem Quartier die Uniform wieder anzog, bemerkte er, daß er noch immer die Rose der Gräfin besaß. Er mußte sie in die Brusttasche seiner Windjacke gesteckt haben, nachdem er ihren Leichnam entdeckt hatte. Merkwürdig, obgleich er sie von so weit her aus Rumänien mitgebracht hatte, sah die Blüte gar nicht verwelkt aus, und weil das Mädchen so lieblich und ihr Tod so unerwartet und pathetisch gewesen war, beschloß er, den Versuch zu wagen, ihre Rose wieder zum Leben zu erwecken. Er füllte sein Zahnputzglas mit Wasser aus der Karaffe von seinem Waschtisch und steckte die Rose so hinein, daß die welkende Blüte auf der Oberfläche schwamm.

Als er an jenem Abend aus dem Kasino zurückkam, wehte der schwere Duft von Graf Nosferatus Rosen den steinernen Kasernenflur entlang, um ihn zu begrüßen, und sein spartanisches Quartier war prallvoll vom betäubenden Duft einer leuchtenden, samtenen, riesenhaften Blüte, deren Blätter wieder allen Schmelz und alle Spannkraft, all ihre verderbte, strahlende, unheilvolle Pracht von früher besaßen.

Am nächsten Tag wurde sein Regiment nach Frankreich verschifft.

Michael Moorcock

Übernatürliche Kräfte des Bösen sind seit langem ein wichtiger Bestandteil von Geschichten der heroischen Fantasy – Geschichten von Kampf und Magie – wie auch ihres jüngeren Untergenres, Sword and Sorcery, ›Schwert und Zauberei‹, eine Bezeichnung, die der amerikanische Phantastikautor Fritz Leiber erfunden haben soll. Unter den Helden dieser Geschichten sind der brutale, amouröse Schwertkämpfer Conan, von Robert E. Howard erschaffen, C. L. Moores mächtiger Krieger Northwest Smith, Fritz Leibers Paar von findigen, unbekümmerten Abenteurern, Fafhrd und der Graue Mausling, dazu der Held von Stephen Donaldsons Bestseller-Zyklus Die Chroniken von Thomas Covenant dem Zweifler. Weder die heroische Fantasy noch Sword and Sorcery neigen mit ihren endlosen Berichten von blutigen Schlachten und gewaltsamem Tod sonderlich zum Humor, doch es gibt immer Ausnahmen von der Regel, wie Michael Moorcock in der folgenden Studie beweist, einer Parodie, die er für das Fanzine Triode geschrieben hat, das sich speziell der Sword and Sorcery widmet.

Michael Moorcock, der 1939 in London geboren wurde und für Tarzan Adventures und die Sexton Blake Library geschrieben hat, ehe er einen Platz unter den führenden zeitgenössischen SF- und Fantasyautoren errang, hat dem Pantheon der Sword and Sorcery-Helden auch seinen eigenen Superhelden hinzugefügt – Elric von Melniboné, der sich mit seinem übernatürlichen Schwert Sturmbringer seit über dreißig Jahren durch Dutzende von Abenteuern geschlagen hat. Unter Moorcocks anderen Heldengestalten finden sich der Ewige Held, der Mars-Krieger, Hawkmoon, Corum und Von Bek, die alle in imaginären Ländern am Werk sind, wo Magie funktioniert und die Kräfte des Gesetzes mit denen des Chaos um die Vorherrschaft ringen. Er ist auch der Verfasser einer der wenigen ernsthaften Untersuchungen zu dem

Genre, Zauberei und Wildromantik. Eine Studie der epischen Fantasy *(Wizardry and Wild Romance. A Study of Epic Fantasy,* 1987). ›Das Steinding‹ bedarf keines weiteren Vorspruchs als der Bemerkung, daß es dieselbe Art von mächtigem Schwertkämpfer und schöner Maid einführt, wie man sie in so vielen Sword and Sorcery-Geschichten findet; hier aber wird das Paar in eine urkomische Situation geworfen, der sich gewiß noch niemand ihresgleichen gegenübergesehen hat!

Michael Moorcock

Das Steinding

Aus den finsteren Orten hervor, aus den heulenden Nebeln, aus den Ländern ohne Sonne, aus Ghonorea kam der großgewachsene Catharz, das launische Schwert Eichenfäller in der Rechten, den verfluchten Speer Blutsäufer in der Linken, auf dem Rücken den bösen Bogen Todsänger mitsamt seinem Köcher voll angsteinflößenden runengezeichneten Pfeilen, Herzsucher, Lochfresser, Seelenräuber, Waisenmacher, Augenblender, Sorgensäer, Rübenspalter und etlichen anderen.

Wo sein rechtes Auge hätte sein sollen, war ein Edelstein von schlummerndem Rot, dessen Farbe manchmal in schmelzendes Blau glitt, und anstelle seines linken Auges befand sich Kristall mit vielen Facetten, der pulsierte, als besäße er ein eigenes Leben. Wo Catharz einst eine rechte Hand hatte, steckte nun ein Ding von Eisen, Holz und geschnittenem Amethyst auf dem Stumpf, neunfingrig, fremdartig, von Catharz dem Wesen abgeschnitten, das ihm die eigene Hand abgehauen hatte. Catharz' linke Hand schien zunächst einfach in einem Panzerhandschuh zu stecken, doch wenn man genauer hinschaute, erwies sich der Handschuh als ein vielgliedriges Organ aus Silber, Gold und Lapislazuli. Als aber Catharz vorbeiritt, verloren jene, die ihn sahen, kein Wort über das murmelnde Schwert in seiner Rechten noch über den wispernden Speer in seiner Linken, noch über den heulenden Bogen auf seinem Rücken oder die murrenden Pfeile im Köcher; noch erwähnten sie sein rechtes Auge von schlummerndem Purpur, sein linkes Auge von pulsierendem Kristall, seine neunfingrige Rechte, seine metallisch schimmernde Linke; sie sahen nichts als den furchterregenden Fuß von Cwlwwymwn, der im Steigbügel an der rechten Flanke des Reittiers steckte.

Der Fuß des Ächzenden Gottes, Cwlwwymwn Wurzelreißer, dessen Ehrgeiz auf der alten und müden Erde es gewesen war, alle Frauen zu Witwen zu machen; Cwlwwymwn des Zerschmetterers, dessen grauenhafte Füße ganze Städte zertrampelt hatten, als die Menschen damit begonnen hatten, Städte zu bauen; Cwlwwymwn von den Letzten, Letzter der Letzten, der in sein Inselreich am Rande der Welt zurückgedrängt worden war, jenseits des Westlichen Eises, und der nun humpelnd und nach Rache schreiend Catharz nachfolgte, auf daß er seinen Fuß zurückerhalte, den Eichenfäller von seinem Bein geschnitten hatte, damit Catharz wieder gehen und weiter seiner verhängnisschwangeren Mission folgen konnte, mit Waffen gerüstet, die ihm kein Schutz waren, sondern eine Last, dürstend nach Trost für die Schuld, die an seiner Seele fraß, denn er war es gewesen, der den Tod seines jüngeren Bruders, Forax des Goldenen, verursacht hatte, und den Tod seiner Nichte, Libia Sanftknie, und das todgleiche Leben seines Vetters, Schavindel des Unausgeglichenen, auf der Suche nach dem Aufenthalt seiner verlorenen Liebe, Cyphila der Holden, die ihm sein Erzfeind gestohlen hatte, der Zauberer Has'Tema'Nemack, der mächtigste, bösartigste, lüsternste von allen großen Zauberern dieser zauberumwölkten Welt.

Und es waren keine Freunde da, die Catharz Gottfuß beigestanden hätten. Allein mußte er gehen, vor sich bebendes Entsetzen und stöhnende Schuld hinter sich, und Cwlwwymwn, den schreienden, rachsüchtigen, humpelnden Cwlwwymwn immer auf seiner Fährte.

Und weiter ritt Catharz, selten hielt er inne, kaum daß er absaß, brennend auf seine eigene Rache an dem Zauberer, und der Fuß von Cwlwwymwn, dem Letzten der Letzten, ward ihm schwer, was nicht wunder nimmt, war er doch zum wenigsten achtzehn Zoll länger als sein linker Fuß und unbeschuht, denn er hatte seinen Stiefel aufgeben müssen, als er gewahr wurde, daß er nicht paßte. Nun besaß Cwlwwymwn den Stiefel, solcherart hatte er herausgefunden, daß Catharz jener Sterbliche war, der ihm sein siebzehnkralliges grünes Glied gestohlen hatte, um es mit banger Magie ans Fleisch seines Beines zu fügen. Catharz linkes Bein war überhaupt nicht von Fleisch, sondern von lackiertem Kork, und gemacht hatte es für ihn das Volk der Welt Jenseits der Riffe, als er ihm in seinem Kampf gegen die Götter der Niedrigsten See beigestanden hatte.

Die Sonne hatte den Himmel in bläulichen Purpur getaucht und war unter den Horizont gesunken, ehe Catharz sich eine kurze Rast gönnen wollte, und gerade schickte sich die Dunkelheit zum Herniedersinken an, als er einer kleinen Steinhütte ansichtig ward, zwischen Terrassen aus schimmerndem Kalkstein geduckt, wo er Nahrung zu finden hoffte, denn ihn hungerte sehr.

Indes er an die Tür klopfte, rief er: »Meinen Gruß entbiete ich, in Freundschaft komme ich, und Gastlichkeit suche ich, denn man nennt mich Catharz den Melancholischen, der schwer trägt am Fluche von Cwlwwymwn Wurzelreißer, der viele Feinde hat und keine Freunde, der seinen Bruder Forax den Goldenen erschlagen und den Tod von Libia Sanftknie verschuldet hat, deren Schönheit die Welt rühmte, und der seine verlorene Liebe Cyphila die Holde sucht, die Gefangene des Zauberer Has'Tema'Nemack, und auf dem ein großes und schreckliches Verhängnis lastet.«

Die Tür öffnete sich, und eine Frau stand da. Ihr Haar war vom Silber eines Spinnennetzes im Mondschein, ihre Augen waren vom tiefen Gold, das man im innersten Innern eines Bienenstocks findet, ihre Haut hatte die blasse, bläuliche Schönheit der Teerose. »Willkommen, Fremder«, sagte sie. »Willkommen in dem, was übrig ist vom Hause Lanolis, deren Vater einst der Mächtigste in diesen Gefilden war.«

Und da er ihrer angesichtig ward, vergaß Catharz Cyphila die Holde, vergaß er, daß er seinen Bruder, seine Nichte erschlagen und seinen Vetter, Schavindel den Unausgeglichenen, verraten hatte.

»Du bist sehr schön, Lanoli«, sagte er.

»Ach«, sagte sie, »daß weiß ich wohl. Doch Schönheit wie die meine kann nur gedeihen, wenn sie gesehen wird, und lange ist es her, daß jemand in diese Lande kam.«

»So laß mich helfen, daß deine Schönheit gedeihe«, sagte er.

Der Hunger war vergessen, die Schuld war vergessen, die Furcht war vergessen, als Catharz sein Schwert ablegte, seinen Speer, seinen Bogen und seine Pfeile und langsam in die Hütte trat. Ungleich war sein Schritt, denn er trug noch die Bürde, die der Fuß des Letzten der Letzten war, und es dauerte eine Zeit, ihn durch die Tür zu ziehen, doch schließlich stand er drinnen und hatte die Tür hinter sich geschlossen und sie in seine Arme genommen und seine Lippen auf ihren Mund gedrückt.

»Oh, Catharz«, sagte sie atemlos. »Catharz!«

Nicht lange, und sie standen nackt voreinander. Ihr Blick wanderte über seinen Körper, und kein Zweifel war, daß die Augen von Purpur und Kristall ihr wohlgefielen, daß sie seine silberne Hand und seine neunfingrige Hand bewunderte, daß selbst der große Fuß von Cwlwwymwn sie schön dünkte. Doch dann fiel ihr Blick, bislang scheu, auf das, was zwischen seinen Beinen lag, und ihre Augen weiteten sich ein wenig, und sie errötete. Ihre lieblichen Lippen formten eine Frage, doch er trat zu ihr, so schnell er konnte, und umarmte sie wieder.

»Wie?« murmelte sie. »Wie, Catharz?«

»Das ist eine lange Geschichte und eine blutige dazu«, flüsterte er, »von Rivalität und Vergeltung, doch soll nur gesagt sein, daß sie damit endete, daß mein Vater, Xympwell der Grausame, schreckliche Rache an mir nahm. Ich floh von seinem Hofe ins Ödland von Grxiwynn, rasend und irr, und dort war es, daß mich die Stammeskrieger von Velox fanden und mich zum Weisen Mann von Oorps in die Berge jenseits von Katatonia brachten. Er pflegte mich und formte das für mich. Er brauchte zwei Jahre dazu, und all die zwei Jahre hindurch war ich außer mir und lebte von Staub und Tau und Wurzeln, so wie er. Die Gravuren haben mystische Bedeutung, die Runen enthalten die Summe seiner großen Weisheit, die winzigen Bilder zeigen alles, was von körperlicher Liebe zu zeigen ist. Ist es nicht schön? Schöner als das, was es ersetzt?«

Ihr Blick war bescheiden, sie nickte verhalten.

»Es ist in der Tat sehr schön«, stimmte sie zu. Und dann schaute sie zu ihm auf, und er sah Tränen in ihren Augen glitzern. »Aber mußte er es denn unbedingt aus Sandstein machen?«

»Es gibt kaum etwas anderes«, erklärte er traurig, »in den Bergen jenseits von Katatonia.«

(Aus *Der Ausgestoßene von Kitzoprenia*,
Band 67 der *Geschichte des purpurnen Dolches*)

Robert Bloch

Die Manifestation des übernatürlichen Bösen in der modernen Welt ist Thema einer Reihe von Werken Robert Blochs gewesen, eines für seine schwarzen Komödien wohlbekannten Schriftstellers, genannt ›der Meister des makabren Humors‹. Unter den in Erinnerung bleibenden Amateuren des Okkulten hat er Karl Jorla geschaffen, einem Horrorfilmstar, der seine teuflisch authentischen Auftritte der Mitgliedschaft in gewissen Geheimkulten verdankt, den Racketeer Solly Vincent, der sich unklugerweise in eine schöne Vampirin verliebt, und Lee Winsten, einen Konzertpianisten, dessen Studien der ›Solaren Wissenschaft‹ seinem Konzertflügel ein rachsüchtiges Eigenleben verliehen haben! Wie Fredric Brown benutzte Bloch in seinen Geschichten gern schaurige Scherze, und einmal erzählte er mir, daß er viele dieser Geschichten geschrieben habe, nachdem er sich ›eine gemeine Schlußzeile‹ ausgedacht habe. Ungeachtet der Vorwürfe aus gewissen Kreisen, sein Werk lese sich mitunter ›wie eine Folge übler Scherze‹, blieb er fast ein halbes Jahrhundert lang an vorderster Front der amerikanischen Fantasy.

Robert Bloch (1917–1994) wurde in Chicago geboren, doch nachdem er mit seinen Geschichten in Weird Tales eine landesweite Anhängerschaft gewonnen und die Szenarien für eine beliebte US-amerikanische Radiosendung, Stay Tuned for Terror, geschrieben hatte, errang er weltweiten Ruhm, als Alfred Hitchcock 1960 seinen Roman Psycho (deutsch auch ›Kennwort Psycho‹) verfilmte. Nach seinem Umzug nach Los Angeles schrieb er Drehbücher für zahlreiche Filme und Fernsehserien und verfaßte weiterhin großartige Kurzgeschichten. Die besten davon erschienen in Sammelbänden wie Buhmann (Bogey Man, 1963), Horror Cocktail (Tales in a Jugular Vein, 1965) und Aus meinem Kopf heraus (Out of My Head, 1986). 1975 erhielt Bloch auf der ersten World Fantasy Convention einen Lifetime Award für sein Lebenswerk, und sein Tod vor einigen Jahren hat die phantastische Literatur einer ihrer originellsten Stimmen beraubt. ›Psycho und Nympho‹, erstmals 1983 in der umstrittenen US-amerikanischen Zeitschrift Hustler erschienen, ist eine typisch Blochsche ›schwarze Fantasy‹, eine Mischung aus Humor und Horror, angesiedelt im Kalifornien unserer Tage und konzentriert auf die Aktivitäten eines überaus hartnäckigen Inkubus (eines Dämons, der fleischlichen Verkehr mit schlafenden Frauen ausübt). Aber das ist nur der Anfang von wahrlich urkomischen Ereignissen ...

Robert Bloch

Psycho und Nympho

Angela war bewundernswert. Großgewachsen, blond und zwanzig, hatte sie mehr Kurven als eine Achterbahn und viel bessere Sitzgelegenheiten.

Der junge Dr. Degradian war kein Dummkopf. Fünf Minuten, nachdem sie hereingekommen war, hatte er sie auf seiner Couch.

Soviel zu den Freuden der Psychiatrie.

Nun war es an der Zeit, den Vorgang zu beginnen, der als Fallaufnahme bekannt ist. Und dies war ein Fall, den aufzunehmen Dr. Degradian sich heftig versucht fühlte – bis sie zu reden anfing.

Das Notizbuch in der Hand, nahm er in einem Sessel neben ihr Platz, den Bleistift gezückt. »Was kommt Ihnen als erstes in den Sinn?« fragte er.

»Milton.«

»Wer?«

»Mein Mann.«

Dr. Degradian runzelte die Stirn. »Sie haben mir nicht erzählt, daß Sie verheiratet sind.«

»Bin ich nicht. Er ist letzten Donnerstag gestorben.«

Dr. Degradian machte sich eine Notiz. »Wie ist es passiert?«

»Er ist von einer Leiter gefallen.«

»War er Maler?«

»Nein – Voyeur. Er schaute durch so ein Fenster im ersten Stock von einem Motel, als die Leiter zerbrochen ist.«

»Ich sehe, was Sie meinen.«

»Genau das hat er andauernd gesagt: ›Ich sehe.‹« Angela zuckte mit den Achseln. »Unsere Ehe ist nie vollzogen worden, wissen Sie. Er ist in unserer Hochzeitsnacht gestorben, und jetzt bin ich bloß 'ne arme Witwe. Das einzige, was er mir hinterlassen hat, waren die zerbrochene Leiter und ein Fernglas.«

»Wußten Sie, daß er ein Voyeur war, als Sie ihn heirateten?«

»Ich hätte es mir denken können. Er sagte mir andauernd, ich wär 'n Anblick für müde Augen.« Angela lächelte kokett. »Finden Sie mich attraktiv?«

Dr. Degradian schüttelte den Kopf. »Das ist eine psychiatrische Untersuchung, kein Schönheitswettbewerb. Wir sind hier, um die Quelle Ihrer geistigen Störung zu finden...«

»Nicht geistig. Körperlich.«

»Sie haben eine körperliche Störung?«

»Andauernd.« Angela nickte. »Ich bin keine Expertin in der Sache, aber ich glaube nicht, daß irgend jemand so ein Tempo durchhalten kann – manchmal zehn-, sogar fünfzehnmal pro Nacht.«

»Sie schlafen mit jemandem?«

»Wer redet von schlafen?« Angela seufzte.

Dr. Degradian machte sich wieder eine Notiz. »Erzählen Sie mir von dem Mann.«

»Er ist kein Mann. Er ist 'n Inkubus.«

»Ein *was*?«

»Ein Inkubus.« Sie wurde rot und schüttelte die goldenen Locken. »Ein Dämon, der fleischliche Beziehungen zu Frauen hat, wenn sie schlafen. Schauen Sie in Ihrem Wörterbuch nach, wenn Sie mir nicht glauben.«

»Ich weiß, was ein Inkubus ist«, sagte Dr. Degradian. »Und ich glaube Ihnen. Wenn Sie solche Träume haben...«

»Das ist kein Traum!« Angela setzte sich auf, ihre

Augen funkelten. »Ich hab Ihnen doch gesagt, daß ich nicht schlafe. Sobald ich das Licht ausmache und ins Bett steige, erscheint er aus dem Nichts und beginnt Unfug zu treiben. Erst habe ich versucht, ihn zurückzuhalten – hab gesagt, ich hätte Kopfschmerzen, aber er hat nicht drauf gehört, bloß mein Nachthemd runtergerissen und *rumms!*«

»Rumms? Was bedeutet das?«

Die nächsten fünfzehn Minuten lang erklärte sie ihm, was es bedeutete, erklärte es so ausführlich, daß sich Dr. Degradian dabei ertappte, wie er sich noch Notizen zu machen versuchte, obwohl sein Bleistift längst abgeschrieben war.

»Großer Gott!« Der junge Psychiater starrte sie an. »Ich hab noch nie so einen plastischen Porno gehört! Und Sie sagen, das ist erst das Vorspiel?«

»Nein, er ist allein«, murmelte Angela. »Ich würd's wohl nicht aushalten, wenn ich das jemandem vorspielen müßten.«

»Und so geht das jeden Abend? Er kommt rein und reißt Ihr Nachthemd runter ...«

»Jetzt nicht mehr. Ich hab keine Nachthemden mehr, so daß ich jetzt einfach ohne zu Bett gehe.« Angela schaute ihn inständig an. »Deswegen bin ich gekommen, Doktor. Sie müssen mir helfen, ehe ich mir vor Kälte den Tod hole.«

»Natürlich.« Dr. Degradian nahm einen neuen Bleistift und schrieb etliche Rezepte aus. »Hier, lassen Sie sich das unten in der Apotheke geben.«

»Wozu ist das?«

»Beruhigungsmittel und ein Schlafmittel.«

»Hat keinen Zweck. Ich bin sicher, daß er die nicht nehmen wird.«

»Die sind für Sie. Damit Sie schlafen können.« Dr. Degradian lächelte aufmunternd. »Kommen Sie am Donnerstag wieder, um dieselbe Zeit. Ich glaube, ich kann

Ihnen versprechen, daß Ihr Inkubus bis dahin verschwunden sein wird.«

»Danke, Herr Doktor. Ich hoffe wirklich, Sie haben recht.«

Und mit einem dankbaren Lächeln und einem Wakkeln zum Abschied ging sie.

Aus den Augen, doch nicht aus dem Sinn. An den beiden folgenden Tagen mußte Dr. Degradian immer wieder an das Mädchen denken. Welch ein Jammer, daß eine so nette junge Dame derart groteske Phantasien hatte! Und Phantasien waren es, daran hegte er keinen Zweifel – sie halluzinierte von einem mythischen Wesen aus mittelalterlichen Legenden. Offensichtlich war das ein klassischer Fall von sexueller Frustration, doch die Dosis, die er verschrieben hatte, würde mit ihren Alpträumen Schluß machen. Wenn sie erst einmal verschwunden wären, würde er nicht mehr zu erklären brauchen, daß es Einbildung gewesen war; es würde selbstverständlich sein. Und als der Donnerstag näherkam, bemerkte er, daß er sich auf ihr Erscheinen freute.

Prompt um drei rauschte sie herein, ein Parfümwolke hinter sich, und richtete sich auf der Couch ein.

»Nun«, fragte er, »wie stehen die Aktien?«

»Reden Sie mir nicht von Akten!« Ihre vollen Lippen formten eine provozierende Schnute. »Haben Sie jemals versucht, es halb im Schlaf zu machen?«

Dr. Degradian blinzelte. »Sie wollen sagen, Sie haben diese Träume immer noch?«

Angelas Augen versprühten blaues Feuer. »Ich hab Ihnen gesagt, daß es kein Traum ist! Da ist wirklich ein Inkubus. Bitte, Herr Doktor, können Sie nicht was dagegen machen?«

»Gewiß.« Der Psychiater nickte. »Es gibt verschiedene Möglichkeiten. Normalerweise könnten wir Sie mit einer Elektroschock-Therapie von dieser Wahnvorstellungen befreien, aber das ist nicht praktisch, nachdem die Strompreise jetzt so hoch sind. Vielleicht sollten wir auf orthodoxere Methoden setzen. Wenn Sie es einrichten können, die nächsten drei Jahre fünfmal in der Woche zu kommen...«

»Drei Jahre?« Sie starrte ihn ungläubig an.

»Sie verstehen nicht. Eine gründliche Analyse dauert solange, bis alles ausgesprochen ist.«

»Sie sind's, der nichts versteht«, sagte Angela. »Dieses Ding wird es sich nicht ausreden lassen. Egal, was ich sage, er macht rumms-bums einfach weiter.« Seufzend stand sie auf. »Offensichtlich können Sie mir nicht helfen. Ich hätte gleich zu Father O'Flannery gehen sollen.«

»Father O'Flannery?«

»Der Priester in der Kirche ein Stück weiter in der Straße. Ich werde ihn bitten, einen Exorzismus durchzuführen.«

Dr. Degradian runzelte die Stirn. »Das ist doch nicht Ihr Ernst? Niemand glaubt heutzutage an derlei Unsinn.«

»Father O'Flannery schon.« Angela nickte. »Er hat erst letzten Sonntag darüber gepredigt, wie man Dämonen austreiben soll. Er hat uns sogar erzählt, wie man es macht. Erst macht man alle Fenster auf, dann fängt man mit der Zeremonie an. Viel frische Luft und exerzieren, das hilft.«

Dr. Degradian biß sich auf die Unterlippe. Es hatte keinen Sinn zu streiten; natürlich glaubte er weder an Exorzismus noch an Inkuben, doch *sie* glaubte daran. Und darauf kam es an. Wenn dieses abergläubische Ritual sie von ihrer fixen Idee befreien konnte, dann mochte sie es tun.

»Ich wünsche Ihnen Glück«, sagte er.

»Danke, Herr Doktor.«

Dann war sie fort, und zurück blieb ein Hauch von Parfüm.

In den folgenden Tagen verschwand der Hauch, nicht aber die Erinnerung – Erinnerung an ihr Parfüm und an ihren Hintern. Dr. Degradian dachte soviel über das Mädchen nach, daß er selber mit dem Schlaf ein wenig zu kurz kam. War es möglich, daß er nicht nur berufliches Interesse an ihr hatte? Er, dreißig Jahre alt, ein angesehener Psychiater und schon Eigentümer seiner ersten Wohnung. Er sollte an seine Karriere denken, vielleicht eine zweite Couch kaufen, doch statt dessen hing er Gedanken an eine Patientin nach. Er erinnerte sich an die letzten Worte seiner seligen Mutter auf dem Sterbebett. »Versprich mir nur das eine«, hatte sie geflüstert, »laß dich nie mit einer verrückten Schickse ein.«

Übers Wochenende rief sich Dr. Degradian ihre Bitte ins Gedächtnis und faßte einen festen Entschluß. Doch am Montagnachmittag, als Angela hereinkam, brach sein Entschluß zusammen. Ein Blick auf sie, und er wußte die Wahrheit – er hatte sich in ein Flittchen verliebt.

»Überrascht, mich zu sehen?« fragte sie.

»Ja, bin ich.« Er wagte ein vorsichtiges Lächeln. »Sie haben sich's anders überlegt, was?«

»Was meinen Sie? Den Exorzismus hat Father O'Flannery Freitagabend durchgeführt.«

»Wie ist er abgelaufen?«

»Sehr schnell. So schnell, daß der Father gar keine Gelegenheit hatte, ihn zu sehen.«

»Aber Sie sind sicher, daß der Inkubus exorziert worden ist?«

»Absolut.«

»Was also stimmt nicht?«

»Father O'Flannery.« Sie klimperte nervös mit den Lidern. »Sehen Sie, als der Inkubus weg war, waren nur noch wir beide da. Da war ich, wie ich nackt auf dem Bett lag, und da war Father O'Flannery, wie er über mir stand, diesen großen Hirtenstab in der Hand, und – na ja, es ist eben passiert ...«

Dr. Degradian bekam große Augen. »Sie haben einen Priester verführt?«

»Es war keine Verführung.« Sie errötete. »Wie schon gesagt, er hatte diesen mächtig riesigen Hirtenstab, und dann gleich, Sie wissen schon...«

»Rumms.«

»Mehrere Male rumms.« Angela seufzte. »Und da ist mir klar geworden, daß ich immer noch ein Problem hatte.«

»Und was ist mit Father O'Flannery?«

»Ich fürchte, dem armen Mann ist es ziemlich hart geworden, wenn Sie den Ausdruck entschuldigen. Als wir nachher geredet haben, hat er gesagt, er würde das Priesteramt aufgeben und in einen Konvent gehen.«

»Sie meinen, in ein Kloster.«

»Nein, in einen Konvent. Schwul ist er nicht, wissen Sie.«

»So was kommt vor.« Dr. Degradian nickte. »Sie dürfen sich deswegen nicht mit Schuldgefühlen belasten.«

»Das ist es ja gerade«, sagte Angela. »Ich fühl mich nicht schuldig. Ich fühl mich ... vernachlässigt.«

»Vernachlässigt?«

»Na ja, ich meine, das alles ist Freitagnacht passiert. Samstag- und Sonntagnacht habe ich wie ein Baby geschlafen.«

»Und?«

»Ich bin kein Baby! Ich bin eine Frau, und ich habe zwei ganze Nächte hintereinander keinen Sex gehabt.«

Dr. Degradian holte tief Luft. »Sie haben wirklich Hilfe nötig.«

»Genau.« Angela ließ sich auf die Couch sinken und legte sich lächelnd zurück. »Ich wußte, daß ich auf Sie zählen kann. Aber würde es Ihnen was ausmachen, erst die Tür abzuschließen?«

Nun war Dr. Degradian an der Reihe zu erröten. »Nichts dergleichen, junge Frau«, sagte er. »Wenn Sie wirklich Hilfe wollen, dann setzen Sie sich wieder hin und passen Sie auf. Setzen Sie sich auf diesen Stuhl und lassen Sie mich einen Rorschach-Test mit Ihnen machen.«

»Auf einem Stuhl? Oh, prima ...«

»Es ist ein Test«, sagte der Psychiater zu ihr. »Ich möchte, daß Sie sich diese Tintenflecke anschauen und mir sagen, was Sie sehen.«

Er hielt die erste Karte hoch. »Wonach sieht das aus?«

»Das ist leicht. Es ist ein Stück Zaun.«

»Sind Sie sicher?«

»Natürlich. Es ist eine Latte.«

Dr. Degradian schluckte und griff nach der zweiten Karte. Angela starrte drauf und nickte. »Das hier ist ein Salamander.«

»Ein Salamander?«

»Ja. So ein Schwanzlurch.«

Er hielt die dritte Karte hoch. »Und das?«

Angela musterte die Farbflecke. »Ein Mann und eine Frau füttern Tauben.«

»Und was bedeutet das?«

»Sie sind mit Vögeln beschäftigt.«

Der Psychiater warf die restlichen Karten in den Papierkorb. »Angela, lassen Sie mich offen reden. Sie leiden an einem schweren Fall von sexueller Fixierung.«

»Ist das ansteckend?«

»Nein, will ich doch hoffen. Und es gibt vielleicht ein Mittel dagegen, wenn Sie mir erlauben, es Ihnen nahezulegen.«

»Nur zu.« Angela lächelte in froher Erwartung. »Legen Sie's so nahe, wie Sie wollen.«

Dr. Degradian beugte sich vor. »Voriges Jahr hatte ich eine Patientin mit Beschwerden, die Ihren sehr ähnlich waren. Ihre Sexbesessenheit ging so weit, daß sie obszöne Telefonanrufe sogar als R-Gespräche entgegennahm.«

»Sie haben Sie geheilt?«

»Nein, aber ein Frauenarzt hat's getan.« Er nickte. »Ich war zu dem Schluß gekommen, daß ihr Geisteszustand im Zusammenhang mit einer körperlichen Störung stand. Also schickte ich sie zum Gynäkologen, und tatsächlich stellte er fest, daß sie eine chronische Entzündung der Gebärmutter hatte. Ein paar Tage medikamentöse Behandlung, und ihre Probleme waren behoben.«

»Glauben Sie, daß so was in der Art bei mir nicht stimmt?«

»Lassen Sie es uns herausfinden.« Dr. Degradian rief über die Wechselsprechanlage die Sprechstundenhilfe in der Aufnahme: »Miss Carriage? Verbinden Sie mich mit dem Mount Sinus Hospital. Ich möchte eine Patientin an Dr. Pruritis überweisen. Richtig, den Facharzt – Auge, Ohr, Nase und Vagina...«

Angela hörte zu, während er für sie einen Termin am nächsten Vormittag ausmachte.

»Kommen Sie morgen nachmittag wieder vorbei, wenn Sie dort fertig sind«, sagte er zu ihr. »Mit etwas Glück könnte das die Lösung für Ihre Sexualprobleme sein.«

Sie stand auf und wackelte zur Tür. »Ich werde beide Daumen drücken.«

»Gute Idee«, sagte Dr. Degradian. »Und beide Beine zusammen.«

Es war schon um fünf, als Angela am nächsten Nachmittag bei Dr. Degradian erschien.

»Tut mir leid, daß ich mich verspätet habe«, sagte sie. »Ich bin überfallen worden.«

»Ich weiß.« Der Psychiater runzelte die Stirn. »Dr. Pruritis hat mich gerade angerufen.« Er schüttelte den Kopf. »Es ist unglaublich – so ein alter Mann! Wie konnten Sie so etwas tun?«

»Das war einfach. Ich habe bloß...«

»Ersparen Sie mir die Einzelheiten.« Er lehnte sich seufzend zurück. »Der arme alte Pruritis! Sie haben gerade eins der besten und hervorragendsten Glieder der Fachwelt ruiniert.«

»Aber ich habe es nicht ruiniert«, widersprach das Mädchen. »Überhaupt hat er mir gesagt, daß es sich seit Jahren nicht besser gefühlt habe.«

»Unglaublich.« Dr. Degradian schüttelte den Kopf. »Und dabei dachte ich, wir würden jetzt Fortschritte machen.«

»Haben wir doch. Hat er Ihnen die Untersuchungsergebnisse nicht gesagt?«

»Das ist es eben. Er sagte, Sie seien in bester körperlicher Verfassung. Keine Entzündung, Infektion oder sonst eine Abweichung. Was bedeutet, das ganze Problem liegt in Ihrem Kopf. Wenn Sie nur mit einer Analyse einverstanden wären und mir und der medizinischen Wissenschaft vertrauen würden...«

»Ich kann nicht drei Jahre lang warten.« Tränen trübten den Blick der blauen Augen. »Wie mir jetzt zumute ist, kann ich keine drei Minuten mehr warten. Ich brauche ihn sofort.«

»Wen?«

»Den Inkubus. Ich will ihn wiederhaben.«

»Aber meine liebe junge Dame...«

»Ich bin nicht Ihre liebe junge Dame!« Angela begann leise zu schluchzen. »Und wenn Sie mir nicht helfen wollen, auch nicht mehr Ihre Patientin.« Sie ging auf die Tür zu, und Dr. Degradian hob hastig die Hand.

»Lassen Sie uns drüber reden...«

»Reden hilft nicht. Ich hab genug davon, Dr. Degradian.« Sie hielt abrupt inne. »Sie sind Armenier, nicht wahr?«

Er nickte.

»Und ist es wahr, daß die meisten armenischen Namen auf ›ian‹ enden?«

»Ja. Es bedeutet ›Sohn von‹.«
»Dann sollten Sie sich Dr. Hundian nennen!«
»Also hören Sie...«
»Tut mir leid.« Angelas Stimme wurde sanfter. »Es ist bloß, weil ich so angespannt bin. Ich dachte, der Inkubus wär schlecht, aber jetzt, wo er weg ist, ist dieser Fimmel zehnmal schlimmer. Ich möchte nicht den Rest meines Lebens lang auf jeden Mann fliegen, dem ich begegne. Wenn es nur irgendwie möglich wäre, den Inkubus zurückzukriegen...«

Wieder begann sie zu schluchzen, und in ihren Tränen schmolz Dr. Degradians Herz.

»Hören Sie auf zu schniefen«, sagte er. »Vielleicht läßt sich ein Weg finden.«

»Sie meine, Sie könnten es machen?«

»Geben Sie mir eine Gelegenheit zum Nachdenken. Heute ist Freitag. Sagen wir, Sie kommen Montag nachmittag wieder vorbei.«

Angela starrte ihn an, wieder Hoffnung in den Augen. »Können Sie mir den Inkubus wirklich zurückholen?«

»Ich will's versuchen«, versprach Dr. Degradian.

Allein in seinem Büro, erwog er das Problem. Die Halluzinationen eines Patienten verschwinden zu lassen, gehörte zu seinem Beruf, aber sie ihm zurückzugeben, wäre etwas ganz anderes. Nichts in der psychiatrischen Praxis bot einen Präzedenzfall, und er würde ganz von vorn beginnen müssen.

Angenommen, Angela hätte recht und er unrecht? Angenommen, es gäbe tatsächlich so etwas wie einen Inkubus? Sie glaubte es, und ebenso der Priester, der ihn ausgetrieben hatte. Und da der Exorzismus gewirkt hatte, existierte der Inkubus vielleicht wirklich.

Doch wie konnte er ihn dann finden? Man konnte ihn ja nicht einfach in den Gelben Seiten nachschlagen...

Von einer Inspiration ergriffen, nahm er das Telefonbuch, dann blätterte er es durch und suchte den richtigen Abschnitt.

Optiker, Orchester, Orthopädie ... Nichts dabei. Er blätterte ein paar Seiten zurück, und plötzlich fand er es.

Okkultisten.

Die Liste war lang, und die beigefügten Reklametexte nützten wenig. Er brauchte keinen Chiromanten, kein Geistermedium und kein Team von Rutengängern, die versprachen, sich für die Kunden einen Werwolf zu laufen.

Einen Augenblick lang fand er einen Nekromanten verlockend, der verkündete: ›So aufgeweckt können Tote sein! Treten Sie in Verbindung mit der Leiche Ihrer Wahl, ohne sich totzuzahlen! Alle geläufigen Kreditkarten werden akzeptiert.‹

Das klang gut, doch ihm stand nicht der Sinn nach einem Palaver mit einem Kadaver. Der Inkubus, wenn es so etwas gab, war ausgesprochen lebendig. Er brauchte jemanden, der sich auf Hexerei oder Schwarze Magie spezialisiert hatte.

Plötzlich hielt etwas am unteren Ende der Liste seinen Blick fest. ›DR. MED. Malcolm Hex. Praktizierender Hexendoktor. Anrufe jederzeit von Mitternacht bis Morgengrauen.‹

Er griff zum Hörer.

Pünktlich Schlag Mitternacht betrat Dr. Degradian das Büro der Hexendoktors in einem heruntergekommenen Stadtviertel und setzte sich in das schäbige kleine Wartezimmer. Er nahm ein zerfleddertes Exemplar von *Hexenhammer und -sichel* zur Hand, doch ehe er in dem flackernden Kerzenlicht mit dem Lesen beginnen konnte, erschien Malcolm Hex und bat ihn in sein privates Arbeitszimmer.

Das Arbeitszimmer sah ermutigend aus; an die

Wände waren überall mit Hühnerblut Zaubersprüche gekritzelt, und in einer Ecke hing ein Ziegenskelett. Malcolm Hex war sichtlich ein Schwarzer Magier, er hätte auch Negromant sein können.

Es wirkte ein wenig seltsam, diesen großgewachsenen Mann in einem förmlichen Geschäftsanzug hinter seinem Schreibtisch sitzen zu sehen, während er den Inhalt eines brodelnden Kessels umrührte, und Dr. Degradian konnte seine Neugier nicht zügeln.

»Was ist in dem Topf?« erkundigte er sich.

»Bloß der übliche Voodoo-Kram.« Malcolm Hex lächelte. »Fledermaushirne, menschliche Eingeweide, Fliegenpilze und derlei Zeug.«

»Krötenaugen?«

»Nein. Ich kriege nicht genug Kröten.«

Dr. Degradian schaute beklommen auf einen Schrumpfkopf, der von der Decke herabhing; er erinnerte ihn an seinen Kongreßabgeordneten. »In Ihrer Anzeige steht, daß Sie Dr. med. sind«, sagte er.

»Bin ich auch.« Malcolm Hex nickte. »Doktor der Magie und experimentellen Dämonologie. Hab '78 an der Miscatonic University promoviert.«

»Können Sie einen Dämon beschwören?«

»Dämonen sind meine Domäne. Sie brauchen nur ein Wort zu sagen, und ich sag den Spruch.«

»Was ist mit einem Inkubus?«

»Kein Problem.« Der schwarze Mann stand auf, warf Jackett und Hemd ab. Er stand da mit freiem Oberkörper, der im Kerzenlicht glänzte, als er eine stechend riechende Salbe in seinen schimmernden Torso rieb.

»Ich schrubbe mich immer vor einer Operation«, sagte er.

Er langte in den Tischkasten, holte ein Glas mit Molchblut heraus und schmierte sich den Inhalt aufs Gesicht, dann steckte er sich einen glänzenden weißen Gegenstand in die Nase.

»Was ist das?« fragte der Psychiater.

»Bloß ein Stück Wirbelsäule von einem Baby. Ich werde ganz schön wirbeln müssen.«

Malcolm Hex rührte wieder in dem Kessel, wobei er einen Hahnenfuß benutzte, und Dampf zischte auf. »Nun zu Ihrem Inkubus«, sagte er. »Sind Sie ganz sicher, daß Sie einen Inkubus wollen? Die meisten meiner männlichen Kunden bevorzugen einen Sukkubus.«

Dr. Degradian errötete. »Es ist nicht für mich. Es ist für eine junge Dame, die ich kenne.«

»Klar. Ich denke, Sie erzählen mir von ihr.«

»Nun ja, zunächst einmal ist sie Witwe...«

Malcolm Hex runzelte die Stirn und hörte auf umzurühren. Dann nahm er die Knochen aus der Nase und ließ sie in den Topf fallen.

»Bedaure«, sagte der schwarze Mann. »Witwen mache ich nicht.«

Der Sonntag kam und mit ihm ein Anruf von Dr. Degradians Antwortdienst. Er wählte die Nummer, die ihm genannt worden war, und Angelas Stimme begrüßte ihn.

»Ist was geworden?« murmelte sie.

»Noch nicht. Aber ich versuche es weiter.«

»Sie sollten lieber eine Lösung finden«, sagte sie ihm. »Wenn nicht, verlasse ich morgen die Stadt.«

Das Herz des Psychiaters ließ einen Schlag aus. »Wo in aller Welt wollen Sie hin?«

»Bangkok. Mir gefällt der Name.«

Sie legte auf, und er war sprachlos. Das arme Mädchen – er wußte, daß er es nicht ertragen konnte, sie jetzt zu verlieren, doch wie sollte er es verhindern?

Verzweifelt kämpfte Dr. Degradian mit dem Problem und verlor. Wenn der Hexendoktor nicht half, müßte er die Sache selber machen.

Er mußte die Dinge in Gang bringen – und er ging.

Der Psychiater verbrachte den ganzen Vormittag damit, von einem Buchladen zum anderen zu laufen. Die meisten waren geschlossen, und die wenigen geöffneten konnten ihn nicht damit versorgen, was er brauchte.

Es war spät am Nachmittag, als er in ein unscheinbares Buchantiquariat stolperte und von einem staubigen Regal im hinteren Teil des Ladens den richtigen Band zutage förderte, wo er neben einem Exemplar der Bibel mit Autogramm des Verfassers klemmte.

Wieder daheim, verbrachte er den ganzen Abend damit, fieberhaft die brüchigen Seiten des eisenbeschlagenen alten *Grimoire** zu durchmustern und dabei den lateinischen Text zu übersetzen. Kurz vor Mitternacht fand er die richtige Beschwörung, und eine weitere Stunde verging, ehe er das Pentagramm auf den Küchenboden gezeichnet, die großen Kerzen am richtigen Ort aufgestellt hatte und laut den Spruch zu sprechen begann.

Während er dies tat, war er sich noch der eigenen Zweifel bewußt. Da nahm also er, Angehöriger eines illustren Berufsstandes, dem solch historische Persönlichkeiten wie Sigmund Freud und Dr. Joyce Brothers angehörten, seine Zuflucht zur Zauberei! Doch ihm blieb keine Wahl, und wenn es klappte...

Ein Rumpeln ertönte. Plötzlich drang ihm der üble Geruch von Schwefel in die Nase wie zur Stoßzeit auf der Autobahn.

Und dann wirbelte direkt hinter den Kreidestrichen des Pentagramms eine hoch aufragende Rauchspirale und verdichtete sich zu fester Form.

Dr. Degradian starrte den Inkubus entsetzt an, der da vor ihm hockte.

Der nackte Körper glich dem eines Mannes, doch die Haut war grün und purpur; kein Mann hatte jemals so

---

* Zauberbuch zum Gespensterbeschwören – *Anm. d. Übers.*

scharfe Zähne und so spitze Hörner gehabt oder überhaupt so scharf und spitz ausgesehen. Es war ein Inkubus, kein Zweifel, denn nun verwandelte sich sein grinsendes Konterfei in das Gesicht von Burt Reynolds.

»Jesus!« murmelte der Psychiater.

»Bedaure – du mußt den falschen Spruch haben«, sagte das Wesen zu ihm. »Ich bin ein Inkubus.« Er wies auf seine Lenden.

»Das seh ich schon«, sagte Dr. Degradian. »Sie sind wirklich gut beisammen.«

»Schmeichelei nützt dir gar nichts«, knurrte das Wesen. »Warum hast du mich beschworen?«

»Ich habe eine Aufgabe für dich.«

Der Inkubus blinkerte mit den schuppigen Augenlidern. »Welche Aufgabe?«

»Keine große Sache. Bloß das übliche.«

Der Dämon schreckte zurück. »Bitte...« Er seufzte so laut, daß das Geschirr im Küchenschrank klirrte. »Falls du es nicht weißt, ich bin nämlich der Letzte meiner Art. Außer mir macht niemand mehr so was, und ich bin völlig ausgebucht. Ausgepumpt auch.« Er seufzte abermals so herzzerreißend, daß etliche Gläser im Abwaschbecken zersprangen. »Wenn du wüßtest, wie satt ich es habe, alle diese kleinen alten Damen in den Altersheimen zu besuchen – alle diese Feministinnen...«

»So was ist es nicht«, beschwichtigte ihn Dr. Degradian.

Doch der Inkubus beachtete ihn nicht. »Du hast keine Ahnung, was ich durchgemacht habe«, krächzte er. »In der guten alten Zeit, ehe diese verdammte Freizügigkeit ausbrach, was alles leicht. Ich besuchte gutaussehende unverheiratete Frauen, schöne junge Gattinnen mit ältlichen Männern, sogar Schulmädchen. Mit ein bißchen Liebe kam man weit, und es war das reinste Vergnügen, ihnen zu geben, was sie brauchten, sozusagen. Aber heute ...« Den Inkubus schauderte. »Heute haben sie alle diese Sexhandbücher gelesen, sie haben zu viele P18-Filme gesehen.« Er deutete auf sein Gesicht. »Ich muß sogar immer wieder mein Aussehen ändern, um sie zufriedenzustellen. Erst war es Paul Newman, dann Robert Redford. Jetzt ist es dieser Typ Burt Reynolds, und nächstes Jahr werde ich wohl eine ganze Rockgruppe machen müssen. Sieh mich an – ich bin ausgelaugt, nichts als Haut und Knochen! Es geht so weit, daß ich nicht mal mehr für 'ne einzige Nacht tauge. Was ich brauche, ist ein Urlaub, ein Hexensabbatjahr. Und du erwartest, daß ich einen neuen Job übernehme?«

Dr. Degradian zuckte mit den Achseln. »Beruhige dich. Es ist kein neuer Job. Ich will weiter nichts von dir, als daß du einen alten wieder aufnimmst. Da ist ein Mädchen namens Angela ...«

»Angela?« Das Wesen begann zu zittern. »O nein – nicht Angela!«

»Du erinnerst dich an sie?«

»Ob ich mich erinnere?« heulte der Inkubus auf. »Was meinst du, warum ich in diesem Zustand bin? Sie ist es, die mich wirklich fertiggemacht hat. Noch eine Runde mit ihr, und ich brauche ein Bruchband!« Er schüttelte den Kopf so heftig, daß die Hörner rasselten. »Kommt nicht in Frage! Angela ist eine Nymphomanin. Ein Inkubus kann ihr nicht helfen – was sie braucht, ist ein Psychiater.«

»Aber du bist meine letzte Hoffnung ...«

»Bedaure.« Das Ding erhob sich aus seiner hockenden Position und gähnte müde, wobei es etliche von den Kerzen ausblies. »Wenn du mich jetzt entschuldigen willst, ich muß los. Ich hab mein Nachtwerk erst getan, wenn ich mit dem Waisenhaus fertig bin.«

»Mit dem Waisenhaus?«

Der Inkubus nickte. »Es ist meine Pflicht«, murmelte

er. »Du kennst die alte Redensart – mit der Rute sparen und das Kind verderben.«

Dann verschwand er in einem Rauchwölkchen.

Der Montagmorgen dämmerte herauf. Dr. Degradian schrubbte den Küchenboden und lüftete den Raum, dann sank er ins Bett und in einen unruhigen Schlaf. Er wäre überhaupt nicht in die Praxis gegangen, hätte nicht Angela am Nachmittag einen Termin bei ihm gehabt.

Er trottete hinein, beladen mit seiner Schuld. Er hatte das Mädchen enttäuscht, hatte sich selbst enttäuscht, und nun gab es keine Hoffnung mehr, an die er sich klammern konnte.

Statt dessen klammerte er sich an seinen Schreibtisch, als sie hereinrauschte, strahlend und schön wie immer, mit vor Erwartung großen Augen.

»Wie ist es Ihnen ergangen?« fragte Dr. Degradian. »Sind Sie zurechtgekommen?«

Angela errötete hübsch. »Da war keiner, mit dem ich zurechtkommen konnte«, sagte sie. »Schließlich bin ich spazieren gegangen, um auf andere Gedanken als Sie-wissen-schon zu kommen.«

»Hat es geholfen?«

»Ja, ein bißchen. Ich bin gerade dazu gekommen, wie sie auf einer Baustelle mächtige Stangen reingerammt haben.«

Dr. Degradian nickte und wappnete sich für die unvermeidliche Frage.

Die blauen Augen wandten sich ihm erwartungsvoll zu. »Und was ist mit Ihnen, Doktor – haben Sie den Inkubus zurückgeholt?«

»Leider nicht.«

Die Augen füllten sich mit Tränen, und Dr. Degradian litt Qualen angesichts ihrer Verzweiflung. »Er hat gesagt, Sie seien eine Nymphomanin, und niemand außer einem Psychiater könne Ihnen helfen.«

Angela starrte ihn an. Dann lächelte sie unvermittelt. »Sie sind doch Psychiater.«

Dr. Degradian zuckte mit den Achseln. »Aber Sie wollen sich nicht behandeln lassen. Was kann ich tun?«

»Heiraten Sie mich.«

»Was ...?«

»Heiraten Sie mich!« Angela stand auf. »Merken Sie nicht, daß ich mir schon die ganze Zeit was aus Ihnen mache?« Sie nickte eifrig. »Wer braucht denn einen Inkubus – die ganzen Hörner und den Schwefelgestank!«

»Aber ...«

»Kein Aber. Ich hab es mir überlegt. Wir werden heiraten!«

Und dann kam es über sie. Und dann kam sie über ihn.

Die Hochzeit fand in der Woche darauf statt, und Dr. Degradian wappnete sich für bevorstehende Aufgabe. Nachts, als Angela zu Bett gegangen war, zog er sich noch im Bad aus, als sie nach ihm rief.

»Ich komme«, sagte er.

Die Vorhersage erwies sich als richtig. Und zu seinem größten Erstaunen war seine junge Braut vollkommen befriedigt. An das Kopfkissen gekuschelt, schenkte sie ihm ein glückliches Lächeln. »Das also ist ein Orgasmus«, murmelte sie. »Ich hab mich immer gefragt ...«

»Du meinst, du hast nie ...«

»Nicht bis jetzt.« Angela schlang die Arme um ihn. »Liebling, könntest du vielleicht ...«

»Das halte ich für sehr wahrscheinlich«, antwortete Dr. Degradian.

Und so wurde es also doch eine glückliche Ehe. Es dauerte wirklich fast drei Monate, bis sie frigide wurde ...

Roald Dahl

Aberglaube wird oft von Leuten geleugnet, die immer den rechten Schuh vor dem linken anziehen, nie unter einer Leiter hindurchgehen und sicherheitshalber auf Holz klopfen – ohne daran zu denken, daß gerade sie abergläubisch sind. Doch nachdem er dies feststellte, erklärte James Turner in seinem Buch Unwahrscheinliche Geister (Unlikely Ghosts, 1969), daß ›die Satire den Aberglauben fast ausgerottet‹ habe, wenngleich Autoren der komischen Phantastik wie A. E. Coppard, H. Russell Wakefield und Henry Kuttner das Gegenteil beweisen, die ihre Laufbahn mit Geschichten begründet haben, in denen Aberglaube eine Hauptrolle spielt.

Dieser Liste kann auch Roald Dahl hinzugefügt werden, der als einer der beliebtesten Kinderbuchautoren des zwanzigsten Jahrhunderts bekannt ist, aber auch ein sehr kunstfertiger Fantasy-Autor war und seinem erstes Buch einen Aberglauben aus dem Zweiten Weltkrieg zugrunde legte – Gremlins. Es war während seines Dienstes als Pilot in der Royal Air Force, daß Dahl zum erstenmal von diesen schlauen kleinen Wesen erzählen hörte, die man für die Urheber aller Flugzeug-Zwischenfälle hielt, und sie in einer Kindergeschichte, Die Gremlins (The Gremlins, 1943), und später in einem SF-Roman, Es war keinmal (Sometime Never, 1947) auftreten ließ. Darin versuchen die Gremlins, die Weltherrschaft zu erobern, doch als die Menschheit in einen verheerenden Atomkrieg schlittert, stellen sie fest, daß sie den Planeten sowieso erben! Dahl hat auch eine Reihe anderer sardonischer kleiner Fantasies geschrieben, die in drei Sammelbänden zu finden sind: Jemand wie du (Someone Like You, 1953), Küßchen, Küßchen (Kiss Kiss, 1960) und Kuschelmuschel (Switch Bitch, 1974).

Roald Dahl (1916–1990) wurde in Wales als Kind norwegischer Eltern geboren und arbeitete anfangs in der Ölindustrie.

Nachdem er wegen Dienstuntauglichkeit aus der Royal Air Force entlassen wurde, war er Luftfahrtattaché in Washington, wo er zu schreiben begann. Dank seinem makabren Sinn für Humor eigneten sich seine Geschichten fürs Fernsehen, und 1961 führte er in Amerika durch eine Serie von Fernsehverfilmungen, Ausweg (Way Out), worauf der weltweite Erfolg der britischen Serie Erzählungen vom Unerwarteten (Tales of the Unexpected, 1979-1984) folgte. Sein Ruhm als unverwechselbare Stimme in der Kinderliteratur wurde von Charlie und die Schokoladenfabrik (Charlie and the Chocolate Factory, 1964) begründet und von späteren Bestsellern wie Danny oder Die Fasanenjagd (Danny the Champion of the World, 1975) und Sophiechen und der Riese (The BFG, 1982) bestätigt. Seine Liebe zur Fantasy gab Dahl jedoch nie vollends auf, ebensowenig wie sein Interesse am Übernatürlichen, wie er in ›Ach, süßes Geheimnis des Lebens‹ erkennen läßt, 1974 für das Daily Telegraph Magazine geschrieben. Die Geschichte gründet sich auf einen kuriosen Landaberglauben über Bullen, Kühe und den Sonnenstand. Unnachahmlicher Dahl!

ROALD DAHL

Ach, süßes Geheimnis des Lebens

Als mich neulich diese Zeitschrift einlud, einen kurzen Beitrag über irgendein Thema zu schreiben, lehnte ich ab. Ich antwortete, daß ich mit einem neuen Kinderbuch zu tun hätte und nur mit Mühe von einer Sache auf die andere umschalten könne. Doch sobald ich den Hörer aufgelegt hatte, kamen mir Zweifel.

Der *Daily Telegraph*, sagte ich mir, wird von fast jedem gelesen, der in diesem Lande etwas zu sagen hat, einschließlich von Industrie- und Gewerkschaftsbossen und sogar Kabinettsmitgliedern. Welch eine atemberaubende Gelegenheit wäre es also, etwas von weltbewegender Bedeutung zu sagen und die Botschaft direkt in die Hirne mächtiger Männer einzupflanzen.

Doch hatte ich solch eine Botschaft? Nichts auch nur im geringsten Triviales würde genügen. Nichts Politisches oder Geistreiches oder Klugscheißerisches. Es mußte im Grunde etwas sein, was der Menschheit weltweit zum Nutzen gereichen würde. Etwas in der Art von Salk und seinem Kinderlähmungs-Impfstoff oder Röntgen mit der belichteten Photoplatte oder Fleming mit dem kleinen bakterienfreien Kreis auf der Glasplatte. Etwas in dieser Richtung.

Also gut, dachte ich. Und dann dachte ich weiter und weiter, und sonst passierte nicht viel ... bis plötzlich ein kleiner Schalter irgendwo im Kopf *klick* machte und ich aufschrie: »Ich hab's!« Und in der Tat hatte ich es.

Seit siebenundzwanzig Jahren drehe ich in Gedanken einen Vorfall hin und her, der sich an einem nebligen Herbstnachmittag am Rande des Dorfes Great Missenden zutrug, und oft habe ich mich gefragt, wo und wann ich der Welt diese Tatsachen bekanntgeben sollte. Das war zweifellos meine Gelegenheit. Also dann los. Die Geschichte ist wahr.

1947, als in England nach dem Krieg die Milch noch knapp war, hielten wir in unserem Obstgarten eine Kuh. Das Haus, wo ich damals mit meiner Mutter und meiner jüngeren Schwester wohnte, gehört gegenwärtig Mr. Harold Wilson, dem Premierminister. Ebenso der Obstgarten. Ich erwähne das aus einem bestimmten Grund. Wenn meine Geschichte in die Welt hineinplatzt, werden Tausende von Menschen nach Great Missenden strömen und herumstehen und das Haus anstarren, wo alles anfing. Und Mr. Wilson, der nicht weniger von sich eingenommen ist als jeder andere Politiker, wird höchstwahrscheinlich denken, sie seien seinetwegen gekommen. Er wird ihnen vermutlich aus einem Fenster im Obergeschoß zuwinken und vielleicht sogar versuchen, eine Wahlrede zu halten. Wenn er das tut, wird er Hohngelächter ernten.

Jedenfalls begann an jenem nebligen Herbsttag 1949 unsere Kuh zu rindern. Sie war für den Bullen bereit. Also band ich ihr einen Strick um den Hals und machte mich mit ihr auf den Weg zu einem Bauernhof auf der anderen Seite des Tals. Der Besitzer des Hofes, den ich Rummins nennen werde, war mir gut bekannt und hatte zuvor sein Einverständnis bekundet, seinen Bullen zur Verfügung zu stellen, wenn es an der Zeit sei. Er selber hielt eine hübsche Herde Milchvieh und besaß auch einen gewaltigen schwarz-weißen Friesen-Bullen, den Stolz seines Hofes.

Rummins, der einen Milcheimer über den Hof trug,

sah uns kommen. Er setzte den Eimer langsam ab und kam uns entgegen. »Sie ist soweit, was?« fragte er.

»Hat schon den ganzen Tag gerindert«, sagte ich. »Hat immerzu gebrüllt.«

Rummins ging um meine Kuh herum, betrachtete sie sorgfältig. Er war ein Mann von kleiner Statur, vierschrötig und breit wie ein Frosch. Er hatte ein breites Froschmaul, schlechte Zähne und einen unsteten Blick, doch im Laufe der Jahre hatte er mit seiner Klugheit und seinem scharfen Verstand meinen Respekt errungen.

»Also gut«, sagte er. »Was wollen Sie, ein Kuhkalb oder ein Bullenkalb?«

»Kann ich es mir aussuchen?«

»Natürlich können Sie sich's aussuchen.«

»Dann möchte ich ein Kuhkalb«, sagte ich, ohne eine Miene zu verziehen. »Wir möchten Milch, kein Fleisch.«

»He, Bert!« rief Rummins. »Komm her und faß mit an!«

Bert kam aus dem Kuhstall. Er war Rummins' Jüngster, ein hochgeschossener dürrer Junge mit einer laufenden Nase und irgendeinem Schaden an einem Auge. Das Auge war ganz fahl und mit einem Grauschleier überzogen wie ein gekochtes Fischauge. Und es bewegte sich ziemlich unabhängig vom anderen Auge. »Hol 'nen Haltestrick.«

Bert brachte einen Strick und schlang ihn meiner Kuh um den Hals, so daß sie nun von zwei Stricken gehalten wurde, meinem und Berts. »Er will ein Kuhkalb«, sagte Rummins. »Dreht sie mit dem Gesicht zur Sonne.«

»Zur Sonne?« fragte ich. »Die scheint doch nicht.«

»Die Sonne scheint immer«, sagte Rummins. »Die blöden Wolken ändern daran nichts. Also los. Zieh sie rum, Bert. Die Sonne steht da drüben.«

Bert auf einer Seite und ich auf der anderen, jeder einen Strick in der Hand, zogen wir die Kuh herum, bis sie genau in die Richtung schaute, wo die Sonne hinter Wolken verborgen war.

»Haltet sie jetzt still!« ordnete Rummins an. »Laßt sie nicht rumspringen!« Dann eilte er zu einem gesonderten Stall in der hinteren Ecke des Hofes und holte seinen riesigen Bullen heraus. Er führte ihn an einer Kette, die an einem Ring durch die Nase des Bullen befestigt war.

Der Bulle näherte sich langsam meiner Kuh und starrte sie mit gefährlichen weißen Augen an. Er schnaubte ein paarmal tief und scharrte mit einem Vorderhuf. Dann stieg er mit überraschender Behendigkeit auf den Rücken der Kuh. Was dann folgte, ging sehr schnell.

In dreißig Sekunden war alles vorbei. Rummins führte den Bullen wieder in den Stall und band ihn an. Als er wieder zu uns kam, dankte ich ihm, und dann fragte ich ihn, ob er wirklich glaube, daß man ein weibliches Kalb bekomme, wenn man die Kuh mit dem Gesicht zur Sonne stellte.

»Sei'n Sie nicht so verdammt albern«, sagte er. »Natürlich glaub ich das. Fakten sind Fakten.«

»Was meinen Sie, Fakten sind Fakten?«

»Ich meine, was ich sage, Mister. Es steht fest. Is doch wahr, oder, Bert?«

Bert ließ sein getrübtes Auge in der Höhle rollen und sagte: »Na klar isses wahr.«

»Und wenn Sie sie von der Sonne wegdrehen, bekommen Sie ein männliches Kalb?«

»Jedesmal«, sagte Rummins. Ich lächelte, und er sah es. »Sie glauben mir nicht, was?«

»Nicht so ganz«, sagte ich.

»Kommen Sie mit«, sagte er. »Und wenn Sie sehen, was ich Ihnen zeigen will, werden Sie's verdammt noch mal glauben müssen. Bind die Kuh am Tor fest, Bert.«

Rummins führte mich ins Haus. Das Zimmer, in das wir gingen, war dunkel und klein und ein bißchen schmutzig. Aus einer Schublade in der Anrichte holte er einen ganzen Stapel dünne Hefte, wie sie Kinder in der Schule verwenden. »Das sind Zuchtbücher«, erklärte er. »Und da steht jeder Deckvorgang drin, der jemals stattgefunden hat, seit ich vor zweiunddreißig Jahren angefangen hab.«

Er schlug aufs Geratewohl ein Buch auf und ließ mich hineinschauen. Auf jeder Seite standen vier Spalten: NAME DER KUH, GEDECKT AM, ABGEKALBT AM, GESCHLECHT DES KALBES.

Ich schaute die Spalte mit dem Geschlecht durch. *Kuhkalb,* stand da. *Kuhkalb, Kuhkalb, Kuhkalb, Kuhkalb.*

»Wir können hier keine Stierkälber gebrauchen«, sagte Rummins. »Stierkälber sind totes Kapital auf 'ner Milchfarm.«

Ich schlug eine Seite um. Kuhkalb, stand da. Kuhkalb, Kuhkalb, Kuhkalb, Kuhkalb, Kuhkalb.

»He«, sagte ich. »Hier ist ein Stierkalb.«

»Stimmt«, sagte Rummins. »Und nun sehen Sie, was ich da beim Deck-Datum geschrieben habe.« Ich schaute in Spalte zwei.

»Kuh ist rumgesprungen«, sagte ich.

»Manchmal werden sie aufsässig, und man kann sie nicht festhalten«, sagte Rummins. »So daß sie schließlich anders stehen. Das ist die einzige Art, wie ich jemals 'nen Bullen kriege.«

»Das ist phantastisch«, sagte ich, während ich durch das Heft blätterte.

»Natürlich ist es phantastisch«, sagte Rummins. »Das ist eine von den phantastischsten Sachen auf der ganzen Welt. Wissen Sie eigentlich, was ich auf diesem Hof für 'nen Durchschnitt habe? Ich habe Jahr für Jahr achtundneunzig Prozent Kuhkälber! Prüfen Sie's selber nach. Machen Sie weiter und prüfen Sie's. Ich hindere Sie nicht dran.«

»Ich würde es sehr gern nachprüfen«, sagte ich. »Kann ich mich setzen?«

»Bitte«, sagte Rummins. »Ich hab zu tun.« Ich fand einen Bleistift und Papier und arbeitete jedes von den zweiunddreißig Heften sorgfältigst durch. Es gab ein Heft pro Jahr, von 1915 bis 1946.

Auf dem Hof wurden ungefähr achtzig Kälber pro Jahr geboren, und mein Gesamtergebnis für den Zeitraum von zweiunddreißig Jahren sah folgendermaßen aus:

Kuhkälber	2516
Stierkälber	56
Kälber insgesamt, einschließlich Totgeburten	2572

Ich ging hinaus, um Rummins zu suchen. Er war in der Milchkammer und schüttete Milch in die Zentrifuge. »Haben Sie denn nie jemandem davon erzählt?« fragte ich ihn.

»Hab ich nicht«, sagte er.

»Warum nicht?«

»Ich denk, das geht weiter keinen was an.«

»Aber guter Mann, das könnte in der ganzen Welt die Milchindustrie umkrempeln.«

»Könnte es«, sagte er. »Das könnte es leicht. Würde auch dem Fleischgeschäft nichts schaden, wenn sie jedesmal Bullen kriegen könnten.«

»Wie haben Sie davon erfahren?«

»Mein alter Herr hat's mir erzählt«, sagte Rummins. »Als ich ungefähr achtzehn war, hat mein alter Herr zu mir gesagt: ›Ich will dir ein Geheimnis verraten‹, hat er gesagt, ›das dich reich machen wird.‹ Und er hat mir das erzählt.«

»Hat es Sie reich gemacht?«

»Ich hab's halbwegs zu was gebracht, oder?« sagte er.

»Aber hat Ihr Vater irgendeine Erklärung gegeben, wie es funktioniert?« fragte ich.

Rummins erkundete die Innenseite eines Nasenlochs mit dem Ende seines Daumens, wobei er den Nasenflügel zwischen Daumen und Zeigefinger hielt. »War 'n sehr schlauer Mann, mein alter Herr«, sagte er. »Natürlich hat er mir erzählt, wie es funktioniert.«

»Wie?«

»Er hat mir erklärt, daß 'ne Kuh nichts damit zu tun hat, welches Geschlecht das Kalb hat«, sagte Rummins. »Die Kuh hat weiter nichts als ein Ei. Der Bulle entscheidet, welches Geschlecht es wird. Das Sperma von dem Bullen.«

»Reden Sie weiter«, sagte ich.

»Wie mein alter Herr gesagt hat, hat der Bulle zwei verschiedene Arten Sperma, weibliches und männliches. Kommen Sie soweit mit?«

»Ja«, sagte ich. »Weiter.«

»Wenn also der Bulle sein Sperma in die Kuh spritzt, findet zwischen dem männlichen und dem weiblichen Sperma 'ne Art Wettschwimmen statt, wer zuerst am Ei ist. Wenn das weibliche Sperma gewinnt, kriegt man ein Kuhkalb.«

»Aber was hat die Sonne damit zu tun?« fragte ich.

»Dazu komme ich gerade«, sagte er, »also hören Sie gut zu. Wenn ein Tier auf allen vieren steht wie 'ne Kuh und man den Kopf zur Sonne kehrt, muß das Sperma direkt auf die Sonne zuschwimmen, um zum Ei zu kommen. Drehen Sie die Kuh 'rum, und es geht genau von der Sonne weg.«

»Es läuft also darauf hinaus«, sagte ich, »daß die Sonne das weibliche Sperma irgendwie anzieht und es schneller als das männliche Sperma schwimmen läßt.«

»Genau!« rief Rummins. »Genau das isses! Sie zieht es an. Sie zieht es vorwärts! Deswegen gewinnt das weibliche Sperma immer! Und wenn man die Kuh umdreht, zieht's die Sonne rückwärts, und das männliche Sperma gewinnt statt dessen.«

»Das ist eine interessante Theorie«, sagte ich. »Aber es sieht ziemlich unwahrscheinlich aus, daß die Sonne, die Millionen Meilen entfernt ist, ein paar Samenzellen in einer Kuh anziehen sollte.«

»Sie reden Quatsch!« rief Rummins. »Völligen, bodenlosen Quatsch! Zieht etwa der Mond nicht die blöden Gezeiten im Ozean an, daß sie hoch oder niedrig sind? Klar doch! Warum also sollte die Sonne das weibliche Sperma nicht anziehen?«

»Ich verstehe.«

Plötzlich schien Rummins genug zu haben.

»Bringen Sie jetzt lieber Ihre Kuh nach Hause«, sagte er und wandte sich ab. »Sie kriegen garantiert ein Kuhkalb, machen Sie sich deswegen keine Sorgen.«

»Mr. Rummins«, sagte ich.

»Was ist?«

»Gibt es einen Grund, warum das nicht auch bei Menschen funktionieren sollte?«

»Natürlich funktioniert es bei Menschen«, sagte er. »Man braucht bloß darauf zu achten, daß alles in die richtige Richtung zeigt. Eine Kuh legt sich nicht hin, wissen Sie. Sie steht auf allen vieren.«

»Ich verstehe, was Sie meinen.«

»Und es nützt auch nichts, wenn man es nachts macht«, sagte er, »weil nachts die Sonne von der Erde abgeschirmt wird, und da kann sie überhaupt nichts bewirken.«

»Das ist wahr«, sagte ich. »Aber haben Sie irgendeinen Beweis, daß es bei Menschen funktioniert?«

Rummins hielt den Kopf schief und bedachte mich wieder mit so einem schlauen Grinsen mit schlechten Zähnen. »Ich hab selber vier Jungen, oder?« sagte er.

»Klar, haben Sie.«

»Ich kann hier keine dämlichen Mädchen gebrauchen«, sagte er. »Jungen braucht man auf 'nem Bauernhof, und ich hab vier, richtig?«

»Richtig«, sagte ich. »Völlig richtig.«

3
Freier Raum

Science Fiction-Geschichten

Stephen Leacock

Seit gut einem Jahrhundert ist die Science Fiction Zielscheibe der komischen Phantastik, im Grunde schon seitdem das Genre sich mit den Werken von H. G. Wells im öffentlichen Bewußtsein konstituierte. In der Tat war Wells selber nicht abgeneigt, ein bißchen Humor in seine Arbeiten einfließen zu lassen, und neben klassischen SF-Roman wie Die Zeitmaschine (The Time Machine, 1895), Die Insel des Dr. Moreau (The Island of Dr. Moreau, 1896), Der Krieg der Welten (The War of the Worlds, 1898) und Die ersten Menschen auf dem Mond (The First Men in the Moon, 1901) schrieb er auch etliche Erzählungen voller amüsanter Situationen, darunter ›Das unerfahrene Gespenst‹, ›Die Wahrheit über Pyecraft‹ und ›Die Wildesel des Teufels‹, einer seiner wenig bekannten komischen Fantasies, die ich in meiner früheren Anthologie Gefährliche Possen (The Wizards of Odd, 1996, deutsch 1998) nachgedruckt habe. Unter den humoristischen Autoren, die Wells' Werk parodiert haben, müssen jedoch E. V. Lucas und sein sexistisches Epos Der Krieg der Wenuse (The War of the Wenuses, 1898), Max Beerbohms zynisches Perkins und die Menschheit (Perkins and Mankind, 1912) und Stephen Leacocks ›Der Asbestmann‹ erwähnt werden, letzteres 1911 als Teil einer Folge mit dem Titel ›Nonsens-Romane‹ geschrieben, in der er sich über SF, Fantasy und Krimi lustig machte.

Stephen Leacock (1869-1944) wurde in Kanada geboren und gilt zusammen mit James Thurber als einer der beiden besten nordamerikanischen Humoristen des zwanzigsten Jahrhunderts. (Thurber hat übrigens auch einen komischen phantastischen Roman geschrieben, Die dreizehn Uhren (The 13 Clocks, 1950), sowie etliche zum Schreien komische Geschichten wie ›Die Nacht, in der das Gespenst kam‹, die ohne weiteres in diese Sammlung passen würden, wenn es der verfügbare Platz er-

laubte.) Leacock war ein Meister der Kurzgeschichte, und eine beachtliche Anzahl seiner Erzählungen verulken SF-Themen, wie die Titel von Sammelbänden erkennen lassen: Mondstrahlen vom größeren Irrsinn *(Moonbeams from the Larger Lunacy, 1917)*, Der Eisenmann und die Zinnfrau und derlei Futuritäten mehr *(The Iron Man and the Tin Woman, with Other Such Futurities, 1929)* und Nachmittag in Utopia: Geschichten von der Neuen Zeit *(Afternoon in Utopia: Tales of the New Time, 1932)*. Mein Favorit unter diesen Science-Fiction-Parodien ist ›Der Asbestmann‹, die Wells' Geschichte vom Zeitreisenden brillant verulkt und der perfekte Auftakt zu diesem letzten Abschnitt des Buches ist.

STEPHEN LEACOCK

Der Asbestmann

Eine futuristische Allegorie

Lassen Sie mich gleich zu Beginn zugeben, daß ich es mit voller Absicht tat! Vielleicht teilweise aus Eifersucht.

Es erschien mir unfair, daß andere Schriftsteller imstande sein sollten, in einen vier- oder fünfhundertjährigen Schlaf zu fallen und sich kopfüber in die fernste Zukunft zu stürzen und Zeuge ihrer Wunder zu sein.

Ich wollte das auch tun.

Ich war schon immer und bin noch ein leidenschaftlicher Studierer sozialer Probleme. Die Welt von heute mit ihren lärmenden Maschinen, ihrer nicht endenden Schufterei der arbeitenden Klasse, ihren Streitigkeiten, ihrer Armut, ihren Kriegen, ihrer Grausamkeit erschreckt mich. Ich denke gerne an die Zeit, die eines Tages kommen muß, wenn der Mensch die Natur besiegt haben wird, und die sich plagende menschliche Rasse in eine Ära des Friedens eintritt.

Ich dachte gern daran, und mich verlangte danach, es zu erleben.

So setzte ich die Sache mit voller Absicht in Gang.

Was ich tun wollte war, nach der üblichen Methode in einen zwei- bis dreihundertjährigen Schlaf zu fallen und in der wunderbaren Zukunft zu erwachen.

Ich machte meine Vorbereitung für den Schlaf.

Ich kaufte alle Humorzeitschriften, die ich finden konnte, sogar die illustrierten und brachte sie in mein Hotelzimmer. Dazu kaufte ich eine Schweinefleischpastete und Dutzende über Dutzende von Pfannkuchen. Ich aß die Pastete und die Pfannkuchen auf. Dann setzte ich mich ins Bett und las eine Humorzeitschrift nach der anderen. Schließlich, als mich schon die Lethargie überfiel, streckte ich meine Hand nach der *London Weekly Times* aus und hielt mir die erste Seite vor die Augen.

Es war in gewisser Hinsicht glatter Selbstmord, aber ich tat es. Ich konnte fühlen, wie mich die Sinne verließen. In einem Zimmer quer über die Eingangshalle sang ein Mann. Seine Stimme, die zuerst ganz laut gewesen war, kam immer leiser und leiser über die Türschwelle. Ich fiel in Schlaf, den tiefen unermeßlichen Schlaf, in welchem die Existenz der Außenwelt ausgelöscht war. Dunkel fühlte ich die Tage vorübergehen, dann die Jahre und dann die langen, langen Jahrhunderte.

Und dann, nicht allmählich, sondern plötzlich, erwachte ich und sah mich um. Wo war ich?

Ich fand mich auf einer breiten Couch liegend oder besser sitzend. Ich war in einem großen, düsteren Raum, der verfallen aussah und, den Glaskästen und Menschenpuppen nach zu urteilen, eine Art Museum sein mußte.

Neben mir saß ein Mann. Sein Gesicht war haarlos, aber weder jung noch alt. Er trug Kleidung, die wie die graue Asche von Papier aussah, das beim Verbrennen seine Form behalten hatte. Er sah mich still an, aber ohne sonderliche Überraschung oder Interesse.

»Schnell«, sagte ich, begierig, einen Anfang zu machen. »Wo bin ich? Wer sind Sie? Welches Jahr ist jetzt? Ist jetzt das Jahr 3000 oder welches?«

Er zog tief die Luft ein, mit einem Ausdruck von Verärgerung im Gesicht.

»Was haben Sie für eine seltsame aufgeregte Sprechweise«, sagte er.

»Sagen Sie schon: Ist dies das Jahr 3000?«

»Ich glaube, ich weiß, was Sie meinen«, sagte er, »aber ich habe wirklich keine Ahnung. Ich denke, es könnte so ungefähr hinkommen. Ein paar hundert Jahre mehr oder weniger. Aber es ist schwer zu sagen. Es hat schon lange keiner mehr die Jahre gezählt.«

»Ihr zählt die Jahre nicht mehr?« Ich riß vor Staunen den Mund auf.

»Wir pflegten es zu tun«, sagte der Mann. »Ich kann mich erinnern, daß es vor einem oder zwei Jahrhunderten noch Leute gab, die die Jahre zählten. Aber es hörte auf, wie so viele Schrullen dieser Art. Wozu«, fuhr er fort und wirkte zum ersten Mal etwas lebendig in seiner Rede, »wozu sollte das gut sein? Sehen Sie, nachdem wir den Tod abgeschafft hatten...«

»Den Tod abgeschafft!« schrie ich, mich kerzengerade hinsetzend. »Großer Gott!«

»Was sagten Sie da eben?« fragte der Mann.

»Großer Gott!« wiederholte ich.

»Aha«, sagte er, »nie gehört. Aber ich wollte sagen, daß, nachdem wir den Tod und die Nahrung und den Wechsel abgeschafft hatten, gab es praktisch keine Ereignisse mehr, und...«

»Stop!« unterbrach ich, während sich mir alles im Kopf drehte. »Erzählen Sie mir nicht alles auf einmal, sondern eins nach dem anderen!«

»Hmm!« stieß er hervor. »Sie müssen wohl sehr lange geschlafen haben. Na los denn! Fragen Sie mich! Aber, wenn es Ihnen nichts ausmacht, so wenig Fragen wie möglich, und bitte ohne Interesse oder Erregung!«

»Woraus ist diese Kleidung?«

»Asbest«, antwortete der Mann. »Das hält Hunderte von Jahren. Jeder von uns hat einen solchen Anzug. Und es sind noch Milliarden auf Lager, für den Fall, daß jemand einen neuen möchte.«

»Danke«, sagte ich. »Und wo bin ich?«

»Sie sind in einem Museum. Die Figuren in den Kästen sind Exemplare Ihrer Art. Aber wenn Sie das kennenlernen wollen, was für Sie offenbar eine neue Epoche ist, kommen Sie von der Liege herunter und setzen wir uns am Broadway auf eine Bank.«

Ich kam herunter.

Als wir durch die düsteren staubbedeckten Gebäude gingen, schaute ich neugierig auf die Ausstellungsstücke in den Glaskästen.

»Beim Jupiter!« rief ich, als ich einer Figur in blauer Kleidung mit Gürtel und Gummiknüppel ansichtig wurde, »das ist ein Polizist!«

»Tatsächlich«, sagte mein neuer Bekannter, »ist *das* das, was ein *Polizist* war? Ich habe mich oft gefragt, wie sie verwendet wurden.«

»Wie sie verwendet wurden?« wiederholte ich völlig perplex. »Na, sie standen doch an den Straßenecken.«

»Ach so, ich verstehe«, sagte er, »gewissermaßen, um Leute totzuschießen. Sie müssen meine Unwissenheit entschuldigen, was die sozialen Bräuche der Vergangenheit anbetrifft«, fuhr er fort. »Als ich meine Ausbildung bekam, haben sie mir Sozialgeschichte hineinoperiert, aber sie haben sehr minderwertiges Zeug genommen.«

Ich verstand nicht im mindesten, was der Mann meinte, hatte aber keine Zeit zu fragen, denn in diesem Augenblick betraten wir die Straße, und ich stand vor Erstaunen wie angenagelt da.

Den Broadway! War das möglich? Die Veränderung war überaus erschreckend. An Stelle des lärmenden Verkehrs, wie ich ihn kannte, diese stille, moosüberwucherte Einöde. Große Gebäude waren bloß durch den jahrhundertelangen Einfluß von Wind und Wetter zu Ruinen zerfallen. Ihre Mauern waren von einem Teppich von Moos und Pilzen überwuchert. Es war still. Nicht ein einziges Kraftfahrzeug. Es gab keine Drähte über den Köpfen. Kein Geräusch von Leben und Bewegung. Nur hier und da bewegten sich langsam einige menschliche Erscheinungen hin und her. Sie waren ebenso wie mein Bekannter mit Asbest bekleidet und hatten das gleiche haarlose Gesicht mit dem gleichen Ausdruck unbestimmbaren Alters.

Großer Gott im Himmel! War das die Ära der Lösung aller Probleme, die ich zu sehen gehofft hatte? Ich hatte es immer für selbstverständlich gehalten, warum weiß ich nicht, daß es die Bestimmung der Menschheit war, sich vorwärts zu bewegen. Das Bild von Verwüstung auf den Ruinen unserer Zivilisation machte mich völlig sprachlos.

Hier und da standen einige Bänke auf der Straße. Wir setzten uns.

»Na, ist das nicht alles viel besser als damals?«

Er schien sehr stolz zu sein.

Staunend stellte ich die Frage: »Wo sind die Straßenbahnen und Autos?«

»Oh, lange abgeschafft«, sagte er, »wie schrecklich müssen sie gewesen sein! Dieser Krach!«

Und weil ihn ein Schauder überfuhr, raschelte seine Asbestkleidung.

»Aber wie kommt ihr woanders hin?«

»Überhaupt nicht«, antwortete er, »wozu auch? Woanders ist es auch nicht anders.«

Er sah mich mit der unbestimmten Trübseligkeit seines Gesichtes an.

Tausend Fragen kamen mir gleichzeitig in den Sinn. Ich fragte eine der einfachsten.

»Aber wie kommt ihr zur Arbeit und von der Arbeit nach Hause?«

»Arbeit?« sagte er. »Es gibt keine Arbeit. Alles schon erledigt. Die letzte Arbeit ging vor einigen Jahrhunderten zu Ende.«

Ich starrte ihn mit offenem Mund an. Dann wandte

ich mich wieder der grauen Straßenwüste zu, in der hier und da einige Asbesterscheinungen hierhin und dahin liefen.

Ich versuchte mich zu fassen. Ich begriff, wenn ich diese Zukunft, die ich mir nicht hätte träumen lassen, entwirren wollte, mußte ich systematisch und schrittweise vorgehen.

»Mir ist klar«, sagte ich nach einer Pause, »daß seit meiner Zeit große Dinge geschehen sind. Ich möchte sie gern systematisch ausfragen und bitte Sie, mir eins nach dem andern zu erklären. Zuerst: Was meinten Sie, als Sie sagten, daß es keine Arbeit mehr gibt?«

»Na ja«, antwortete mein seltsamer Begleiter, »sie ging von selber zu Ende. Die Maschinen haben sie ausgerottet. Wenn ich mich recht erinnere, gab es auch zu Ihrer Zeit einen gewissen Maschinenpark. Sie kamen schon ganz gut mit der Dampfkraft hin, machten gute Anfänge mit der Elektrizität, obwohl, glaube ich, Strahlenergie noch nicht angewandt wurde.«

Ich nickte zustimmend.

»Aber ihr fandet heraus, daß es nicht gut für euch war. Je besser eure Maschinen wurden, desto mehr mußtet ihr arbeiten. Je mehr ihr hattet, desto mehr wolltet ihr haben. Der Pulsschlag des Lebens schlug immer schneller. Ihr schriet auf, aber es nahm kein Ende. Ihr wart alle in den Zahnrädern eurer Maschinen gefangen. Niemand konnte ein Ende absehen.«

»Das ist völlig richtig«, sagte ich, »woher wissen Sie das alles?«

»Oh«, sagte der Asbestmann, »dieser Teil meiner Bildung wurde mir sehr gut hineinoperiert. Ich merke, Sie begreifen nicht, was ich meine. Macht nichts. Das erkläre ich Ihnen später. Gut, dann kam also beinahe zweihundert Jahre nach Ihrer Zeit die Ära des Großen Sieges über die Natur, der Endsieg von Mensch und Maschine.«

»Sie haben sie besiegt?« fragte ich schnell, mit einem Schauder der alten Hoffnung in meinen Adern.

»Besiegt«, sagte er, »aus dem Felde geschlagen! Ihren Stillstand erkämpft! Es kam allmählich, dann schneller und schneller, und in hundert Jahren war alles vorbei. In der Tat, als die Menschheit dazu überging, ihre Energie darauf zu verwenden, ihre Bedürfnisse zu senken, anstatt ihre Ansprüche zu erhöhen, war alles ganz einfach. Zuerst kam die chemische Nahrung. Beim Himmel! Wie einfach das war! Und zu ihrer Zeit haben Tausende von Millionen von Leuten von Sonnenauf- bis -untergang auf dem Acker geschuftet. Ich habe solche Exemplare gesehen. Bauern nannte man sie. Es gibt einen im Museum. Nach der Erfindung der chemischen Nahrung konnten wir in einem Jahr Nahrung für Jahrhunderte auf Lager legen. Die Landwirtschaft ging über Bord. Hinterher flogen Essen, Hausarbeit. Alles zu Ende. Heute nimmt man einmal im Jahr eine konzentrierte Pille. Und damit hat es sich. Der Verdauungsapparat, wie Sie ihn kannten, war ein plumpes Ding, daß sich im Laufe der Evolution durch seinen Gebrauch wie ein Dudelsack aufgeblasen hatte!«

Ich mußte ihn unterbrechen. »Haben Sie und diese Leute keinen Bauch, keine Eingeweide?«

»Natürlich haben wir einen«, antwortete er. »Aber wir verwenden ihn nutzbringend. Meiner ist zum größten Teil mit Bildung angefüllt. Aber ich greife schon wieder vor. Lassen Sie mich besser alles der Reihe nach erzählen! Zuerst kam die chemische Nahrung. Damit war reichlich ein Drittel der Arbeit beseitigt. Und dann kam die Asbestkleidung. Das war herrlich! In einem Jahr machte die Menschheit so viele Anzüge, daß sie bis in alle Ewigkeit reichen. Das wäre natürlich nie möglich gewesen ohne die Umänderung der Frauen und die Abschaffung der Mode.«

»Ist die Mode dahin«, fragte ich, »diese ungesunde,

extravagante Idee von...« Ich war dabei, einen meiner damaligen Vorträge über die völlige Überflüssigkeit dekorativer Kleidung vom Stapel zu lassen, als mein Blick auf die sich bewegenden Asbestfiguren fiel und ich einhielt.

»Alles dahin«, sagte der Mann in Asbest. »Das nächste, was wir ausrotteten oder fast ausrotteten, war der Wetterwechsel. Ich glaube nicht, daß sie zu ihrer Zeit begriffen, wie viel ihrer Arbeit auf die Änderung dessen zurückzuführen war, was Sie Wetter nannten, ich meine alle Arten von Spezialkleidung und Häusern und Schuppen, eine Unmenge von Arbeit. Wie schrecklich muß es zu ihrer Zeit gewesen sein. Wind, Sturm... große feuchte Gebilde... wie nannten Sie die?... Wolken flogen durch die Luft, der Ozean voller Salz... war es nicht so?... vom Winde gepeitscht... überall Schneeböen, Hagel, Regen... wie schrecklich!«

»Manchmal war es schön«, sagte ich. »Aber wie habt ihr das geändert?«

»Wir haben das Wetter ausgerottet«, antwortete der Mann in Asbest. »Es war ganz einfach. Wir haben die einzelnen Wetterkräfte gegeneinander gerichtet, wir haben die Zusammensetzung des Meeres geändert, so daß die oberen Schichten mehr oder weniger gelatineartig sind. Ich kann es nicht genau erklären, weil mir dieses Wissen in der Schule nicht einoperiert wurde. Jedenfalls wurde der Himmel grau, wie Sie sehen, und das Meer gummifarbig, und es entstand ein Einheitswetter. Es machte Brennmaterial und Häuser entbehrlich und die unendliche Arbeit, die man damit hatte.«

Er machte eine Pause. Ich begann etwas vom Gang der Entwicklung zu ahnen.

Ich sagte: »Der Sieg über die Natur bedeutete also, daß keine Arbeit mehr zu tun war?«

»Genau«, sagte er, »nichts blieb übrig.«

»Genug Nahrung für alle?«

»Zu viel«, antwortete er.

»Häuser und Kleidung?«

»So viel Sie wollen«, sagte der Asbestmann, die Hand schwenkend. »Bitte sehr. Nehmen Sie sich, was Sie wollen! Natürlich zerfallen sie langsam, sehr langsam. Aber für einige Jahrhunderte reichen Sie noch. Niemand braucht sich zu beunruhigen.«

Ich glaube, da begriff ich zum ersten Mal, was Arbeit im alten Leben bedeutet hatte. Wieviel in der Lebensweise von harter Anstrengung der Arbeit abhing.

Plötzlich sah ich nach oben. Von der Spitze eines Bauwerkes hing etwas herab, was der Überrest einer Telephonleitung zu sein schien.

»Was wurde aus diesem allem da«, sagte ich, »dem Telegraphen, dem Telephon und dem ganzen Kommunikationssystem?«

»Ach«, sagte der Mann in Asbest, »das war also ein Telephon? Ich wußte doch, daß so etwas vor Jahrhunderten abgeschafft wurde. Wozu war es gut?«

»Na«, sagte ich enthusiastisch, »mit Hilfe des Telephons konnten wir mit jedem sprechen, jeden anrufen, und das über jede Entfernung.«

»Und jeder konnte Sie jederzeit anrufen und sprechen?« sagte der Mann in Asbest wie mit Schrecken. »Das war ja fürchterlich! Was hatten Sie für ein schreckliches Zeitalter! Jetzt haben wir das Telephon und alles andere, den ganzen Transport und die ganze Kommunikation beseitigt und verboten. Es war sinnlos. Was Sie nicht verstehen, ist«, fügte er hinzu, »daß die Leute nach Ihrer Zeit allmählich vernünftiger wurden. Nehmen Sie nur die Eisenbahn? Wozu war sie gut? Sie brachte in jede Stadt eine Menge Leute aus jeder anderen Stadt. Wer brauchte Sie dort? Niemand. Als Arbeit und Handel aufhörten und die Nahrung überflüssig wurde und das Wetter abgeschafft war, war es unsinnig, hin- und herzufahren. Deshalb machten wir dem ein

Ende. Außerdem«, sagte er mit einem Anflug von Besorgnis in Aussehen und Stimme, »war es gefährlich!«

»Aha!« sagte ich. »Gefährlich! Habt ihr noch Gefahren?«

»O ja«, sagte er, »es gibt immer noch die Gefahr zu zerbrechen.«

»Wie meinen Sie das?« fragte ich.

»Na«, sagte der Asbestmann, »ich nehme an, es ist das, was Sie tot sein nennen würden. In einer Hinsicht gibt es natürlich seit Jahrhunderten keinen Tod mehr. Wir haben ihn abgeschafft. Krankheit und Tod waren nur eine Sache der Krankheitserreger. Wir entdeckten einen nach dem anderen. Ich glaube, sogar zu Ihrer Zeit hat man ein oder zwei entdeckt, die größeren.«

Ich nickte.

»Ja, ihr fandet Diphtherie und Typhus, und wenn ich mich richtig erinnere, waren einige noch nicht entdeckt, wie Scharlach und Pocken, die ihr ultramikroskopisch nanntet und nach denen ihr immer noch forschtet, und andere, die ihr nicht einmal vermutetet. Nun, wir brachten einen nach dem anderen zur Strecke und vernichteten ihn. Seltsamerweise kam niemand von euch auf die Idee, daß auch das Alter nur ein Krankheitserreger war. Es erwies sich als ein einfacher Erreger, aber er war so verbreitet, daß niemand auf die Idee kam.«

»Und Sie wollen damit sagen«, stieß ich, den Asbestmann erstaunt ansehend, hervor, »daß ihr heute ewig lebt?«

»Es wäre mir lieber«, sagte er, »wenn Sie nicht diese seltsame aufgeregte Art zu sprechen hätten. Sie reden, als ob alles so ungeheuer wichtig wäre. Ja«, fuhr er fort, »wir leben ewig, außer natürlich, wenn wir zerbrechen. Das kommt manchmal vor. Ich meine, wenn wir über etwas stolpern und hinfallen oder uns an etwas stoßen und dabei zerbrechen. Sie sehen, wir sind immer noch ein wenig zerbrechlich. Ich nehme an, ein Überbleibsel von Krankheitserregern der alten Zeit. Wir müssen vorsichtig sein. In der Tat«, fuhr er fort, »ich muß unumwunden sagen, dies waren die beunruhigendsten Erscheinungen unserer Zivilisation, bis wir Maßnahmen einleiteten, alle Unfälle abzuschaffen. Wir verboten alle Straßenbahnen, Straßenverkehr, Flugzeuge und so weiter. Die Risiken ihrer Zeit«, sagte er, wobei seine Asbestkleidung durch einen Schauer raschelte, »müssen schrecklich gewesen sein.«

»Ganz recht«, antwortete ich mit einer neuen Art von Stolz in meiner Stimme, den ich nie zuvor gefühlt hatte, »aber wir dachten, es ist ein Teil der Pflicht mutiger Menschen zu ...«

»Ja, ja«, sagte der Asbestmann ungeduldig, »nicht wieder aufregen! Ich weiß, was Sie meinen. Es war völlig irrational.«

Wir saßen längere Zeit schweigend da. Ich sah mich um. Zerbröckelnde Gebäude, monotoner unveränderlicher Himmel und traurige leere Straßen. Hier also war die Frucht des Sieges, hier war die Abschaffung der Arbeit, das Ende von Hunger und Kälte und des harten Lebenskampfes, das Ende von Wechsel und Tod – also das Jahrtausend des Glücks. Und doch schien irgend etwas an der Sache verkehrt zu sein. Ich dachte nach. Dann stellte ich zwei oder drei schnelle Fragen und gab mir kaum Zeit, über die Antworten nachzudenken.

»Gibt es noch Kriege?«

»Seit Jahrhunderten abgeschafft. Internationale Meinungsverschiedenheiten werden mit einem Spielautomaten gelöst. Und alle internationalen Beziehungen haben sowieso aufgehört. Wozu? Keiner kann Ausländer leiden.«

»Gibt es noch Zeitungen?«

»Zeitungen? Wozu zum Kuckuck sollten die gut sein? Wenn wir welche lesen wollen, finden wir Tausende in den Archiven. Aber was steht in ihnen drin?

Nur Geschehnisse, Kriege, Unfälle, Arbeit und Tod. Als dies alles abgeschafft war, wurden die Zeitungen auch überflüssig. Hören Sie«, fuhr der Mann in Asbest fort, »Sie scheinen mir so etwas wie ein Sozialreformer gewesen zu sein, und doch verstehen Sie von dem neuen Leben überhaupt nichts. Sie verstehen nicht, wie vollständig wir alle unsere Bürden losgeworden sind. Betrachten Sie es mal so: Wie verbrachten Ihre Leute ihre Jugend?«

»Na, die ersten fünfzehn Jahre widmeten wir der Ausbildung«, sagte ich.

»Genau«, antwortete er, »und nun passen Sie auf, wie sehr wir das verbessert haben! Ausbildung geschieht heute auf chirurgischem Wege. Seltsamerweise hatte in Ihrer Zeit niemand erkannt, daß Lehre nur eine chirurgische Operation ist. Ihr kamt nicht auf die Idee, daß das, was ihr tatet, nur eine lange schmerzhafte Operation war, mit der ihr das Innere eures Hirns umgemodelt und verdreht habt. Alles Gelernte manifestierte sich in physischer Veränderung des Gehirns. Ihr wußtet das, aber ihr überblicktet nicht die vollen Konsequenzen. Dann kam die Erfindung der chirurgischen Ausbildung. Ein einfaches System. Die Seite des Schädels wird geöffnet und ein präpariertes Stück Gehirn eingepflanzt. Ich nehme an, am Anfang mußte man die Hirne von Toten verwenden, und das war schauderhaft« – hier zitterte der Asbestmann wie Espenlaub – »aber bald erfand man kleine Geräte, die genauso wirksam waren. Danach war alles nur ein Klacks. Eine Fünf-Minuten-Operation genügte, um Dichtkunst oder Fremdsprachen oder Geschichte einzupflanzen, oder was immer jemand haben wollte. Hier zum Beispiel«, und damit schob er an der Seite seines Kopfes die Haare beiseite und zeigte mir eine Narbe, »ist die Stelle, wo bei mir die sphärische Geometrie reinkam. Ich muß zugeben, es war ein bißchen schmerzhaft, aber andere Gebiete, wie Englische

Poesie oder Geschichte, können ohne jeden Schmerz eingesetzt werden. Wenn ich an eure barbarische Methoden der Unterrichtung durch das Ohr denke, erfaßt mich ein Schaudern. Seltsamerweise erwies es sich später, daß man für vieles nicht den Kopf zu benutzen braucht. Dinge wie Philosophie oder Methaphysik und so weiter plazieren wir in das, was früher der Verdauungsapparat war. Sie füllen ihn bewunderungswürdig aus.«

Er machte eine Pause und fuhr dann fort: »Na gut, um die Sache fortzusetzen, was nahm nach der Ausbildung eure Zeit in Anspruch?«

»Na«, sagte ich, »man mußte natürlich arbeiten, und, um die Wahrheit zu sagen, ein großer Teil der Zeit wurde natürlich dem anderen Geschlecht gewidmet, wurde damit verbracht, sich zu verlieben und eine Frau zu finden, die das Leben mit einem teilt.«

»Aha«, sagte der Mann in Asbest interessiert, »ich habe von Ihren Arrangements mit Frauen gehört, aber die Sache nie richtig verstanden. Sie sagten, Sie wählten eine Frau aus?«

»Ja.«

»Und dann nannte man sie Ihre Gattin?«

»Natürlich.«

»Und Sie arbeiteten für sie?« fragte der Mann in Asbest erstaunt.

»Ja.«

»Und sie arbeitete nicht?«

»Nein«, antwortete ich, »natürlich nicht.«

»Und die Hälfte Ihres Besitzes gehörte ihr?«

»Ja.«

»Und sie hatte das Recht, in Ihrem Haus zu leben und Ihre Sachen zu benutzen?«

»Natürlich«, antwortete ich.

»Wie schrecklich«, sagte der Asbestmann. »Bis jetzt hatte ich die Schrecken Ihrer Zeit noch nicht begriffen.«

Er saß leicht zitternd da mit dem gleichen ängstlichen Ausdruck im Gesicht wie vorher.

Dann fiel mir plötzlich auf, daß die Gestalten auf der Straße alle gleich aussahen.

»Sagen Sie, gibt es noch Frauen. Oder habt ihr die auch abgeschafft?«

»O nein«, antwortete der Asbestmann, »die gibt es noch. Einige von denen da sind Frauen. Nur hat sich alles jetzt sehr verändert. Es war eine Folge ihrer großen Revolte, ihrer Forderung, den Männern gleich zu sein. Hatte das nicht zu Ihrer Zeit schon angefangen?«

»Nur ein bißchen«, antwortete ich, »sie begannen für Stimmrecht und Gleichheit einzutreten.«

»Ja, genau«, sagte mein Begleiter, »ich konnte mich an das Wort nicht erinnern. Ich glaube, eure Frauen waren schrecklich. War es nicht so? Über und über mit Federn und Pelzen und verwirrenden Farben, die aus toten Dingen gemacht waren, bedeckt. Und sie lachten, nicht wahr? Und hatten einen närrischen Geschmack, und sie konnten euch in diese Standesämter locken. Uff!«

Er schauderte.

»Asbest«, sagte ich (ich wußte nicht, wie ich ihn sonst nennen sollte) und wandte mich ihm ergrimmt zu. »Asbest, glaubst du, daß diese Einheitsgallertsäcke hier draußen auf der Straße mit ihren Mülltonnenanzügen auch nur im entferntesten mit unseren unemanzipierten, unreformierten, himmlischen, hüpfbusigen Frauen des zwanzigsten Jahrhunderts verglichen werden können?«

Dann kam mir plötzlich ein anderer Gedanke in den Sinn.

»Die Kinder«, sagte ich, »wo sind die Kinder? Gibt es noch welche?«

»Kinder«, sagte er. »Nein! In den letzten Jahrhunderten habe ich nie mehr von so etwas gehört. Schreckliche kleine Kobolde müssen das gewesen sein. Große Köpfe und immer Geschrei! Und sind sie nicht gewachsen? Wie Pilze? Ich glaube, sie waren jedes Jahr länger, als im Jahr davor, und ...«

Ich erhob mich.

»Asbest!« sagte ich, »das ist also eure kommende Zivilisation, euer Jahrtausend. Diese irre tote Angelegenheit, ohne die Arbeit und Bürde des Lebens, das damit auch alle Freude und Süße verloren hat. Anstelle des alten Kampfes reine Stagnation, und statt Gefahr und Tod die irre Monotonie der Sicherheit und der Schrecken des unaufhörlichen Verfalls!« Ich streckte weit meine Arme in die dumpfe Luft und schrie: »Gib mir das alte Leben mit Gefahr und Streß zurück, mit der Schufterei, seinen bittern Schicksalen und seinem Herzeleid. Jetzt sehe ich seinen Wert! Ich kenne jetzt seinen Wert. Ich will keine Ruhe«, schrie ich laut ...

»Aber die anderen hier auf dem Flur wollen Ruhe!« rief eine ärgerliche Stimme, die meine Erregung unterbrach.

Plötzlich war ich wach.

Ich war wieder in meinem Hotelzimmer, und um mich herum war das Gesumm dieser bösen geschäftigen alten Welt, und laut in meinen Ohren tönte die Stimme des entrüsteten Mannes quer über den Flur.

»Hör mit dem Geblöke auf, du Quatschkopf«, rief er. »Komm runter auf den Boden der Tatsachen!«

Das tat ich.

John Wyndham

Auch John Wyndham ist wie H. G. Wells, den er sein Vorbild nannte, heute am besten mit seinen klassischen SF-Romanen in Erinnerung – Die Triffids (The Day of the Triffids, 1951), Wenn der Krake erwacht (The Kraken Wakes, 1953, deutsch auch ›Kolonie im Meer‹) und Kuckuckskinder (The Midwich Cuckoos, 1957, deutsch auch ›Es geschah am Tage X‹) –, obwohl er auch einen verschmitzten Sinn für Humor besaß und es nicht verschmähte, die Meister des Genres in seinen Kurzgeschichten zu parodieren. Besonders die Geschichten von ›verrückten Wissenschaftlern‹ hatten es ihm angetan, von denen es in den amerikanischen SF-Pulpzeitschriften der dreißiger Jahre wimmelte, für die er seine frühen Erzählungen schrieb. Natürlich könnte man Wells vorwerfen, diese Art von Geschichten mit seinem grausigen Roman Die Insel des Dr. Moreau angeregt zu haben – wenngleich Mary Shelley mit Frankenstein, 1818 erschienen, wahrscheinlich die wahre Wegbereiterin war –, doch man kann ihm schwerlich gewisse Exzesse vorwerfen, die seine Nachfolger ihre exzentrischen Männer der Wissenschaft an Tieren und Menschen verüben ließen. In ›Das Weibchen der Spezies‹ zollt John Wyndham dem Dr. Moreau und dessen Kollegen ironisch Tribut!

John Wyndham Parkes Lucas Beynon Harris (1903 – 1969) hat während seiner Laufbahn als Schriftsteller alle seine Namen in wechselnden Kombinationen als Pseudonyme benutzt, doch mit den beiden ersten ist er am besten in Erinnerung geblieben. Geboren in Warwickshire, versuchte er sich erfolglos als Bauer, Rechtsanwalt, Grafiker und sogar Werbeagent, ehe er in den dreißiger Jahren sein Metier als Autor von Fantasy und Science Fiction fand. Doch erst nach seinem Militärdienst im Zweiten Weltkrieg wurde Wyndham mit seinem beängstigenden Bericht von den tödlichen beweglichen Pflanzen, den Triffids, und mit seinen nachfolgenden Bestsellern berühmt, von denen die meisten verfilmt und oft fürs Fernsehen aufgenommen worden sind. ›Das Weibchen der Spezies‹ wurde 1937 unter dem Titel ›Das vollkommene Geschöpf‹ geschrieben, wobei Doktor Dixons Schöpfung augenscheinlich männlich war. Als die Geschichte im Oktober 1953 in der Zeitschrift Argosy unter dem von John Wyndham gewünschten neuen Titel erschien, war aus dem Er eine Sie geworden. Der Instinkt, der die tobende Kreatur antrieb, war dennoch in beiden Fassungen genau derselbe – einen Partner zu finden ...

John Wyndham

Das Weibchen der Spezies

Zum erstenmal erfuhr ich von der Dixon-Affäre, als eine Abordnung aus dem Dorf Membury kam und uns fragte, ob wir die dort angeblich geschehenen Vorfälle untersuchen wollten.

Doch zuvor sollte ich wohl das Wort »uns« erläutern.

Ich habe nämlich eine Stelle als Inspektor des Tierschutzvereins, also der Gesellschaft zur Verhütung von Grausamkeiten an Tieren, in dem Distrikt inne, zu dem Membury gehört. Glauben Sie aber bitte nicht, ich hätte einen Flitz in bezug auf Tiere. Ich brauchte einen Job. Ein Freund von mir, der Einfluß bei der Gesellschaft genießt, hat ihn mir verschafft, und ich erledige meine Arbeit, und zwar, wie ich glaube, gewissenhaft. Was die Tiere selber angeht – nun ja, manche mag ich, wie bei den Menschen. In diesem Punkt unterscheide ich mich von meinem Kollegen, Inspektor Alfred Weston, der mag – mochte? – sie alle, grundsätzlich und ohne Unterschied.

Es könnte sein, daß die Gesellschaft in Anbetracht der Gehälter, die sie zahlt, ihren Angestellten nicht recht traut, obwohl auch eine Rolle spielt, daß bei allen Klagen vor Gericht zwei Zeugen wünschenswert sind; doch was auch der Grund sein mag, es ist üblich, für jeden Distrikt zwei Inspektoren zu bestellen, was unter anderem zu meinem täglichen und engen Umgang mit Alfred führte.

Nun könnte man Alfred als den Tierfreund *par excel-*

lence bezeichnen. Zwischen ihm und sämtlichen Tieren bestand vollkommene Zuneigung – zumindest auf seiten Alfreds. Es war nicht seine Schuld, wenn die Tiere das nicht recht begriffen; er gab sich die größte Mühe. Allein schon der Gedanke an vier Füße oder an Federn schien irgend etwas in ihm zu bewirken. Er liebte sie allesamt und neigte dazu, von und mit ihnen zu reden, als wären sie seine lieben guten Freunde, die zeitweilig unter einem eingeschränkten IQ litten.

Alfred selbst war ein gutgebauter Mann, wenngleich nicht groß, der mit einer Ernsthaftigkeit, die sich selten aufheiterte, durch dickumrandete Brillengläser spähte. Der Unterschied zwischen uns bestand darin, daß ich einen Job machte, er aber einer Berufung folgte – und das von ganzem Herzen und mit einer kraftvollen Vorstellungskraft, die ihm Energie verlieh.

Ein ruhiger Kollege war er daher nicht. Von Alfreds Phantasie machtvoll vergrößert, erschienen Gemeinplätze in grellen Farben. Bei Gelegenheit eines ganz alltäglichen Vorwurfs, ein Pferd sei über Gebühr geschlagen worden, pflegten ihm Sätze über Teufel, Barbaren und Bestien in Menschengestalt derart lebendig vor Augen zu stehen, daß er jedesmal schwer enttäuscht war, wenn wir feststellten – wie wir es unweigerlich taten –, daß a) die Sache jedenfalls stark übertrieben worden war und b) der Übeltäter entweder einen zuviel gekippt oder mal kurz die Beherrschung verloren hatte.

Es ergab sich so, daß wir an dem Vormittag zusammen im Büro waren, als die Abordnung von Membury eintraf. Es waren ihrer mehr, als sich üblicherweise einfanden, und wie sie nacheinander hereinkamen, sah ich, wie Alfred in Erwartung von etwas richtig Gutem – oder Schrecklichem, je nachdem, wie man es betrachtete – große Augen bekam. Sogar ich hatte das Gefühl, diese Sache würde eine Nummer größer werden, als wenn jemand einer Katze Konservendosen an den Schwanz band und dergleichen Dinge.

Unsere Vorahnungen erwiesen sich als berechtigt. Der Bericht war einigermaßen verworren, aber als wir uns durchgefitzt hatten, schien es etwa auf folgendes hinauszulaufen:

Am frühen Morgen des Vortages war ein gewisser Tim Darell, während er wie üblich seiner Aufgabe nachkam, die Milch zum Bahnhof zu bringen, auf der Dorfstraße einem Phänomen begegnet. Der Anblick hatte ihn derart verblüfft, daß er, während er auf die Bremse trat, einen lauten Schrei ausgestoßen hatte, woraufhin der ganze Ort an die Fenster oder Türen stürzte. Die Männer hatten mit offenem Munde hingestarrt, und die meisten Frauen hatten zu schreien begonnen, als auch sie das Paar Geschöpfe erblickten, das mitten auf der Straße stand.

Das beste Bild von diesen Geschöpfen, das wir aus unseren Besuchern herausbekommen konnten, führte zu der Annahme, daß sie am ehesten wie Schildkröten ausgesehen hätten – allerdings eine ganz unglaubliche Art von Schildkröten, die aufrecht auf den Hinterfüßen gingen.

Die Gesamthöhe der Erscheinungen schien ungefähr einen Meter siebzig betragen zu haben. Ihre Körper waren mit ovalen Panzern bedeckt, nicht nur auf dem Rücken, sondern auch vorn. Die Köpfe hatten etwa die Größe normaler Menschenköpfe, aber kein Haar und eine hornig wirkende Oberfläche. Ihre leuchtendschwarzen großen Augen saßen über einem glänzenden harten Vorsprung, bei dem strittig blieb, ob es sich um einen Schnabel oder eine Nase handelte.

Doch diese Beschreibung, an sich schon unwahrscheinlich genug, umfaßte noch nicht das problematischste Merkmal – und zwar das, bei dem ungeachtet sonstiger Abweichungen alle übereinstimmten. Nämlich, daß an den Seitenrändern, wo sich Brust- und Rükkenpanzer trafen, in Höhe von rund zwei Dritteln des Körpers ein Paar menschliche Arme und Hände herausragten!

An dieser Stelle nun äußerte ich die Vermutung, auf die jeder andere auch gekommen wäre: daß es ein Scherz war, zwei Kerle, die sich als Schreckgestalten verkleidet hatten.

Die Abordnung war gekränkt. Zum Beispiel, führten sie überzeugend aus, würde niemand diese Art Scherz fortführen, wenn er beschossen wird – das nämlich hatte der alte Halliday, der den Sattlerladen betrieb, mit ihnen gemacht. Er hatte ihnen ein halbes Dutzend Schuß vom Zwölfer-Kaliber verpaßt; es hatte sie nicht im geringsten gestört, und die Schrotkugeln waren einfach abgeprallt.

Doch als sich die Leute daranmachten, vorsichtig aus ihren Türen zu kommen, um sie sich aus der Nähe zu betrachten, schienen sie in Verwirrung geraten zu sein. Sie hatten mit heiseren, gackernden Stimmen aufeinander eingeschrien und waren dann in einer Art Watschelgang die Straße entlanggelaufen. Das halbe Dorf hatte nun Mut gefaßt und war ihnen gefolgt. Die Geschöpfe schienen keine Ahnung zu haben, wo sie hinliefen, und waren über Baker's Marsh aus dem Dorf gerannt. Bald waren sie an eine der weichen Stellen geraten und unter heftigem Zappeln und Gackern darin versunken.

Nachdem sich das Dorf beraten hatte, hatten sie beschlossen, nicht zur Polizei zu gehen, sondern zu uns.

Es war zweifellos gut gemeint, doch, wie ich sagte: »Ich weiß wirklich nicht, was wir Ihrer Meinung tun können, wenn die Geschöpfe spurlos verschwunden sind.«

»Zumal«, warf Alfred ein, nie besonders taktvoll, »es für mich so klingt, als müßten wir melden, daß die Bewohner von Membury diese unglücklichen Geschöpfe – was immer sie gewesen sein mögen – einfach in den Tod getrieben und keinen Versuch unternommen haben, sie zu retten.«

Daraufhin schauten sie etwas gekränkt drein, doch es stellte sich heraus, daß sie noch nicht fertig waren. Man hatte die Spuren der Geschöpfe so weit wie möglich verfolgt und war der einhelligen Meinung, sie könnten ihren Ursprung nirgends als im Membury-Hof genommen haben.

»Wer wohnt da?« fragte ich.

Ein gewisser Doktor Dixon, antworteten sie mir. Er war seit drei oder vier Jahren da.

Und damit kamen wir zu Bill Parsons Beitrag. Er zögerte ein wenig, ehe er damit herausrückte.

»Das bleibt doch unter uns, was?« fragte er.

Es ist meilenweit bekannt, daß Bill sich am meisten für anderer Leute Kaninchen interessiert. Ich beruhigte ihn.

»Ja, also das war so«, sagte er. »Wird so vor drei Monaten gewesen sein...«

Wenn man das Drumherum wegläßt, lief Bills Geschichte auf folgendes hinaus: Als er eines Nachts sozusagen auf das Gebiet des Gutshofes geraten war, war er auf den Gedanken verfallen, sich den neuen Flügel genauer anzusehen, den Doktor Dixon kurz nach seiner Ankunft errichtet hatte. In der Gegend war eine Menge darüber gerätselt worden, und als er einen Lichtspalt zwischen den Vorhängen dort sah, hatte Bill die Gelegenheit beim Schopfe gefaßt.

»Ich sag Ihnen, da gibt's Sachen, wo nicht in Ordnung sind«, sagte er. »Gleich das erste, was ich seh, an der Wand gegenüber, war 'ne Reihe Käfige, mit großen dikken Gitterstäben vor – so wie die Lampe hing, konnte ich nicht sehn, was drin war, aber wieso hat jemand so was in seinem Haus?

Und wie ich mich dann höher schieb, damit ich besser seh, da seh ich in der Mitte von dem Zimmer was Schreckliches – was Schreckliches war das!« Er hielt inne und schüttelte sich dramatisch.

»Also was war es?« fragte ich geduldig.

»Es war – also das ist schwer zu sagen. Auf dem Tisch gelegen hat's aber. Sah am ehesten wie 'ne weiße Nakkenrolle aus – bloß daß es sich 'n bißchen bewegte. Kroch so stückchenweise, mit lauter so kleinen Wellen – wenn Sie verstehen, was ich meine.«

Davon konnte kaum die Rede sein. Ich fragte: »Ist das alles?«

»Ist es nicht«, sagte Bill und kam genüßlich zum Höhepunkt. »Das meiste davon hatte keine richtige Form, ein Stück davon aber doch – ein Paar Hände, Menschenhände, die an den Seiten rausguckten ...«

Schließlich wurde ich die Abordnung los, nachdem ich versichert hatte, wir würden der Sache nachgehen. Als ich die Tür hinter dem letzten geschlossen hatte und mich umwandte, bemerkte ich, daß mit Alfred nicht alles zum Besten stand. Seine aufgerissenen Augen funkelten hinter der Brille, und er zitterte.

»Setz dich«, riet ich ihm. »Du willst doch nicht rumlaufen und vor lauter Zappeln Körperteile verlieren.«

Ich sah einen Vortrag auf mich zukommen, wahrscheinlich würde er, was wir eben gehört hatten, in den Schatten stellen. Doch diesmal wollte er erst einmal meine Meinung hören, während er seine eigene zunächst mannhaft zurückhielt.

Ich tat ihm den Gefallen: »Es wird jedenfalls einfacher sein, als es klingt«, sagte ich. »Entweder hat wirklich jemand dem Dorf einen Streich gespielt, oder es geht um ein paar sehr ungewöhnliche Tiere, die sie durch zuviel Gerede ganz verzerrt haben.«

»Was die Panzer und die Arme betraf, stimmten alle

überein – zwei Gebilde, die so wenig zusammenpassen wie nur irgendwas«, sagte Alfred mürrisch.

Das mußte ich zugeben. Und Arme – oder zumindest Hände – waren die einzigen faßbaren Merkmale an dem rollenförmigen Objekt, das Bill auf dem Gutshof gesehen hatte...

Alfred nannte noch ein paar Gründe, warum ich mich irren mußte, und machte dann eine bedeutungsschwere Pause.

»Ich habe auch Gerüchte über den Membury-Hof gehört«, sagte er.

»Als da wären?« fragte ich.

»Nichts sehr Bestimmtes«, gab er zu. »Aber wenn man alles zusammennimmt... Schließlich gibt es keinen Rauch ohne...«

»Also los, raus damit«, ermunterte ich ihn.

»Ich denke«, sagte er mit beeindruckendem Ernst, »ich denke, wir sind hier einer großen Sache auf die Spur gekommen. Sieht ganz aus wie etwas, was endlich das Gewissen der Leute aufrütteln wird angesichts der Greuel, die unter dem Deckmantel wissenschaftlicher Forschung verübt werden. Weißt du, was meiner Meinung nach da direkt vor unserer Haustür vor sich geht?«

»Laß hören«, sagte ich geduldig.

»Ich glaube, wir haben es mit einem Super-Vivisektionisten zu tun!« sagte er und fuchtelte mir dramatisch mit dem Finger vor der Nase herum.

Ich runzelte die Stirn. »Das verstehe ich nicht«, antwortete ich. »Eine Sache ist entweder vivi, oder sie ist es nicht. Super-vivi hat einfach keinen...«

»Tscha!« sagte Alfred. Jedenfalls war es die Art Geräusch. »Ich meine, wir haben es mit einem Mann zu tun, der die Natur vergewaltigt, Gottes Geschöpfe mißbraucht, schamlos Tiere verunstaltet, bis sie nicht mehr oder nur noch teilweise als das zu erkennen sind, was sie vor der Verunstaltung waren«, verkündete er mitgerissen.

Ab dieser Stelle ahnte ich langsam die wahrlich Alfredsche Theorie, die er diesmal verfechten würde. Seine Phantasie hatte kräftig zugebissen, und obwohl spätere Ereignisse zeigen sollten, daß sie nicht kräftig genug zubiß, lachte ich.

»Verstehe«, sagte ich. »Ich habe *Die Insel des Doktor Moreau* auch gelesen. Glaubst du, du kommst auf den Gutshof und wirst von einem Pferd begrüßt, das auf den Hinterbeinen geht und übers Wetter redet, oder hoffst du vielleicht, daß dir ein Superhund öffnet und dich nach dem Namen fragt?

Eine bestechende Idee, Alfred. Doch hier ist das wirkliche Leben, weißt du. Da es eine Beschwerde gegeben hat, müssen wir ihr nachgehen, aber ich fürchte, du wirst schrecklich enttäuscht sein, alter Junge, wenn du dich auf den Besuch in einem Hause freust, wo üble Ätherdämpfe in der Luft hängen und die gräßlichen Schreie gepeinigter Tiere von den Wänden widerhallen. Mach's halblang, Alfred. Komm zurück auf den Boden.«

Doch so leicht war Alfred nicht der Wind aus den Segeln zu nehmen. Seine Phantasien waren ein wichtiger Teil seines Lebens, und obwohl es ihn ein wenig verunsicherte, daß ich die Quelle seiner Inspiration verwarf, war sein Enthusiasmus ungebremst. Statt dessen wälzte er die Sache weiter in seinem Kopf herum und fügte hier und da ein paar Striche hinzu.

»Warum Schildkröten?« hörte ich ihn murmeln. »Es scheint doch nur schwieriger zu werden, wenn man Reptilien nimmt.«

Er dachte eine Weile nach, dann fügte er hinzu: »Arme. Arme und Hände! Woher in aller Welt hat er ein Paar Arme?«

Seine Augen wurden noch größer und aufgeregter, als er das bedachte.

»Also, also! Immer mit der Ruhe!« riet ich ihm.
Trotzdem war es eine ungemütliche, vertrackte Frage...

Am Nachmittag darauf fanden sich Alfred und ich am Pförtnerhaus des Membury-Hofes ein und nannten einem verdächtig aussehenden Mann unsere Namen, der dort wohnte und den Eingang bewachte. Er schüttelte den Kopf, um anzudeuten, wir hätten keine Aussicht, einen Schritt weiterzukommen, nahm aber doch den Telefonhörer ab.

Ich hatte die etwas unwürdige Hoffnung, seine ablehnende Haltung könnte bestätigt werden. Natürlich mußten wir der Sache nachgehen, und sei es um die Dorfbewohner zu beruhigen, aber es wäre zu wünschen gewesen, daß Alfred mehr Zeit gehabt hätte, sich abkühlen. Momentan waren seine Erregung und Erwartung eher noch gestiegen. Die Eingebungen von Poe und Zola sind harmlos im Vergleich zu Alfreds Vorstellungen, wenn sie geeignete Nahrung finden. Die ganze Nacht hindurch schienen die gräßlichsten Alpträume durch seinen Schlaf galoppiert zu sein, und er war jetzt in einer Verfassung, in der ihm Sätze wie die ›schamlose Folterung unserer stummen Freunde‹ durch ›die teuflischen Messerschwinger‹ und ›die gen Himmel steigenden markerschütternden Schreie von Millionen zuckender Opfer‹ wie von selbst über die Lippen kamen. Es war äußerst peinlich. Wenn ich mich nicht bereitgefunden hätte, ihn zu begleiten, wäre er sicherlich allein gegangen, und in diesem Fall hätte er wahrscheinlich auf irgendeine Weise Schaden genommen, nachdem er das Gespräch zweifellos mit allgemeinen Anschuldigungen von schwerer Körperverletzung, Quälerei und Sadismus eröffnet hätte.

Schließlich hatte ich ihn überzeugt, sein Part werde es sein, die Augen wachsam für weitere Beweise offenzuhalten, während ich das Gespräch führen würde. Später, wenn er nicht zufrieden sein sollte, würde er Gelegenheit haben, das seine zu sagen. Ich konnte nur hoffen, daß er imstande sein würde, dem inneren Druck zu widerstehen.

Der Pförtner schaute vom Telefon zu uns zurück, einen Ausdruck von Überraschung im Gesicht.

»Er sagt, daß er Sie treffen will«, sagte er zu uns, nicht ganz sicher, ob er recht gehört hatte. »Sie finden ihn im neuen Flügel – dem roten Ziegelbau da.«

Der neue Flügel, in den der wildernde Bill gespäht hatte, erwies sich als weitaus größer als erwartet. Er nahm fast ebensoviel Grundfläche wie das ursprüngliche Haus ein, war aber nur ein Stockwerk hoch. Eine Tür in seinem Ende öffnete sich, als wir heranfuhren, und eine hochgewachsene, nachlässig gekleidete Gestalt mit unordentlichem Bart stand dort und erwartete uns.

»Herr im Himmel!« sagte ich, als wir näher kamen. »Deswegen sind wir so leicht reingekommen! Ich hatte keine Ahnung, daß Sie *der* Dixon sind. Wer hätte das gedacht?«

»Was das betrifft«, gab er zurück, »für einen Mann von Intelligenz scheinen Sie selbst einer ungewöhnlichen Beschäftigung nachzugehen.«

Mir fiel mein Begleiter ein.

»Alfred«, sagte ich, »ich möchte dich mit Doktor Dixon bekanntmachen – früher ein armer Pauker, der mir in der Schule ein bißchen Biologie beizubringen versuchte, später aber, wie es allgemein heißt, der Erbe von etlichen Millionen oder so um die Drehe.«

Alfred schaute mißtrauisch drein. Das war offensichtlich falsch: sich gleich zu Beginn an die Verbrüderung mit dem Feind zu machen! Er nickte steif und streckte keine Hand aus.

»Herein!« sagte Dixon einladend.

Er führte uns in ein komfortables Arbeitszimmer samt

Büro, das die Gerüchte von der Erbschaft eher bestätigte. Ich setzte mich in einen großartigen Ruhesessel.

»Sie werden von Ihrem Pförtner gewiß erfahren haben, daß wir dienstlich hier sind«, sagte ich. »Wir sollten also lieber das Geschäftliche hinter uns bringen, ehe wir das Wiedersehen feiern. Es wäre freundlich, meinen Freund Alfred von der Anspannung zu befreien.«

Doktor Dixon nickte und warf einen nachdenklichen Blick auf Alfred, der nicht daran dachte, sich zu kompromittieren, indem er sich setzte.

»Ich werde Ihnen den Bericht so vortragen, wie wir ihn erhalten haben«, sagte ich und tat es. Als ich zu der Beschreibung der schildkrötenartigen Geschöpfe kam, wirkte er etwas erleichtert.

»Oh, das ist also mit ihnen passiert«, sagte er.

»Ah!« schrie Alfred, und seine Stimme überschlug sich vor Aufregung. »Sie geben es also zu! Sie geben zu, daß Sie für diese beiden unglücklichen Geschöpfe verantwortlich sind!«

Dixon schaute ihn erstaunt an.

»Ich war in der Tat für sie verantwortlich – aber ich wußte nicht, daß sie unglücklich waren. Woher wissen Sie es?«

Alfred ignorierte die Frage.

»Da haben wir's«, krächzte er. »Er gibt zu, daß ...«

»Alfred«, sagte ich kalten Tones zu ihm. »Sei jetzt still und hör auf, herumzuspringen. Laß mich das weitermachen.«

Ich machte es noch ein paar Sätze weiter, aber in Alfred staute sich zuviel Druck, als daß er ihn zurückhalten konnte. Er fiel mir ins Wort: »Wo ... wo haben Sie die Arme her? Sagen Sie mir nur, wo sind *die* her?« wollte er todernst wissen.

»Ihr Freund kommt mir ein wenig über ... äh ... theatralisch vor«, bemerkte Doktor Dixon.

»Paß auf, Alfred«, sagte ich entschieden, »laß mich erst zu Ende erzählen, ja? Du kannst die gespenstische Note später noch hinzufügen.«

Als ich fertig war, schloß ich eine Entschuldigung an, die mir notwendig erschien. Ich sagte zu Dixon: »Es tut mir leid, Sie mit alledem zu behelligen, aber Sie sehen, wie die Dinge liegen. Wenn uns begründete Anschuldigungen unterbreitet werden, bleibt uns keine Wahl, als ihnen nachzugehen. Offensichtlich liegt das ziemlich weitab von der üblichen Linie, aber ich bin sicher, daß Sie uns eine befriedigende Erklärung geben können. Und jetzt, Alfred«, fügte ich an ihn gewandt hinzu, »glaube ich, hast du ein, zwei Fragen zu stellen, aber versuch im Auge zu behalten, daß unser Gastgeber Dixon heißt, nicht Moreau.«

Alfred kam wie aus der Pistole geschossen.

»Was ich wissen will, sind Bedeutung, Grund und Methoden dieser Vergewaltigungen der Natur. Ich verlange zu erfahren, mit welchem Recht dieser Mann sich für berechtigt hält, normale Geschöpfe in unnatürliche Zerrbilder der natürlichen Formen zu verwandeln.«

Doktor Dixon nickte sanft.

»Eine verständliche Frage – wenn auch nicht sehr verständlich gestellt«, sagte er. »Ich mißbillige den weitschweifigen, fortwährenden Gebrauch des Wortes ›Natur‹ und möchte darauf hinweisen, daß das Wort ›unnatürlich‹ ein Vulgarismus ist, der nicht einmal Sinn ergibt. Wenn überhaupt irgend etwas getan worden ist, dann lag es offensichtlich in jemandes Natur, es zu tun, und in der Natur des Materials, es mit sich tun zu lassen, was es auch sein mochte. Man kann nur innerhalb der Grenzen seiner Natur handeln, das ist ein Axiom.«

»Diese ganzen Haarspaltereien werden Sie nicht...«, setzte Alfred an, doch Dixon fuhr ruhig fort: »Nichtsdestoweniger glaube ich zu verstehen, daß Sie meinen, meine Natur habe mich bewogen, gewisses Material auf eine Art und Weise zu verwenden, die Ihren Vorurteilen zuwiderläuft. Wäre das richtig?«

»Man kann es bezeichnen, wie man will, aber ich nenne es Vivisektion – *Vivisektion!*« sagte Alfred und stieß das Wort wie einen kräftigen Fluch hervor. »Möglicherweise haben Sie eine Genehmigung. Aber hier sind Dinge vorgefallen, für die Sie eine sehr gute Erklärung brauchen werden, damit wir mit der Sache nicht zur Polizei gehen.«

Doktor Dixon nickte.

»Ich hatte mir schon gedacht, daß Sie derlei Vorstellungen haben, und es wäre mir lieber, Sie hätten sie nicht. In absehbarer Zeit werde ich mit der ganzen Sache an die Öffentlichkeit treten. Vorerst brauche ich mindestens zwei, vielleicht drei Monate, um meine Entdeckungen zur Publikation vorzubereiten. Ich denke, wenn ich es erklärt habe, werden Sie meinen Standpunkt besser verstehen.«

Er hielt inne und musterte Alfred, der nicht wie jemand aussah, der irgend etwas zu verstehen gedachte. Dann fuhr er fort: »Der springende Punkt ist, daß ich im Gegensatz zu Ihrem Verdacht keine Lebensformen verändert oder neu angepaßt oder in irgendeiner Weise verformt habe. Ich habe sie *gebaut*.«

Einen Augenblick lang erfaßte keiner von uns die Bedeutung dieser Worte – obwohl Alfred glaubte, sie erfaßt zu haben.

»Ha! Sie können mit Spitzfindigkeiten kommen«, sagte er, »aber es muß eine Grundlage geben. Sie müssen eine Art lebendes Tier als Ausgangspunkt gehabt haben – eins, daß sie bösartig verstümmelt haben, um diese Schrecken zu erzeugen.«

Doch Dixon schüttelte den Kopf.

»Nein, ich meine es, wie ich es gesagt habe. Ich habe *gebaut* – und dann habe ich dem, was ich gebaut hatte, eine Art Leben eingeflößt.«

Uns blieb der Mund offen stehen. Ich sagte unsicher: »Behaupten Sie wirklich, Sie könnten ein Lebewesen erschaffen?«

»Pah!« sagte er. »Natürlich kann ich das, genauso wie Sie. Sogar Alfred hier kann es mit Hilfe eines Weibchens der Spezies. Ich sage Ihnen aber, daß ich das Leblose beseelen kann, weil ich einen Weg gefunden habe, ihm die – oder jedenfalls eine – Lebenskraft einzugeben.«

Es folgte eine lange Pause, die schließlich von Alfred beendet wurde.

»Ich glaube es nicht«, sagte er. »Es ist ausgeschlossen, daß Sie hier in diesem Kaff das Mysterium des Lebens enträtselt haben sollten. Sie versuchen uns einfach etwas vorzuschwindeln, aus Angst vor den Schritten, die wir unternehmen werden.«

Dixon lächelte ruhig.

»Ich sagte, daß ich *eine* Lebenskraft gefunden habe. Meines Wissens kann es noch Dutzende andere geben. Ich verstehe, daß es Ihnen schwerfällt, es zu glauben, aber warum eigentlich? Jemand mußte früher oder später eine davon entdecken. Mich überrascht eher, daß diese eine nicht schon eher entdeckt wurde.«

Doch Alfred ließ sich nicht beschwichtigen.

»Ich glaube es nicht«, wiederholte er. »Und auch sonst wird es niemand glauben, bis Sie Beweise vorlegen – wenn Sie das können.«

»Natürlich«, stimmte Dixon zu. »Wer würde blindlings so etwas glauben? Obwohl ich fürchte, wenn Sie meine gegenwärtigen Exemplare untersuchen, werden Sie die Konstruktion zunächst etwas grobschlächtig finden. Ihre Freundin, die Natur, steckt soviel unnötige Arbeit hinein, die man einfacherweise weglassen kann.

Bezüglich der Arme, die Sie so sehr zu beunruhigen scheinen, so hätte ich, wenn ich echte Arme unmittelbar nach dem Tod ihres Besitzers hätte bekommen können, sie vielleicht verwenden können, ich bin mir allerdings nicht sicher, ob das nicht womöglich mehr Mühe gemacht hätte. Derlei Dinge sind aber für gewöhnlich nicht leicht zu bekommen, und es ist nicht wirklich schwierig, vereinfachte Teile zu bauen – es bedarf nur einer Mischung aus Technik, Chemie und gesundem Menschenverstand. In der Tat ist das schon seit einiger Zeit möglich, aber ohne die Mittel, sie zu beleben, würde es sich schwerlich lohnen. Eines Tages wird man sie vielleicht fein genug herstellen, um einen verlorenen Körperteil zu ersetzen, aber man wird eine sehr komplizierte Technik entwickeln müssen, ehe das möglich ist.

Was Ihren Verdacht betrifft, daß meine Exemplare leiden, Mr. Weston, versichere ich Ihnen, daß sie geradezu verhätschelt werden – sie haben mich eine Menge Geld und Arbeit gekostet. Jedenfalls fiele es Ihnen schwer, mich wegen Grausamkeit gegenüber einem Tier strafrechtlich zu verfolgen, von dem noch nie jemand gehört hat und dessen Gewohnheiten unbekannt sind.«

»Das überzeugt mich nicht«, sagte Alfred steif.

Der arme Kerl war, glaube ich, zu bekümmert, daß seine Theorie in Gefahr sein könnte, als daß das wahre Ausmaß von Dixons Behauptung zu ihm durchgedrungen wäre.

»Dann vielleicht eine Vorführung...?« schlug Dixon vor. »Wenn Sie mir folgen wollen...«

Bills Spähunternehmen hatte uns auf den Anblick der stahlvergitterten Käfige im Laboratorium vorbereitet, aber nicht auf vieles andere, was wir vorfanden – darunter den Geruch.

Dixon entschuldigte sich, als wir würgten und nach Luft schnappten: »Ich habe vergessen, Sie wegen der Konservierungsmittel zu warnen.«

»Es ist beruhigend zu hören, daß es weiter nichts ist«, sagte ich zwischen zwei Hustenanfällen.

Der Raum mußte sich dreißig Meter weit hinziehen und an die neun Meter hoch sein. Bill hatte gewiß verdammt wenig durch seinen Spalt im Vorhang gesehen, und ich starrte verwundert auf die große Zahl von Gerätschaften. Es gab eine grobe Unterteilung in Abschnitte: Chemie in der einen Ecke, Werk- und Drehbänke in einer anderen, elektrische Apparate an einem Ende gruppiert und so weiter. In einer von mehreren Nischen stand ein Operationstisch mit Instrumentenregalen in Reichweite; Alfreds Augen weiteten sich bei seinem Anblick, und ein Ausdruck von Triumph belebte sein Gesicht. In einer anderen Nische sah es eher nach einer Bildhauerwerkstatt aus, wo Formen und Abgüsse auf Tischen lagen. Ein Stück weiter standen große Pressen und Elektroöfen von beachtlicher Größe, doch bis auf die einfachsten Stücke sagte mir die meiste Ausrüstung kaum etwas.

»Kein Zyklotron, kein Elektronenmikroskop; sonst von allem ein bißchen«, bemerkte ich.

»Da irren Sie sich. Dort ist das Elektronen... Hallo! Ihr Freund hat sich selbständig gemacht.«

Alfred hatte es zu dem Operationstisch gezogen. Er spähte ringsum und darunter, anscheinend in der Hoffnung, Blutspuren zu finden. Wir folgten ihm.

»Da ist einer von den Hauptauslösern Ihrer gespenstischen Phantasie«, sagte Dixon. Er öffnete eine Schublade, nahm einen Arm heraus und legte ihn auf den Operationstisch. »Sehen Sie sich das an.«

Das Ding war von einem wächsernen Gelb und ohne eine andere Farbe. In der Form ähnelte es stark einem menschlichen Arm, doch als ich die Hand eingehender betrachtete, sah ich, daß sie glatt war, nicht von Linien oder Wirbeln durchzogen, sie hatte auch keine Fingernägel.

»Soviel Mühe lohnt sich in dem Stadium nicht«, sagte Dixon, der mich beobachtete.

Es war auch kein ganzer Arm: Er war zwischen Ellenbogen und Schulter abgeschnitten.

»Was ist das?« fragte Alfred und zeigte auf einen herausragenden Metallstab.

»Edelstahl«, antwortete Dixon. »Viel schneller und billiger, als wenn man Matrizen zum Pressen von Knochenformen herstellt. Wenn ich zum Normieren komme, werde ich wahrscheinlich auf Kunststoffknochen zurückgreifen; dabei sollte sich Gewicht einsparen lassen.«

Alfred sah zu seinem Leidwesen wieder enttäuscht aus; dieser Arm hatte sichtlich nichts mit Vivisektion zu tun.

»Aber warum ein Arm? Warum das Ganze?« wollte er wissen und machte eine Handbewegung, die ungefähr den ganzen Raum umfaßte.

»In der Reihenfolge der Fragen: ein Arm – oder besser, eine Hand –, weil dies das nützlichste Werkzeug ist, das je entwickelt wurde und mir gewiß kein besseres einfiele. Und ›das Ganze‹, weil ich, nachdem ich auf das grundlegende Geheimnis gestoßen war, es mir in den Kopf gesetzt habe, als Bestätigung für mich das vollkommene Geschöpf zu bauen – oder was im Vermögen des beschränkten menschlichen Geistes dem am nächsten kommt.

Die schildkrötenartigen Geschöpfe waren ein frühes Stadium. Sie hatten genug Hirn, um zu leben und Reflexe auszubilden, aber nicht genug zum konstruktiven Denken. Das war nicht nötig.«

»Sie wollen sagen, daß Ihr ›vollkommenes Geschöpf‹ über konstruktives Denken verfügt?« fragte ich.

»Es hat ein Gehirn so gut wie unsereins – und ein bißchen größer«, sagte er. »Es braucht allerdings noch Erfahrung – Ausbildung. Aber da das Gehirn schon voll entwickelt ist, lernt es viel schneller, als es ein Kind täte.«

»Können wir es ... sie sehen?« fragte ich.

Er seufzte bedauernd. »Alle wollen immer gleich in

einem Sprung das fertige Produkt. Also schön. Aber zuerst gibt es eine kleine Vorführung – ich fürchte, Ihr Freund ist immer noch nicht überzeugt.«

Er führte uns zu den Regalen mit den Operationsinstrumenten und öffnete dort einen Konservierungsschrank. Er nahm eine formlose weiße Masse heraus, die er auf den Operationstisch legte. Diesen fuhr er dann zu der elektrischen Apparatur ein Stück weiter im Raum. Unter dem bleichen, schlaffen Gegenstand sah ich eine Hand hervorragen.

»Himmel!« rief ich aus. »Bills ›Nackenrolle mit Händen‹!«

»Ja. Er hatte nicht ganz unrecht, obwohl er Ihrem Bericht zufolge ein bißchen dick aufgetragen hat. Dieser kleine Bursche ist in Wahrheit mein Oberassistent. Er verfügt über alle wesentlichen Teile – Ernährungs-, Gefäß-, Nerven- und Atmungssystem. Er kann tatsächlich leben. Aber es ist keine besonders aufregende Existenz für ihn – er ist eine Art Testmotor zur Erprobung neu angefertigter Zusätze.«

Während er sich mit ein paar elektrischen Verbindungen zu schaffen machte, fügte er hinzu: »Wenn Sie, Mr. Weston, sich die Mühe machen wollten, das Exemplar auf eine Ihnen genehme Weise zu untersuchen, wenn Sie ihm nur nicht schaden, um sich zu überzeugen, daß es zum gegenwärtigen Zeitpunkt nicht lebt, so tun Sie es bitte.«

Alfred trat an die weiße Masse heran. Er betrachtete sie eingehend und mit Abscheu durch seine Brille. Er tippte sie zögernd mit dem Zeigefinger an.

»Die Grundlage ist also elektrisch?« fragte ich Dixon.

Er nahm eine Flasche mit einem grauen Gebräu und maß ein wenig davon in einen Becher ab.

»Vielleicht. Andererseits kann sie auch chemisch sein. Sie glauben doch nicht etwa, daß ich Ihnen *alle* meine Geheimnisse offenbaren werde.«

Als er mit seinen Vorbereitungen fertig war, sagte er: »Zufrieden, Mr. Weston? Ich möchte mir später nicht vorwerfen lassen, ich hätte Ihnen einen Zaubertrick gezeigt.«

»Es scheint nicht lebendig zu sein«, gab Alfred vorsichtig zu.

Wir sahen zu, wie Dixon etliche Elektroden an dem Objekt befestigte. Dann wählte er sorgfältig drei Stellen an seiner Oberfläche und injizierte an jeder eine blaßblaue Flüssigkeit. Danach besprühte er die ganze Gestalt zweimal aus verschiedenen Sprühern. Schließlich legte er in rascher Folge vier oder fünf Schalter um.

»Jetzt«, sagte er mit einem Lächeln, »warten wir fünf Minuten – die Sie, wenn Sie wollen, damit zubringen können, sich zu überlegen, welche von meinen Handlungen bedenklich waren.«

Nach drei Minuten begann die schlaffe Masse schwach zu pulsieren. Allmählich wurde die Bewegung stärker, bis sanfte, rhythmische Wellenbewegungen hindurchliefen. Nun sackte oder rollte sie auf eine Seite, so daß die Hand sichtbar wurde, die darunter verborgen gewesen war. Ich sah, wie sich die Finger der Hand spannten und versuchten, sich an der glatten Tischplatte festzuhalten.

Ich glaube, ich schrie auf. Bis es wirklich geschehen war, war ich außerstande gewesen, es für möglich zu halten. Jetzt drang mir ein Teil der Bedeutung ins Bewußtsein. Ich packte Dixon am Arm.

»Mann!« sagte ich. »Wenn Sie das mit einem toten Körper täten...«

Doch er schüttelte den Kopf. »Nein. Das funktioniert nicht. Ich hab's versucht. Man darf das zu Recht Leben nennen, denke ich... Aber in gewisser Weise ist es eine andere Art Leben. Ich verstehe überhaupt nicht, warum...«

Eine andere Art oder nicht, ich wußte, daß das, was

ich vor mir sah, der Same einer Revolution sein mußte, deren Möglichkeiten jede Vorstellung überstiegen...

Und die ganze Zeit über fummelte dieser Dummkopf Alfred an dem Ding herum, als wäre das eine Zirkusnummer und er müßte sich vergewissern, daß ihm niemand mit Spiegeln etwas vorgaukelte oder das Ding an Fäden führte.

Es geschah ihm recht, als er ein paar hundert Volt durch die Finger kriegte...

»Und jetzt«, sagte Alfred, als er sich zufriedenstellend vergewissert hatte, daß zumindest die gröberen Formen von Täuschung ausgeschlossen waren, »jetzt sähen wir gern dieses ›vollkommene Geschöpf‹, von dem Sie gesprochen haben.«

Er schien noch immer nicht im mindesten zu begreifen, welches Wunder ihm begegnet war. Er war überzeugt, daß irgendeine Gesetzesverletzung stattfand, und war entschlossen, den Beweis zu finden, mit dem man sie in die passende Kategorie einordnen könnte.

»Also gut«, stimmte Dixon zu. »Übrigens, ich nenne sie Una. Mir ist kein Name in den Sinn gekommen, der halbwegs angemessen wäre, aber zweifellos ist sie die erste ihre Art, daher Una.«

Er führte uns durch den Raum zum letzten und größten in der Reihe der Käfige. Er hielt ein wenig Abstand von den Gitterstäben und rief den Insassen nach vorn.

Ich weiß nicht, was ich zu sehen erwartet hatte – gewiß nicht, was Alfred sich erhoffte. Doch beiden verschlug es uns den Atem, als wir sahen, was da auf uns zu tapste.

Dixons ›vollkommenes Geschöpf‹ war ein schrecklicheres Zerrbild, als ich mir je im Traume oder im Wachen vorgestellt hatte.

Stellen Sie sich, wenn Sie es können, einen dunklen kegelförmigen Panzer aus einem leicht glänzenden Material vor. Die abgerundete Spitze des Kegels befand sich gut einen Meter achtzig über dem Boden, die Basis hatte einen Durchmesser von über einem Meter, und das ganze Ding hielt sich auf drei kurzen zylindrischen Beinen. Es gab vier Arme, Parodien von Menschenarmen, die etwa in halber Höhe aus Fugen herausragten. Augen, etwa sechs Zoll unter der oberen Wölbung angebracht, betrachteten uns mit stetem Blick unter hornigen Lidern hervor. Einen Moment lang fühlte ich, daß ich kurz vor der Hysterie stand.

Dixon schaute das Ding voller Stolz an.

»Du hast Besuch, Una«, sagte er zu ihm.

Die Augen wandten sich mir zu, dann wieder zu Alfred. Eins von ihnen zwinkerte, und das Lid klickte dabei. Eine tiefe, hallende Stimme ertönte, ohne daß die Quelle ersichtlich gewesen wäre.

»Endlich! Ich habe dich lange genug darum gebeten«, sagte es.

»Gütiger Gott!« sagte Alfred. »Das entsetzliche Ding kann reden?«

Der stete Blick verweilte auf ihm.

»Der eine da wird genügen. Mir gefallen die Glasaugen«, grummelte die Stimme.

»Sei still, Una. Es ist nicht, was du denkst«, schaltete sich Dixon ein. »Ich muß Sie bitten«, fügte er hinzu, an uns beide gewandt, doch mit dem Blick auf Alfred, »sich mit Ihren Bemerkungen vorzusehen. Una fehlt naturgemäß der natürliche Hintergrund an Erfahrungen, doch sie ist sich ihrer Würde bewußt – und der diversen Punkte, in denen sie körperlich überlegen ist. Sie ist etwas unbeherrscht, und es bringt nichts, sie zu beleidigen. Es ist natürlich, daß Sie ihr Aussehen anfangs etwas überraschend finden, aber ich werde es erklären.«

Ein dozierender Ton kam in seine Stimme.

»Nachdem ich meine Methode der Animation entdeckt hatte, neigte ich zunächst dazu, als überzeugendes Demonstrationsobjekt eine annähernd menschenähnliche Gestalt zu erschaffen. Nach reiflicher Überlegung habe ich mich aber gegen eine bloße Nachahmung entschieden. Ich beschloß, funktional und logisch vorzugehen und gewisse Züge zu vermeiden, die mir am Menschen und anderen existierenden Geschöpfen schlecht oder ungenügend entworfen zu sein scheinen. Später erwies es sich auch als notwendig, aus technischen und konstruktiven Gründen einige Änderungen anzubringen. Jedenfalls ist Una das Ergebnis meiner Lösungsmethode.« Er hielt inne und schaute das Ungeheuer liebevoll an.

»Ich... ähm... sagten Sie ›logisch‹?« erkundigte ich mich.

Alfred brauchte eine Weile, ehe er seinen Kommentar abgab. Er starrte weiterhin das Geschöpf an, das den Blick noch immer auf ihn gerichtet hielt. Ich sah förmlich, wie er sein vermeintlich besseres Ich dazu zu bewegen suchte, das bloße Vorurteil zu überwinden. Er erhob sich jetzt edelmütig über seine frühere, unfreundliche Bemerkung.

»Ich halte es nicht für angemessen, ein derart großes Tier auf so kleinem Raum zu halten«, verkündete er.

Eins der hornigen Augenlider klickte abermals, als es zwinkerte.

»Ich mag ihn. Er meint es gut. Er wird genügen«, grummelte die mächtige Stimme.

Alfred verlor ein wenig an Haltung. Nach langer Erfahrung im gönnerhaften Umgang mit den stummen Freunden fand er es mißlich, sich einem Wesen gegenüberzusehen, das nicht nur sprach, sondern sich dabei auch ihm gegenüber gönnerhaft verhielt. Er erwiderte mit Unbehagen den steten Blick.

Dixon überging die Unterbrechung und fuhr fort: »Als erstes wird Sie überraschen, daß Una keinen gesonderten Kopf hat. Das war eine meiner ersten Änderungen; der normale Kopf ist zu ungeschützt und verletzlich. Die Augen müssen natürlich hoch stehen, aber ein halb abgetrennter Kopf ist überhaupt nicht nötig.

Ihre allgemeine Gestalt macht es fast sicher, daß jeder fallende Gegenstand von dem verstärkten Kunststoffpanzer abgleiten wird, aber es erschien mir angebracht, das Gehirn soweit wie möglich gegen Stöße zu isolieren, indem ich es dort unterbrachte, wo man den Magen vermuten könnte. Das erlaubte es mir, den Magen höher zu setzen und die Därme günstiger anzuordnen.«

»Wie ißt es?« warf ich ein.

»Der Mund ist auf der anderen Seite«, erwiderte er knapp. »Nun ja, ich muß zugeben, daß die Ausstattung mit vier Armen auf den ersten Blick den Eindruck von Leichtfertigkeit erwecken könnte. Doch wie gesagt, die Hand ist das vollkommene Werkzeug – *wenn* sie die richtige Größe hat. Sie werden also bemerken, daß Unas oberes Paar schlank und feingliedrig, das untere dagegen sehr muskulös ist.

Vielleicht interessiert Sie auch ihre Atmung. Ich habe ein Durchflußprinzip angewandt. Sie atmet an der einen Stelle ein, an der anderen aus. Eine Verbesserung, wie Sie zugeben müssen, gegenüber unserem eigenen ziemlich ekelhaften System.

Was den allgemeinen Bau angeht, hat sie sich leider als deutlich schwerer als erwartet erwiesen – nämlich knapp über eine Tonne –, und um das tragen zu können, mußte ich meinen ursprünglichen Plan etwas abändern. Ich konstruierte Beine und Füße so ziemlich nach dem Schema des Elefanten um, damit sich das Gewicht verteilt, doch ich fürchte, es ist nicht ganz zufriedenstellend; bei den späteren Modellen muß etwas getan werden, um das Gesamtgewicht zu verringern.

Das Dreibein-Prinzip ist angewandt worden, weil ein Zweifüßer ganz offensichtlich eine Menge Muskelenergie verschwenden muß, nur um das Gleichgewicht zu halten, und ein Dreifuß ist nicht nur effizienter, sondern auch an unebene Oberflächen leichter anzupassen als eine Vierfuß-Lagerung.

Was das Fortpflanzungssystem betrifft ...«

»Entschuldigen Sie, daß ich Sie unterbreche«, sagte ich, »aber bei einem Kunststoffpanzer und Edelstahlknochen ist mir ... äh ... nicht ganz klar ...«

»Eine Frage des Hormongleichgewichts: Regulierung der Persönlichkeit. Etwas mußte in der Sache getan werden, obwohl ich eingestehen muß, daß ich mit meiner Lösung nicht ganz zufrieden bin. Ich vermute, ein Ansatz im Sinne einer parthenogenetischen Methode wäre ... Jedenfalls, da haben wir es. Und ich habe ihr einen Partner versprochen. Ich muß sagen, ich halte es für einen faszinierenden Gedanken ...«

»Er genügt«, unterbrach ihn die grummelnde Stimme, während das Geschöpf weiter unverwandt Alfred anstarrte.

»Natürlich«, fuhr Dixon an uns gewandt fort, ein wenig hastig, »hat Una sich selber nie gesehen und weiß nicht, wie sie aussieht. Wahrscheinlich glaubt sie, sie ...«

»Ich weiß, was ich will«, sagte die tiefe Stimme fest und laut. »Ich will ...«

»Ja, ja«, fiel ihr Dixon ins Wort, ebenfalls laut. »Ich werde dir das später erklären.«

»Aber ich will ...«, wiederholte die Stimme.

»Sei still!« rief Dixon heftig.

Das Geschöpf murmelte einen leisen Protest, gab aber nach.

Alfred straffte sich mit dem Gebaren eines Mannes, der ernsthaft seine Prinzipien zu Rate gezogen hat und nun reden muß.

»Ich kann das nicht billigen«, verkündete er. »Ich will zugeben, daß dieses Wesen Ihr eigenes Geschöpf ist – nichtsdestoweniger stehen ihm, wenn es einmal geschaffen ist, meiner Meinung dieselben Schutzrechte zu wie jedem anderen stummen ... äh ... wie jedem anderen Geschöpf.

Ich sage überhaupt nichts über die Art, wie Sie Ihre Entdeckung anwenden – außer daß ich den Eindruck habe, daß Sie sich wie ein unveranwortliches Kind benommen haben, das man mit Modelliermasse schalten und walten läßt, und daß Sie ein unheiliges – und ich benutze das Wort mit Bedacht –, ein unheiliges Durcheinander erzeugt haben, eine Ungeheuerlichkeit, eine Perversion. Aber dazu will ich nichts weiter sagen.

Ich sage jedoch, daß nach dem Gesetz dieses Geschöpf einfach als eine unbekannte Tierart betrachtet werden kann. Ich habe vor zu berichten, daß es meiner Ansicht als Fachmann zufolge auf zu engem Raum gehalten wird und öffentlich keine passenden Möglichkeiten zur Betätigung hat. Ich kann nicht beurteilen, ob es angemessen ernährt wird, doch man kann leicht feststellen, daß es Bedürfnisse hat, denen nicht Genüge getan wird. Schon zweimal haben Sie es zurückgewiesen, als es versuchte, diese Bedürfnisse zum Ausdruck zu bringen.«

»Alfred«, warf ich ein, »meinst du nicht, daß du vielleicht ...« Doch mir wurde das Wort von dem Geschöpf abgeschnitten, das wie ein Kontrabaß dröhnte.

»Ich finde ihn wunderbar! Wie seine Glasaugen blitzen! Ich will ihn!« Es seufzte mit einer Art tiefem Vibrato, das durch den Fußboden lief. Das Geräusch war in der Tat außerordentlich klagend, und Alfreds festgefahrener Verstand stürzte sich darauf als auf einen weiteren Beweis.

»Wenn das nicht die Klage eines unglücklichen Wesen ist«, sagte er und trat näher an den Käfig, »dann habe ich nie ...«

»Vorsicht!« rief Dixon und sprang vor.

Eine Hand des Geschöpfs kam durch die Gitterstäbe geschossen. Gleichzeitig packte Dixon Alfred an den

Schultern und zog ihn zurück. Man hörte Kleidung reißen, und drei Knöpfe purzelten auf das Linoleum.

»Puh!« stöhnte Dixon.

Zum erstenmal schien Alfred ein wenig beunruhigt zu sein.

»Was...?« begann er.

Ein tiefer, bedrohlicher Klang aus dem Käfig übertönte den Rest seiner Worte.

»Gib ihn mir! Ich will ihn!« grollte die Stimme wütend.

Alle vier Arme packten die Gitterstäbe. Zwei davon rüttelten heftig an der Tür. Die beiden sichtbaren Augen waren unablässig auf Alfred gerichtet. Man bemerkte an ihm die ersten Anzeichen, daß er seinen Blickwinkel neu orientierte. Seine eigenen Augen hinter den Brillengläsern waren etwas geweitet.

»Äh... es... es meint doch nicht...?« setzte er an.

»Hergeben!« brüllte Una und stampfte von einem Fuß auf den anderen, daß das Gebäude bebte.

Dixon betrachtete seine Errungenschaft einigermaßen besorgt.

»Ich frage mich... ich frage mich, ob ich vielleicht bei den Hormonen etwas übertrieben habe«, überlegte er nachdenklich.

Alfred kam jetzt allmählich mit der Idee klar. Er wich noch ein Stückchen vom Käfig zurück. Die Bewegung hatte keine gute Wirkung auf Una.

»Hergeben!« schrie sie wie eine Art dumpfes Lautsprechersystem. »Hergeben! Hergeben!«

Es war ein abstoßendes Geräusch.

»Ob es nicht besser wäre, wenn wir...?« schlug ich vor.

»Unter diesen Umständen vielleicht...«, stimmte Dixon zu.

»Ja!« sagte Alfred ziemlich entschieden.

Die Tonlage, derer sich Una bediente, ließ kaum feinere Gefühlsnuancen erkennen, das Geräusch hinter uns, das die Fensterscheiben zum Klirren brachte, während wir uns entfernten, konnte Wut oder Qual oder beides bedeuten. Wir beschleunigten den Schritt ein wenig.

»Alfred!« rief eine Stimme wie ein untröstliches Nebelhorn. »Ich will Alfred!«

Alfred warf einen Blick zurück und schritt etwas entschiedener aus.

Man hörte einen dumpfen Aufprall, nach dem die Gitterstäbe rasselten und das Gebäude erbebte.

Ich schaute nach hinten und sah, wie sich Una in den hinteren Teil ihres Käfigs zurückzog, offensichtlich in der Absicht, eine weitere Attacke auf das Gitter zu unternehmen. Wir hasteten zur Tür. Alfred war als erster durch.

Ein donnerndes Krachen ertönte am anderen Ende des Raumes. Während Dixon die Tür hinter uns schloß, erhaschte ich einen Blick auf Una, die Gitter und Mobiliar vor sich her schob wie ein außer Kontrolle geratener Bus.

»Ich denke, wir werden ihretwegen ein wenig Hilfe brauchen«, sagte Dixon.

Auf Alfreds Brauen glänzten Schweißtröpfchen.

»Meinen Sie... meinen Sie nicht, wir sollten lieber...?« begann er.

»Nein«, sagte Dixon. »Sie sähe Sie durch die Fenster.«

»Oh«, sagte Alfred unglücklich.

Dixon führte uns in ein großes Wohnzimmer und ging zum Telefon. Er alarmierte Feuerwehr und Polizei.

»Ich glaube nicht, daß wir irgend etwas tun können, bis sie hier sind«, sagte er, als er den Hörer auflegte. »Der Laborflügel wird sie wahrscheinlich zurückhalten, wenn sie nicht mehr gequält wird.«

»Gequält! Das gefällt mir vielleicht!...« begann Alfred zu protestieren, doch Dixon fuhr fort: »Zum Glück konnte sie von ihrem Platz aus die Tür nicht sehen; wahrscheinlich hat sie also keine Vorstellung davon, was Türen sind und wozu sie dienen. Was mir am meisten Sorgen macht, ist der Schaden, den sie da drin anrichtet. Hören Sie doch nur!«

Ein paar Augenblicke lang lauschten wir den gedämpften Geräuschen von Brechen, Splittern und Reißen. Dazwischen erklang hin und wieder ein klagender zweisilbiger Aufschrei, bei dem man nicht erkennen konnte, ob es das Wort ›Alfred‹ war.

Dixon Gesichtsausdruck wurde sorgenvoller, als der Lärm unvermindert anhielt.

»Alle meine Aufzeichnungen! Die ganze Arbeit von Jahren da drin«, sagte er bitter. »Ihre Gesellschaft wird dafür eine Menge zu zahlen haben, das sage ich Ihnen gleich – aber davon kriege ich meine Aufzeichnungen nicht wieder. Sie war fast vollkommen gehorsam, bis Ihr Freund sie in Aufregung versetzt hat – ich hatte nie die geringsten Scherereien mit ihr.«

Alfred begann wieder zu protestieren, wurde aber vom donnernden Krachen eines umstürzenden massiven Gegenstandes unterbrochen, dem ein Geräusch wie ein Wasserfall zersplitterten Glases folgte.

»Gib mir Alfred! Ich will Alfred!« verlangte eine Stentorstimme.

Alfred stand halb auf, dann setzte er sich aufgestört auf die Kante seines Sessels. Sein Blick zuckte nervös hin und her. Er ließ eine Neigung erkennen, sich die Fingernägel zu kauen.

»Ah!« sagte Dixon so unvermittelt, daß wir beide überrascht waren. »Ah, das muß es gewesen sein! Ich muß den Hormonbedarf nach dem Gesamtgewicht berechnet haben – *einschließlich* des Panzers. Natürlich! Welch ein lächerlicher Lapsus! Tss-tss! Ich wäre viel besser gefahren, wenn ich bei der ursprünglichen Parthogen ... Herr im Himmel!«

Nach dem Krachen, das seinen Ausruf veranlaßt hatte, sprangen wir alle auf und stürzten zur Tür.

Una hatte nun doch den Weg aus dem Flügel entdeckt und kam wie ein Bulldozer durch. Tür, Rahmen und einen Teil des Mauerwerks hatte sie mitgenommen. Momentan torkelte sie gerade inmitten des von ihr erzeugten Durcheinanders einher. Dixon zögerte nicht.

»Schnell! Die Treppe hoch – damit kommt sie nicht zurecht«, sagte er.

Im selben Augenblick hatte Una uns erblickt und stieß ein Gebrüll aus. Wir rannten quer durch die Diele zur Treppe. Hohe Anfangsbeweglichkeit war unser Vorteil, eine Masse wie Unas braucht ihre Zeit, um in Fahrt zu kommen. Ich schoß die Treppe hinauf, Dixon kurz vor mir und, wie ich glaubte, Alfred direkt hinter mir. Da hatte ich mich jedoch ein wenig getäuscht. Ich weiß nicht, ob Alfred einen Moment lang vor Schrecken gebannt war oder ob er den Start einfach verpaßt hatte, doch als ich oben angelangt war, sah ich, daß er gerade erst ein paar Stufen geschafft hatte und Una ihm wie ein raketengetriebener Dschaggernaut nachstürzte.

Alfred lief freilich weiter. Una aber auch. Sie war vielleicht mit Treppen nicht vertraut und auch nicht dafür konstruiert, Stufen zu benutzen. Aber sie kam trotzdem damit zurecht. Sie schaffte sogar fünf oder sechs Stufen, ehe die Treppe unter ihr zusammenbrach. Alfred, der inzwischen reichlich die Hälfte des Weges zurückgelegt hatte, fühlte, wie die Treppe ihm unter den Füßen wegsackte. Er stieß einen Schrei aus, als habe er das Gleichgewicht verloren. Dann fiel er, weit ins Leere greifend, rückwärts.

Una fing ihn so geschickt auf, wie man es sich bei vier Armen nur wünschen kann.

»Welch eine Koordination!« murmelte Dixon hinter mir bewundernd.

»Hilfe!« blökte Alfred. »Hilfe! Hilfe!«

»Aah!« dröhnte Una in einer Art tiefem Tonspektrum der Befriedigung. Sie wich ein wenig zurück, und Balken knackten.

»Bleiben Sie ruhig!« riet Dixon Alfred. »Tun Sie nichts, was sie verwirren könnte!«

Alfred, von drei Armen umschlungen und vom vierten liebevoll getätschelt, gab zunächst keine Antwort.

Es folgte ein Pause, in der wir die Situation zu bewerten versuchten.

»Also«, sagte ich, »wir sollten was unternehmen. Können wir sie nicht irgendwie locken?«

»Es ist schwer zu sagen, womit man ein triumphierendes Weibchen im Augenblick seines Erfolgs ablenken könnte«, bemerkte Dixon.

Una begann mit einer Art von ... von ... also wenn Sie sich einen Elefanten vorstellen, der zufrieden ein sanftes Liebeslied singt ...

»Hilfe!« blökte Alfred abermals. »Sie ... *au!*«

»Ruhig, ruhig«, wiederholte Dixon. »Es besteht wahrscheinlich keine echte Gefahr. Letzten Endes ist sie ein Säugetier – größtenteils zumindest. Also wenn sie von gänzlich anderer Art wäre, sagen wir, ein Spinnenweibchen ...«

»Ich denke, ich gäbe ihr lieber keine Gelegenheit, jetzt etwas über Spinnenweibchen zu hören«, schlug ich vor. »Gibt es nicht eine Lieblingsspeise oder so etwas, womit wir sie verlocken könnten?«

Una schwenkte Alfred in drei Armen hin und her und stieß forschend den Zeigefinger der vierten Hand in ihn hinein. Alfred zappelte.

»Verdammt. Könnt ihr denn nicht irgendwas *machen*?« verlangte er.

»Oh, Alfred, Alfred!« tadelte sie ihn in einer Art vernarrtem Kollern.

»Also«, sagte Dixon zweifelnd, »wenn wir vielleicht etwas Eiskrem hätten ...«

Man hörte Bremsen quietschen und Wagen draußen vorfahren. Dixon rannte rasch den Flur entlang, und ich hörte, wie er durchs Fenster den Männern draußen die Situation zu erklären versuchte. Bald kam er zurück, begleitet von einem Feuerwehrmann und dessen Vorgesetztem. Als sie in die Diele hinabschauten, bekamen sie Stielaugen.

»Wir müssen sie umzingeln, ohne ihr Angst zu machen«, erklärte Dixon gerade.

»*Das da* umzingeln?« fragte der Offizier zweifelnd. »Was zum Teufel ist das überhaupt?«

»Das spielt vorerst keine Rolle«, antwortete Dixon ungeduldig. »Wenn wir nur ein paar Seile aus verschiedenen Richtungen über sie kriegen können...«

»Hilfe!« rief Alfred wieder. Er schlug heftig um sich. Una preßte ihn fester gegen ihren Panzer und kicherte liebevoll. Ein besonders gespenstisches Geräusch, dachte ich; es schockierte auch die Feuerwehrleute.

»Jesus...!« begann einer.

»Beeilen Sie sich«, sagte Dixon zu ihnen. »Wir können das erste Seil von hier aus über sie werfen.«

Beide gingen zurück. Der Offizier rief den Leuten unten Anweisungen zu; es schien ihm einigermaßen schwerzufallen, sich verständlich zu machen. Immerhin kehrten beide bald mit einer Seilrolle zurück. Und dieser Feuerwehrmann war gut. Er ließ die Schlinge sacht kreisen und warf sie ungemein geschickt. Als er anzog, lag sie rund um den Panzer, unter den Armen, so daß sie nicht nach oben wegrutschen konnte. Er machte sie am oberen Ende der Treppenspindel fest.

Una war immer noch so mit Alfred beschäftigt, daß sie ringsum weiter nichts wahrnahm. Wenn ein Flußpferd schnurren könnte, mit einer Art sentimentalem Einschlag, dann wäre das wohl genau die Art Geräusch, das sie machte.

Die Vordertür öffnete sich leise, und die Gesichter

einer Anzahl ausgewählter Feuerwehrleute und Polizisten erschienen, alle mit großen Augen und offenen Mündern. Einen Augenblick später starrte auch aus der Wohnzimmertür eine weitere Handvoll von ihnen in die Diele. Ein Feuerwehrmann trat nervös vor und ließ sein Seil kreisen. Leider streifte die Schlinge eine Deckenlampe und fiel zu kurz.

In diesem Augenblick erfaßte Una plötzlich, was vorging.

»Nein!« donnerte sie. »Er gehört mir! Ich will ihn!«

Der entsetzte Seilwerfer flüchtete mitsamt seinen Kameraden zurück durch die Tür, und sie schloß sich hinter ihm. Ohne sich umzuwenden, begann Una in dieselbe Richtung zu laufen. Unser Seil spannte sich, und wir sprangen beiseite. Der Spindelpfosten wurde wie ein Streichholz weggeschnipst, und der Rest des Seils schleifte hinter ihr her. Es ertönte ein hoffnungsloser Schrei von Alfred, den sie noch immer fest umschlungen hielt, doch zu seinem Glück auf der abgekehrten Seite ihres Vordringens. Una ging die Vordertür wie ein schwerer Kettenpanzer an. Es gab einen allmächtigen Zusammenprall, einen Regen von Holz und Mörtel und dann einen Staubvorhang, durch den verwirrte Schreie drangen, übertönt von einer grollenden Stimme: »Er gehört mir! Ihr kriegt ihn nicht! Er gehört mir!«

Als wir die Fenster an der Vorderfront erreicht hatten, hatte sich Una schon von allen Hemmnissen gelöst. Wir hatten einen hervorragenden Blick auf sie, wie sie mit vielleicht zehn Meilen pro Stunde die Straße entlanggaloppierte und ohne sichtliche Mühe ein halbes Dutzend oder mehr Feuerwehrleute und Polizisten hinter sich herzog, die verbissen das nachschleppende Seil umklammerten.

Am Pförtnerhäuschen hatte der Wächter die Geistesgegenwart besessen, das Tor zu schließen. Er selbst schlug sich seitwärts in die Büsche, als sie noch ein paar

Meter entfernt war. Tore bedeuteten jedoch nichts für Una, sie lief weiter. Beim Aufprall kam sie zwar ein wenig ins Stolpern, doch das Tor gab nach und fiel ihr zu Füßen. Alfred fuchtelte mit den Armen und strampelte wild; ein schwaches Heulen um Hilfe drang zu uns. Die Ansammlung von Feuerwehrleuten und Polizisten wurde in das verbogene Eisen gezerrt und blieb dort hängen. Als Una um die Ecke bog und außer Sicht geriet, hingen nur noch zwei dunkle Gestalten heldenhaft an dem Seil hinter ihr.

Unten sprangen Motoren an. Dixon rief hinab, sie sollten warten. Wir hasteten die Hintertreppe hinunter und konnten uns gerade noch auf das Feuerwehrauto schwingen, als es losfuhr.

Es trat eine Unterbrechung ein, um das hinderliche Toreisen in der Einfahrt beiseite zu räumen, dann nahmen wir die Straße entlang die Verfolgung auf.

Nach einer Viertelmeile bog die Spur seitwärts in einen steilen, noch schmaleren Weg ab. Wir mußten das Feuerwehrauto zurücklassen und zu Fuß weitergehen.

Am Grunde befindet sich – befand sich – eine alte Packpferd-Brücke über den Fluß. Sie hatte, glaube ich, etliche Jahrhunderte lang für die Packpferde genügt, doch etwas wie Una in vollem Galopp hatte ihr Erbauer nicht einkalkuliert. Als wir sie erreichten, fehlte der Mittelbogen, und ein Feuerwehrmann half einem tropfenden Polizisten, den schlaffen Körper Alfreds das Ufer hinaufzutragen.

»Wo ist sie?« fragte Dixon besorgt.

Der Feuerwehrmann schaute ihn an, dann zeigte er schweigend auf die Mitte des Flusses.

»Einen Kran! Lassen Sie sofort einen Kran kommen!« verlangte Dixon. Doch alle waren eher daran interessiert, das Wasser aus Alfred heraus und ihn wieder in Gang zu bekommen.

Diese Erfahrung hat, fürchte ich, ein für allemal jene Aura von Jovialität zwischen Alfred und allen stummen Freunden verändert. In der bevorstehenden Flut von Forderungen, Gegenforderungen, Rückforderungen und Zivil- und Strafprozessen aller Art werde ich nur als Zeuge auftreten. Alfred aber, der natürlich in mehreren Eigenschaften mitwirken wird, sagt, wenn seine Anklagen wegen tätlichen Angriffs, versuchter Entführung – nun, es sind noch ein paar mehr auf der Liste –; wenn ihnen also entsprochen worden ist, gedenkt er seinen Beruf zu wechseln, da es ihm jetzt schwerfalle, einer Kuh oder eigentlich jedwedem weiblichen Tier ohne jene Voreingenommenheit ins Auge zu sehen, die sein Urteil beeinträchtigen dürfte.

Stanisław Lem

Es war ein mitteleuropäischer Autor, der den Begriff ›Roboter‹ prägte – der tschechische Schriftsteller Karel Čapek in seinem Stück RUR (R. U. R., 1921, deutsch auch ›W. U. R.‹), das Wort kommt vom tschechischen ›robota‹, was ›Fronarbeit‹ bedeutet. Es erscheint also besonders passend, daß ein anderer Schriftsteller aus jenem Teil der Welt, der Pole Stanisław Lem, einige der besten komischen phantastischen Geschichten über menschenähnliche Maschinen geschrieben hat. Damit steht er allerdings nicht allein: die Amerikaner Henry Kuttner (Roboter haben keine Schwänze, Robots Have No Tails, 1953, deutsch z. T. in ›SF Stories 56‹), Ron Goulart (Der Roboter in der Besenkammer, The Robot in the Closet, 1981) und Isaac Asimov (der die berühmten ›Gesetze der Robotik‹ entworfen hat) haben alle Geschichten über Roboter mit Fehlfunktionen in komischen Situationen geschrieben, während die Abenteuer von Douglas Adams' paranoidem Roboter Marvin in Per Anhalter durch die Galaxis und den folgenden Teilen der Saga die unberechenbare Maschine zum Kultobjekt einer Anhängerschar machten.

Stanisław Lem (geb. 1921) ist ›ein spitzbübischer Gedankenverdreher und Bluffer‹ genannt worden. Seine Robotermärchen sind eine einzigartige Mixtur aus Komik und Philosophie. In Lwów (Lemberg) in Polen geboren, wollte er ursprünglich eine medizinische Laufbahn einschlagen, doch nach den Wirren des Zweiten Weltkriegs, als das Land von den Nazis überrannt wurde, begann er in den fünfziger Jahren SF zu schreiben, und seine Bücher sind seitdem in mindestens dreißig Sprachen übersetzt und in vielen Millionen Exemplaren verkauft worden. Das Format seines Werks hat ihm den Vergleich mit H. G. Wells eingebracht, und Brian Ash nannte ihn in seinem Who's Who in Science Fiction den ›Titan der osteuropäischen Science Fiction‹. Zu Lems populärsten Werken gehören Solaris (1961), 1971 ver-

filmt, die Folge von Raumabenteuern des Piloten Pirx und der Kyberiade-Zyklus, der Lems zweifache Faszination durch kybernetische Technik und Roboter-Soziologie in den Brennpunkt rückt. Sein ganzes Werk ist von einer überschäumenden Phantasie und komischen Einfällen durchsetzt, und mit dem Konstrukteur Klapauzius, der in ›Die Tracht Prügel‹ auftritt, sehen wir eine weitere Figur von derselben Machart wie Dr. Klopper, Ijon Tichy, Professor Tarantoga und dem Rest seiner ungewöhnlichen komischen Gestalten.

Stanisław Lem

Die Tracht Prügel

An der Tür des Konstrukteurs Klapaucius klopfte es. Er öffnete, steckte den Kopf heraus und erblickte eine bauchige Maschine auf vier kurzen Beinen.

»Wer bist du, und was willst du?«

»Ich bin die Maschine zur Erfüllung aller Wünsche, und hergeschickt hat mich Trurl, dein Freund und großer Kollege, ich bin sein Geschenk.«

»Ein Geschenk?« sagte Klapaucius, der recht gemischte Gefühle für Trurl hegte und dem besonders mißfiel, daß die Maschine Trurl als ›großen Kollegen‹ bezeichnet hatte. »Na schön«, versetzte er nach kurzer Überlegung, »kannst kommen.«

Er befahl ihr, sich neben den Ofen in die Ecke zu stellen und ging wieder, scheinbar ohne sie zu beachten, an seine Arbeit. Er baute an einer kugelförmigen Maschine auf drei Beinen. Sie war fast fertig, und er war gerade dabei, sie zu polieren. Eine Weile später meldete sich die Maschine zur Erfüllung aller Wünsche wieder: »Ich möchte an meine Anwesenheit erinnern.«

»Ich habe dich nicht vergessen«, sagte Klapaucius und fuhr in seiner Arbeit fort. Eine Weile später sprach die Maschine von neuem: »Darf man erfahren, was du tust?«

»Bist du eine Maschine zur Erfüllung von Wünschen oder eine Maschine zum Fragenstellen?« sagte Klapaucius und fügte noch hinzu: »Blaue Farbe brauche ich.«

»Ich weiß nicht, ob ich gerade die Nuance habe, die

du brauchst«, erwiderte die Maschine und schob ihm eine Büchse Farbe durch die Klappe im Bauch hin. Klapaucius machte sie auf, tauchte stumm seinen Pinsel hinein und fing an zu malen. Bis zum Abend verlangte er noch Schmirgel, Karborund, einen Bohrer und weiße Farbe sowie Schrauben, und jedesmal gab ihm die Maschine gleich, was er sich wünschte. Gegen Abend bedeckte er mit einer Plane die Vorrichtung, stärkte sich, setzte sich auf einen Hocker vor die Maschine und sagte: »Wollen mal sehen, was du kannst. Du behauptest, du könntest alles machen?«

»Alles nicht, aber verschiedene Dinge ja«, erwiderte die Maschine bescheiden. »Warst du nicht mit den Farben, mit den Schrauben und mit dem Bohrer zufrieden?«

»Freilich, freilich!« erwiderte Klapaucius. »Aber nun verlange ich von dir etwas viel Schwierigeres. Tust du es nicht, schicke ich dich mit dem entsprechenden Dankeswort und einem Gutachten an deinen Herrn zurück.«

»Was ist es denn?« fragte die Maschine und trat neugierig von einem Bein aufs andere.

»Na, ein Trurl«, erklärte Klapaucius. »Du sollst mir einen Trurl machen, genauso einen wie der richtige. So daß man einen nicht vom anderen unterscheiden kann!«

Die Maschine brummte, summte, rauschte und sagte dann: »Gut, ich mache dir einen Trurl, aber geh behutsam mit ihm um, denn er ist ein sehr großer Konstrukteur!«

»Ah, natürlich, sei unbesorgt«, sagte Klapaucius. »Nun, wo ist denn dieser Trurl?«

»Wie? So schnell? Das ist keine Kleinigkeit«, sagte die Maschine. »Es dauert eine Weile. So ein Trurl – das ist keine Schraube und kein Lack!«

Dennoch trompetete und klingelte sie erstaunlich schnell, eine ziemlich große Tür öffnete sich in ihrem

Bauch, und aus dem dunklen Verlies trat Trurl heraus. Klapaucius erhob sich, ging um ihn herum, betrachtete ihn aus der Nähe, tastete und klopfte ihn genau ab, aber es bestand kein Zweifel – er hatte Trurl vor sich, der dem Original wie ein Tropfen dem anderen glich. Trurl, der aus dem Bauch der Maschine gekrochen war, blinzelte im Licht, aber sonst verhielt er sich ganz normal.

»Trurl, wie geht's?« sagte Klapaucius.

»Wie geht es dir, Klapaucius? Aber wie bin ich eigentlich hierhergekommen?« erwiderte Trurl und staunte.

»Na eben so, du kamst einfach vorbei ... Ich habe dich lange nicht gesehen. Wie gefällt es dir hier?«

»Nicht schlecht, nicht schlecht ... Was hast du da unter der Plane?«

»Ach, nichts Besonderes. Möchtest du nicht Platz nehmen?«

»I wo, mir kommt es vor, daß es schon spät ist. Draußen ist es dunkel, ich muß wohl nach Hause.«

»Nicht so schnell, nicht gleich!« protestierte Klapaucius. »Komm erst in den Keller, du wirst dann sehen, wie interessant es wird ...«

»Hast du denn etwas Besonderes im Keller?«

»Vorläufig noch nichts, aber gleich werde ich es haben. Komm, komm.«

Klapaucius klopfte Trurl begütigend auf die Schulter und führte ihn in den Keller, dort stellte er ihm ein Bein, und als Trurl der Länge nach hinfiel, fesselte er ihn und begann ihn dann mit einer dicken Stange nach allen Regeln der Kunst zu verprügeln. Trurl brüllte aus Leibeskräften, schrie um Hilfe, fluchte abwechselnd und flehte um Erbarmen, doch es half nichts – die Nacht war finster und kein Mensch in der Nähe, Klapaucius prügelte jedoch weiter, daß es nur so krachte.

»Oh! Au! Warum prügelst du mich so?« rief Trurl und versuchte den Schlägen auszuweichen.

»Weil es mir Vergnügen bereitet«, erklärte Klapaucius

und holte von neuem aus. »Das hast du noch nicht ausprobiert, Trurl!«

Und er traf ihn auf den Kopf, daß der wie ein Faß dröhnte.

»Du läßt mich sofort los, sonst gehe ich zum König und sage ihm, was du mit mir angestellt hast, er sperrt dich ins Gefängnis!« schrie Trurl.

»Gar nichts wird er mir tun. Und weißt du, weshalb nicht?« fragte Klapaucius und setzte sich auf die Bank.

»Ich weiß es nicht«, sagte Trurl, der froh war, daß in der Prügelei eine Pause eintrat.

»Du bist nämlich nicht der richtige Trurl. Der ist zu Hause, hat eine Maschine zur Erfüllung aller Wünsche gebaut und sie mir als Geschenk geschickt, und ich habe sie auf die Probe stellen wollen und habe ihr befohlen, dich zu konstruieren. Jetzt werde ich dir den Kopf abdrehen, ihn unter mein Bett stellen und ihn als Stiefelknecht benutzen!«

»Du bist ein Ungeheuer! Warum willst du es tun?«

»Ich habe es dir schon gesagt: Weil es mir Vergnügen bereitet. So, jetzt habe ich das leere Geschwätz satt!«

Mit diesen Worten ergriff Klapaucius beidhändig den Stock, und Trurl schrie: »Hör auf! Hör auf! Ich will dir etwas Wichtiges sagen!«

»Da bin ich aber neugierig, was das sein könnte, das mich davon abhielte, deinen Kopf als Stiefelknecht zu benutzen«, erwiderte Klapaucius, hörte jedoch auf, ihn zu schlagen. Hierauf rief Trurl: »Ich bin ja kein von der Maschine gemachter Trurl! Ich bin der echte Trurl, der echteste von der Welt, und ich wollte nur erfahren, was du da so lange treibst, nachdem du dich in deinen vier Wänden eingeschlossen hast! Ich habe also die Maschine gebaut, habe mich in ihrem Bauch versteckt und habe mich in dein Haus tragen lassen, unter dem Vorwand, sie sei für dich ein Geschenk!«

»Ich bitte dich, was hast du dir da für eine Geschichte

ausgedacht, und so auf die Schnelle!« sagte Klapaucius, erhob sich und preßte das dickere Ende des Stockes fester in die Hand. »Du brauchst dir keine Mühe zu machen, deine Lügen durchschaue ich. Du bist ein Trurl, den die Maschine gemacht hat, sie erfüllt alle Wünsche, ich habe von ihr Schrauben und weiße Farbe bekommen, auch blaue Farbe sowie Bohrer und andere Dinge. Wenn sie das geschafft hat, dann konnte sie auch dich machen, mein Lieber!«

»Ich hielt das alles in ihrem Bauch bereit!« rief Trurl. »Es war nicht schwer vorauszusehen, was du bei deiner Arbeit brauchen würdest! Ich schwöre dir, ich sage die Wahrheit!«

»Wäre das die Wahrheit, dann bedeutete sie, daß mein Freund, der große Konstrukteur Trurl, ein gewöhnlicher Betrüger ist, und das werde ich nie glauben!« erwiderte Klapaucius. »Da, da!«

Und er versetzte ihm einen Schlag vom Ohr bis über den Rücken.

»Dies für die Verleumdungen, die du für meinen Freund Trurl hast. – Da, noch einmal!«

Und er verpaßte ihm eins von der anderen Seite. Dann schlug er ihn noch, walkte ihn durch und prügelte, bis er müde wurde.

»Ich gehe jetzt schlafen und erhole mich ein bißchen«, sagte er erläuternd und warf den Stock fort. »Aber du warte nur, ich bin bald wieder da...« Als er fort war und man ihn im ganzen Haus schnarchen hörte, wand sich Trurl so lange in den Schnüren, bis er sie gelockert hatte, löste dann die Knoten, lief leise hinauf, kroch in die Maschine und fuhr stracks mit ihr nach Hause. Klapaucius lachte sich unterdessen ins Fäustchen, während er durch das obere Fenster seine Flucht beobachtete. Tags darauf stattete er Trurl einen Besuch ab. Der ließ ihn mit finsteren Blicken in die Stube. Dort herrschte Halbdämmer, aber der scharfsinnige Klapaucius hatte dennoch bemerkt, daß Trurls Rumpf und Kopf Spuren deftiger Prügel trugen, die er ihm verabreicht hatte, obwohl zu erkennen war, daß sich Trurl rechtschaffen bemüht hatte, die Vertiefungen, die von den Schlägen verursacht worden waren, geradezuklopfen und auszubessern.

»Warum blickst du so finster drein?« fragte heiter Klapaucius. »Ich bin gekommen, dir für das schöne Geschenk zu danken, es ist nur bedauerlich, daß es sich davongemacht hat, während ich schlief, und die Tür offengelassen hat, als sei ein Brand ausgebrochen!«

»Ich habe den Eindruck, daß du, um es vorsichtig zu sagen, von meinem Geschenk nicht den richtigen Gebrauch gemacht hast!« platzte Trurl heraus. »Die Maschine hat mir alles erzählt, du brauchst dir keine Mühe zu geben«, fügte er wütend hinzu, als er sah, daß Klapaucius den Mund aufmachte. »Du hast ihr befohlen, mich zu machen, und dann hast du mit List das Duplikat meiner Person in den Keller gelockt und es entsetzlich geschlagen! Und nach dieser Schande, die du mir angetan hast, nach diesem Dank für das prachtvolle Geschenk wagst du noch, zu mir zu kommen, so als wäre nichts geschehen? Was hast du mir zu sagen?«

»Ich verstehe deinen Ärger nicht«, erwiderte Klapaucius. »In der Tat, ich habe der Maschine befohlen, eine Kopie von dir anzufertigen. Und ich gebe zu, daß sie ausgezeichnet war, ich habe bei ihrem Anblick nicht schlecht gestaunt. Was das Schlagen betrifft, so muß die Maschine stark übertrieben haben – ich habe tatsächlich diesen Gemachten ein paarmal geknufft, ich war auch neugierig, wie er darauf reagieren würde. Er hat sich als äußerst scharfsinnig erwiesen. Und er sog sich auf der Stelle eine Geschichte aus dem Finger, als wärst du es in eigener Person; ich habe ihm keinen Glauben geschenkt, und da begann er zu schwören, das herrliche Geschenk sei gar kein Geschenk, sondern ein gewöhnlicher Betrug, du wirst verstehen, daß ich ihn zum Schutze deiner Ehre, der Ehre meines Freundes für solche frechen Lügen verprügeln mußte. Aber ich habe mich überzeugen können, daß er sich durch eine hervorragende Intelligenz auszeichnete und nicht nur physisch, sondern auch geistig an dich erinnert hat, mein Lieber. Fürwahr, du bist ein großer Konstrukteur, das wollte ich dir nur sagen, und zu diesem Zweck bin ich so früh gekommen!«

»Ach! Nun ja, freilich«, erwiderte Trurl, ein wenig besänftigt. »Zwar scheint mir der Gebrauch, den du von der Maschine zur Erfüllung aller Wünsche gemacht hast, weiter nicht sehr glücklich zu sein, aber mag sein...«

»Ach ja, ich wollte dich gerade fragen, was du mit diesem künstlichen Trurl angestellt hast?« fragte Klapaucius unschuldig. »Könnte ich ihn einmal sehen?«

»Er war geradezu rasend vor Wut!« erwiderte Trurl. »Er drohte, er werde dir den Schädel zerschmettern, und er wollte dir am großen Felsen in der Nähe deines Hauses auflauern, aber als ich es ihm auszureden versuchte, zankte er sich mit mir, fing nachts an, Fallen und Netze aus Drähten für dich zu flechten, mein Lieber, und obwohl ich der Ansicht war, daß du mich in seiner Person beleidigt hattest, zerlegte ich ihn, unserer alten Freundschaft eingedenk, und um dir die drohende Gefahr aus dem Wege zu räumen (denn er war wie rasend), und ich sah keinen anderen Ausweg, in kleine Stücke...«

Während Trurl das sagte, stieß er gleichsam unabsichtlich mit dem Fuß gegen die auf dem Fußboden herumliegenden Überreste von Mechanismen. Hierauf verabschiedeten sie sich wärmstens und schieden als herzliche Freunde.

Von nun an erzählte Trurl jedem, der es hören und nicht hören wollte, wie er Klapaucius die Maschine zur

Erfüllung aller Wünsche geschenkt und wie unschön der Beschenkte gehandelt habe, indem er ihr einen Trurl zu machen befahl und ihm eine Tracht Prügel verabfolgte, wie die glänzend von der Maschine angefertigte Kopie mit geschickten Lügen versuchte, sich aus der mißlichen Lage zu befreien und entwischt sei, sobald sich der ermattete Klapaucius schlafen gelegt hatte, und er selbst, Trurl, den fabrizierten Trurl, der in sein Haus gelaufen sei, in seine Bestandteile auseinandergenommen habe, dies aber nur, um seinen Freund vor der Rache des Geschlagenen zu schützen. Und er erzählte es und rühmte sich dessen und blähte sich auf und rief das Zeugnis des Klapaucius an, bis die Kunde an den königlichen Hof drang und sich dort niemand über Trurl anders als mit größter Bewunderung geäußert habe, obwohl man ihn noch unlängst allgemein als den Konstrukteur der dümmsten vernunftbegabten Maschine auf der Welt bezeichnet hatte. Als Klapaucius hörte, daß selbst der König Trurl reichlich beschenkt und ihn mit dem Orden der Großen Sprungfeder und dem Helikonoidalen Stern ausgezeichnet habe, rief er mit lauter Stimme: »Was denn? Dafür, daß es mir gelungen ist, ihn zu überlisten, als ich ihn durchschaute und ihm eine gehörige Tracht Prügel verabreichte, daß er sich hinterher geradeklopfen und flicken mußte, nachdem er geschändet auf krummen Beinen aus meinem Keller geflohen war? Jetzt schwimmt er für all das im Überfluß, mehr noch, der König zeichnet ihn dafür mit einem Orden aus? O Welt, Welt ...«

Mit furchtbarem Ärger kehrte er nach Hause zurück, um sich in seine vier Wände einzuschließen. Er baute nämlich eine ähnliche Maschine zur Erfüllung von Wünschen wie Trurl, nur hatte sie jener früher beendet.

Cordwainer Smith

Die ersten außerirdischen Invasoren, die in der Science Fiction auftauchten, waren die riesigen Marsianer, die in H. G. Wells' Der Krieg der Welten (The War of the Worlds, 1898) auf die Erde kamen und die, auf dem besten Wege, die Menschheit auszurotten, gewöhnlichen Erkältungs-Bakterien zum Opfer fielen. Ungeachtet des Schreckens, den diese Wesen verbreiteten, hatte die Art, wie sie ihr Ende fanden, etwas beinahe Komisches, und obwohl grausame Eroberer aus dem Weltraum fast zu einem Klischee der SF geworden sind, agierten sie auch in einer Reihe von ausgesprochen komischen Geschichten von Autoren wie Fredric Brown (›Arena‹, 1944), John Wyndham (›Wer zuletzt lacht‹, 1952), Eric Frank Russell (›Die Warteinweiler‹, 1955) und Philip K. Dick (in seinem Roman Die Mehrbegabten, Our Friends from Frolix-8, 1970). Meiner Ansicht gebührt der Preis in dieser Kategorie aber ›Von Gustibles Planeten‹ (1963) mit den an übergroße Enten erinnernden Außerirdischen, die erscheinen, nicht um die Erde zu vernichten, sondern um ihre Küche zu genießen.

Cordwainer Smith (1913-1966) war das Pseudonym von Paul Myron Anthony Linebarger, der einen Großteil seiner Jugend in China verbrachte, ehe er eine Laufbahn als Politologe, Militärberater und schließlich SF-Autor einschlug. Er las viel chinesische Literatur, und so überrascht es nicht, daß viele Traditionen dieses Volkes Eingang in seine Geschichten gefunden haben – wie der Leser in ›Von Gustibles Planeten‹ bemerken wird. Ein Großteil seiner SF spielt in seinem Universum der ›Instrumentalität der Menschheit‹ und schildert Männer und Frauen in einer fernen Zukunft, wenn die Menschen länger leben (400 Jahre und mehr), augenblicklich fast überallhin reisen können, aber dennoch ihr wohlgeordnetes, ästhetisches und barockes Leben von hochkomischen Ereignissen unterbro-

chen finden. Die entengleichen Apicaner in dieser Geschichte sind die Vorfahren der Bewohner der Scheibenwelt und vieler anderer zeitgenössischer Reiche der komischen Fantasy; was sie jedoch auf der Erde erwartet, steckt – wie Wells' Marsianer entdeckten – nicht minder voller Überraschungen ...

CORDWAINER SMITH

Von Gustibles Planeten

Kurz nach der Feier zum 4000. Jahrestag der Öffnung des Weltraumes entdeckte Angary J. Gustible Gustibles Planeten. Diese Entdeckung erwies sich als tragischer Fehler.

Gustibles Planet wurde von hochintelligenten Lebewesen bewohnt. Sie besaßen mittelmäßige telepathische Kräfte. Sie durchforschten sofort Angary J. Gustibles Bewußtsein und Lebensgeschichte und verwirrten ihn sehr tief durch die Aufführung einer Oper, deren Thema seine jüngste Scheidung war.

Auf dem Höhepunkt der Oper warf seine Ehefrau eine Teetasse nach ihm. Dies schuf einen unvorteilhaften Eindruck von der irdischen Kultur, und Angary J. Gustible, der das Amt eines Reserve-Subleiters der Instrumentalität innehatte, war tief erschüttert, als er herausfand, daß er diesem Volk nicht die erhabenen Wirklichkeiten der Erde, sondern die unangenehmen intimen Tatsachen vermittelt hatte.

Mit dem Fortschreiten der Verhandlungen folgten weitere Erschütterungen.

Äußerlich ähnelten die Bewohner von Gustibles Planeten, die sich selber Apicaner nannten, erstaunlicherweise übergroßen Enten, Enten mit einer Größe von ein Meter zwanzig bis ein Meter vierzig. An ihren Flügelspitzen hatten sich nebeneinandergestellte Daumen entwickelt. Sie waren ruderförmig und geschickt genug, um die Apicaner zu ernähren.

Gustibles Planet entsprach der Erde in verschiedener Hinsicht: in der Unehrlichkeit der Einwohner, in ihrer Begeisterung für gutes Essen, in ihrer Fähigkeit, den menschlichen Geist sofort zu verstehen. Bevor Gustible begann, sich für die Rückreise zur Erde zu rüsten, entdeckte er, daß die Apicaner sein Schiff nachgebaut hatten. Es war unsinnig, diesen Tatbestand zu verheimlichen. Sie hatten es in allen Details nachgebaut, so daß die Entdeckung von Gustibles Planeten die gleichzeitige Entdeckung der Erde bedeutete...

Durch die Apicaner.

Die Tragweite dieser tragischen Entwicklung zeigte sich erst, als die Apicaner ihm in seine Heimat folgten. Sie verfügten über ein Planoform-Schiff, das in der Lage war, durch den Nullraum zu reisen, genau wie sein Schiff.

Hauptmerkmal von Gustibles Planeten war, daß seine Biochemie auf einzigartig umfassende Weise der der Erde entsprach. Die Apicaner waren die erste intelligente Lebensform, auf die die Menschen gestoßen waren, mit der Fähigkeit versehen, zu schmecken und zu genießen, so wie die Menschen schmecken und genießen konnten, in der Lage, sich an der menschlichen Musik mit aufrichtigem Vergnügen zu erfreuen und alles zu essen und zu trinken, was ihnen in die Hände fiel.

Die allerersten Apicaner auf der Erde wurden von einigen aufgeschreckten Botschaftern empfangen, die entdeckten, daß ihr Appetit auf Münchner Bier, Camembert, Tortillas und Encheladas sowie auf Speisen der Haute Cuisine alle ernsten kulturellen, politischen oder strategischen Interessen bei weitem überstieg, die die fremden Besucher haben mochten.

Arthur Djohn, ein Lord der Instrumentalität, der mit dieser besonderen Angelegenheit betraut war, ernannte einen Agenten der Instrumentalität namens Calvin

Dredd zum Chefdiplomaten der Erde und beauftragte ihn mit der Klärung des Falls.

Dredd traf sich mit Schmeckst, der anscheinend der Führer der Apicaner war. Das Gespräch verlief sehr unglücklich.

Dredd begann: »Eure Erhabene Hoheit, wir sind entzückt, Sie auf Erden zu begrüßen...«

Schmeckst fragte: »Sind die eßbar?« Und er fuhr fort, die Plastikknöpfe von Calvin Dredds Jacke zu verzehren, bevor Dredd darauf hinweisen konnte, daß sie zwar attraktiv, aber nicht eßbar seien.

»Versuchen Sie ja nicht, sie zu essen«, riet Schmeckst, »sie sind wirklich nicht sehr schmackhaft.«

Dredd, der seine weit aufklaffende Jacke anstarrte, fragte: »Darf ich Ihnen etwas zu essen anbieten?«

»In der Tat, ja«, erwiderte Schmeckst und nickte.

Und während Schmeckst auf italienische und auf Peking-Art speiste, ein scharf gepfeffertes Szechuan-Gericht, ein japanisches Sukiyaki-Dinner, zwei britische Frühstücksgedecke, ein Smørgasbrod und vier komplette, dem diplomatischen Anlaß genügende Gänge russischer Sakuski verzehrte, lauschte er den Angeboten, die ihm die Instrumentalität der Erde machte.

Diese beeindruckten ihn nicht. Schmeckst war trotz seiner ungeheuerlichen und anstößigen Eßgewohnheiten sehr intelligent. Er wandte ein: »Unsere beiden Welten sind gleich gut bewaffnet. Wir können nicht kämpfen. Passen Sie auf«, sagte er zu Calvin Dredd in einem drohenden Tonfall.

Calvin Dredd spannte seine Muskeln an, so wie er es gelernt hatte. Schmeckst war daran nicht unbeteiligt.

Einen Augenblick lang wußte Dredd nicht, was geschehen war. Dann wurde ihm bewußt, daß er auf die mittelmäßigen, aber manipulativen telepathischen Kräfte des Besuchers angesprochen und eine aufrechte

Haltung angenommen hatte. Starr, wie eingefroren, stand er da, bis Schmeckst lachte und ihn erlöste.

Schmeckst sagte: »Sie sehen, wir sind gleichwertige Partner. Ich kann sie einfrieren. Nichts außer tiefste Verzweiflung könnte Sie daraus befreien. Falls Sie versuchen, gegen uns zu kämpfen, werden wir Sie besiegen. Wir werden uns hier niederlassen und mit ihnen leben. Wir haben genug Platz auf unseren Planeten. Sie können kommen und dort ebenfalls mit uns leben. Wir würden gerne viele von Ihren Köchen einstellen. Alles, was Sie tun müssen, ist, mit uns den Weltraum zu teilen, und mehr ist dazu nicht zu sagen.«

Mehr war tatsächlich nicht dazu zu sagen. Arthur Djohn berichtete den Lords der Instrumentalität, daß man derzeit nichts gegen die abscheulichen Wesen von Gustibles Planeten unternehmen konnte.

Sie hielten ihre Gier in Grenzen – relativ gesehen. Lediglich zweiundsiebzigtausend Apicaner schwärmten über die Erde aus und stürzten sich auf jedes Weinlokal, jedes Restaurant, jede Snack- und Sodabar und auf jeden Vergnügungspark der Welt. Sie aßen Popcorn, Alfalfa, rohes Obst, lebenden Fisch, gebratene Vögel, gedünstete Mahlzeiten, gekochte und eingemachte Lebensmittel, Nahrungskonzentrate und ausgewählte Medikamente.

Außer ihrer Fähigkeit, ungeheure Mengen an Nahrung zu sich zu nehmen, weit mehr als ein normaler Mensch, zeigten sie auch sonst extreme Reaktionen. Tausende von ihnen wurden von verschiedenartigen lokalen Leiden gequält, die so würdelose Namen trugen wie den Yantze-Durchfall, die Delhi-Blähungen, das Römische Würgen und so weiter. Weitere Tausende erkrankten und mußten sich nach Art der alten Herrscher erlösen. Trotzdem kamen sie.

Niemand mochte sie. Niemand verabscheute sie genug, um einen verheerenden Krieg herbeizusehnen.

Das tatsächliche Handelsvolumen war minimal. Sie kauften große Mengen Eßwaren, die sie mit seltenen Metallen bezahlten. Aber die Wirtschaft ihres Heimatplaneten produzierte nur wenige Waren, die die Erde gebrauchen konnte. Die Städte der Menschheit hatten langsam einen derartigen Grad an Komfort und Verdorbenheit erreicht, daß eine relativ monokulturelle Zivilisation wie die der Bürger von Gustibles Planeten nur geringen Eindruck machte. Der Name ›Apicaner‹ wurde so zu einem unangenehmen Synonym für schlechte Manieren, Gier und sofortige Bezahlung. Sofortige Bezahlung galt in einer Kreditgesellschaft als unanständig, aber immerhin war dies besser als überhaupt nicht bezahlt zu werden.

Die Tragödie der Beziehung zwischen den beiden Völkern rührte aus dem unglückseligen Picknick der Lady Ch'ao her, die sich damit brüstete, uraltes chinesisches Blut in den Adern zu haben.

Sie entschied, es müsse möglich sein, Schmeckst und die anderen Apicaner so zu überfüttern, daß sie Vernunft annehmen würden. Sie arrangierte ein Fest, wie es eines im Hinblick auf Qualität und Quantität nicht mehr gegeben hatte seit den prähistorischen Zeiten der vielen Kriege, des Zusammenbruchs und des Wiederaufbaus der Zivilisation. Sie durchforschte die Museen der Welt nach Rezepten.

Das Dinner wurde von den Fernsehsendern der ganzen Welt übertragen. Es fand in einem Pavillon statt, der dem alten chinesischen Baustiel nachempfunden war. Ein hoch aufragender Traum aus getrocknetem Bambus und Papierwänden war das Festivalgebäude, und es besaß ein mit Stroh gedecktes Dach nach der wahren uralten Art. Papierlaternen mit echten Kerzen beleuchteten die Szene. Die fünfzig ausgewählten apicanischen Gäste strahlten wie alte Götter. Ihre Federn glänzten im Licht, und sie schnippten lässig mit ihren paddelartigen Daumen, während sie sich telepathisch und gewandt in irgendwelchen irdischen Sprachen unterhielten, die sie in den Köpfen ihrer Zuhörer aufgeschnappt hatten.

Die Tragödie war das Feuer. Das Feuer erfaßte den Pavillon, brachte das Dinner zum Scheitern. Die Lady Ch'ao wurde von Calvin Dredd gerettet. Die Apicaner flohen. Alle entkamen, außer einem. Schmeckst selber. Schmeckst erstickte.

Er stieß einen telepathischen Schrei aus, der von den lebenden Stimmen aller in der Nähe befindlichen menschlichen Wesen, der anderen Apicaner und der Tiere beantwortet wurde, so daß die Fernsehzuschauer der ganzen Welt eine plötzliche Kakophonie aus zwitschernden Vögeln, bellenden Hunden, miauenden Katzen, kreischenden Ottern und dem hellen Grunzen eines einsamen Pandas vernahmen. Dann kam Schmeckst um. Es war eine Schande...

Die Führer der Erde, die dabeistanden, fragten sich, wie sie die Tragödie bereinigen konnten. Auf der anderen Seite der Welt beobachteten die Lords der Instrumentalität das Geschehen. Was sie sahen, war erstaunlich und schrecklich. Calvin Dredd, der kalte, disziplinierte Agent, erreichte die Ruinen des Pavillons. Sein Gesicht besaß einen verzerrten Ausdruck, der schwer einzuschätzen war. Nachdem er zum vierten Mal seine Lippen ableckte und ein Speichelfaden sein Kinn hinuntersabberte, erkannten sie endlich, daß er wahnsinnig wurde vor Appetit. Die Lady Ch'ao folgte dicht hinter ihm, im Bann einer unbarmherzigen Kraft.

Sie war verrückt. Ihre Augen glänzten. Sie schlich umher wie eine Katze. In ihrer linken Hand hielt sie eine Schale und Eßstäbchen.

Die Fernsehzuschauer der ganzen Welt verstanden nicht, was sich da vor ihren Augen abspielte. Zwei alarmierte und benommene Apicaner folgten den Menschen und fragten sich, was geschehen würde.

Calvin Dredd griff plötzlich zu. Er zog den Körper von Schmeckst hervor.

Das Feuer hatte Schmeckst getötet. Nicht eine Feder war an seinem Körper geblieben. Und dann hatte das auflodernde Feuer, genährt durch die besondere Trokkenheit des Bambus und des Papiers und der Abertausende von Kerzen, ihn gebacken.

Der TV-Kontrolleur hatte einen Einfall. Er schaltete die Geruchsensoren ein. Überall auf dem Planeten Erde, wo Menschen sich versammelt hatten, um diese unerwartete und einzigartig interessante Tragödie zu verfolgen, entstand ein Geruch, den die Menschheit vergessen hatte. Es war die Essenz von gerösteter Ente.

Es war der delikateste, alle Vorstellungskraft sprengende Duft, den irgendein Mensch je gerochen hatte. Millionen und aber Millionen Menschen wurde der Mund wäßrig.

Überall blickten die Erdmenschen von ihren Bildschirmen auf, um nachzusehen, ob einige Apicaner in der Nähe waren. Gerade als die Lords der Instrumentalität befahlen, die ekelerregende Szene auszublenden, begannen Calvin Dredd und die Lady Ch'ao den gerösteten Apicaner Schmeckst zu verzehren.

Innerhalb von vierundzwanzig Stunden wurden die meisten Apicaner auf der Erde zubereitet, einige mit Preiselbeersoße, andere gebacken, einige nach der Art des Südens. Die besorgten Führer der Erde fürchteten sich vor den Auswirkungen eines derart unzivilisierten Verhaltens. Als sie ihre Lippen abwischten und nach einem weiteren Entensandwich fragten, wurde ihnen klar, daß dieses Benehmen äußerst schwierig zu erklären sein würde.

Die Blockierungen, durch die die Apicaner jede

menschliche Handlung verhindern konnten, funktionierten nicht, wenn sie bei Menschen angewandt wurden, während diese einen Apicaner betrachteten, sich tief in ihr Unterbewußtsein versenkten und dabei einen wahnsinnigen Hunger entwickelten, der die Tünche der Zivilisation abbröckeln ließ.

Den Lords der Instrumentalität gelang es, Schmecksts Stellvertreter und einige andere Apicaner fortzuschaffen und zurück auf ihr Schiff zu bringen.

Die Soldaten, die sie bewachten, leckten sich die Lippen. Ihr Offizier sann auf eine Möglichkeit, einen Unfall herbeizuführen, während er die Staatsbesucher begleitete. Unglücklicherweise brachen sich die stolpernden Apicaner nicht das Genick und die Apicaner schleuderten gewaltige geistige Blockaden allen menschlichen Wesen entgegen, um ihr Leben zu retten.

Einer von den Apicanern war so undiplomatisch und fragte nach einem Hühnersalat-Sandwich und verlor beinahe einen seiner rohen, lebendigen Flügel an einen Soldaten, dessen Appetit durch die bloße Erwähnung einer Mahlzeit wieder angeregt wurde.

Die wenigen Überlebenden kehrten in ihre Heimat zurück. Ihnen gefiel die Erde außerordentlich, und das irdische Essen war köstlich, aber es war ein schrecklicher Ort, wenn sie an die kannibalistischen Menschen dachten, die dort lebten – und so kannibalistisch waren, daß sie Enten aßen!

Die Lords der Instrumentalität waren erleichtert, als sie feststellten, daß die Apicaner bei ihrer Abreise das Weltraumtor hinter sich geschlossen hatten. Niemand wußte recht, wie sie das zustande brachten oder über welche Verteidigungsanlagen sie verfügten.

Die Menschheit, mit wäßrigem Mund und beschämt, drängte nicht auf sofortige Verfolgung. Statt dessen versuchten es die Menschen mit Hühnern, Enten, Gänsen, Hennen aus Cornwall, Tauben, Seemöwen und anderen Sandwich-Belägen, um den unvergleichlichen Geschmack der Einwohner von Gustibles Planeten zurückzugewinnen.

Nichts jedoch kam dem nahe, und die Menschen in ihrer Rechtschaffenheit waren nicht unzivilisiert genug, um eine andere Welt zu überfallen, nur um ihre Bewohner als Leckerbissen zu verschlingen.

Die Lords der Instrumentalität waren glücklich, sich gegenseitig und dem Rest der Welt bei ihrer nächsten Versammlung zu berichten, daß es den Apicanern gelungen war, Gustibles Planeten lückenlos abzuriegeln, und daß sie kein weiteres Interesse mehr am Handel mit der Erde besaßen und technologisch gerade noch ausreichend überlegen waren, um sich vor den Augen und dem Appetit der Menschen zu verstecken.

Vor diesem Schicksal bewahrt, wurden die Apicaner fast vergessen. Ein vertrauenswürdiger Sekretär des Büros für Interstellaren Handel war erstaunt, als die eisigen Intelligenzen eines Methan-Planeten vierzigtausend Kisten Münchner Bier bestellten. Er verdächtigte sie, das Bier nicht selbst zu verbrauchen, sondern weiterzuverkaufen. Aber auf Anweisung seiner Vorgesetzten hin behandelte er die Angelegenheit vertraulich und gab seine Zustimmung, das Bier zu verschiffen.

Zweifellos war es für die Bewohner von Gustibles Planeten bestimmt, aber sie boten nicht einen einzigen ihrer Mitbürger im Tausch dafür an.

Die Sache war erledigt. Die Servietten waren gefaltet. Handel und Diplomatie waren zum Erliegen gekommen.

Robert Sheckley

Raumfahrzeuge haben die Phantasie von Science Fiction-Autoren schon immer herausgefordert, seit Jules Verne seine Mondreisenden in Von der Erde zum Mond (De la Terre à la Lune, 1865) in einem von einer Kanone abgefeuerten Projektil auf den Weg schickte. Als H. G. Wells 1901 die gleiche Reise schilderte, nutzte sein Raumschiff das ›Cavorit‹, während auf den Seiten der Pulp-Zeitschriften der zwanziger und dreißiger Jahre der vertraute atomgetriebene ›Luftschiff-Typ‹ des Raumfahrzeugs sein Debüt hatte. Seither sind die Autoren des Genres von Raketen zu Raumfähren und den riesigen computerisierten Dschaggernauts von Star Trek und Star Wars fortgeschritten. Allein schon die Verschiedenheit dieser Raumschiffe hat Schriftsteller mit einer Neigung zum Humor ermutigt, und man findet etliche außergewöhnliche Raumfahrzeuge in den Geschichten von Cordwainer Smith (›Three to a Given Star‹ 1965, deutsch als Teil 4 in Rückkehr nach Mizzer), Anne McCaffrey (Ein Raumschiff namens Helva, The Ship Who Sang, 1969), Stanisław Lem (Der Unbesiegbare, Niezwyciężony, 1973) und im nächsten Beitrag über ein Schiff, das in besonderem Maße die Summe seiner Teile ist – eines ›Auges‹, das Gedichte schreibt, eines ›Denkers‹, der alles speichert, ›gut oder schlecht, falsch oder richtig‹, und der ›Wände‹, die sich bei jeder Gelegenheit betrinken!

Die Encyclopedia of Science Fiction (1995) nennt Robert Sheckley (geb. 1928) den ›James Thurber der SF‹ und den Autor, der ›wahrscheinlich der konsequenteste und komischste SF-Humorist von allen‹ ist. In New York geboren, wurde er in den fünfziger Jahren mit seinen verrückten, satirischen Kurzgeschichten, die in den meisten führenden SF-Zeitschriften jener Zeit erschienen, einer der beliebtesten Autoren. Sein erster Sammelband, Für Menschen ungeeignet (Untouched by Human Hands, 1954), wurde als eine der besten Debütarbeiten im Genre be-

grüßt, und seither hat er immer wieder phantasiereiche und amüsante Kurzgeschichten geschrieben, dazu gelegentlich einen Roman, darunter Das zehnte Opfer (The Tenth Victim, 1966), mit Marcello Mastroianni und Ursula Andress verfilmt, und ›Bittsteller im All‹ (deutsch auch: ›Ein erster Kontakt‹), mit dem Jupiter Award als beste Kurzgeschichte 1973 ausgezeichnet. In ›Spezialist‹, 1953 geschrieben, hat Sheckley ein einzigartiges Raumschiff geschaffen, das aus Außerirdischen besteht, die einen Photonensturm überlebt haben und sich auf die Suche nach einem Ersatz für einen von ihnen machen, den umgekommenen ›Treiber‹. Das Zusammenspiel der »Mannschaft«, ihre Sprache und Charaktere – ganz zu schweigen von der Art, wie sie ihr Problem schließlich lösen – sind ein Beispiel für Sheckleys unnachahmliches komisches Talent auf seinem Höhepunkt.

Robert Sheckley

Spezialist

Der Photonensturm brach ohne jede Warnung über das Schiff herein. Er wirbelte hinter einem Cluster Roter Riesen hervor. Auge hatte kaum noch Zeit, die anderen durch Sprecher in der letzten Sekunde zu warnen, da war das Energiegewitter auch schon heran.

Es war erst Sprechers dritte große Fahrt und sein erster Lichtsturm. Einen Augenblick lang fühlte er schmerzhafte Furcht, als das Schiff unter dem Ansturm der Wellenfront, die es breitseitig erwischte, schlingerte und gierte. Dann verschwand die Furcht ebenso plötzlich, und an ihre Stelle trat der Pulsschlag einer fast freudigen Erregung.

Warum sollte er sich fürchten, fragte er sich selbst – hatte man ihn nicht gerade für diese Art von Notfall besonders ausgebildet?

Er hatte sich gerade mit Nährer unterhalten, als der Sturm über sie hereinbrach. Er mußte diese Verbindung abrupt abbrechen. Es blieb nur zu hoffen, daß Nährer alles gut überstand, denn dies war seine erste große Reise.

Schnell zog Sprecher die drahtähnlichen Fasern ein, die den größten Teil seines Körpers ausmachten und bis in den letzten Teil des Schiffes reichten, lediglich die Verbindungen mit Auge, Maschine und Wänden beließ er. Der Rest der Mannschaft mußte zusehen, wie sie ohne ihn zurechtkam. Er hatte sich zu konzentrieren.

Auge hatte seinen tellerähnlichen Körper flach an

eine der Wände gedrückt, und eines seiner Sehorgane ragte aus dem Schiff heraus. Zur besseren Konzentration waren die anderen in den Körper zurückgezogen.

Durch Auges Sehorgan beobachtete Sprecher den Sturm und übersetzte Auges rein visuelle Mitteilungen in eine Richtungsangabe für Maschine, der das Schiff herumsteuerte und mit dem Bug gegen die Wellen richtete. Gleichzeitig übertrug Sprecher für die Wände Richtung und Geschwindigkeit. Die Wände versteiften sich entsprechend, um die Schockwellen abzufangen.

Die Zusammenarbeit verlief reibungslos wie immer. Auge maß die Wellen, Sprecher gab die Werte an Maschine und Wände weiter, Maschine trieb das Schiff mit dem Bug voran in die Wellenfronten, und die Wände verhärteten sich gegen den Aufprall.

Sprecher vergaß alle Furcht, die eben noch in ihm aufzusteigen drohte. Er fand gar keine Zeit mehr dazu. Als das Nachrichtensystem des Schiffes mußte er so schnell wie möglich die Kommunikation zwischen den einzelnen anderen Teilen abwickeln, Informationen übersetzen, sortieren und weiterleiten, alle Angaben koordinieren und Handlungsanweisungen geben.

Nach wenigen Minuten war der Sturm vorbei.

»Das war es«, sagte Sprecher. »Wollen mal sehen, ob es Schäden gegeben hat.« Seine Kommunikationsfäden waren während des Sturms leicht in Unordnung geraten. Jetzt entwirrte er sie, schickte sie wieder durch das ganze Schiff und schloß jeden an das Netz an. »Maschine?«

»Ich bin in Ordnung«, sagte Maschine. Der uralte Fahrensmann hatte während des Sturms sofort die Schutzwände herabgelassen und damit die Atomexplosionen in seinem Magen abgedämpft. Kein Sturm konnte einen erfahrenen Raumfahrer überrumpeln.

»Wände?«

Die Wände meldeten sich eine nach der anderen, und

das nahm einige Zeit in Anspruch. Es waren ungefähr eintausend, dünne rechteckige Burschen, die die gesamte Haut des Schiffes bildeten. Während des Sturms hatten sie selbstverständlich ihre Kanten verstärkt und so das Schiff widerstandsfähiger gemacht. Doch ein paar von ihnen hatten selber dabei etwas abbekommen.

Doktor meldete, daß bei ihm alles in Ordnung sei. Er entfernte Sprechers Kommunikationsfaden aus seinem Kopf, wodurch er sich vorübergehend aus dem Bordsystem ausschaltete, und ging zu den verletzten Wänden, um sie zu behandeln. Doktor bestand zum größten Teil aus Händen und hatte den Sturm überstanden, indem er sich an einen der Akkumulatoren geklammert hatte.

»Beeilen wir uns ein bißchen«, meinte Sprecher, dem eingefallen war, daß ihnen noch immer bevorstand, ihren derzeitigen kosmischen Standort zu bestimmen. Er verband sich mit den vier Akkumulatoren. »Und wie geht es euch?« fragte er.

Er bekam keine Antwort Die Akkumulatoren schliefen. Sie hatten während des Sturms ihre Empfänger weit geöffnet und sich bis zum Bersten mit Energie vollgesaugt. Sprecher stupste sie mit seinen Fühlerfäden an, aber sie rührten sich nicht.

»Laß mich mal«, sagte Nährer. Der Sturm hatte ihm ziemlich übel mitgespielt, bis es ihm endlich gelungen war, seine Saugnäpfe an einer der Wände zu befestigen, aber sein Selbstbewußtsein hatte darunter nicht im mindesten gelitten. Er war das einzige Mitglied der Mannschaft, das niemals ärztliche Hilfe notwendig haben würde. Sein Körper heilte alle Wunden von selbst.

Eilig hangelte er sich auf seinem Dutzend Tentakeln hinüber zu den vier Akkumulatoren, und trat dem erstbesten in die Seite. Die große konische Speicherzelle öffnete ein Auge und schloß es wieder. Nährer gab ihr einen zweiten Fußtritt. Die Wirkung des ersten blieb aus. Er griff nach dem Sicherheitsventil des Burschen und ließ einen Teil der frisch gespeicherten Energie ab.

»Laß das!« sagte der Akkumulator.

»Dann wach endlich auf, und sag, ob euch was passiert ist«, erwiderte Nährer.

Der Akkumulator erklärte übellaunig, daß man ja wohl sehen könne, wie gut sie den Sturm überstanden hätten. Während der ganzen Zeit seien sie fest an der Fußbodenwand verankert gewesen.

Der Rest der Inspektion war rasch erledigt. Denker ging es gut, und Auge war noch ganz in Ekstase über die Schönheit des Sturms. Es gab nur einen Verlust zu beklagen.

Treiber war tot. Als Zweibeiner hatte er die geringste Standfestigkeit des gesamten Teams. Der Sturm hatte ihn mitten in einem Gang überrascht. Dabei wurde er gegen eine der versteiften Wände geschleudert und brach sich mehrere Knochen. Die Verletzungen erwiesen sich zu schwer, als daß der Doktor noch helfen konnte.

Sie alle schwiegen eine Weile. Es war immer sehr bedrückend, wenn ein Teil des Schiffes starb. Das Schiff bestand aus einer Einheit von vielen Teilen, die alle voneinander abhingen. Und diese Teile ergaben das Schiff, das nichts anderes als der Zusammenschluß der Raumfahrer war. Der Verlust eines einzigen Kameraden war ein schwerer Schlag für alle.

In diesem Fall aber erwiesen sich die Folgen als besonders übel. Sie hatten gerade Fracht in einem Hafen gelöscht, der mehrere tausend Lichtjahre von Galactic Center entfernt lag. Niemand konnte ihre derzeitige Position sagen.

Auge kroch zu einem der Wände und streckte eines seiner Sehorgane in den Raum hinaus. Die Wände ließen das Pseudopodium durch und dichteten gleichzeitig das dabei entstehende Loch ab. Auges Sehorgan wand sich ganz um das Schiff herum, so daß er den ganzen umliegenden Raumsektor mustern konnte. Sprecher empfing das Bild und gab es weiter an Denker.

Denker lag in einer Ecke – ein großer formloser Protoplasmaklumpen. Doch in ihm schlummerten die Erinnerungen all seiner raumfahrenden Ahnen. Er untersuchte das Bild der Umgebung, verglich es blitzschnell mit allen anderen ihm bekannten und erklärte: »Keine galaktisch erschlossenen Planeten in Reichweite.«

Sprecher übersetzte das Ergebnis allen anderen. Es war so, wie sie alle insgeheim befürchtet hatten.

Auge berechnete mit der Unterstützung Denkers, daß sie mehrere hundert Lichtjahre vom Kurs abgekommen waren. Sie befanden sich irgendwo an der Peripherie der Milchstraße.

Jedes Besatzungsmitglied wußte, was das zu bedeuten hatte. Ohne einen Treiber, dessen Aufgabe es war, das Schiff auf ein Vielfaches der Lichtgeschwindigkeit zu beschleunigen, würden sie nie mehr nach Hause kommen. Die Heimreise würde ohne einen Treiber länger dauern, als die meisten von ihnen lebten.

»Was schlägst du vor?« erkundigte sich Sprecher bei Denker.

Für den exakt kalkulierenden Denker war die Frage zu vage gestellt. Er bat, sie neu formuliert zu bekommen.

»Welche Wege stehen uns offen«, versuchte es Sprecher noch einmal, »einen galaktischen Planeten zu erreichen?«

Denker benötigte mehrere Minuten, um alle in seinen Zellen gespeicherten Möglichkeiten durchzuarbeiten. Mittlerweile hatte Doktor die verletzten Wände behandelt und bat um etwas zu essen.

»In ein paar Minuten essen wir alle zusammen«, sagte Sprecher und zuckte nervös mit den Kommunikationsfäden. Obwohl er das zweitjüngste Mitglied der Mannschaft war – direkt nach Nährer –, ruhte ein großer Teil der Verantwortung für das Schiff auf seinen Schultern. Er mußte die anderen koordinieren und den Weg ihres gemeinsamen Handelns bestimmen.

Einer der Wände schlug vor, sie sollten sich erst mal richtig betrinken. Diese unrealistische Lösung des Problems wurde sofort von allen abgelehnt. Sie war typisch für die Wände. Wände waren großartige Arbeiter und gute Kameraden, aber eben ansonsten eher einfältige Burschen. Wenn sie nach Hause kamen, würden sie wahrscheinlich wieder ihre ganze Heuer in kürzester Zeit versaufen.

»Verlust des Treiber schließt längeren Überlichtflug des Schiffes aus und verkrüppelt unsere Navigationsfähigkeit«, begann Denker ohne Einleitung. »Der nächste galaktische Planet ist viertausendfünf Lichtjahre entfernt.«

Sprecher übersetzte alles simultan für die anderen Crewmitglieder.

»Zwei Möglichkeiten bestehen. Erstens: Schiff kann versuchen, mit Hilfe der atomaren Energie von Maschine den nächsten galaktisch erschlossenen Planeten zu erreichen. Das wird circa zweihundert Jahre dauern. Zu diesem Zeitpunkt wird sich vermutlich nur noch Maschine am Leben befinden, alle anderen haben dafür keine ausreichende Lebensdauer.

Zweitens: Wir versuchen in der näheren Umgebung einen Planeten mit latenten Treibern zu finden, nehmen einen der dortigen Treiber an Bord und versuchen ihn so auszubilden, daß er das Schiff zurück in die zivilisatorisch erschlossenen Bereiche der Galaxis bringen kann.«

Denker schwieg. Er hatte alles gesagt, was er zu dem vorliegenden Problem in seinen und den Erinnerungen seiner Vorfahren finden konnte.

Sie stimmten ab und entschieden sich ohne Gegenmeinungen zu Denkers zweiter Alternative. Im Grunde hatten sie auch keine andere Wahl. Es war die einzige Chance, die Heimat überhaupt je wiederzusehen.

»Also gut«, sagte Sprecher. »Essen wir jetzt. Ich glaube, wir haben es alle nötig.«

Der Körper des toten Treiber wurde Maschine in den Mund geschoben, der ihn sich ohne Zögern einverleibte, indem er seine Atome in Energie umwandelte. Maschine war das einzige Besatzungsmitglied, das sich direkt von Atomenergie ernährte.

Für die anderen ging Nährer an die Arbeit und lud sich bei einem der Akkumulatoren auf. Dann verwandelte er die aufgenommene Energie in die jeweils von den einzelnen Besatzungsmitgliedern benötigte Nahrung.

Auge lebte ausschließlich von komplexen Chlorophyllketten. Nährer produzierte sie ihm und gab dann Sprecher seine Kohlenhydrate und den Wänden ihre Chlorverbindungen. Für Doktor stellte er die Kopie einer Silikatfrucht her, die auf Doktors Heimatwelt wuchs.

Endlich war jeder satt und das Schiff wieder aufgeräumt. Die Akkumulatoren schliefen friedlich in ihrer Ecke. Auge hatte sein Sehorgan so weit wie möglich ausgefahren und draußen auf Teleskopsicht umgestellt. Selbst in ihrer derzeitigen kritischen Lage konnte er der Versuchung nicht widerstehen, seine Gedichte fortzusetzen. Er kündigte an, daß er an einer neuen Ballade arbeitete, die er ›Peripherer Schimmer‹ getauft hatte. Keiner wollte sie hören, und so gab er sie Denker ein, der alles speicherte, ob gut oder schlecht, falsch oder richtig, sinnvoll oder nutzlos.

Maschine schlief nie. Bis zum Bersten mit Treiber gefüllt, jagte er das Schiff mit mehrfacher Lichtgeschwindigkeit dahin.

Die Wände stritten sich, wer während des letzten Urlaubs am betrunkensten gewesen war.

Sprecher gönnte sich ein wenig Ruhe. Er löste sich von den Wänden und streckte seinen kleinen runden Körper auf dem Netzwerk seiner Fäden aus.

Flüchtig dachte er an Treiber. Es war seltsam. Treiber hatten alle gern gemocht, doch jetzt war er schon vergessen. Nicht etwa aus Gleichgültigkeit. Der Grund lag einfach darin, daß das ganze Schiff eine Einheit bildete. Der Verlust eines Teiles wurde bedauert, aber entscheidend war nur der Fortbestand des Schiffes als Kooperative.

Das Schiff jagte durch die Sonnensysteme der galaktischen Peripherie.

Denker hatte eine Suchspirale kalkuliert. Die Chancen, einen Treiberplaneten zu finden, schätzte er auf eins zu vier. Nach einer Woche stießen sie auf eine Welt, die von primitiven Wänden bewohnt wurde. Sie flogen tief über die Oberfläche und konnten die ledrigen, rechteckigen Burschen deutlich erkennen, die in der Sonne lagen, über die Felsen krochen oder sich langausgestreckt von der Brise schaukeln ließen.

Die Wände des Schiffes seufzten sehnsüchtig. Es war dort unten genau wie zu Hause.

Die Wände auf diesem Planeten waren noch nicht von einer galaktischen Kontaktgruppe besucht worden und wußten nichts von ihrer großen Bestimmung – teilzunehmen an dem allesumfassenden Zusammenwirken aller Intelligenzen des großen Sternennebels.

Dieser Spiralarm der Milchstraße beherbergte eine Menge toter Welten und solcher, die noch zu jung für die Entwicklung von Leben waren. Dann fanden sie einen Planeten mit Sprechern, die ihre spinnwebenhaften Kommunikationsfäden über einen halben Kontinent ausgebreitet hatten.

Sprecher starrte sie durch Auge erwartungsvoll an. Eine Welle von Selbstmitleid überrollte ihn. Seine Heimat fiel ihm ein, seine Familie, seine Freunde. Er dachte an den Baum, den er kaufen wollte, wenn er wieder heimkam.

Einen kurzen Moment lang fragte er sich, was er überhaupt hier verloren hatte, als Teil eines Schiffes in einer abgelegenen Ecke der Galaxis.

Er schüttelte die Stimmung ab. Er hatte seine Aufgabe. Wenn sie lange genug suchten, würden sie auf jeden Fall einen Treiberplaneten finden. Das hoffte er jedenfalls.

Eine Zeitlang stießen sie dann nur auf öde Welten ohne Leben, bis sie einen Planeten voll primitiver Maschinen entdeckten, die in einem radioaktiven Metallozean schwammen.

»Eine lohnende Gegend«, meinte Näher zu Sprecher. »Das Center sollte hier mal eine Kontaktgruppe herschicken.«

»Das werden sie wahrscheinlich auch tun, wenn wir es zurück schaffen«, erwiderte Sprecher.

Sie beide standen sich sehr nahe – noch über die allumfassende Freundschaft des ganzen Schiffes hinaus. Nicht nur, weil sie die jüngsten waren. Ihre Funktionen ähnelten einander und das förderte eine gewisse psychische Verbundenheit. Sprecher verwandelte Sprachen, Näher Nahrung. Außerdem ähnelten sie sich auch körperlich. Sprecher war ein Zentralkörper mit peripheren Fäden nach allen Seiten, Näher ein Zentralkörper mit Tentakeln anstelle der Fäden.

Sprecher glaubte von Näher, daß dieser sich nach ihm selbst am meisten unter der ganzen Besatzung seiner selbst, seines individuellen Egos, bewußt war. Bei den anderen wunderte es ihn immer, wie sie es überhaupt noch schafften, ein eigenes Bewußtsein zu führen.

Noch mehr Sonnen, noch mehr Planeten. Maschine fing an, sich zu überhitzen. Gewöhnlich wurde Maschine nur für kurze Start- und Landemanöver benutzt und für Kurskorrekturen innerhalb eines Planetensystems. Jetzt war er schon wochenlang ununterbrochen an der Arbeit – mit Über- und Unterlichtgeschwindigkeit. Langsam schwanden seine Kräfte.

Nährer installierte mit Doktors Hilfe eine zusätzliche Kühlanlage. Sie war nur provisorisch und sah demgemäß aus. Aber für den Augenblick mußte sie reichen. Die Kühlflüssigkeit produzierte Nährer durch Umordnung von Stickstoff-, Wasserstoff- und Sauerstoffatomen. Doktor untersuchte Maschine und diagnostizierte dessen Erholungsbedürftigkeit. Der tapfere alte Kerl würde es kaum noch länger als eine Woche durchhalten.

Die Suche ging weiter, doch die Stimmung im Schiff wurde immer gedrückter. Sie waren sich alle im klaren darüber, daß Treiber relativ selten vorkamen im Gegensatz zu den fruchtbaren Maschinen oder Wänden.

Die Haut der Wände wurde pockennarbig vom interstellaren Staub. Wenn sie wieder nach Hause kämen, würden sie sich alle behandeln lassen müssen, jammerten sie. Sprecher beruhigte sie und versprach, daß die Reederei alles bezahlen würde. Selbst Auge wurde vom ununterbrochenen Starren in den Raum ganz blutunterlaufen.

Dann tauchten sie wieder einmal in die Atmosphäre eines neuen Planeten hinab. Seine Charakteristika wurden Denker übermittelt, der sie mit den in ihm gespeicherten Daten verglich.

Noch näher, und sie konnten die ersten Gestalten am Boden erkennen.

Treiber! Primitive Treiber!

Sie zogen das Schiff sofort hoch und kehrten erst einmal in den Raum zurück, um dort über die nächsten Schritte zu beraten. Nährer produzierte dreiundzwanzig verschiedene Arten von berauschenden Getränken, mit denen sie auf ihr Glück anstießen.

Das Schiff war drei Tage lang außer Funktion.

»Alle wieder klar?« fragte Sprecher noch ein bißchen zittrig. Er hatte einen Kater, der ihm in allen Kommunikationsfäden brannte. Unmengen mußten das gewesen sein, die er in sich hineingeschüttet hatte. Schwach erinnerte er sich daran, wie er Maschine mit seinen Fäden umarmt und ihn eingeladen hatte, seinen Baum mit ihm zu teilen, wenn sie erst zurück waren.

Der Gedanke daran ließ ihn schaudern.

Die übrige Mannschaft machte auch noch einen ziemlich mitgenommenen Eindruck. Die Wände ließen Luft in den Raum entweichen. Sie waren einfach noch zu wackelig, um ihre Kanten richtig zu versiegeln. Doktor war ohnmächtig.

Aber am schlimmsten hatte es Nährer erwischt. Da sein Körper sich auf jede Nahrung außerhalb atomarer eingestellt hatte, konnte er jedes der von ihm hergestellten Getränke erst einmal selbst probieren, ob es nun Jod, reiner Sauerstoff oder ein komplizierter Ester gewesen war. Es ging ihm miserabel. Das gesunde Blau seiner Tentakel zeigte jetzt überall gelbliche Flecken, und der ganze Organismus arbeitete wie wild, um die Reste der Rauschmittel abzubauen, an denen sich Nährer vergiftet hatte. Ein schmerzhafter Regenerationsprozeß.

Die einzigen nüchternen waren Maschine und Denker. Denker trank nichts, was für einen Raumfahrer selten, für einen Denker aber typisch war. Maschine konnte nicht trinken.

Sie hörten alle zu, als Denker jetzt mit einem Bericht über einige erstaunliche Beobachtungen auf den Bildern Auges begann. Die Bilder stammten von der Oberfläche des rettenden Planeten. Sie zeigten deutlich metallische Konstruktionen, die Denker zu der beunruhigenden Schlußfolgerung zwangen, man habe es dort unten mit einer mechanischen Zivilisation zu tun.

»Unmöglich«, sagten drei der Wände, und auch die übrige Mannschaft schien geneigt, ihnen recht zu geben.

Alles Metall, was sie jemals gesehen hatten, war in der Erde vergraben gewesen oder hatte in rostigen Klumpen herumgelegen, höchstens als Futter für Maschinen zu gebrauchen.

»Willst du damit sagen, daß die da unten Dinge aus Metall herstellen?« faßte Sprecher nach. »Aus totem Zeugs? Wozu?«

»Nichts können sie damit herstellen«, erklärte Nährer nachdrücklich. »Es würde ihnen doch alles ununterbrochen zusammenbrechen. Ich meine, Metall weiß ja nicht, wann es schwächer wird.«

Aber Denkers Schlußfolgerung war doch richtig. Auge vergrößerte neue Bilder, und alle konnten sich selbst davon überzeugen, daß die Treiber große Gebäude, Fahrzeuge und andere Gegenstände aus toter Materie konstruiert hatten.

Der Grund dafür ließ sich nicht so ohne weiteres angeben. Aber es war kein gutes Zeichen. Trotzdem, das schlimmste hatten sie erst einmal hinter sich. Sie hatten einen Treiberplaneten gefunden. Jetzt mußten sie nur noch versuchen, einen eingeborenen Treiber anzuheuern, was nicht so schwierig sein dürfte. Sprecher wußte, daß Kooperation das Fundament der galaktischen Zivilisation war – selbst unter primitiven Lebensformen.

Sie beschlossen in einer der weniger dicht besiedelten Regionen zu landen. Selbstverständlich rechneten sie nicht mit einem unfreundlichen Empfang, aber es war Aufgabe der speziell dafür ausgebildeten Kontaktgruppe, mit einer neu entdeckten Rasse Kontakt aufzunehmen. Sie brauchten im Augenblick ja nur den Kontakt zu einem Einzelwesen.

So suchten sie sich eine relativ dünn besiedelte Landmasse heraus und strichen im Tiefflug über das Gebiet, während es auf dieser Seite des Planeten Nacht war.

Fast auf Anhieb gelang es ihnen, einen einzelnen Treiber zu lokalisieren.

Auge stellte sich auf Nachtsicht ein, und sie verfolgten neugierig das Tun des Treibers. Nach einer Weile streckte er sich neben einem kleinen Feuer aus. Denker erklärte ihnen, daß es sich dabei um eine wohlbekannte Ruhestellung von Treibern handelte.

Kurz vor dem Morgengrauen landeten sie, und die Wände öffneten sich. Nährer, Sprecher und Doktor gingen nach draußen.

Nährer ging zu dem Treiber und tippte das Wesen an der Schulter an. Sprecher folgte mit einem Kommunikationsfaden.

Der Treiber öffnete seine Sehorgane, blinzelte mit ihnen und machte dann eine Bewegung mit seinem Nahrungsorgan. Er sprang auf seine Füße und begann zu rennen.

Die drei Besatzungsmitglieder waren verblüfft. Der Treiber hatte nicht einmal abgewartet, was sie eigentlich von ihm wollten!

Sprecher streckte einen seiner Fäden aus und packte den Treiber, der sich schon fünfzehn Meter weit weg befand, am Bein. Der Treiber fiel hin.

»Geht nicht zu rauh mit ihm um«, meinte Nährer. »Vielleicht hat ihn unser plötzliches Erscheinen durcheinandergebracht.« Er zuckte mit einem Tentakel. Die Idee, daß ein Treiber – mit seinen vielfältigen unspezialisierten Organen eine der merkwürdigsten Lebensformen der Galaxis – durch das Aussehen von jemand anderes erschreckt werden konnte, war zu komisch.

Nährer und Doktor liefen zu dem gestürzten Treiber und trugen ihn gemeinsam ins Schiff.

Die Wände versiegelten sich. Man ließ den Treiber frei und bereitete sich auf das Gespräch mit ihm vor.

Sobald der Treiber sich bewegen konnte, sprang er auf und rannte zu der Stelle, an der die Wände sich geschlossen hatten. Er hämmerte wild dagegen. Sein Nahrungsorgan stand weit offen und vibrierte.

»Laß das sein«, sagte die Wand vor ihm. Wand bauchte sich ihm entgegen und stieß ihn von den Beinen. Der Treiber sprang sofort wieder hoch und rannte weg.

»Haltet ihn auf!« befahl Sprecher. »Er könnte sich verletzen.«

Einer der Akkumulatoren wachte weit genug auf, um sich dem Treiber in den Weg zu schieben. Der Treiber stürzte darüber, kam wieder hoch und rannte weiter.

Sprecher hatte seine Fäden inzwischen wieder überall hin ausgestreckt, und er fing den Treiber im Bug ein. Der Treiber begann an den Fäden zu reißen, und Sprecher ließ ihn schnell wieder los.

»Schließ ihn an deinem Netz an!« rief Näher. »Vielleicht können wir so mit ihm ins Gespräch kommen.«

Sprecher streckte einen seiner Fäden nach dem Kopf des Treibers aus, wobei er ihn in der universalen Geste der Verständigung vor dessen Sehorganen hin und her wedelte. Doch der Treiber reagierte genauso überraschend und unbegreiflich wie vorher. Er sprang zur Seite und fuchtelte wild mit einem Stück Metall herum, das er in der Hand hielt.

»Was glaubst du wohl, hat er damit vor?« fragte Näher. Der Treiber begann mit dem Stück Metall auf die nächste Wand einzuschlagen. Sie versteifte sich instinktiv, und das Metallstück zerbrach.

»Laßt ihn in Ruhe«, sagte Sprecher. »Geben wir ihm erst mal Zeit, sich zu beruhigen.«

Sprecher beriet sich mit Denker, aber sie kamen zu keinem Entschluß, was mit dem Treiber anzufangen wäre. Er wollte in keine Kommunikation eintreten. Jedesmal, wenn ihm Sprecher einen seiner Fäden entgegenstreckte, geriet der Treiber in wilde Panik. Momentan stand es unentschieden.

Denker sprach sich gegen den Plan aus, einen anderen Treiber auf dem Planeten zu suchen. Er hielt das

Benehmen ihres Treibers für typisch. Die Suche nach einem anderen würde nur zu den gleichen Problemen führen. Außerdem durfte ein Planet eigentlich nur von einer Kontaktgruppe offiziell besucht werden.

Wenn sie sich nicht mit dem Treiber verständigen konnten, würde es ihnen auch nicht mit einem anderen aus diesem Treibervolk gelingen.

»Ich glaube, ich weiß, was uns die Schwierigkeiten macht«, sagte Auge. Er schwang sich auf einen Akkumulator. »Diese Treiber hier haben eine mechanische Zivilisation entwickelt. Denkt mal eine Weile darüber nach, wie sie die wohl errichtet haben. Sie gebrauchten, so wie unser Doktor, ihre Finger, um Metall zu formen. Sie benutzen ihre Augen, so wie ich meine Sehorgane. Und vermutlich noch eine Menge anderer Organe auf ähnliche Weise.« Er machte eine effektvolle Pause.

»Die Treiber sind unspezialisiert!«

Sie diskutierten über diese Idee mehrere Stunden. Die Wände ließen sich nicht davon abbringen, daß kein intelligentes Wesen unspezialisiert sein könnte. In der ganzen Galaxis gab es dafür kein Beispiel. Aber der Beweis stand vor ihnen – die Städte der Treiber, ihre Fahrzeuge ... dieser Treiber an Bord, der sicher repräsentativ war, schien für eine Unmenge verschiedener Arbeiten ausgerüstet zu sein.

Für alles, nur nicht dafür, ein Schiff zu treiben!

Denker gab schließlich eine teilweise Erklärung. »Wir haben es hier nicht mit einem primitiven Planeten zu tun. Er ist schon relativ alt und hätte schon vor Jahrtausenden in die galaktische Zivilisation aufgenommen werden müssen. Da das aus unbekannten Gründen nicht geschah, wurden die Treiber ihres Geburtsrechtes beraubt. Ihre große Fähigkeit, ihre Spezialität war etwas zu *treiben*. Aber sie hatten nichts zum *Treiben*. So kam es nicht von ungefähr, daß sie eine perverse Kultur entwickelten.

Wie diese Kultur im einzelnen aussieht, können wir nur vermuten. Aber alle Anzeichen sprechen für die Annahme – die Treiber hier sind *unkooperativ*.«

Denker hatte es an sich, die erschütterndsten Feststellungen mit der harmlosesten Selbstverständlichkeit zu treffen.

»Es besteht eine große Wahrscheinlichkeit«, fuhr Denker fort, »daß diese Treiber gar nichts mit uns zu tun haben wollen. In diesem Fall stünde unsere Chance für eine Rückkehr eins zu 283, denn das sind die Aussichten, einen zweiten Treiberplaneten zu finden.«

»Wir können aber nicht sicher sein, ob wir ihn nicht doch noch zur Zusammenarbeit überreden können«, sagte Sprecher, »bevor wir nicht direkt mit ihm kommuniziert haben.« Es wollte ihm einfach nicht eingehen, daß es intelligente Lebewesen geben konnte, die eine Kooperation mit anderen intelligenten Lebewesen ablehnten.

»Aber wie bekommen wir ihn dazu?« fragte Nährer. Sie faßten einen Plan. Doktor ging langsam auf Treiber zu, der mißtrauisch zurückwich. In der Zwischenzeit hatte Sprecher einen seiner Fäden durch die Schiffswand hinter dem Treiber geschoben.

Der Treiber drückte sich an die Wand, und Sprecher schob ihm schnell den Faden in den Hinterkopf. Direkt ins Kommunikationszentrum des Hirns zur Anschlußstelle.

Der Treiber brach zusammen.

Als er wieder zu sich kam, mußten Nährer und Sprecher seine Gliedmaßen festhalten, damit er sich den Kommunikationsfaden nicht wieder herausriß. Sprecher bemühte sich inzwischen, die Sprache des Treibers herauszufinden.

Das war nicht zu schwer. Alle Treibersprachen gehörten der gleichen Familie an, und diese hier bildete da keine Ausnahme. Sprecher fand genug Gedankenfetzen, um ein Gerüst der Sprache daran zu entwickeln.

Er machte einen ersten Versuch der Verständigung.

Der Treiber schwieg.

»Ich glaube, er ist hungrig«, meinte Nährer. Sie erinnerten sich daran, daß der Treiber jetzt schon fast zwei Tage an Bord war, ohne etwas zu essen bekommen zu haben. Nährer produzierte eine Standardtreibernahrung und bot sie ihm an.

»Mein Gott! Ein Steak!« sagte der Treiber.

Die Mannschaft raunte ihre Begeisterung durch Sprechers Kommunikationsnetz. Der Treiber hatte seine ersten Worte gesagt!

Sprecher analysierte die Wörter und durchforschte sein Gedächtnis. Er kannte fast zweihundert Treibersprachen und ein Vielfaches davon an Unterdialekten. Er stellte fest, daß dieser Treiber eine Kreuzung zwischen zwei recht bekannten Treibersprachen benutzte.

Nachdem der Treiber gegessen hatte, schaute er sich um. Sprecher übertrug seine Gedanken den übrigen Besatzungsmitgliedern.

Der Treiber hatte eine seltsame Art, das Schiff zu sehen. Für ihn wirkte es wie ein Aufruhr von Farben. Die Wände bewegten sich wellenförmig. Vor ihm hockte ein Etwas, das einer riesigen Spinne ähnelte, von deren schwarzgrünem Körper Fäden durch das ganze Schiff liefen bis in den Kopf jedes Wesens an Bord. Auge sah er als ein merkwürdiges nacktes kleines Tier, eine Kreuzung zwischen einem sogenannten Kaninchen und einem Eidotter.

Sprecher faszinierten diese neuen Perspektiven. Sie eröffneten ihm zum ersten Mal einen Teil der Gedankenwelt des Treibers. Er hatte die Dinge nie zuvor so gesehen, aber jetzt, nachdem der Treiber es ihm zeigte, war Auge wirklich ein ziemlich komisch aussehender Bursche.

Sie konnten endlich mit dem Gespräch beginnen.

»Was für Viecher seid ihr bloß?« fragte der Treiber. Er wirkte jetzt viel ruhiger als in den vergangenen Tagen. »Warum habt ihr mich gefangen? Oder spinne ich einfach?«

»Nein«, erklärte ihm Sprecher, »dein Geisteszustand ist nicht wesentlich von der Norm deiner Rasse abweichend, wenn du das meinst. Wir sind ein galaktisches Handelsschiff, das ein Sturm weit vom Kurs abgetrieben hat. Dabei ist unser Treiber getötet worden.«

»Na schön. Aber was hat das mit mir zu tun?«

»Wir möchten gerne, daß du unser neuer Treiber wirst«, sagte Sprecher.

Der Treiber überlegte gründlich, nachdem Sprecher ihm die Situation verständlich erklärt hatte. Sprecher spürte deutlich den Widerstreit der Gedanken, die sich im Kopf des Treibers jagten. Er war sich noch immer nicht klar, ob er es mit der Realität zu tun hatte oder ob das alles nur ein Traum war. Aber schließlich rang der Treiber sich zu dem Entschluß durch, einstweilen davon auszugehen, daß er nicht verrückt war.

»Also hört mal, Jungs«, sagte er. »Ich weiß wirklich nicht, wer ihr seid und was das alles soll. Ich muß aber bald hier raus. Zur Zeit bin ich nur auf Urlaub, und wenn die Armee nicht bald etwas von mir hört, dann gibt es eine Menge Ärger.«

Sprecher bat den Treiber um eine Erläuterung des Begriffs ›Armee‹ und gab diese dann an Denker weiter.

»Diese Treiber bekämpfen sich gegenseitig«, lautete Denkers Schlußfolgerung.

»Aber warum?« fragte Sprecher. Gleichzeitig mußte er selbst sich zugeben, daß Denker mit dieser Mutmaßung wohl recht hatte. Die Treiber schienen das Prinzip der Kooperation überhaupt nicht zu kennen.

»Ich würde euch Typen ja echt gern helfen«, sagte der Treiber. »Aber ich begreife nicht, wie ihr auf den Gedanken gekommen sein könntet, daß ich etwas von der Größe eures Schiffes auch nur einen Millimeter von der Stelle bekomme. Dafür brauchtet ihr schon eine ganze Panzerdivision.«

»Billigst du diese Kriege?« fragte Sprecher eine Frage, die zu stellen Denker ihn gebeten hatte.

»Niemand mag Kriege – jedenfalls nicht die, die dabei die Köpfe hinhalten müssen.«

»Warum kämpft ihr sie dann?«

Der Treiber machte eine Mundbewegung, die Auge aufnahm und an Denker weiterleitete. »Es heißt töten oder getötet werden. Ihr Jungs kennt wohl keine Kriege, was?«

»Wir haben so etwas nicht«, bestätigte Sprecher.

»Da habt ihr Glück«, sagte der Treiber bitter. »Wir schon. Jede Menge davon.«

»Natürlich«, sagte Sprecher. Denker hatte ihm inzwischen seine ausführliche Erklärung geliefert. »Würdest du gerne dafür sorgen, daß diese Kriege aufhören?«

»Klar, das würde ich.«

»Dann komm mit uns. Werde unser Treiber.«

Der Treiber stand auf und ging zu einem der Akkumulatoren. Er setzte sich darauf und schlang seine unteren Gliedmaßen auf seltsame Art untereinander.

»Wie soll das gehen, daß ich alle Kriege beenden kann?« wollte der Treiber wissen. »Selbst wenn ich zu den großen Tieren ginge und denen erzählen würde, was hier ...«

»Das brauchst du gar nicht«, unterbrach ihn Sprecher. »Du mußt lediglich mit uns kommen. Treibe unser Schiff zu unserer nächsten Basis. Das Center wird euch dann eine Kontaktgruppe herschicken, und damit sind alle Kriege vorbei.«

»Den Teufel werde ich tun«, erwiderte der Treiber. »Ihr Burschen seid hier gestrandet und hängt fest, was?

So soll es auch bleiben. Ich helfe nicht dabei, daß irgendwelche Monster die Erde in ihre Gewalt bekommen.«

Verwirrt versuchte Sprecher die letzten Sätze zu verstehen. Hatte er irgend etwas Falsches gesagt? War es möglich, daß er dem Treiber etwas falsch übersetzt hatte?

»Ich dachte, du wolltest die Kriege beenden?« sagte Sprecher vorsichtig.

»Sicher will ich das. Aber ich will nicht, daß irgend jemand *Fremdes* unsere Kriege für uns beendet. Ich bin kein Verräter an meiner Rasse. Lieber kämpfe ich.«

»Keiner will euch zwingen, mit euren Kriegen aufzuhören. Ihr werdet bloß einfach von selber damit Schluß machen, weil ihr keinen Grund mehr zum Kämpfen haben werdet.«

»Weißt du denn, warum wir Krieg führen?«

»Das ist doch klar.«

»Ja? Dann erklär's mir mal.«

»Ihr Treiber seid von der Entwicklung in der restlichen Galaxis abgeschnitten«, begann Sprecher. »Ihr habt eure große Begabung, eure Spezialität, das Antreiben von Schiffen – aber ihr habt nichts zum Antreiben. Demgemäß fehlt es euch an einer echten Aufgabe. Ihr spielt mit Dingen – Metall, toten Gegenständen –, aber was immer ihr damit anfangt, es kann euch nie wirklich befriedigen. Man hat euch eure wahre Berufung genommen, und jetzt bekämpft ihr euch aus Verzweiflung gegenseitig.

Wenn ihr erst einmal den euch zustehenden Platz in der galaktischen Gemeinschaft der Völker gefunden habt – und ich versichere dir, das es ein sehr bedeutender Platz ist –, werdet ihr mit euren Kämpfen aufhören. Warum solltet ihr auch kämpfen, was sowieso eine perverse Art der Beschäftigung ist, wenn ihr treiben könnt? Außerdem werdet ihr auch mit eurer mechanischen Zivilisation aufhören, weil ihr merken werdet, daß ihr sie nicht braucht.«

Der Treiber schüttelte den Kopf, was Sprecher für eine Geste der Verwirrung hielt. »Was ist denn dieses Treiben?«

Sprecher erklärte es ihm, so gut er konnte. Da die Arbeit nicht zu seinem eigenen Gebiet gehörte, hatte er nur eine recht allgemeine Vorstellung davon, was ein Treiber machte.

»Du willst mir also sagen, daß dies die Arbeit ist, die jeder Mensch meines Planeten verrichten sollte?«

»So ist es«, sagte Sprecher. »Es ist eure große Spezialität.«

Der Treiber dachte lange Minuten darüber nach. »Ich glaube, was ihr braucht, ist ein Psychologe oder ein Physiker, oder noch besser, beides in einem, aber niemandem wie mich. Ich bin ein angehender Architekt. So was brächte ich nie fertig. Und abgesehen davon – nun, das läßt sich schwer erklären.«

Aber Sprecher hatte Treibers Einwände schon als Gedanken aufgenommen. Er sah das Erinnerungsbild eines weiblichen Treibers. Nein, von zweien, dreien. Und er empfing ein Gefühl der Einsamkeit und des Ausgesetztseins. Der Treiber steckte voller Zweifel. Und er hatte Angst.

»Wenn wir die bekannten Gebiete der Galaxis erreichen«, sagte Sprecher, und hoffte dabei nichts Falsches zu tun, »kannst du andere Treiber treffen. Auch weibliche. Ihr Treiber seht alle gleich aus. Es sollte dir also nicht schwerfallen, dich mit jemandem anzufreunden. Und was Einsamkeit an Bord betrifft – das gibt es nicht. Du verstehst unsere Kooperative noch nicht. Niemand ist einsam, der zu einem Schiff gehört.«

Der Treiber versuchte längere Zeit, sich mit der Vorstellung anzufreunden, daß er dort draußen andere Treiber würde treffen können. Sprecher konnte nicht verstehen, warum es so erstaunlich für ihn war, daß es noch andere Treiber gab. Die ganze Galaxis war mit Treibern angefüllt wie mit Nährern und Sprechern und den anderen Arten, die sich in der Evolution ständig wiederholten.

»Ich kann nicht glauben«, sagte der Treiber schließlich, »das es für irgend jemand die Möglichkeit geben sollte, alle Kriege zu beenden. Woher soll ich wissen, daß ihr mich nicht anlügt?«

Sprecher hatte das Gefühl, als hätte man ihm die Fäden zerrissen. Denker mußte recht haben, als er vermutete, daß diese Treiber unkooperativ waren. Bedeutete das jetzt das Ende seiner Karriere? Sollten er und die Mannschaft den Rest ihres Lebens irgendwo durch den Raum irrend verbringen müssen, weil sie hier an eine Horde von schwachsinnigen Treibern geraten waren?

Selbst bei diesem Gedanken war Sprecher aber noch in der Lage, tiefes Mitleid für den Treiber zu empfinden. Es mußte ein grauenvollen Leben für sie sein. Zweifel, Unsicherheit, Mißtrauen gegen alles und jeden, nie die Sicherheit einer Zusammenarbeit kennenlernen! Wenn diese Treiber nicht bald ihren Platz in der galaktischen Gemeinschaft finden würden, dann rotteten sie sich gegenseitig aus, das stand fest. Ihre Eingliederung war längst überfällig.

»Was kann ich tun, um dich zu überzeugen?« fragte Sprecher.

Verzweifelt ließ er den Treiber über das Kommunikationsnetz an den Gedanken aller anderen Besatzungsmitglieder teilhaben. Er zeigte ihm die gutmütige Grobheit von Maschine, den leichtsinnigen Humor der Wände; er ließ ihn ein wenig von Auges poetischen Anwandlungen mitempfinden und eröffnete ihm Nährers freundliches Wesen. Dann ließ er ihn auch an seinem eigenen Geist teilhaben, zeigte ihm ein Bild seiner Heimatwelt, seiner Familie und des Baumes, den er nach ihrer Rückkehr kaufen wollte.

Die Bilder erzählten die Geschichte des ganzen Schiffes, zeigten die unterschiedliche Herkunft seiner einzelnen Bestandteile, die verschiedenartige Ethik dieser Teile – und das gemeinsame Band, das sie alle verband: die galaktische Kooperation.

Der Treiber ließ all das schweigend auf sich einwirken.

Dann schüttelte er nach einer Weile den Kopf. Die Gedanken, die diese Geste begleiteten, waren unsicher und verwirrt – aber negativ.

Sprecher bat die Wände, sich zu öffnen. Sie taten es, und der Treiber schaute erstaunt auf den Weg in die Freiheit.

»Du kannst gehen«, sagte Sprecher. »Zieh einfach meinen Kommunikationsfaden aus deinem Kopf und gehe.«

»Was macht ihr denn dann?«

»Wir werden versuchen, einen anderen Treiberplaneten zu finden.«

»Wo? Mars? Venus?«

Der Treiber blickte auf die Öffnung und dann zurück auf die Mannschaft. Er zögerte. Sein Gesicht spiegelte alle seine inneren Zweifel wider.

»Alles, was du mir gezeigt hast, ist wahr?«

Eine Antwort war nicht nötig.

»Na, gut«, sagte der Treiber plötzlich. »Ich komme mit. Ich bin ein verdammter Idiot, aber ich komme mit. Das muß es doch sein, was ihr wollt – wenn das alles richtig ist, was ich verstanden habe.«

Sprecher merkte, daß der innere Kampf den Treiber so aus dem Gleichgewicht gebracht hatte, daß er den Kontakt mit der Wirklichkeit wieder verlor. Er glaubte einfach in einem Traum zu sein, wo alle Entscheidungen leicht fielen, weil sie nichts wirklich bedeuteten.

»Es gibt da nur ein kleines Problem«, sagte der Treiber mit hysterischer Fröhlichkeit. »Jungs, ich habe keine Ahnung, wie dieses verdammte Treiben geht. Ihr habt mir da was erzählt, das ginge mit Überlichtgeschwindigkeit, und ich schaffe nicht mal fünf Meilen in der Stunde.«

»Du kannst das schon«, versicherte Sprecher, der sich plötzlich da selbst nicht so ganz sicher war. Er kannte die angeborenen Fähigkeiten eines Treibers, aber bei einem Burschen wie diesem hier ...

»Versuch es einfach.«

»Klar«, stimmte der Treiber zu. »Vielleicht werde ich dabei ja sogar wach.«

Die Wände versiegelten das Schiff für den Start, während der Treiber vor sich hin murmelte.

»Komisch«, sagte er zu sich selbst, »ich dachte, ein Campingurlaub ist die beste Art, die Nerven zu erholen, und alles, was ich davon bekomme, sind Alpträume.«

Maschine schoß das Schiff in den Raum. Die Wände verhärteten sich, und Auge führte sie sicher aus der Atmosphäre des Treiberplaneten.

»Wir sind jetzt im freien Weltraum«, sagte Sprecher. Nachdem er sich Treibers Selbstgespräche hatte anhören müssen, konnte er nur noch hoffen, daß der arme Kerl noch bei Verstand war. »Auge und Denker werden dir die Richtung angeben, ich übersetze sie dir, und du treibst uns dort hin.«

»Du spinnst. Ihr seid alle komplett verrückt«, murmelte Treiber. »Ihr habt euch im Planeten vertan. Ich wünschte, der verdammte Alptraum wäre endlich vorbei.«

»Du bist jetzt in die Kooperative integriert«, sendete Sprecher verzweifelt. »Da ist deine Richtung! Treib das Schiff! Treib!«

Der Treiber tat einen Augenblick lang gar nichts. Er wachte langsam aus seiner Phantasievorstellung auf und begriff, daß das hier alles andere als ein Traum war. Er fühlte das Schiff, die Kooperative, Auge an Denker, Denker an Sprecher, Sprecher an Treiber, alle mit den Wänden verbunden und untereinander.

»Was ist das?« sagte Treiber. Er fühlte das Einssein mit der Mannschaft, die Wärme, die Nähe und die Vertrautheit, wie es sie nur an Bord eines Schiffes geben konnte.

Er trieb.

Nichts geschah.

»Versuch's noch mal«, bat Sprecher. »Bitte.«

Treiber durchforschte seinen Geist. Er fand einen tiefen Brunnen voller Zweifel und Furcht. Er starrte hinein, und sein eigenes gequältes Gesicht blickte ihm entgegen.

Denker erklärte es ihm, gab ihm die Erleuchtung.

Jahrhundertelang hatten die Treiber gegen die Ängste und Zweifel kämpfen müssen. Ein Treiber besiegte die Ängste, tötete die Zweifel und wurde – ein Treiber.

Das war die Kraft der Treiber!

Mensch – Spezialist – Treiber – er wurde eins mit der Mannschaft, gab sich ihr hin, verschmolz mit ihr, umarmte im Geist Denker und Sprecher.

Und plötzlich schoß das Schiff vorwärts, achtmal schneller als das Licht. Es hielt Kurs und beschleunigte, schneller und schneller.

William F. Nolan

Science Fiction und Verbrechen könnte man für eine unwahrscheinliche Kombination halten, doch es hat in der Tat etliche klassischer SF-Krimis gegeben, dazu eine Reihe bedeutender Raumdetektive, alle damit beschäftigt, quer durch die Galaxien Recht und Ordnung aufrecht zu erhalten. Nehmen Sie zum Beispiel den von Edmond Hamilton während der zwanziger Jahre geschriebenen Zyklus um die Interstellare Patrouille mit den ersten interplanetaren Polizisten. Darauf folgte in den frühen Sechzigern H. Beam Pipers Parazeit-Polizei und später Ron Goularts Chamäleon-Korps von Gestaltwandlern, das seit ›Der Schwertschlucker‹ (1968, deutsch auch ›Gruppe A‹) in regelmäßigen Abständen in Zeitschriften auftaucht. Und unter den hervorragendsten Privatdetektiven der Galaxis zu erwähnen sind Lord d'Arcy, dessen Fälle auf einer alternativen Erde von Randall Garrett berichtet worden sind, Claudine St. Cyr in dem von Ian Wallace geschriebenen Zyklus um die galaktische Detektivin und Sam Space, der Held von William F. Nolans irre komischen Eskapaden, der als ›bester Privatdektiv auf dieser und allen anderen Erden‹ bezeichnet worden ist.

William F. Nolan, 1928 in Kansas City geboren und Rennfahrer und Grafiker, ehe er SF-Schriftsteller wurde, ist vor allem durch den Roman Flucht ins 23. Jahrhundert *(Logan's Run, 1967) bekannt, den er zusammen mit George Clayton Johnson schrieb und der von einer Zukunft handelt, wo Gesetzesvollstrecker damit betraut sind, jeden zu Tode zu bringen, der über 21 Jahre alt ist, um Überbevölkerung zu verhindern. Die Geschichte wurde 1976 verfilmt – mit einem auf 30 erhöhten Hinrichtungsalter – und regte später eine Fernsehserie und zwei weitere Romane an, die Nolan allein schrieb:* Logans Welt *(Logan's World, 1977) und* Logans Suche *(Logan's Search, 1980). Nolan hat auch ein anhaltendes Interesse für Kriminalliteratur; er* hat eine Biographie von Dashiell Hammett geschrieben und ist gegenwärtig mit einer Romanserie beschäftigt, die Hammett, Raymond Chandler und Erle Stanley Gardner als Privatdetektive zeigt, die Fälle lösen, statt darüber zu schreiben.

In den Sam Space-Geschichten verschmelzen beide Interessengebiete Nolans. Über seinen Helden, der erstmals in Der Zeitagent (Space for Hire, 1971) auftrat, erklärt er: ›Sam ist ein nüchterner Privatdetektiv, sorgfältig in der Warner Brothers-Fasson der dreißiger Jahre nach Chandlers Bogart geformt, ein hammetisierter Ermittler, Pistole voran in die Zukunft geworfen.‹ Im Verlauf seiner Aufträge ist Sam durch Raum und Zeit gereist, hat Gestalt, Geschlecht und Alter gewechselt, ist von Mäusen gefangen und von Gangstern niedergeschossen worden, die sich weigerten, tot zu bleiben, er hat für einen Mann gearbeitet, der immerzu seinen Körper verlor, und sogar eine dreiköpfige Maid aus Bedrängnis errettet! Im ›Abenteuer mit den Marsmonden‹, das hier zum erstenmal im Druck erscheint, agiert Sam, zynisch, allen Klischees gerecht und ultrahart wie nur je, in einer komischen Eskapade, wo er ein unglaubliches Bündnis mit einem anderen legendären Detektiv eingeht – mit dem großen Sherlock Holmes!

William F. Nolan

Das Abenteuer mit den Marsmonden

Ich bin nie ein Mann gewesen, der zu kleinlichen Klagen neigte, doch die unfreundlichen Wetterbedingungen in Bubble City an dem betreffenden Morgen hatten mich in einen Zustand versetzt, der an schwerwiegende Verstörung grenzte. Vorhänge von grobkörnigem roten Sand schwirrten und wirbelten rings um mich her, als ich das Luftkissentaxi verließ. Während ich meine neulederne Börse öffnete, las ich auf der Leuchtkarte ab, daß der Fahrpreis genau zehn Solarcredits betrug. Sorgfältig zählte ich die verlangten zehn ab, gab noch zwei als Trinkgeld hinzu und schob die Münzen in den Bauchschlitz des gummikauenden Robochauffeurs.

»Das nennen Sie 'n Trinkgeld?« brummte er. »Es ist Weihnachtszeit, Kumpel. Wieviel Weihnachtsfreude krieg ich für zwei lumpige Solarcreds?«

»Ich bin mir der Jahreszeit durchaus bewußt«, sagte ich zu ihm. »Und es scheint mir, guter Mann, daß zwei Solarcredits eine angemessene Belohnung für Ihre Dienste sind, mich zu dieser Adresse zu befördern. Sie werden mich nicht bereden können, Ihnen mehr zu geben.«

»Stecken Sie sich's ...«, knurrte der Kutscher, kletterte wieder in sein eiförmiges Vehikel und schoß durch die Sandböen davon.

Undankbarer Grobian! Ich umklammerte wütend meinen Stock. Genügte es nicht, daß ich gezwungen war, die gemütliche Behausung in der 221B zu verlassen und mich auf dringende Bitte meines Freundes Sherlock Holmes an solch einem mißlichen Tag hinauszuwagen? Mußte ich auch noch die Beleidigungen eines vulgären Grobians erdulden? Wahrlich, der Tag hatte schlecht begonnen.

Ich schüttelte mir den Sand vom Mantel und rückte die Melone zurecht, während ich mich dem Büro des Mannes näherte, den ausfindig zu machen ich entsandt worden war. Der Hausflur des Gebäudes roch nach gekochtem Kohl, was mir in der Tat eigenartig vorkam. War in Geschäftsräumen Kochen erlaubt? Freilich, das war ein höchst zwielichtiger Stadtteil, und ich nahm an, daß die Strikturen der zivilisierteren Gesellschaft hier keine Gültigkeit hatten.

Aha, die richtige Tür; in flackernden, rußverschmutzten Neonbuchstaben verkündete sie:

SAMUEL T. SPACE
Ermittlungen

Auf der Erde hätte man Mr. Space als Privatdetektiv bezeichnet. Ein ganzer Korpus von billiger Literatur hatte sich um solcherlei Individuen angesammelt, mit Klischees, Explosionen von Handfeuerwaffen, gewaltsamen Verfolgungen und raschen Wortwechseln in reißerischem Straßenjargon reichlich angefüllt. Es stand zu hoffen, daß hier auf dem Mars derlei Übertreibungen wesentlich gemildert wären.

Ich öffnete die Tür, trat ein und erwartete, die übliche Sekretärin vorzufinden. Dem war nicht so. Das Wartezimmer war nicht besetzt, wiewohl ich mich einem Schreibtisch und einem leeren Stuhl gegenübersah. In diesem Augenblick wurde die Tür zum inneren Büro von Mr. Space selbst geöffnet. Seine mitgenommene Windjacke, die zerknitterte Hose und die abgewetzten braunen Schuhe sagten mir, daß ich den Richtigen vor mir hatte. Holmes hatte seine schmierige Kleidung einigermaßen detailliert beschrieben.

»Hallo, Kumpel«, sagte der schäbige Detektiv. »Sie müssen entschuldigen, daß meine Robosekretärin nicht da ist, um Sie reinzuschleusen. Mußte sie ins Werk zurückschicken, damit man ihr den Hintern aufmöbelt. Edna ist 'n gutes Mädchen. Hält mir die Schuldeneintreiber vom Leibe – von denen Sie doch keiner sind, he?«

»Nein, das bin ich ganz entschieden nicht.«

»Das hab ich an Ihren komischen Klamotten gesehen.« Er trat beiseite und lud mich mit einer Handbewegung ein, mich auf einem gesprungenen Stuhl aus Neuholz niederzulassen. Dann nahm er hinter einem unansehnlichen Schreibtisch Platz, dessen Glühröhren ausgefallen waren. Ich bemerkte auf dem Tisch einen braunen Filzhut mit herabgebogener Krempe unter einer Glasglocke mit der Aufschrift ›Klassischer Hut‹. Wie farbenprächtig exzentrisch!

»Also ... Wo drückt denn der Schuh?«

»Ich habe keinerlei Beschwerden mit meiner Fußbekleidung«, teilte ich ihm mit.

»Ich meine ... worum geht es, Kumpel? Wer sind Sie überhaupt?«

»Dr. med. John H. Watson«, antwortete ich und reichte ihm meine Karte. »Ich komme geradewegs von der Hu Albin Allseits Automatisierten Kriminalklinik in der Red Sands Avenue, Ecke 72. Straße hier in Bubble City. Ich bewohne mit meinem Freund Sherlock Holmes eine Wohnung in einem Obergeschoß unter 221B.«

»Klar kenn ich Albins Laden. Ich und der olle Hu kennen uns schon 'ne Ewigkeit. Er hat seine Robodetektive vermietet, da bin ich noch in kurzen Hosen rumgelaufen. Als ich ihn das letzte Mal gesehen habe, hatte er gerade Bulldog Drummond und Miss Marple in seine Sammlung aufgenommen. Philo Vance, Boston Blackie, Charlie Chan und Nero Wolfe hatte er schon. Und Ihren

Kumpel Sherlock. Der 'n bißchen aus der Spur lief, als ich da war.«

»Holmes ... ›aus der Spur‹ ... Sicherlich scherzen Sie.«

»Nee, da können Sie Gift drauf nehmen. Bei Sherlock müssen ein paar Schrauben locker gewesen sein, denn er hat mir 'nen Dragonerrevolver unter die Nase gehalten und behauptet, ich wär der heimtückische Professor Moriarty. Hätte mich gut und gerne erschießen können, wenn Albin ihm nicht 'ne Champagnerflasche übergebraten hätte. Dann sagte er mir, Holmes würde wieder tipp-topp sein, wenn er ihm die Spulen ausgewechselt hätte.«

»Mr. Holmes ist jetzt vollkommen bei Verstand, versichere ich Ihnen.«

»Das freut mich zu hören. Also ... was hat Sie in meine Gegend geführt?«

»Mein Gefährt war ein eiförmiges Luftkissentaxi.«

»Nehmen Sie nicht alles, was ich sage, so verdammt wörtlich«, entgegnete Space sichtlich verärgert. »Sagen Sie einfach, was Sie von mir wollen.«

»Mr. Holmes hat darauf bestanden, daß ich stehenden Fußes hierherkomme und Sie zu ihm bringe. Er brennt darauf, gemietet zu werden.«

Space machte ein unangenehmes schnaubendes Geräusch. »Vergessen Sie's! Das letzte Mal, als ich einen von Hus Robos gemietet habe, hat die verdammte Maschine meine automatische Katze zerquetscht.«

Zorn erfüllte mich angesichts seiner Worte. »Sherlock Holmes ist weitaus mehr als eine ›verdammte Maschine‹, Mr. Space. Er besitzt den brillantesten, unvergleichlichsten deduktiven Verstand im gesamten Sonnensystem.«

»Na ja, kann durchaus sein – wenn seine Drähte nicht gerade überkreuz laufen. Aber warum sollte ich ihn mieten? Ich brauche keine zusätzliche Hilfe. Meine Auftragsmappe ist momentan alles andere als voll.«

»Sie mißverstehen die Situation, Sir«, erklärte ich. »Als Roboter im Besitz von Mr. Hubert Albin ist mein Freund kein freier Agent. Er kann sich nicht selbst mieten. Damit er an einem Fall arbeiten kann, muß er von einer gesetzlich dazu berechtigten anderen Partei erworben werden. Sie, Mr. Space, sind diese andere Partei.«

»Sie meinen, *ich* soll ihn rausholen, damit er sich an einen Fall machen kann, der ihm auf den Nähten brennt?«

»Exakt!« Ich nickte. »Es ist Holmes zur Kenntnis gelangt, daß seine Dienste in Baskerville Hall dringend benötigt werden. Abermals fordert der Fluch über der Familie seinen beängstigenden Tribut. Zwei von den männlichen Baskervilles in direkter Abstammungslinie sind in den letzten Monaten auf dem Moor in übelster Weise angefallen und zerfleischt worden. In beiden Fällen ist dem unglückseligen Opfer der Kopf vollständig vom Leibe gerissen worden.« Im Überschwang der Gefühle hob ich die Stimme. »Nur Sherlock Holmes kann den letzten Erben des Baskerville-Vermögens retten. Schon während wir hier reden, hängt das Leben des jungen Jonathan Baskerville am seidenen Faden.« Ich erhob mich von dem Stuhl und schwenkte meinen Stock. »Ich sage Ihnen, Sir, der Hund von Baskerville streift wieder durch das Grimpen-Moor!«

Space grinste mich an. »Das war vielleicht 'ne Rede, Doc. Sie erinnern mich an einen Burschen, für den ich mal an einer neptunischen Schweinesache gearbeitet hab. Redete genauso wie Sie. 'ne Menge Getöse und Brimborium. Hatte sogar 'nen schnuckligen kleinen Schnurrbart wie Ihrer. Er hat mich angestellt, damit ich herausfinde, wer ihm alle seine preisgekrönten Schweine von der Farm wegstahl, die er auf dem Neptun hatte. Ich habe mich als fettes Mastschwein verkleidet und mich im Schweinestall umgetan – 'n ekliger Job, sag ich Ihnen –, bis diese beiden Schweinbrecher auftauchten. Richtig miese Typen. Froschjungen aus dem Luani-Cluster. Die haben diese überlangen grünen Zungen, mit denen sie Fliegen fangen, und ich ...«

»Bitte, Mr. Space, müssen Sie mich mit diesem unnützen Kram aus Ihrer Vergangenheit behelligen? Ich bin hier in einer Angelegenheit, die das Haus Baskerville betrifft und in der es um Leben und Tod geht. Es ist einfach keine Zeit für diesen Schweinekram!«

»Schön«, sagte er. »Sie wollen über die Baskervilles reden? Ich weiß alles über sie. Schwimmen im Geld. Als sie voriges Jahr nach Bubble City ausgewandert sind, haben sie ihr Familienschloß zerlegen und in 'ner extra Rakete herbringen lassen. Haben sogar ihr eigenes Moor mitgebracht. Und nach dem, was Sie mir erzählt haben, den Familienfluch auch.«

»Das haben sie in der Tat!« erklärte ich.

Ein weiteres unangenehmes Schnauben von dem zweifelhaften Detektiv. »Quatsch mit Soße! Es gibt keinen Fluch und hat nie einen gegeben. Der Hund ist reines Geschwafel, ein Märchen, um Vollidioten Angst einzujagen. Ich habe von diesen zwei Morden gelesen – und es ist klar, daß jemand hinter der Familie her ist. Vielleicht ein alter Feind. Oder ein Irrer, der die Bagage einfach nicht leiden kann. Ich weiß nicht, wer diese armen Schmocks da draußen auf dem Moor umgebracht hat, aber Sie können sicher sein, daß es kein Höllenhund war.«

»Sie sind ein harter, zynischer Mann, Mr. Space.«

»Nein, ich bin Realist. Ich glaub bloß nicht an Märchen.«

Ich seufzte. »Glauben Sie, was Sie müssen, aber Ihre Unnachgiebigkeit steht in keinem Bezug zum Grund meines Besuches hier. Werden Sie, Sir, im Namen der Gerechtigkeit Mr. Holmes mieten, so daß es ihm erlaubt sein könnte, Jonathan Baskerville zu retten?«

»Warum ich? Warum können die Baskervilles Ihren Blechkumpel nicht selber mieten?«

»Weil sie dazu nicht berechtigt sind. Ein Roboter-Detektiv kann nur von einem Polizeibeamten, einem Gericht oder einem lizensierten Privatermittler beauftragt werden. So lauten die Regeln.«

»Na schön, sagen wir, ich bin bereit, bei euch mitzumischen. Was springt für mich dabei raus? Ich muß mein Geld ziemlich zusammenkratzen.«

»Das sollte kein Problem sein. Wie Sie wissen, sind die Baskervilles finanziell äußerst gut gestellt. Holmes wird dafür sorgen, daß Sie seine Leihgebühr erstattet und eine stattliche Summe für Ihre Mitarbeit in dieser Angelegenheit bezahlt bekommen.«

»*Wie* stattlich?«

»Er hat eine Zahl von fünftausend Solarcredits genannt.«

Der zerzauste Detektiv stand auf. »Doc ... wir sind im Geschäft.« Er hob die Glasglocke an, um seinen klassischen Hut zu nehmen, stülpte ihn sich auf den Kopf und begleitete mich aus dem Büro.

Nun hatte in der Tat, wie mein gebildeter Freund so oft bemerkte, das Spiel begonnen.

Mr. Hubert Albin empfing uns in der Kriminalklinik und schien aufrichtig erfreut zu sein, den schmuddeligen Detektiv wiederzusehen.

»He, Sam! Lange nicht gesehen!« Albin schüttelte seinem Freund energisch die Hand.

»Ja, ist 'ne Weile her.«

»Weißt du, ich hab neulich an den Kerl vom Neptun mit den Schweinen gedacht – der dich um dein Honorar behumst hat, als du für ihn das Mastschwein gemimt hast, um die beiden Fröschlinge zu kriegen.«

Space nickte. »Der Mistkerl hat mir wirklich ein Ding reingedreht. Ich mußte meinen elektronischen Schimpansen versetzen, um meine Büromiete zahlen zu können.« Er schüttelte traurig den Kopf. »Ich hab den Affen wirklich gern gehabt.«

»Was ist denn aus ihm geworden?«

»Aus dem Affen?«

»Nein, aus dem Schweinekerl.«

»Also das ist so 'ne Geschichte«, begann Space.

»Kommen Sie, kommen Sie, meine Herren!« protestierte ich. »Wir sind hier, um Sherlock Holmes zu treffen. Können diese Erinnerungen in Sachen Schweine nicht zu einem passenderen Zeitpunkt aufgefrischt werden?«

Albin lächelte Space zu. »Der gute Doc hat dich also überredet, den guten alten Sherlock zu mieten, was?«

»Du hast's erfaßt, Hu. Deswegen bin ich hier.«

Während wir mit dem Paternoster ins Obergeschoß fuhren, fragte Space, wie die Dinge in der Klinik liefen.

»Na ja, in der Weihnachtszeit läuft es mit dem Verbrechen immer gut«, sagte Albin, »so daß ich ein paar von den Robos vermietet habe, aber es ist ganz schön hart, sie in Schuß zu halten. Miss Marple labert andauernd von ihren Frostbeulen, und Philo Vance macht immer noch ins Bett. Und vorige Woche ist Travis McGee mit dem Robo-Dienstmädchen nach Florida durchgebrannt.«

»Funktioniert Holmes richtig?« erkundigte sich Space. »Nicht daß wieder Dragonerpistolen auf mich gerichtet werden.«

»Er ist in großartiger Verfassung. Ich hab gerade seine Hirnrinde neu verdrahtet.«

Albin öffnete die Tür zur 221B, und der zerknautschte Detektiv pfiff durch die Zähne. »Wow! Das hast du aber wirklich gut hingekriegt!«

Hu Albin nickte stolz. »Hat mich 'ne Stange gekostet, kannste glauben. Es ist eine exakte Kopie von dem ursprünglichen Wohnzimmer in der Baker Street.«

Er wies auf den Teppich aus Bärenfell und den Elefantenfuß-Regenschirmständer, den tiefen Lehnsessel am Kamin, den persischen Pantoffel, in dem Holmes seinen Tabak aufbewahrte, das große Buchregal, vollgestopft mit Nachschlagewerken und Zeitschriften, die Sammlung altertümlicher Pfeifen auf der Tischplatte und den Untersuchungsbereich in der Ecke, mit Chemikalien und wissenschaftlichen Paraphernalien wohlausgerüstet. Zwei Alabasterleuchten wurden von dem breiten Spiegel überm Kaminsims reflektiert, und auf dem indischen Kaffeetisch stand eine Kristallkaraffe mit Napoleon-Weinbrand.

Ich fühlte Wärme in mir aufsteigen; ich hatte dieses Zimmer sehr gern.

»Darauf kannst du dir was einbilden, Hu«, erklärte Space. »Aber wo steckt Holmes?«

»In der schalldichten Abstellkammer«, sagte Albin. »Ich halt's nicht aus, wenn er auf seiner verdammten Fiedel sägt.«

»Tja.« Space nickte. »Diese Art von Lärm kann einen meschugge machen. Also wenn er 'ne anständige Jazztrompete spielen würde ...«

Albin öffnete die Tür zur Kammer. »He, Sherl, du hast Besuch.«

Es war widerwärtig, Holmes als ›Sherl‹ angesprochen zu hören, doch der große Mann ging darüber hinweg und legte mit einem dünnen Lächeln seine Geige beiseite. Er streckte dem grinsenden Detektiv eine schmale Hand entgegen.

»Ah, Mr. Space, wir treffen uns wieder. Ich will hoffen, Sie haben mir das etwas abnorme Verhalten verziehen, das ich an den Tag legte, als Sie diese bescheidene Unterkunft letztes Mal mit Ihrem Besuch beehrten.«

»Klar, klar. Geschenkt.«

Holmes' Lächeln wurde breiter. »Ich bin wirklich hocherfreut zu erfahren, daß Dr. Watson Ihr gutes

Wesen dazu bewegen konnte, sich so unverzüglich hierher zu begeben.«

»Mein gutes Wesen hat damit nichts zu tun«, berichtigte ihn Space. »Auf den Zaster bin ich scharf.«

»Ach ja, gewiß doch. Persönliche Vergütung ist immer ein erstrangiger Faktor. Ich nehme an, der gute Doktor hat Ihnen die Summe genannt, die ich Ihnen durch die Großzügigkeit der Baskervilles zukommen zu lassen gedenke?«

»Ja. Fünf Riesen – plus die Summe, die ich für Ihre Miete dransetzen muß.«

»Wie befinden uns also in wechselseitiger Übereinstimmung?«

»Eindeutig.«

Holmes nahm seinen Überzieher mit der Kapuze und die Mütze von der Garderobe. »Wir müssen uns beeilen, Watson. Zeit ist von entscheidender Bedeutung, wenn ich mich in diese düstere Angelegenheit einschalten und den letzten männlichen Baskerville vor einem grausigen und beklagenswerten Tod im Grimpen-Moor bewahren soll.«

Albin hatte schon die notwendigen Mietformulare vorbereitet, und nachdem Mr. Space unterschrieben und die entsprechende Geldsumme überreicht hatte, war der Handel perfekt. Der große Mann durfte gehen.

»Sie können sich in Ihr ungepflegtes Büro zurückbegeben, Mr. Space, während Watson und ich dieser höchst dringenden Angelegenheit nachgehen«, sagte Holmes zu ihm. »Ich werde natürlich dafür sorgen, mein guter Junge, daß die vereinbarte Summe Ihnen zugestellt wird, sobald ich ...«

»Kommt nicht in die Tüte, Sherlock!« fiel ihm Space grob ins Wort. »Ich bleib die ganze Zeit an euch dran. Wenn die Ihnen da draußen im Moor den Kopf wegblasen, krieg ich meinen Anteil nicht, dazu verliere ich meinen Einsatz, dazu muß ich Ihren neuen Kopf bezahlen. Also, ›mein guter Junge‹, wir stehen das zusammen durch, ob's Ihnen paßt oder nicht.«

»Sehr gut.« Holmes nickte. »Solange ich den Fall exakt so bearbeiten kann, wie es mir angemessen erscheint, ohne Einmischung jedweder Art. Besteht darüber Klarheit?«

»Ja doch«, sagte Space. »Es ist durchweg Ihr Fall.«

»Dann wollen wir uns auf der Stelle nach Baskerville Hall begeben.« Er wandte sich zu mir. »Watson, wären Sie so freundlich, ein Taxi zu rufen?«

Während ich ging, um dies zu tun, hörte ich Mr. Albin kichern: »Viel Glück, Sam. Ich hoffe, du und Sherlock kommen beide in einem Stück wieder.«

Das war eine Empfindung, die ich von ganzem Herzen teilte.

Baskerville Hall lag am Rande von Bubble City, Teil des neuen Marsianischen Stadtentwicklungsprojekts, das vom Bürgermeister und vom Stadtrat unterstützt wurde. Die Baskervilles hatten als Gegenleistung für ihre Einwanderung auf den Roten Planeten eine große Menge steuerfreies Land erhalten. Als die reichste Familie in Bubble City hatten sie das Prestige der Gegend erhöht. Zumindest so lange, bis mit den schockierenden Todesfällen von Alexander und Reginald Baskerville der Fluch allgemein bekannt geworden war. Nun wurde der Name der Familie mit Wahnsinn und Mord in Verbindung gebracht.

Das Haus selbst war massig und erstreckte sich über gut einen Morgen Land, ein schloßähnliches Bauwerk aus Stein, Holz, Glas und Ziegeln, mit zinnenbewehrten Türmen, Bastionen, Wehrgängen, Höfen und kunstvoll angelegten Gärten.

Jonathans Tante, Dame Agatha, eine kräftige, rotwangige Frau Mitte sechzig, die Holmes in der Kriminalklinik angerufen hatte, führte uns durch das Haus. Holmes zeigte besonders großes Interesse für die Bibliothek mit ihrem Deckengewölbe aus der Tudorzeit und einem eleganten Torbogen, und er untersuchte etliche Bände darin sorgfältig.

Schließlich wurden wir in den Westflügel geführt, wo Sir Jonathan Rodney Baskerville wohnte, der letzte Erbe des umfangreichen Familienbesitzes. Der junge Mann war unverheiratet, und es gab keine anderen Kinder, die den Namen der Baskervilles hätten weitertragen können.

Sir Jonathan erwartete uns in seinem reichgeschmückten Schlafzimmer, das der Kammer eines Königs Ehre gemacht hätte; er saß mit Kissen hinter dem Rücken in einem altertümlichen vergoldeten Sessel mit hoher Rückenlehne am Kaminfeuer. Er ließ sich von jedem von uns seine knochige, kalte Hand schütteln, wirkte von der Anstrengung erschöpft und sank mit einem Stöhnen reinster Qual zurück in die Kissen.

»Jonathan hat schreckliche Angst vor der Bestie«, teilte uns Dame Agatha mit. »Er ist überzeugt, daß sie einen Weg finden wird, ihn zu erlegen – obwohl er sich selten aus dem Schutz dieser vier Wände hinauswagt.«

Der junge Mann war erschreckend häßlich – von kleinem Wuchs, mit dünnen Vogelbeinen, gebrechlichen Armen und einem langen roten Hals, und sein zu kleiner Kopf saß über den hängenden Schultern wie ein Ei auf einem Stock. Obwohl noch keine dreißig, war er fast völlig kahl; ein dünner Haarflaum konnte schwerlich seinen Vorderkopf bedecken, und die Augen standen bleich und wäßrig über einer Hakennase und einem schmalen, fast lippenlosen Mund. Alles in allem beileibe kein einnehmendes Individuum.

Nachdem er den jungen Erben begrüßt hatte, sagte Holmes kaum etwas, doch er streifte im Zimmer umher, trat an das bleiverglaste hohe Fenster und zog die schweren Brokatgardinen beiseite. Unten lag über ein weites Gebiet ausgebreitet wie ein besudeltes graues Laken das Grimpen-Moor. Es war spät am Nachmittag, und bedrohlich aufragende schwarze Granitspitzen warfen gezackte lange Schatten über die leblose Oberfläche des Moors. Es war eine dürre, triste Landschaft mit Adlerfarn und Brombeersträuchern, feuchtglänzendem Moos, von verkrüppelten Bäumen mit krummen Wurzeln, Flechten und Stechginster, grün überdeckten Tümpeln, tiefen Sumpflöchern und Steinpyramiden.

»Ich beschwöre Sie, schließen Sie die Vorhänge«, krächzte Jonathan. »Ich ertrage diesen gräßlichen Anblick nicht. Er bedrückt mich nachhaltig.«

»Warum dann, Sir Jonathan, in einem Zimmer mit Blick auf das Moor bleiben?« erkundigte sich Holmes. »Sie könnten sich mühelos anderswo einquartieren.«

Der junge Baskerville schüttelte den kahl werdenden Kopf. »Nein, nein. Ich muß meinem Feind ins Auge schauen. Der Hund ist dort draußen, und ich kann seine unheilvolle Gegenwart nicht leugnen.«

»Haben Sie dieses Geschöpf tatsächlich *gesehen*?« fragte ich ihn.

»Ja! Bei zwei Gelegenheiten – in den Nächten, als meine Brüder ihr Schicksal ereilte. Zum erstenmal erblickte ich die Bestie, als ich von meinem Fenster aus Alex übers Moor gehen sah. Plötzlich sprang wie aus dem Nichts von einer Ansammlung Felsbrocken ein riesiger Hund, von gespenstischem Feuerschein umhüllt und mit phosphorroten Augen, und jagte auf meinen Bruder zu. Er bewegte sich beängstigend schnell über das Gelände. Alex hörte ihn kommen und wandte sich ihm entgegen, die Hände schützend vors Gesicht geworfen. Das Wesen sprang vorwärts und... und...«

Baskerville schloß die Augen, um das schreckliche Bild zu verbannen, und glitt in ein Schluchzen ab; sein Körper zitterte vor Entsetzen bei der Erinnerung.

»Und im Monat darauf sind Sie auf dieselbe Weise Zeuge von Reginalds Tod geworden?« fragte Holmes.

»Ja! Gott helf mir, ja.«

»Und ist es nicht wahr, Sir Jonathan, daß bei beiden Gelegenheiten die beiden Marsmonde voll waren?«

»Ja. In beiden Nächten. Deshalb konnte ich so deutlich sehen, was draußen auf dem Moor geschah. Ich bin hier von diesem Zimmer aus Zeuge beider Morde geworden!«

»Ich habe den Eindruck, Sie hätten das verdammte Fenster öffnen und eine Warnung schreien können«, sagte Space, ohne sich direkt an Baskerville zu wenden. »Als Sie gesehen haben, wie sich das Ding auf sie stürzte, warum haben Sie nicht geschrien?«

»Ich war starr vor Angst«, sagte der bleiche junge Mann. »Meine Kehle war wie zugeschnürt. Und sogar *wenn* ich eine Warnung gerufen hätte, was hätte sie schon nützen sollen? Meine Brüder waren von dem Augenblick an verurteilt, als sie den Fuß ins Grimpen-Moor setzten.«

Ich stellte eine grundlegende Frage. »Warum hat sich nach Alexanders grauenhaftem Tod Sir Reginald entschlossen, das Moor bei Dunkelheit zu durchqueren?«

»Reggie war ein starrsinniger Narr, der sich einbildete, er könnte das Geschöpf bezwingen, das Alex niedergestreckt hatte. Ich habe mein Bestes getan, um ihn vor dem Familienfluch zu warnen, doch er spottete darüber und mißachtete kalt meine eindringlichen Bitten, nicht nach Sonnenuntergang übers Grimpen-Moor zu gehen.«

»War Sir Reginald bewaffnet, als er dem Wesen begegnete?« fragte Holmes. »Die Zeitungen haben den Eindruck erweckt, daß zwei Waffen neben dem Körper gefunden wurden.«

»Das trifft zu«, sagte der junge Mann. »Reggie hat in jener Nacht zwei voll geladene Pistolen mitgenommen.

Ich sah, wie er bei dem Angriff aus nächster Nähe auf die Bestie feuerte und einen richtigen Kugelhagel losließ, aber ohne die geringste Wirkung. Ich sagte Ihnen, Mr. Holmes, dieses Geschöpf ist nicht von sterblichem Fleisch, es ist eine Kreatur des Teufels selbst!«

Holmes verschränkte die Arme hinterm Rücken, ein entschlossenes Funkeln unter den halbgesenkten Lidern. Ich hatte das bei ihm viele Male gesehen und wußte, daß er im Begriff war, etwas Außergewöhnliches zu tun.

»Ich beabsichtige, heute nacht das Moor zu erforschen«, sagte er zu uns. »Beide Monde werden voll sein, und es dürften ideale Bedingungen herrschen.«

Ich konnte es nicht glauben. »Ideal? Ideal *wofür*, um Himmels willen? Für den Angriff des Höllenhundes? Großer Scott, haben Sie vor, Holmes, Ihr Ende in den Fängen dieses Horrors zu finden?«

»Keineswegs, mein lieber Watson«, sagte er zu mir beiläufigen Tones. »Ich habe mir bereits eine Theorie über den Hund gebildet, und ich versichere Ihnen, ich werde mich keiner großen Gefahr aussetzen, wenn ich richtig kalkuliere.«

»Und was, wenn Sie *nicht* richtig kalkulieren?«

Holmes lächelte herablassend und rieb sich die schlanken Hände. »Wann habe ich mich jemals in einer Frage der Deduktion geirrt?«

»Was der Doc hier sagt, kommt mir ziemlich vernünftig vor«, gab Space zu bedenken. »Wenn Sie unbedingt heute nacht auf das lausige Moor raus wollen, werde ich mitgehen müssen, um meine Investition zu schützen. Und eins kann ich Ihnen sagen, das ist der letzte bescheuerte Ort, wo ich hin möchte!«

»Gemach, mein lieber Freund«, sagte Holmes. »Ihre äußerst gefühlsbetonte Besorgnis entbehrt jeder Grundlage. Ich bin sicher, daß niemand in Gefahr sein wird. Haben Sie auch vor, mich zu begleiten, Watson?«

Ich nickte gewichtig. »Ich werde um jeden Preis an Ihrer Seite sein. Obwohl meiner Ansicht nach solch ein Vorgehen der blanke Wahnsinn ist.«

Jonathan beugte sich vor, sein Blick war wild. Eine schmächtige Hand packte Holmes am Ellenbogen. »Ich bitte Sie, Sir, wie ich auch Ihre beiden Begleiter bitte – betreten Sie heute nacht nicht das Grimpen-Moor. Der Hund ist dort draußen, und er wird mit größter Gewißheit angreifen. Jede Waffe, die Sie mit sich führen, wird ohne Nutzen sein, denn ich schwöre Ihnen, nichts kann ihn aufhalten. *Nichts!*«

Holmes entwand seinen Arm sacht den knochigen Fingern Baskervilles und schritt zur Tür. »Ich gedenke mich einem leichten Mahl zu widmen, und zwar in meinen Räumen, und anschließend ein wenig in der Bibliothek zu lesen. Worauf ich der Ruhe pflegen werde, bis es Zeit ist, daß wir uns am Rande des Grimpen-Moors treffen.«

Und er verließ das Schlafzimmer, während wir in stummer Verblüffung einander anstarrten.

Ich wußte genug über Sherlock Holmes, um seinen Wunsch zu erkennen, den vorliegenden Fall zu überdenken, und ich trug Sorge, ihn nicht zu stören noch sonst für den Rest des Abends in seine Sphäre einzudringen. Nach dem Dinner, das ich mir im Südflügel servieren ließ, und um mein sich steigerndes Gefühl der Spannung zu mildern, spielte ich mit Mr. Space mehrere temperamentvolle Partien Schach. Seine Fertigkeit in dem Spiel war eine recht angenehme Überraschung, da ich von einer Person seines niederen Ranges nicht erwartet hätte, daß er solch ein Spiel meisterte. Und er meisterte es fürwahr, rang er mir doch in drei von fünf Partien den Sieg ab. Zu meiner Verteidigung muß ich freilich anführen, daß ich, was geistige Regsamkeit betraf, nicht recht bei mir war, da die Hälfte meines Verstandes über den Gefahren brütete, die unserer bevorstehenden Begegnung mit der gespenstischen Bestie innewohnten.

Im Verlaufe dieser Partien brachte Mr. Space ernste Besorgnis in bezug auf die Operation zum Ausdruck, die Hu Albin an Holmes' Hirnrinde durchgeführt hatte. In der Tat, war mein Roboterfreund wirklich richtig gewickelt? Vielleicht nicht, betrachtete man seinen ›bekloppten Plan‹ (wie es Mr. Space ausdrückte), uns geradewegs in die Fänge des Verhängnisses zu führen.

Und so vergingen die Stunden...

Nun standen wir in tiefster Nacht am dunklen Rande des Grimpen-Moors. Holmes, ich und Samuel Space. Ein klagender Wind war aufgekommen und verstärkte unser Unbehagen, und das zerklüftete Gelände, das sich vor uns erstreckte, schien unerhörte Schrecken zu verheißen.

Von Dame Agatha wurde uns mitgeteilt, daß Jonathan über unseren törichten Ausflug ins Moor so verstimmt sei, daß er sich in seinen Gemächern eingeschlossen und zu Bett begeben habe. Sie selbst war angesichts unserer Reise ebenso aufgebracht und ermahnte uns insbesondere, auf die Moraststellen und die heimtückischen Sumpflöcher achtzugeben.

Wie deutlich mir die angespannten Züge der guten Frau vor Augen stehen, als sie ihre schreckliche Warnung aussprach: »Das Moor kann ein ganzes Pferd mit Wagen in weniger als einer Minute verschlucken. Ich habe mit eigenen Augen gesehen, wie das geschah, und es ist wahrlich ein grauenhafter Anblick! Bleiben Sie immer auf den festen Pfaden, auf sicherem Boden, damit Sie der Sumpf nicht verschlingt. Ich bitte Sie, beherzigen Sie meine Worte gut!«

Also hatten wir eine neue beschwerliche Sorge zu der Gefahr, die schon von dem Hund ausging. Holmes war wie üblich unerschütterlich und unbeugsam entschlossen. An seiner Seite am Rande des Moors zu stehen, verlieh mir ein Quentchen Mut in jener Nacht, da es des Mutes dringend bedurfte.

Holmes griff in seinen Überzieher, um einen Blick auf seine goldene Taschenuhr zu werfen, und nickte uns zu. »Zeit, aufzubrechen, Gentlemen. Vorwärts! Das Spiel hat begonnen!«

Wir schritten auf einem schmalen Pfad über das Moor voran. Über uns erhellten die beiden Monde des Mars die Kuppel des Nachthimmels. Vom Winde herangetragen, drang mir der Pesthauch von fauliger Vegetation, verrottenden Farnen und schleimbedeckten Tümpeln in die Nase, ein miasmatischer Gestank von Morast und Verfall, wie er derlei üblen Gegenden eigen ist.

Trotz Sir Jonathans Einwand, Waffen würden nutzlos sein, waren wir wohlbewaffnet. Ich hatte eine geladene Pistole in unmittelbarer Reichweite, und Space trug in einem Schulterhalfter eine tödliche .45er Automatic von der Erde. Auch Holmes hatte ›eine Kanone dabei‹ (wie Sam es blumig ausdrückte). Er hatte unter seiner äußeren Kleidung einen Webley-Armeerevolver umgeschnallt.

Gewiß konnte kein Tier, wie wütend es auch sein mochte, solch mächtiger Feuerkraft standhalten – dennoch tauchten in meinem Sinn immer wieder die beunruhigenden Worte von Sir Jonathan auf: ›Ich sagte Ihnen ... dieses Geschöpf ist nicht von sterblichem Fleisch, es ist eine Kreatur des Teufels selbst!‹

Wir hatten rund eine Meile zurückgelegt, indem wir einer Reihe schmieriger Pfade folgten, die sich im Zickzack durchs Moor zogen, und waren gerade an einer hohen Klippe von moosbewachsenem schwarzen Granit vorbeigekommen, als ein Geheul die Nacht zerriß, bei dem einem wahrlich das Blut stockte, ein so unglaublich bedrohlicher Klang, daß wir wie gebannt stehenblieben.

Der Schrei des Hundes!

»Ah«, sagte Holmes und musterte die umliegende Moorlandschaft mit zusammengekniffenen Augen, »wie ich sehe, ist unser monströser Freund tatsächlich in der Gegend, ganz wie ich es vermutet habe. Ich wette, daß er uns in Kürze einen persönlichen Besuch abstatten wird.«

Er sprach in einem leicht amüsierten Ton und ließ keine Anzeichen einer Panik erkennen, wie sie in mir aufwallte. Auch Space sah im silbernen Schein der beiden Monde aschgrau aus. Wir zogen beide unsere Pistolen, während wir erwartungsvoll in das uns einhüllende Dämmerlicht spähten. Wo war die Bestie? Wie nahe?

»Kommen Sie, Gentlemen«, sagte Holmes. »Lassen Sie uns weitergehen, aber mit größtmöglicher Vorsicht, und dabei nach unserem respektgebietenden Gegner Ausschau halten.«

Als wir uns wieder auf den Weg machten, schaute ich ständig um mich, bemüht, die Phantomgestalt auszumachen, die uns umschlich. Jonathan hatte recht, nur ein Narr würde sich freiwillig unter derart grausigen Umständen hier herauswagen. In jenem verhängnisvollen Augenblick, in der vom Winde durchwehten Dunkelheit des Moors konnte ich nicht anders, als uns drei für Narren zu halten. Vielleicht war Holmes wirklich etwas schief gewickelt. Das hätte sein Desinteresse an unserer persönlichen Sicherheit erklärt, das er an den Tag zu legen schien.

Dann ... wieder ein gräßliches Heulen, viel näher.

Er war uns nun auf der Spur, und ich hörte den trommelnden Klang der riesigen Pfoten auf dem Pfad hinter uns. *Tapp ... tapp ... tapp ...* Immer näher.

Schon *sehr* nahe.

Ich fuhr herum, die Augen quollen mir vor Angst aus dem Kopf, eine eisige Klinge glitt mir den Rücken hinab. Ich hob meine Pistole, spannte sie. Space fluchte leise vor sich hin, die schwere .45er mit beiden Händen gepackt.

»Ja«, sagte Holmes und wandte sich unserem heranstürmenden Feind entgegen, »jetzt ist es Zeit für Waffen – obwohl ich nicht damit rechne, daß Ihre Kugeln diesem Geschöpf etwas anhaben können.«

»Mein Gott, Holmes!« schrie ich. »Sie haben uns alle in den Tod geführt!«

Holmes packte mich an der Schulter. »Ruhig, Watson, ruhig!«

»Du verdammter verrückter Robo!« rief Space. »Wir haben beim Teufel nicht die Spur einer Chance gegen dieses Ding.«

»Beim Teufel vielleicht nicht«, erwiderte Holmes, den Armeerevolver in der Hand, »aber hier auf dem Grimpen-Moor ist die Lage ziemlich anders. Kopf hoch, Gentlemen, denn da kommt die Bestie!«

Und dann sahen wir sie auf uns zu rennen – knurrend, die Reißzähne entblößt, in borstiges, struppiges Fell gehüllt. In der mondhellen Nacht brannten ihre Augen in höllischem Feuer.

Space und ich schossen gleichzeitig. Wir trafen unser Ziel voll, doch unsere Kugeln gingen durch das angreifende Ungeheuer hindurch wie Wasser durch ein Sieb. Alles war verloren, wir sahen dem sicheren und unausweichlichen Ende entgegen.

Dann, als das geifernde Geschöpf nur noch ein paar Fuß entfernt war, hob Holmes seinen Revolver und feuerte einen einzigen Schuß ab. Das Ungeheuer heulte vor Schmerz auf, brach zusammen, glitt vom Pfad in den Sumpf. Während das Leben aus seinem Körper wich, versank es sofort.

»Schnell, Watson!« rief Holmes. »Helfen Sie mir, es herauszuziehen. Wir dürfen nicht zulassen, daß es verschwindet!«

»Aber ... aber warum denn nicht?« stotterte ich. »Sind wir nicht deswegen hergekommen?«

»Diskutieren Sie nicht, Mann! Sie sollen mir bloß *helfen*!«

Sam packte auch mit an, und zu dritt gelang es uns, das vom Morast glitschige Ungeheuer wieder auf festen Boden zu ziehen.

Wie mir später bewußt wurde, hatte Holmes den zeitlichen Ablauf unseres Abenteuers präzise kalkuliert. Ein schwacher Lichtschimmer erhob sich am Rande des Marshimmels. Bald würde die Sonne überm Horizont stehen.

Ich starrte auf unseren furchteinflößenden Feind hinab. Das Tier war ganz offensichtlich tot, sein zahnstarrendes Maul gräßlich aufgerissen, die Augen waren weit offen und reglos. Ein purpurnes Rinnsal floß aus dem Maul, und das üppige Fell auf seiner Brust war blutgetränkt. Holmes' Schuß hatte sich als tödlich erwiesen.

»Das ist wirklich 'n verdammt häßliches Vieh«, erklärte Space. Er wandte sich an meinen Freund, die Stirn verblüfft gerunzelt. »Wie konnten Sie so sicher sein, daß Sie es töten würden? Und mit einem einzigen Schuß. Unsere Kugeln haben das verdammte Ding nicht mal *gejuckt*. Da gibt's 'ne Menge, was ich nicht verstehe.«

Und dann erklärte Sherlock Holmes das Rätsel ...

»Das erste verdächtige Element, das ich im Rahmen unseres Gespräches mit Sir Jonathan in Baskerville Hall bemerkte, war der Grad an innerer Feindschaft, die er seinen beiden umgekommenen Geschwistern entgegenbrachte. Ich spürte seine Verachtung für Alexander, und Sie werden sich entsinnen, daß er Sir Reginald ›einen starrsinnigen Narren‹ nannte. Er zeigte keinerlei Trauer angesichts ihres gewaltsamen Todes. Was er an Gefühlen erkennen ließ, war geheuchelt.«

Holmes hatte schon immer eine unheimliche Fähigkeit besessen, hinter das Äußere einer Persönlichkeit zu blicken, in uns allen verborgene Wahrheiten zutage zu fördern. Nun fuhr er fort: »Sie werden sich gewiß auch an meine Neugier erinnern, warum Sir Jonathan wohl wünschen sollte, in Räumen mit direktem Blick auf das Gebiet zu wohnen, das er zu fürchten und zu verabscheuen vorgab. Warum sollte er in einem Zimmer bleiben, dessen Fenster auf das Moor hinausgingen, wenn er leicht eine andere Wohnung hätte finden können? Als ich ihn danach fragte, gab er keine zufriedenstellende Antwort. Die Wahrheit ist, Gentlemen, daß das Moor sein Jagdgebiet war und er sich in den beiden Nächten, als seine Brüder viehisch abgeschlachtet wurden, *hier* draußen in ebendiesem Gebiet befand.«

»Aber Holmes«, wandte ich ein, »Jonathans Tante hat mir gesagt, daß sie in beiden verhängnisvollen Nächten, als sie Verzweiflungsschreie vom Moor her hörte, die Treppe hinaufeilte und seine Tür von außen abschloß – um ihn vor möglichem Schaden zu bewahren. Sie hatte den *einzigen* Schlüssel. Als sie später die Tür aufschloß, um nach ihm zu sehen, befand er sich im Schlafzimmer und erzählte seine Schreckensgeschichte von dem, was er durchs Fenster gesehen hatte. Das ereignete sich bei beiden Gelegenheiten. Wenn er also zum Zeitpunkt der Morde hier draußen auf dem Moor war, wie Sie behaupten, wie kann er dann sein Zimmer verlassen und erst recht wieder betreten haben, da er doch keinen eigenen Schlüssel hatte?«

»Elementar, mein guter Junge«, sagte Holmes. »Als ich in Sir Jonathans Schlafzimmer herumstrich, stieß ich auf ein Klümpchen von getrocknetem Schlamm, das zwischen dem Teppich und der Wand steckte. An der eigentümlichen Farbe und Beschaffenheit des Klümpchens stellte ich fest, daß es aus dem Grimpen-Moor stammte. Dann entdeckte ich eine verborgene

Tür hinter dem geschlossenen Wandvorhang, glatt in die Wand eingepaßt und äußerst schwer auszumachen. Ich brauchte die Tür nicht zu öffnen, um zu wissen, daß die Treppe dahinter direkt zum Moor hinabführte. Was der Grund ist, aus dem Sir Jonathan gerade diesen Raum als Schlafzimmer gewählt hat. Das Klümpchen Erde war unbemerkt von seinem Schuh gefallen, als er von einem seiner ruchlosen Ausflüge ins Zimmer zurückkehrte.«

»Phantastisch!« flüsterte ich, von aufrichtiger Ehrfurcht für den großen Mann ergriffen. »Absolut phantastisch.«

»Schließlich«, fuhr Holmes fort, »bemerkte ich in der Bibliothek mehrere Bände, die sich mit okkulten Dingen befaßten, und jeder davon hatte das persönliche Exlibris von Sir Jonathan Rodney Baskerville. Die Überlieferungen darin betrafen unmittelbar die Marsmonde.«

»Auf welche Weise?« fragte Space.

»Die Tatsache, daß in beiden Mordnächten die Monde voll waren, sagte mir, daß unser Hund kein gewöhnliches Tier war. Bei Vollmond fallen gewisse geschlagene Individuen in ein primitives animalisches Stadium zurück. Ihre Körper erlangen große Kraft und Behendigkeit – wovon wir uns im vorliegenden Fall selbst überzeugen konnten.«

Ich starrte auf den Leichnam hinab. Der Wind hatte nachgelassen, und die Sonne lugte gerade über die graubraune Moorlandschaft. »Wollen Sie damit sagen«, fragte ich, »daß Sir Jonathan *selber* der Hund von Baskerville war?«

»Kein Hund, Watson, sondern ein Wolf«, sagte Holmes. »Um ganz exakt zu sein, ein *Werwolf*.«

Unter den Strahlen der Sonne verschoben und wandelten sich die Züge der Bestie. Das verfilzte Fell schien in den Körper zurückzuschmelzen; das reißzahnbewehrte Maul wurde zu einem schmallippigen Mund;

die wilden Augen wurden weicher, wurden zu den Augen von ...

»Sir Jonathan!« rief Space entsetzt.

»Wir konnten ihn nicht töten!« sagte ich zu Holmes. »Unsere Schüsse blieben ohne jede Wirkung. Wieso konnten *Sie* ...«

»Ich habe eine von diesen benutzt«, sagte Holmes und holte eine Patrone aus seinem Armeerevolver. Er hielt sie hoch, und die Kugel glänzte hell. »Eine silberne Kugel«, sagte er. »Die einzige sichere Art, einen Werwolf zu töten.«

»Sie wollen sagen, Sie haben Silberkugeln *mitgebracht*?« fragte Space.

»Ich tue nie irgendeinen Aberglauben einfach ab«, sagte der große Detektiv. »Und wiewohl ich nie zuvor einem Werwolf begegnet bin, habe ich doch Vorsorge getroffen, bei meiner Munition ein paar Silberkugeln vorrätig zu halten. Als ich in den Zeitungsberichten den Umstand bemerkte, daß in beiden Mordnächten Vollmonde waren, kam ich zu dem Schluß, es könnte ratsam sein, diese besonderen Patronen nach Baskerville Hall mitzunehmen.«

»Dann war Sir Johns Leben nie in Gefahr«, stellte ich fest. »Er hat seine beiden Brüder umgebracht, um das Familienvermögen zu erben. Der Fluch um den gespenstischen Hund von Baskerville war ein Schwindel.«

»Nicht ganz«, sagte Holmes. »Bedenken Sie, Watson, es hat hier wirklich einen Fluch gegeben – den düsteren Fluch der Lykanthropie*.«

Ich schaute auf den schmächtigen bleichen Körper hinab, der reglos im frühen Morgenlicht lag. Und mich schauderte. Erst die Verwandlung vom Menschen zum Wolf und nun zurück zum Menschen.

---

* Verwandlung in einen Werwolf oder ein anderes wildes Tier – *Anm. d. Übers.*

Die komplexen Wunder unseres Universums können niemals wirklich ausgelotet werden.

Eine letzte Notiz zu dieser bizarren Affäre...

Neuerdings, im Gefolge unseres unglaublichen Abenteuers auf dem Grimpen-Moor, ergreift die beunruhigende Überzeugung von mir Besitz, daß mein teurer Freund und Gefährte, Mr. Sherlock Holmes, in Wahrheit der heimtückische Meister des Verbrechens ist, Professor Moriarty.

Hu Albin hat mir jedoch versichert, daß ich wieder hundertprozentig tipp-topp sein würde, sobald meine Spulen ausgewechselt sind. Er wird die Operation am 25. Dezember durchführen.

Was für einen Roboter in Nöten ein schönes und willkommenes Weihnachtsgeschenk sein wird.

Harry Harrison

Die Science Fiction hat immer ihren Teil an rabenschwarzen Bösewichten und verbrecherischen Genies hervorgebracht. Der Bandenchef mit dem wundervoll sinistren Namen Blackie DuQuesne war der Moriarty für Richard Seaton als Holmes in E. E. Smiths Space-Opera-Zyklus um das Raumschiff Skylark, der in den vierziger und fünfziger Jahren in den Pulp-Zeitschriften erschien. Ein Jahrzehnt später bescherte Philip José Farmer den Lesern den abtrünnigen Verbrecher John Carmody, der jedermann überraschte, indem er sich besserte und Priester wurde. Roger Zelazny schuf den charismatischen Bösewicht Jack aus den Schatten. Doch von allen Antihelden der SF hat Jim diGriz, in der ganzen Galaxis als die Stahlratte bekannt, wahrscheinlich die größte Anhängerschar. Eingeführt in Stahlratte zeigt die Zähne (The Stainless Steel Rat, 1961, deutsch auch ›Agenten im Kosmos‹), hat er inzwischen zurückgeschlagen, die Welt gerettet, ist Rekrut geworden und hat sogar für die Präsidentschaft kandidiert, wobei er von Buch zu Buch voller Abenteuer mit atemlos komischer Unverfrorenheit von einer Seite des Gesetzes auf die andere wechselte.

Harry Harrison wurde 1925 in Connecticut geboren und hat wie Bill Nolan einige Jahre als Grafiker gearbeitet, ehe er sich mit Die Todeswelt (Deathworld, 1960), einem unerbittlichen Bericht von der Kolonisation eines von feindlichen Lebensformen wimmelnden Planeten, einen Namen als SF-Autor machte. Harry hat seitdem zwei Fortsetzungen zu diesem Roman geschrieben und außerdem mit Bill, dem galaktischen Helden, eine Figur aus demselben Holz wie Jim diGriz geschaffen, zu deren irrwitzigeren Eskapaden Die Welt der eßbaren Gehirne (Bill the Galactic Hero on the Planet of Bottled Brains, 1990), Die Welt der zehntausend Bars (Bill the Galactic Hero on the Planet of the Ten Thousand Bars, 1991) und Die Welt der höllischen Hippies (Bill the Galactic Hero on the Planet of the Hippies from Hell, 1992) gehören.*

In vielen seiner Werke parodiert Harrison gezielt die Konventionen der SF, insbesondere mit den Geschichten von der Stahlratte, wo die Bürokratie eine seiner hauptsächlichen Zielscheiben ist. In ›Die Goldenen Jahre der Stahlratte‹ (1993) ist diGriz wie üblich in der Klemme, und wieder einmal muß er zu gemeinen Tricks und ungemein gekonnter Farce seine Zuflucht nehmen, um die Freiheit zu behalten...

---

* Die beiden erstgenannten Romane schrieb Harrison mit Robert Sheckley bzw. David Bischoff als Ko-Autoren. – Anm. d. Übers.

Harry Harrison

Die Goldenen Jahre
der Stahlratte

Na, wenn das nicht der alte Drecksack Jim diGriz ist!«

Der häßliche Kerl grinste hämisch, als er mich mit Handschellen an den hünenhaften Polizisten gefesselt sah. Mit unverhohlener Schadenfreude warf er die Tür weit auf und packte mich derb beim Arm, nachdem mir die Handschellen abgenommen worden waren. Ich wankte, fand aber schnell das Gleichgewicht zurück und schlurfte durch die Tür, über der ein von Grünspan überzogenes Kupferschild hing mit der eindringlichen Aufschrift:

UND WENN ER NOCH SO GICHTIG TATTERT,
BEI UNS WIRD JEDER GREIS VERGATTERT.

Typisch Polizei, daß sie auf denjenigen, die am Boden liegen, auch noch herumtrampeln muß. Der Sadist legte einen Schritt zu und zerrte an meinem Arm.

»Ich muß mich setzen...«, stöhnte ich und versuchte matt, mich von ihm loszureißen, um auf der Bank an der Wand Platz nehmen zu können.

»Bald hast du jede Menge Zeit zum Sitzen, Opa, denn mehr wird für dich nicht mehr drin sein. Aber zuerst müssen wir den Direktor sehen.«

Widerstand war zwecklos. Er schleifte mich durch

den Korridor bis hin zu einer schweren Stahltür. Mit der Faust klopfte er an. Erschöpft schnappte ich nach Luft, sah mich um und blickte in mein Spiegelbild an der Wand. Darüber stand zu lesen:

> BIST DU SAUBER?
> BIST DU REIN?
> WANN HAST DU DIR ZULETZT
> DIE FÜSSE GEWASCHEN.
> DU SCHWEIN?

»Weiß ich nicht mehr...«, krächzte ich. Mit Entsetzen betrachtete ich mein Gesicht im Spiegel. Das dünne weiße Haar war struppig und verfilzt. Von der schlaffen Unterlippe baumelte ein weißer Sabberfaden. Die Haut hing lappig, die Augen waren gerötet und triefend. Kein schöner Anblick.

»Rein mit dir!« sagte der Aufseher, als ein grünes Licht aufblinkte und das Türschloß aufsprang. Mit seiner fleischigen Pranke stieß er mich in den Raum. Ich geriet ins Taumeln, konnte mich nur mit Mühe auf den Beinen halten. Hinter mir fiel die Tür ins Schloß. Vor mir saß der Direktor und brütete über einer dicken Akte. Es war meine.

Dann blickte er auf und musterte mich von oben bis unten. Sein unrasiertes Gesicht sah aus wie das eines Kamels. »Sie sind also James diGriz alias ›Die Edelstahlratte‹.« Die gummiartigen Lippen verzogen sich und zeigten ein verunglücktes Lächeln. »Von wegen Edelstahl... mir scheint, Sie haben ganz schön Rost angesetzt.« Er kicherte lautlos über seinen eigenen Witz. Plötzlich verschwand das Lächeln. Statt dessen fletschte er die Zähne.

»Mir entwischt keiner, Rostratte. Am Ende wandern sie alle ins Kittchen. Da hilft kein Laufen, kein Verkriechen, ich krieg euch schließlich doch. Auch der cleverste

Ganove wird mal alt und senil, dann macht er den entscheidenden Fehler und landet – schwupp – bei uns in ›Haus Endstation‹. Das ist der offizielle Anstaltsname. Wissen Sie eigentlich, als was unser Knast für gewöhnlich bezeichnet wird?«

»Wartezimmer zur Hölle!« Unwillkürlich rutschte mir das Wort über die Lippen und tropfte fettig zu Boden.

»So ist es. Von außen betrachtet. Doch diese Perspektive werden Sie nicht mehr einnehmen können. Intern haben wir einen viel schöneren Namen für unser Haus. Wir nennen es Purgatorium, kurz: Purgy. Wissen Sie, was das heißt?«

»Ich muß mal aufs Klo«, ächzte ich und stellte die Beine quer.

»Immer dasselbe mit euch alten tröpfelnden Knackern.« Er drückte einen Knopf und ließ die Tür hinter mir quietschend aufschwingen. »Bogger zeigt Ihnen, wo's Klo ist. Anschließend wird er Sie zum Doktor bringen. Wir wollen schließlich, daß Sie fit bleiben, diGriz, damit Sie noch recht lange unsere Gastfreundschaft genießen können.«

Sein gehässiges Lachen folgte mir durch den Korridor. Ich kann nicht behaupten, daß mir dieser Empfang Vergnügen bereitet hätte.

Auch die Untersuchung war wenig erfreulich. Zwei Aufseher, stämmige, gelangweilte Typen, zogen mir die Sachen vom Leib, warfen mir einen dünnen, grauen Kittel über die Schultern und führten mich von einem Diagnoseapparat zum nächsten. Dabei nahmen sie nicht im geringsten Notiz von meinen Protesten, kommentierten aber vorwitzig sämtliche Untersuchungsergebnisse.

»Künstliche Hüfte. Sieht ziemlich vergammelt aus.«

»Nicht so vergammelt wie die Plastikknie. Der alte Knacker hat 'ne Menge Meilen hinter sich.«

»Das hier wird dem Doktor besonders gut gefallen.

Flecken auf der Lunge. Ich tippe auf TBC oder Teerablagerungen.«

»Fertig?« fragte Bogger und meldete sich zurück wie eine unschöne Erinnerung.

»Fertig. Er gehört dir, Bogger. Schaff ihn weg.«

Er ließ mir keine Zeit zum Anziehen. Das Zeugs vor die Brust gedrückt und barfüßig auf kaltem Steinbelag, kam ich in eine Zelle. Dort nahm er mir die Sachen ab, ließ den Inhalt der Taschen auf den Boden fallen und warf eine Armladung von grober Gefängniskleidung aufs Bett.

»Um sechs wird zu Abend gegessen. Eine Minute vorher geht die Tür auf. Wer zu spät kommt, geht leer aus.« Kichernd machte er kehrt und verriegelte die Tür von außen.

Fröstelnd kauerte ich mich auf das Bett und hielt die Hände vors Gesicht – ein trauriger Anblick für alle, die durch irgendwelche verborgenen Spione in meine Zelle blicken würden. Das Ende eines wenn auch kriminellen, so doch stolzen Mannes. Ein verdammter Neunzigjähriger, der das Ende seiner Laufbahn erreicht hatte.

Was keiner hätte sehen können, da meine Hände das Gesicht versteckten: Ich grinste glücklich bis über beide Ohren. Ich hatte es geschafft.

Als ich den Kopf hob, war das Lachen verschwunden, und statt dessen ließ ich wieder die Lippen beben.

Das Glas meiner billigen Plastikuhr war so verkratzt, daß die Anzeige kaum abzulesen war. Ich hielt sie ans Licht, blinzelte angestrengt und erkannte endlich, wie spät es war.

»Um sechs wird zu Abend gegessen. Ach, du liebe Zeit. Ich muß raus, sobald die Tür aufgeht.« Ich stand auf und kam gerade rechtzeitig herbeigeschlurft, als das Schloß klickte. Ich stieß die Tür auf und ging hinaus.

Der Speisesaal war leicht zu finden; ich brauchte bloß

den grau gekleideten, altersschwachen Gestalten zu folgen, die alle in dieselbe Richtung taperten. Ich tat es ihnen gleich, nahm am Eingang ein Tablett zur Hand und ließ mir einen Teller voll Anstaltspampe daraufstellen. Der Fraß war weder optisch noch geschmacklich zu identifizieren. Blieb nur zu hoffen, daß er ein paar Nährstoffe enthielt. Mit zittriger Hand löffelte ich das Zeug in mich rein.

»Dich hab ich hier noch nie gesehen«, bemerkte ein Achtzigjähriger, der neben mir saß. Er war sichtlich argwöhnisch. »Bist du ein Polizeispitzel?«

»Ich bin ein rechtskräftig verurteilter Straftäter.«

»Willkommen im Purgatorium, hehe«, kicherte er vor Freude über ein neues Gesicht. »Schon mal ein Raumschiff gekapert?«

»Ein- oder zweimal.«

»Ich dreimal. Der letzte Versuch war ein Fehler. Da hat man mich in die Falle gelockt. Aber ich war finanziell übel dran, hatte mich verspekuliert und konnte nicht mehr so gut sehen. Immerhin ging ich stramm auf die Achtzig zu...«

Seine Erinnerungen sprudelten wie ein Bächlein und waren fast ebenso interessant. Ich ließ ihn plappern und aß derweil meinen Teller leer. Als ich gerade den letzten Löffelvoll im Mund stecken hatte, übertönte eine mir bekannte, unangenehme Stimme das Geklappere und Geschmatze im Saal.

»Rostratte. Wie ich sehe, bist du fertig. Also steh auf und setz deine spröden Knochen in Bewegung! Der Doktor erwartet dich. Marsch, marsch!«

»Wo finde ich ihn?«

»Immer den grünen Pfeilen an der Wand nach, du dumme Nuß. Dalli!«

Ich mühte mich auf und ging. An den Wänden waren Pfeile in allen möglichen Farben, die in unterschiedliche Richtungen wiesen. Ich trat näher heran, strengte die

Augen an, entdeckte, woran ich mich halten sollte, und machte mich auf den Weg.

»Kommen Sie rein, nehmen Sie Platz, antworten Sie auf meine Fragen! Leiden Sie unter Inkontinenz?« Der Arzt war jung, sehr in Eile und ungeduldig.

Ich kratzte mich am Hinterkopf. »Ich weiß nicht...«

»Das müssen Sie doch wissen.«

»Wie sollte ich? Was soll das Wort überhaupt bedeuten?«

»Einnässen. Pinkeln Sie ins Bett?

»Nur, wenn ich betrunken bin.«

»Das wird hier wohl kaum vorkommen, diGriz. Ich habe mir Ihre Befunde angesehen. Sie sind ein Wrack. Flecken auf der Lunge, eine künstliche Hüfte, Klammern im Schädel...«

»Ich mußte harte Zeiten durchmachen, Doktor.«

»Zweifellos. Ihre elektrolytischen Werte sind hundsmiserabel. Ich werde Ihnen ein paar Spritzen geben, die den Verfall aufhalten. Und von diesen Pillen hier nehmen Sie eine dreimal täglich.«

Er drückte mir ein Glas in die Hand. Darin befanden sich geschoßförmige Kapseln.

»Reichlich groß.«

»Sie sind auch reichlich krank. Die Pille hat multiple Wirkung und ist eigens für Sie zusammengemischt worden. Sorgen Sie dafür, daß das Glas immer griffbereit in der Nähe ist. Ein Piepser im Deckel erinnert Sie daran, wann es Zeit wird, eine Pille zu schlucken. Und jetzt krempeln Sie den Ärmel hoch.«

Er zog eine abscheulich dicke Spritze auf. Ich schwöre, die Nadel hat mehrere Male auf Knochen gestoßen. Mit schmerzenden Armen irrte ich in den Gängen umher auf der Suche nach meiner Zelle. Ein Aufseher wies mich zurecht. Die Tür fiel hinter mir ins Schloß; wenige Minuten später wurde das Licht heruntergedreht. Ich fummelte mir die Kleider vom Leib, zog den häßlich orangefarbenen Schlafanzug an und stieg ins Bett. Kaum war ich unter die Decken geschlüpft, ging das Licht ganz aus.

Das war's also. Ende der Fahnenstange. Purgatorium. Das Fegefeuer vor der Hölle. Abgefüttert und verarztet, um noch eine Weile brummen zu können.

Ach ja! murmelte ich leise vor mich hin und gestattete mir unter der Decke ein glückseliges Grinsen. Vergnügt kratzte ich die juckenden Stellen unter den durchsichtigen und auf den ersten Blick nicht zu erkennenden Plastikpflastern. Sie waren mit einer bleihaltigen Antimonlegierung beschichtet und somit für Röntgenstrahlen undurchlässig. Ich hatte darauf spekuliert, daß im Knast keine teuren Tomographien durchgeführt wurden, und meine Rechnung war aufgegangen. Auf den Röntgenbildern sahen die Pflaster aus wie Flecken auf der Lunge, Stifte in den Beinen oder Klammern im Schädel. Sie hatten ihre Aufgabe erfüllt und würden sich unter der Dusche auflösen.

Ich hatte es geschafft. Die erste und mit Abstand schwierigste Phase meines Plans, nämlich die Erkundung des Gefängniskrankenhauses, war ein voller Erfolg gewesen. Schon im Vorfeld hatte ich viel riskiert, um diese Adresse in der regierungsamtlichen Datenbank in Erfahrung zu bringen. Riskant, aber zugleich auch sehr interessant. Angelina und ich hatten jahrelang alle Hände voll zu tun gehabt, um unseren Zwillingen eine erfolgreiche, semilegale Karriere zu ermöglichen. Jetzt waren die beiden aus dem Gröbsten raus und mehr als gut betucht. Wir, die Eltern, blickten nun auf einen geruhsamen Lebensabend. Angelina hatte großen Spaß daran, Luxuskreuzfahrten zu unternehmen, und flog von einem Vergnügungsplaneten zum anderen. Sie können sich sicherlich vorstellen, daß mir diese Art von Zeitvertreib überhaupt nicht behagte. Hätte ich nicht hin und wieder eine Bank leerräumen oder eine schmucke Raumyacht knacken können, wäre ich des Lebens nicht mehr froh geworden. Doch was ich auch tat, es waren im Grunde nur Kinkerlitzchen. Bis sich mir dann diese wundervolle Gelegenheit bot. Ich erfuhr davon über eine winzigkleine Meldung in den Abendnachrichten, ließ sie unverzüglich ausdrucken und schob den Zettel Angelina vor die Nase. Sie warf einen flüchtigen Blick darauf, schien aber nicht weiter interessiert zu sein.

»Wir müssen was unternehmen«, sagte ich.

»Nein«, antwortete sie kurz und bündig.

»Ich finde, wir stehen in seiner Schuld. Du mehr als ich.«

»Unsinn. Er ist ein erwachsener Mann und für sich selbst verantwortlich.«

»Zugegeben. Trotzdem würde ich gern wissen, wo er einsitzt.«

Ich nahm also seine Spur auf und fand heraus, wo man ihn eingebunkert hatte: in der sogenannten Endstation, deren Lage geheimgehalten wird. Sofort tüftelte ich einen Plan aus und erzählte Angelina davon. Sie hörte mir mit grimmiger Miene zu und nickte schließlich.

»Mach es, Jim. Es ist gefährlich, selbstmörderisch, aber wenn einer das Ding drehen kann, dann du. Natürlich nur mit meiner Hilfe.«

»Natürlich. Deine erste Aufgabe wird sein, einen krummen, aber kompetenten Arzt zu finden.«

»Kein Problem. Kennst du vielleicht einen Arzt oder Anwalt, der, ob krumm oder nicht, widerstehen könnte, wenn ihm ein Stapel Banknoten auf den Schreibtisch geschoben wird?«

»Mir fällt auf die schnelle keiner ein. Apropos, wie stehen unsere Konten?«

»Sieht mau aus. Ein paar Millionen könnten uns wieder frisch machen. Wie wär's, wenn du kurzerhand noch bei einer Bank abkassierst, während ich einen geeigneten Arzt auftreibe?«

»Das ist Musik in meinen Ohren.«

Es dauerte fast ein ganzes Jahr, bevor sämtliche Vorbereitungen getroffen waren. Übertriebene Eile und Schlampereien durften wir uns nicht erlauben, denn schon der klitzekleinste Fehler würde mir den Hals brechen können.

Angelina holte mich von der Klinik ab – und erstarrte vor Entsetzen.

»Jim ... du siehst scheußlich aus!«

»Danke. Ich habe mir auch viel Mühe gegeben. Es war nicht einfach, so rapide abzumagern, die Haut schrumpeln und das Haar lichten zu lassen. Um die Muskeln tut's mir besonders leid.«

»Mir auch. Du warst so gut gebaut.«

»Die Enzyme haben kurzen Prozeß gemacht. War nicht anders zu machen. Wenn ich als Greis durchgehen will, muß ich auch so aussehen. Was soll's? Sobald die Sache erledigt ist, werde ich ein paar Gewichte stemmen und bald wieder wie neu sein.«

In ihren Augen glitzerten Tränen, als sie mich umarmte. »Und das tust du alles für mich.«

»Na klar. Aber auch für ihn und nicht zuletzt für den alten Jim diGriz, damit ich wieder in den Spiegel sehen kann, auch wenn ich darauf im Augenblick besser verzichten sollte.«

So weit, so gut. Was nun anstand, erledigte ich mit links. Ich raubte einen Juwelier aus und ging dabei so stümperhaft vor, daß man mich auf frischer Tat erwischte. Mir war einzig und allein daran gelegen, auf Heliotrop-2 geschnappt zu werden, dort nämlich, woher die Nachrichtenmeldung stammte, die alles ins Rollen gebracht hatte.

Und es rollte alles prächtig, denn ich landete bald darauf, wie geplant, im Purgatorium und hatte noch eine Woche Zeit, mich mit meiner Umgebung, dem Alarmsystem und der Videoüberwachung vertraut zu machen, bevor Phase zwei in Angriff genommen werden konnte. Ich nutzte die Zeit. Am nächsten Morgen schaute ich mich beim Frühstück unter meinen kahlköpfigen beziehungsweise grauhaarigen Mitgefangenen um. Ich entdeckte ihn sogleich, hielt mich aber vorläufig bedeckt, denn es galt, eine günstigere Gelegenheit abzuwarten, um die alte Bekanntschaft aufzufrischen. Ich löffelte den violetten Brei, den man uns vorgesetzt hatte, und beobachtete jede seiner Bewegungen.

Plötzlich kamen mir Zweifel. War er es wirklich? Ja doch, keine Frage. Sein Haar war inzwischen schlohweiß, das Gesicht voller Runzeln. Aber wir hatten schließlich zwei Monate lang zusammen in einer Eishöhle gesteckt, und es gibt Dinge, die man nie vergißt. Ich folgte ihm, nachdem wir unsere Tabletts abgelegt hatten, und nahm im Aufenthaltsraum neben ihm Platz.

»Schon lange hier, Burin?« fragte ich.

Er wandte sich mir zu und musterte mich aus kurzsichtigen Augen. Dann strahlte sein Gesicht freudig auf.

»Jimmy diGriz, so wahr ich lebe und atme!«

»Es freut mich, daß du noch lebst und atmest. Burin Bache, der beste Zinker in der Geschichte der Galaxis!«

»Danke für das Kompliment, Jimmy. Aber es trifft nicht mehr zu, schon lange nicht mehr.« Sein Lächeln verschwand, und ich legte schnell meinen Arm um ihn.

»Was machen die Frostbeulen an deinen Füßen?«

»Hör bloß auf! Ich brauche nur Eiswürfel in einem Drink zu sehen, und schon tut mir wieder alles weh.«

»Kann ich mir vorstellen, aber das mit der Eishöhle war eigentlich halb so wild im Vergleich...«

»Halb so wild? Na ja, Kumpel, vielleicht hast du recht. Immerhin hat uns der Coup damals so viel Zaster eingebracht, daß ich zehn Jahre lang keinen Finger mehr zu rühren brauchte. Was du da abgezogen hast, war wirklich genial. Um so trauriger ist es, dich hier im Knast wiedersehen zu müssen. Ich hätte nie gedacht, daß du dich mal erwischen läßt.«

»Es erwischt auch mitunter die besten von uns.«

Ich hatte meinen Mehrzweckstift aus dem Ärmel flutschen lassen und schrieb, während ich sprach, eine Nachricht auf die Innenfläche der Hand. Dann rieb ich mir mit dem Handrücken übers Kinn und wartete, bis Burin Notiz davon nahm. Seine Augen gingen sperrangelweit auf.

»Ich muß jetzt gehen«, sagte ich und wischte das Gekritzel mit Spucke weg. »Wir sehen uns.«

Er war so baff, daß es ihm die Sprache verschlug. Verständlich, denn er hatte seit seiner Inhaftierung wohl nicht einmal im Traum daran gedacht, daß er jemals diese Worte lesen würde: WIR BÜCHSEN AUS.

Die Riesensumme, mit der Angelina den Beamten vom Katasteramt geschmiert hatte, zahlte sich für uns aus. Die Grundrißpläne waren zwar nicht komplett, aber durchaus brauchbar, zumal auch jene Tür darin eingezeichnet war, auf die es mir ankam. Ich hatte sie am zweiten Tag vor Ort ausfindig gemacht. Am dritten steckte ich meinen Mehrzweckstift ins Schlüsselloch, den ich zuvor eine Stunde lang in der Achselhöhle hatte weich werden lassen. Das Plastik schmiegte sich an die Zuhaltung, kühlte ab und erstarrte zu einer perfekten Negativkopie des Schlosses.

Wir hatten jeden Tag eine Stunde Freigang im Gefängnishof. Dort fand ich eine Bank, die von keiner der Überwachungskameras einzusehen war. Ich setzte mich, schlug ein Buch auf und schmökerte. Was ich sonst noch tat, war nur aus nächster Nähe zu erkennen.

Am Morgen hatte ich in der Zelle von meiner abgegriffenen Brieftasche einen Teil des Plastiküberzugs abgepellt und darauf herumgekaut. Das Zeug schmeckte auch nicht schlechter als der Anstaltsfraß. Es reagierte mit meinem Speichel und entwickelte eine teigartige Konsistenz. In diesem Zustand war es auch im Innern meiner Tasche geblieben. Jetzt preßte ich das Material gegen die Form, die ich vom Schloß gemacht hatte. So entstand ein paßgenaues Duplikat des Schlüssels. Zufrieden mit dem Ergebnis, hielt ich die geformte Plastikmasse ins Sonnenlicht, um sie aushärten zu lassen.

Um im Ernstfall keine bösen Überraschungen zu erleben, entschloß ich mich zu einem Probedurchlauf. Schließlich sollte zur gegebenen Zeit die Aktion reibungslos über die Bühne gehen.

Burin war mehr als glücklich, helfen zu dürfen. Wir verglichen die Uhrzeit und sprachen uns ab. Genau in dem Augenblick, da ich die Tür erreichte, geriet er ins Stolpern und stürzte auf einen Tisch, an dem gerade Karten gespielt wurden. Damit sorgte er für gehörige Aufregung. Derweil steckte ich den Nachschlüssel ins Schloß und versuchte, die Tür zu öffnen.

Fehlanzeige. Ich holte tief Luft, konzentrierte und besann mich auf die Fähigkeiten, die ich im Laufe der Jahre als Panzerknacker erworben hatte.

Unter leisem Kratzen geriet das Schloß in Bewegung. Die Tür öffnete sich.

Blitzschnell schlüpfte ich durch den Spalt, drückte leise die Tür hinter mir zu, schloß ab und lauschte auf herbeieilende Schritte oder Alarmgeklingel. Doch nichts dergleichen.

Erst jetzt sah ich mich um. Ich befand mich in einem Lagerraum, vollgepackt mit Akten und Formularen, all den Dingen, die der Bürokratie so sehr am Herzen liegen. Durch ein kleines Fenster drang genügend Licht herein. Ich registrierte den Grundriß des Raums und stellte einen Karton zur Seite, der uns im Weg stehen könnte. So, das reichte vorerst. Zeit zu gehen. Nur ja keinen Fehler mehr machen so kurz vor dem entscheidenden Moment. Draußen im Gang war alles still. Ich schlich hinaus, schloß hinter mir ab und ging zurück in den Aufenthaltsraum, wo ein wüster, recht altmodischer Boxkampf im Schwange war. Daß wir das Kartenspiel verdorben hatten, tat mir leid, doch mein Bedauern darüber hielt sich in Grenzen. Burin sah mich kommen; ich zwinkerte ihm verschwörerisch zu und ging weiter.

Angelina und ich hatten uns schon vorher darauf verständigt, daß die erste Kontaktaufnahme wortlos und nach Anbruch der Dunkelheit stattfinden sollte, allerdings noch bevor in den Zellen das Licht ausgedreht wurde. An dem verabredeten Abend verließ ich als erster den Eßsaal und schlurfte hastig in Richtung Toilette. Von dort aus mußte ich ein Stockwerk nach oben steigen. Die Zeit war knapp bemessen. Mir blieben nur noch wenige Sekunden. Ich öffnete die Tür, schloß hinter mir ab und schlich – die Uhr griffbereit in der Tasche – zum Fenster hin.

Dort angekommen, legte ich die Uhrkette über den Fensterriegel, hielt beide Enden der Kette gepackt und fing zu sägen an. Durch die Reibung löste sich der Plastiküberzug auf; darunter kam das scharfe, flexible Sägeband zum Vorschein, das sich mühelos durch den Riegel fräste. Ich stopfte die Uhr zurück in die Tasche und riß das Fenster auf.

Angelina war da – ganz in Schwarz, mit schwarzen Handschuhen und geschwärztem Gesicht. Sie drückte mir das Paket in die Hand. Trotz unserer Abmachung konnte sie es sich nicht verkneifen, mir zuzuflüstern: »Beeil dich!«

Ich begab mich anschließend sofort in meine Zelle und versteckte Angelinas Mitbringsel einstweilen unter dem Kopfkissen.

Erst gegen Mittag suchte ich Burin Bache auf und setzte mich neben ihn auf die Sonnenterrasse. Fragend kniff er die Brauen zusammen.

»Alles in Butter«, sagte ich. »Aber sprich nicht so laut. Der Kontakt ist hergestellt.«

»Du hast alles beisammen?« Seine Stimme zitterte vor Erregung.

»Alles. Und der größte Teil davon ist gut versteckt. Wir treffen uns in genau zwölf Minuten im Garten.«

»Wozu?«

»Weil ich im Mund einen optischen Laserkommunikator versteckt halte.« Ich öffnete die Lippen und entblößte die Linse. »Ich kann jetzt durch den Gaumen hören.«

»Wie bitte? Was denn? « Er war perplex.

»Die süßen Töne meiner geliebten Angelina, die gerade auf dem Weg ins Obergeschoß des Bürogebäudes ist, das du da hinten jenseits der Mauer siehst. Wir stehen in unbelauschbarer Verbindung. Los jetzt!«

Ich lehnte mich im Liegestuhl zurück und lächelte in die Richtung des fernen Hochhauses. Da Angelina eine Zwei-Meter-Empfangslinse auf mich richtete, brauchte ich nicht so genau zu zielen.

»Guten Morgen, Schatz.«

»Jim, ich bereue schon, daß wir uns auf diesen Irrsinn eingelassen haben.« Ihre Stimme drang schrill durch meine Schädelknochen.

»Wir dürfen jetzt nur noch nach vorn blicken.«

»Ich weiß. Trotzdem. Es hat beileibe keinen Spaß gemacht, die Mauer zum Fenster hochzuklettern – trotz molekular wirksamer Hafthandschuhe und Steigstiefel.«

»Aber du hast es geschafft, Liebste. Du bist tüchtig und stark ...«

»... für eine Frau in meinem Alter? Das wolltest du doch sagen, oder? Hüte deine Zunge, sonst setzt's Hiebe, sobald du da raus bist.«

»So eine Bemerkung würde mir im Traum nicht einfallen. Aber was ich noch fragen wollte: Wär's möglich, statt einem gleich zweien zur Flucht zu verhelfen? Mir ist hier ein alter Bekannter über den Weg gelaufen. Wir haben mal zusammen in einer Eishöhle gesteckt, und ich verdanke ihm mein Leben. Ich werde dir später mehr davon erzählen. Was meinst du?«

Sie ließ sich mit der Antwort Zeit, und ich konnte mir lebhaft vorstellen, wie sie nun ihr niedliches Stirnchen in Fältchen legte. Meine Angelina denkt nach, bevor sie spricht.

»Von mir aus. Allerdings muß ich mich dann noch nach einer weiteren Transportmöglichkeit umsehen.«

»Gut. Je größer das Gefährt, um so besser.«

»Reicht's, wenn vier Personen darin Platz haben?«

»Nicht ganz. Ich dachte an eine Zahl so um die fünfundsechzig.«

»Die Verbindung ist schlecht. Wiederhole. Mir war, als hättest du ›fünfundsechzig‹ gesagt.«

»Bingo, du hast richtig verstanden.« Ich versuchte, möglichst heiter zu klingen.

»Mach keine Witze, diGriz. Fünfundsechzig? Das wäre doch die komplette Belegschaft.«

»Exakt, und darum schlage ich vor, du besorgst einen Reisebus. Und mach dir keine unnötigen Gedanken; es wird schon schiefgehen. Wir sprechen uns morgen um die gleiche Zeit. Ich muß jetzt Schluß machen, da kommt jemand ...« Ich unterbrach den Kontakt, obwohl wir getrost hätten weiterreden können, aber ich wollte Angelina Gelegenheit geben, ihr Mütchen während der nächsten vierundzwanzig Stunden abkühlen zu lassen.

»Was ist los?« fragte Burin. »Ich habe von deinem Gemurmel nichts verstanden.«

»Es läuft alles wie am Schnürchen. Meine liebe Frau ist außer sich vor Begeisterung über den neuen Plan, vor allem über die Dimensionserweiterung.«

»Wie bitte?«

»Details erfährst du später. Wir müssen jetzt zu Mittag essen. Übrigens, trink nichts von dem Wasser.«

»Warum nicht?«

»Ich habe es heute morgen analysiert. Es ist voll von Beruhigungsmitteln, Salpeter und Drogen, die plemplem machen. Darum sind die Jungs hier nicht richtig auf der Reihe. Ich vermute, daß die meisten von ihnen normalerweise sehr viel besser auf Draht sind.«

Angelinas Ärger hatte sich tatsächlich gelegt, als wir am nächsten Tag miteinander sprachen. Sie wirkte geradezu unterkühlt. Ihre Stimme vibrierte dermaßen frostig in meinen Gehörknöchelchen, daß ich mich unwillkürlich an die Eishöhle erinnert fühlte.

»Ich hab den Bus. Legal erstanden. Was brauchst du noch?«

»Eine Busfahreruniform für dich, damit plausibel wird, daß eine so anmutige Person, wie du es bist, hinterm Steuer sitzt. Ach ja, und noch etwas ...«

»Zum Beispiel?«

Als ich ihr meine Wunschliste vorgestellt hatte, erreichte der Kältegrad ihrer Stimme die Temperatur von flüssigem Stickstoff. »Das ist der verrückteste, idiotischste, abwegigste Plan, der mir jemals zu Ohren gekommen ist. Ich werde mir alle erdenkliche Mühe geben, daß er gelingt und daß du mit heiler Haut davonkommst, damit ich sie dir anschließend eigenhändig vom Leib reißen kann.«

»Schatz, das ist doch wohl nicht dein Ernst.«

»Wart's nur ab.« Sie brach den Kontakt ab.

Vielleicht war es doch keine so gute Idee von mir gewesen, doch der eingeschlagene Weg ließ sich nicht mehr verlassen. Zum erstenmal überschatteten Zweifel meine Zuversicht. Womöglich hatte ich zuviel von dem verpanschten Wasser getrunken. Doch dann erinnerte ich mich an die Medizin, die mir von Angelina eigens für solche Fälle ins Päckchen mit eingewickelt worden war.

In meiner Zelle öffnete ich das Luftschachtgitter, das vom Spion über der Tür nicht einzusehen war, und kramte eine Plastikflasche mit der Aufschrift ›VORSICHT – HOCHEXPLOSIV!‹ aus meinem Versteck. In gewisser Weise handelte es sich tatsächlich um eine durchaus brisante Flüssigkeit; sie war hochprozentig und hatte zwölf Jahre in Eichenfässern gelagert. Nach einem kräftigen Schluck ging es mir schon wieder sehr viel besser.

Über eine Woche hielt ich täglich mit Angelina ein kurzes Schwätzchen per Laserübertragung. Sie war jedesmal sehr nüchtern und sachlich, so sehr ich mich auch bemühte, freundlich zu sein und die Gespräche durch gut plazierte Scherze aufzulockern. Vergeblich. Mein Schatz war schlecht gelaunt – aus triftigem Grund, wie ich zugeben muß. Es gab allerdings kein Zurück mehr.

Am siebten Tag bestritt ich die Unterhaltung fast ganz allein. Sie sagte nur ein einziges Wort und brach die Verbindung ab. Ich schaltete den Sender mit der Zunge aus und wandte mich Burin zu, der nun, da er kein Wasser mehr zum Essen trank, schon sehr viel aufgeweckter dreinschaute.

»Der Termin steht fest.«

»Wann?«

»Das verrate ich dir nach dem Abendessen.«

Er wollte etwas sagen, hielt aber dann doch den Mund, vertrauend auf die Weisheit meiner Entscheidung. Je weniger Bescheid wußten, desto geringer war das Risiko einer Pleite. Ein Geheimnis ist bei einem einzigen am besten aufgehoben.

Als an diesem Abend das Geklapper der Löffel auf den Blechtellern abgeebbt war und statt dessen das Schlürfen quabbeligen Puddings laut wurde, trug ich mein Tablett in die Küche, kehrte gleich darauf in den Speisesaal zurück und machte die Tür hinter mir zu. Manche der Schlürfer glotzten mich aus trüben Augen an, als ich eine winzige Metallkassette an das Übertragungskabel der Wandkamera klemmte.

»Ich bitte um eure Aufmerksamkeit«, rief ich in den Saal und hämmerte mit dem Löffel auf den Tisch. Ich wartete, bis es leise geworden war, und deutete dann auf den Nebeneingang.

»Wir werden jetzt alle aufstehen und durch diese Tür dort gehen. Burin Bache macht sie für uns auf. Wir werden ihm schön brav folgen.« Ich mußte lauter reden, um das Gebrabbel einzelner zu übertönen. »Ruhe und keine Fragen! Ihr werdet früh genug Bescheid bekommen. Nur soviel kann ich euch jetzt schon sagen: Was wir hier vorhaben, wird der Obrigkeit ganz und gar nicht schmecken.«

Jetzt wurde fleißig mit den Köpfen genickt, denn wenn es darum ging, der Obrigkeit eins auszuwischen, waren alle Knackis voll bei der Sache. Die beruhigenden Mittel im Trinkwasser taten ihr übriges dazu, daß der ganze Trupp gehorsam meinen Befehlen folgte. Ich stand neben der Tür, lächelte und klopfte jedem einzelnen, der an mir vorbeipilgerte, aufmunternd auf die Schulter. Es fiel mir beileibe nicht leicht, keine Nervosität zu zeigen.

Mit jeder Minute, die verstrich, wuchs die Gefahr, entdeckt zu werden. Das Küchenpersonal und die beiden Aufseher schliefen friedlich im Abstellraum. Die Überwachungskamera an der Wand übertrug Bilder von zufrieden mampfenden Häftlingen. Die beiden anderen Türen waren verschlossen. An dieser Stelle hatte mein Plan zwei Fragezeichen. Vom Personal kam normalerweise nie jemand während der Mahlzeiten in den Eßsaal. Doch jede Regel hat Ausnahmen. Ich drückte beide Daumen und hoffte, das der heutige Tag ausnahmsweise ohne Ausnahmen bleiben würde.

Als die letzte krumme Schulter vorbeigeschlurft war, atmete ich erleichtert auf und verriegelte die Tür von außen. Ich folgte der greisen Schar durchs Treppenhaus in den Verwaltungstrakt und hatte unterwegs jede Menge Türen zu öffnen und zu schließen. Dann ging's ab in den Keller bis hin zum Heizungsraum. Die Brandschutztür war besonders schwer und fiel krachend hinter uns ins Schloß.

Vergnügt massierte ich die Hände und schaute in die Runde meiner Kollegen.

»Was machen wir hier?« wollte einer wissen.

»Wir brechen aus.« Ich warf einen Blick auf die Uhr. »In genau sieben Minuten.«

Meine Antwort erregte die tumben Gemüter nicht schlecht. Ich hörte mir das Geplapper eine Weile mit an und sorgte dann lauthals für Ruhe.

»Nein, ich bin nicht verrückt. Und ich bin auch nicht so alt, wie's den Anschein hat. Ich habe mich verhaften und hier einsperren lassen aus einem einzigen Grund: um auszubrechen. Macht jetzt bitte Platz, danke, und stellt euch alle da hinten an die Wand, ja, so ist es recht. Vielleicht wißt ihr es oder auch nicht: Das Gebäude liegt an einem Hang; an diesem Ende hier befinden wir uns auf Höhe der Straße. Bitte, bleibt da, wo ihr seid. Schaut her, ich hefte jetzt eine Makrothermit-Ladung an die Außenwand. Wenn ich sie zünde, brennt sie sich durch das Mauerwerk durch.«

In gespannter Stille sahen sie zu, wie ich eine teigige Masse an der Wand zu einem halbwegs runden Fladen ausknetete, mit Siegellack übersprühte und den Zünder hineinsteckte.

»Rückt nahe aneinander und haltet Abstand von der Wand«, riet ich und schaute auf die Uhr. Fünf Sekunden vor dem verabredeten Zeitpunkt machte ich den Zünder scharf und eilte hinüber zu den anderen.

Der Anblick war spektakulär. Der Zünder blitzte, und von der Wand sprang ein Feuerkranz. Es fauchte, flammte, rauchte. Der Ventilator unter der Decke saugte zwar kräftig, aber dennoch brach unter uns ein wildes

Gehuste aus. Schließlich rollte ich den Löschschlauch von der Halterung, öffnete den Wasserhahn und spritzte die Wand ab. Das Husten nahm besorgniserregende Ausmaße an; es wurden auch ein paar ängstliche Schreie laut, als der Raum sich mit Dampf füllte.

Doch bald kehrte wieder Ruhe ein. Ich drehte das Wasser ab und baute mich vor der Wand auf, hob den Fuß und trat mit voller Wucht in den schmorenden Kreis. Das Mauerstück gab nach und polterte nach draußen.

»Licht aus!« befahl ich, und Burin drückte den Schalter.

Im Schein der Straßenlaterne war die Teppichrolle zu erkennen, die nun, von einem Flexmotor angetrieben, für uns ausgerollt wurde. Der Teppich war, wie von mir angeordnet, rot.

»Raus mit euch! Einer nach dem anderen. Haltet die Klappe und berührt weder Wand noch Boden. Bleibt auf dem Teppich, der ist hitzeabweisend. Burin, komm her!«

»Es funktioniert, Jim, es funktioniert tatsächlich!«

»Schnapp nicht gleich über. Sieh zu, daß keiner mehr hier ist, wenn du rausgehst.«

»Ay ay.«

Ich reihte mich unter den Kollegen ein, eilte über den Teppich und lief mit ausgebreiteten Armen auf die adrett uniformierte Gestalt meiner Frau zu.

»Schatz...«

»Schnauze!« sagte sie. »Da ist der Bus. Schaff die Kerle rein.«

Das Schmuckstück stand bereit, blankpoliert und mit laufendem Motor. An der Seite hing ein breites Transparent:

GRAUE PANTHER FAHREN INS BLAUE

»Hier lang«, rief ich und ließ die Männer einsteigen. »Nach hinten durchrücken. Es ist Platz für jeden da.

Zieht die Sachen an, die ihr auf eurem Sitz findet. Auch die Perücken.«

Endlich tauchte auch Burin auf. Er wiederholte meine Durchsage, während ich den Rest der Bande zusammentrieb. Angelina setzte sich schweigend hinters Steuerrad.

»Wir sind komplett«, sagte ich so munter wie möglich.

»Türen schließen und ab die Post. So'n ähnliches Ding hab ich schon mal abgezogen, vor Jahren, nur hatten wir damals bloß Fahrräder zur Verfügung.« Ich drehte mich um und nickte anerkennend den verkleideten Jungs zu. Sie trugen graue Perücken und schmucke Kostüme. Ein hübsches Damenkränzchen.

»Ihr seht großartig aus«, rief ich. »Großartig.«

Bis auf das eisige Schweigen meiner Frau war alles in bester Ordnung. Frohgemut fuhren wir in die Nacht hinein und hatten die Stadt schon weit hinter uns gelassen, als vor uns eine Polizeikontrolle auftauchte. Hastig stieg ich in mein Kostüm, stülpte die Perücke über den Kopf und ließ meine Damen ein Liedchen anstimmen. »Hab mein' Wagen vollgeladen, voll mit alten Weibern...«

Wir hatten kaum die Straßensperre erreicht, und schon winkte man uns durch. Jubelschreie schrillten auf, und Taschentücher flatterten zum Abschied, als wir weiterfuhren.

Kurz vor Mitternacht traf das Licht der Scheinwerfer auf ein Schild mit der Aufschrift: ›ZUM VERWEILCHEN – ERHOLUNGSHEIM FÜR DAMEN VON ADEL.‹ Ich sprang hinaus, öffnete das Tor und ließ den Bus passieren.

»Treten Sie ein, meine Damen«, rief ich. »Es gibt Tee und Kuchen. Alles weitere finden Sie in der Selbstbedienungsbar.«

Die letzte Bemerkung entfesselte einen Beifallssturm sondergleichen. Die Alten stürmten ins Haus und warfen voll Freude die Perücken in die Luft. Angelina winkte mich zu sich. Ich ließ sie nicht lange warten.

»Was soll ich ihm sagen?«

»Ich dachte, du wärst sauer auf mich.«

»Schwamm drüber. Im Augenblick beschäftigt mich vor allem die Frage...«

Er stand abseits von den anderen und beobachtete uns. Langsam schlenderte er herbei.

»Ich möchte euch danken... dafür, daß ihr uns allen geholfen habt.«

»Keine Ursache, Pepe«, antwortete ich. »Um ehrlich zu sein, haben wir ursprünglich nur dich rausboxen wollen. Aber dann ist die ganze Sache – was soll ich sagen? – 'ne Nummer größer geworden.«

»Erinnerst du dich noch an mich, Angelina? Ich habe dich sofort wiedererkannt.« Er lächelte, und die Augen wurden ihm feucht.

»Es war meine Idee«, beeilte ich mich zu sagen, bevor mir die Situation aus den Händen glitt. »Ich bin durch eine Zeitungsmeldung auf dich aufmerksam geworden und fühlte mich verpflichtet, was zu unternehmen. Der alten Zeiten wegen. Immerhin war ich es, der dich als Kaperer eines Raumkampfschiffes hopp genommen hat.«

»Und ich war diejenige, die dich auf den Pfad der Untugend gebracht hat«, meinte Angelina. »Darum fühlten wir uns irgendwie... verantwortlich.«

»Vor allem auch deshalb, weil wir seit Jahren glücklich verheiratet sind und zwei prächtige Söhne haben«, fügte ich hinzu, um von vornherein klarzustellen, wie die Karten verteilt waren. »Wenn ihr beiden nicht Partner gewesen wärt, hätte ich nie das Glück meines Lebens kennengelernt.«

Pepe Nero nickte und zwinkerte mir zu. »Tja, ich möchte euch jedenfalls herzlich danken. Am Ende sind wir dann wohl alle quitt miteinander. Angelina, ich glaube, ich bin schon immer für die kriminelle Laufbahn bestimmt gewesen. Du hast nur meinen Fuß in die entsprechende Richtung gesetzt. Und jetzt werde ich mir endlich mal einen großen Drink genehmigen.«

»Das ist ein Wort«, stimmte ich zu.

Burin stand da mit erhobenem Glas. »Ein Toast auf Jim und Angelina, Wohltäter der Gebeutelten. Unseren besten Dank!«

Tassen und Gläser wurden angestoßen; alle Anwesenden stimmten heisere Hochrufe an. Ich legte meinen Arm um Angelinas Taille, und diesmal war ich es, der feuchte Augen bekam.

Arthur C. Clarke

Und schließlich zu einem weiteren unvergänglichen Thema der Science Fiction, dem Ende der Welt, von dem man meinen könnte, daß darüber kaum etwas Lustiges zu sagen wäre. Eine der ersten Autorinnen, die die Idee mit der Apokalypse erkundeten, war – kurz nach ihrem Triumph mit Frankenstein – Mary Shelley in einer Erzählung unter dem Titel Verney – der letzte Mensch (The Last Man, 1826), und vierzehn Jahre später folgte Edgar Allan Poe mit seiner Geschichte, in der die Welt von einem Kometen zerstört wird, ›Das Gespräch zwischen Eiros und Charmion‹. Auch H. G. Wells, M. P. Shiel und R. H. Benson steuerten ihre eigenen freudlosen Visionen zum Thema bei, doch es dauerte bis zu den fünfziger Jahren, ehe Schriftsteller die Idee mit so etwas wie Satire in Angriff nahmen. Zu den Geschichten, die dieser Beschreibung entsprechen, gehören wahrscheinlich ›Ohne Knall‹, Damon Knights Bericht von der Begegnung des letzten Mannes und der letzten Frau, Dr. Strangelove von Peter George (1963), später in einer Verfilmung mit auserlesenem Wahnwitz von Peter Sellers gespielt, und Robert Silverbergs ironische Geschichte ›Reise ans Ende der Welt‹ (1972). Den einzigartigsten Beitrag auf diesem Gebiet hat indes möglicherweise Arthur C. Clarke mit ›Die Gedankenbotschaft‹‹geleistet.

Arthur C. Clarke (geb. 1917), der Prophet so vieler Neuerungen in der modernen Raumfahrttechnik und Verfasser einer langen Reihe weltweiter Bestseller, war ein junger SF-Fan in seinem heimatlichen Somerset und ist seither gewachsen, um wie ein Koloß über dem Genre aufzuragen. Wenngleich er den meisten wohl vor allem durch seinen Anteil an Stanley Kubricks bahnbrechendem Film 2001: Odyssee im Weltraum (1968) bekannt ist, der auf seiner Erzählung ›Der Wächter‹ beruht, und durch seine wichtigsten Romane wie Projekt Morgenröte (The Sands of Mars, 1951), Rendezvous mit 31/437 (Rendezvous with Rama, 1973) und Das Lied der fernen Erde (The Songs of Distant Earth, 1986), ist Clarke ein Mann mit einem ansteckenden Sinn für Humor. In der Tat wird seine Vorliebe für Späße in seiner Sammlung von Lügengeschichten Geschichten aus dem Weißen Hirschen (Tales from the White Hart, 1957) und in einzelnen Kurzgeschichten wie ›Rettungstrupp‹ (1946), ›Die neun Milliarden Namen Gottes‹ (1953) und in der 1954 geschriebenen ›Gedankenbotschaft‹ deutlich. Seine Bemerkungen – und die Geschichte selbst – bilden ein ideales Finale für diese Anthologie: ›Geschichten vom kosmischen Weltuntergang sind seit langem ein Gemeinplatz der Science Fiction ... doch es gibt eine, die anders ist: aus dem Stegreif wüßte ich keine andere humoristische Geschichte über das Ende der Welt zu nennen ...‹

ARTHUR C. CLARKE

Die Gedankenbotschaft

»Das ist ja schrecklich!« sagte der Oberste Wissenschaftler. »Wir müssen doch irgend etwas dagegen unternehmen!«

»Ganz recht, Euer Erkenntnis, aber das dürfte sich als äußerst schwierig erweisen. Dieser Planet ist über fünfhundert Lichtjahre von uns entfernt, was eine Kontaktaufnahme erschwert. Wir glauben jedoch, dort einen Brückenkopf errichten zu können. Leider ist das nicht das einzige Problem. Bisher haben wir noch keine Verbindung mit diesen Lebewesen aufnehmen können. Ihre telepathischen Fähigkeiten sind sehr unterentwickelt und vielleicht gar nicht vorhanden. Und wenn wir nicht mit ihnen sprechen können, sind wir auch nicht imstande, ihnen zu helfen.«

Dann folgte eine lange Pause, während der Oberste Wissenschaftler die Situation analysierte.

»Jede intelligente Rasse muß einige telepathisch begabte Angehörige haben«, stellte er dann fest. »Wir müssen Hunderte von Beobachtern aussenden, die alle nur die Aufgabe haben, irgendwo einen auch noch so schwach ausgestrahlten Gedanken zu entdecken. Sobald ein Telepath gefunden ist, konzentrieren wir unsere Anstrengungen auf ihn. Wir *müssen* ihm verständlich machen, worum es geht!«

»Sehr wohl, Euer Erkenntnis. Ihr Wunsch ist uns Befehl.«

Die hochintelligenten Bewohner des Planeten Thaar

schickten ihre Gedanken aus, überwanden damit die unvorstellbar großen Entfernungen, für die selbst das Licht ein halbes Jahrtausend brauchte, und suchten verzweifelt nach einem einzigen Menschen, der für ihre Gegenwart empfänglich war. Und ihr Glück wollte es, daß sie auf William Cross stießen – Dr. William Cross, um es genau zu sagen.

Sie waren zumindest im ersten Augenblick davon überzeugt, Glück gehabt zu haben, obwohl sie später anders darüber dachten. Jedenfalls blieb ihnen kaum eine andere Wahl. Die Kombination verschiedener Umstände, die ihnen Bills Verstand zugänglich machte, blieb nur einige Sekunden lang erhalten – und würde aller Voraussicht nach nie wiederkehren.

Zu diesem Wunder gehörten drei Voraussetzungen, die erfüllt sein mußten; dabei ist schwer zu sagen, welche am wichtigsten war. Zuerst muß vielleicht die zufällig ideale Position erwähnt werden. Eine Wasserflasche, die im Sonnenschein steht, kann als Linse wirken, die das einfallende Licht auf eine verhältnismäßig kleine Fläche konzentriert. In unendlich größerem Maßstab konzentrierte der dichte Erdkern die Gedankenwellen von Thaar. Normalerweise werden diese Wellen nicht von Materie aufgehalten, sondern durchdringen sie so leicht, wie das Licht Glas durchdringt. Aber ein ganzer Planet besteht aus erheblichen Mengen Materie, und die Erde wirkte in diesem Fall als gigantische Sammellinse. Sie rotierte und ließ Bill dadurch den Brennpunkt erreichen, wo die schwachen Impulse von Thaar hundertfach verstärkt waren.

Aber Millionen anderer Menschen befanden sich in ähnlich günstiger Position, ohne irgendeine Nachricht zu empfangen. Sie waren jedoch keine Raketenkonstrukteure; sie hatten nicht ein Leben lang vom Weltraum geträumt, bis ihre Gedanken davon beherrscht wurden.

Und sie waren nicht wie Bill betrunken, hatten sich nicht absichtlich in diesen Zustand beginnender Bewußtlosigkeit versetzt, um in eine Traumwelt zu entfliehen, in der es keine Enttäuschungen und Rückschläge gab.

Selbstverständlich sah er ein, daß die Militärs in gewisser Beziehung recht hatten. »Wir bezahlen Sie hier, Doktor Cross«, hatte General Potter mit Nachdruck gesagt, »damit Sie Flugabwehrraketen, aber *nicht*... äh... Raumschiffe konstruieren. Was Sie in Ihrer Freizeit tun, bleibt selbstverständlich ganz Ihnen überlassen, aber ich muß Sie bitten, unsere Einrichtungen nicht für Ihr Hobby in Anspruch zu nehmen. In Zukunft sind mir sämtliche Aufträge für das Rechenzentrum zur Genehmigung vorzulegen. Das war alles, Doktor Cross.«

Sie konnten ihn natürlich nicht auf die Straße setzen; dazu war er zu wertvoll. Aber er war sich keineswegs darüber im klaren, ob er noch länger bleiben wollte. Er wußte überhaupt nichts genau, außer daß er von seiner Arbeit enttäuscht war und daß Brenda ihn schließlich doch hatte sitzenlassen, um mit Johnny Gardner das Weite zu suchen. Damit waren Bills Probleme bereits umrissen.

Bill schwankte leicht, als er den Kopf in beide Hände stützte und die weiße Wand seines Arbeitszimmers anstarrte. Der einzige Schmuck bestand aus einem Lockheed-Kalender und einem Hochglanzfoto der Firma Aerojet, das eine Flugabwehrrakete beim Start zeigte. Bill starrte mürrisch einen Punkt zwischen diesen beiden Gegenständen an und dachte dabei an gar nichts. Die letzten Sperren verschwanden...

In diesem Augenblick stießen die vereinigten Gehirne auf Thaar einen lautlosen Triumphschrei aus, und die Wand vor Bill löste sich langsam in wirbelnde Nebelschwaden auf. Er hatte den Eindruck, in einen Tunnel zu sehen, der sich unendlich weit erstreckte. Das stimmte übrigens auch.

Bill betrachtete dieses Phänomen mit gelindem Interesse. Es war neuartig, aber er hatte früher schon bessere Halluzinationen erlebt. Und als die Stimme in seinem Kopf zu sprechen begann, ließ er sie einige Zeit weiterreden, bevor er etwas dagegen unternahm. Selbst in betrunkenem Zustand hielt ihn etwas davon ab, Selbstgespräche zu führen.

»Bill«, begann die Stimme, »hör gut zu! Es war nicht leicht, mit dir in Verbindung zu treten, und wir haben dir etwas sehr Wichtiges mitzuteilen.«

Das bezweifelte Bill gewaltig. *Nichts* war mehr wichtig.

»Wir sprechen von einem sehr entfernten Planeten aus mit dir«, fuhr die Stimme freundlich drängend fort. »Du bist der einzige Mensch, mit dem wir Verbindung aufnehmen konnten, deshalb *mußt* du verstehen, was wir zu sagen haben.«

Bill machte sich Sorgen, obwohl er diese Sache ziemlich unpersönlich betrachtete, weil es ihm bereits schwerfiel, sich auf seine Probleme zu konzentrieren. War es sehr schlimm, fragte er sich, wenn man Stimmen zu hören glaubte? Nun, am besten blieb er ganz ruhig, anstatt sich darüber aufzuregen.

»Meinetwegen«, antwortete er gelangweilt. »Redet nur mit mir. Ich habe nichts dagegen, mir etwas Interessantes erzählen zu lassen.«

Nun folgte eine Pause, bevor die Stimme leicht besorgt weitersprach.

»Das verstehen wir nicht ganz. Unsere Mitteilung ist nicht nur *interessant.* Sie ist für die ganze Menschheit lebenswichtig, und du mußt sofort deine Regierung verständigen.«

»Okay, ich warte«, erwiderte Bill gähnend. »Das vertreibt mir die Zeit.«

Fünfhundert Lichtjahre von ihm entfernt konferierten die Thaaraner hastig miteinander. Irgend etwas stimmte hier nicht ganz, aber sie konnten nicht beurteilen, worum es sich handelte. Selbstverständlich konnte kein Zweifel daran bestehen, daß es ihnen gelungen war, mit einem Menschen Verbindung aufzunehmen – aber seine Reaktion entsprach ganz und gar nicht ihren Erwartungen.

»Hör zu, Bill«, fuhren sie fort, »unsere Wissenschaftler haben vor kurzem festgestellt, daß eure Sonne demnächst explodieren wird. Diese Explosion wird sich in drei Tagen ereignen – in nur einundsiebzig Stunden und zehn Minuten, um es ganz genau zu sagen. Nichts kann diese Katastrophe noch aufhalten. Aber ihr braucht trotzdem keine Angst zu haben. Wir können euch alle retten, wenn ihr tut, was wir sagen.«

»Weiter, bitte«, forderte Bill die Stimme auf. Diese Halluzination wurde allmählich interessanter.

»Wir können eine sogenannte Brücke herstellen – sie gleicht einem Tunnel durch Raum und Zeit, wie du jetzt einen vor dir hast. Die theoretischen Grundlagen sind zu kompliziert, als daß wir sie selbst einem eurer Mathematiker erklären könnten.«

»Augenblick!« protestierte Bill. »Ich bin selbst Mathematiker und sogar ein guter, wenn ich nüchtern bin. Und ich habe in Science Fiction-Magazinen schon oft von dieser Sache gelesen. Ihr meint doch eine Art Abkürzung durch höhere Dimensionen des Raums? Das ist alter Kram, mit dem unsere Mathematiker sich schon vor Einstein befaßt haben.«

Als die Stimme weitersprach, war ihr überraschter Tonfall unüberhörbar.

»Wir wußten nicht, daß ihr wissenschaftlich so weit fortgeschritten seid«, gaben die Thaaraner zu. »Aber wir haben jetzt keine Zeit, um die theoretischen Grundlagen zu diskutieren. Wichtig ist nur, daß du in diesem Augenblick die Möglichkeit hättest, dich sofort auf einen anderen Planeten versetzen zu lassen, indem du durch die Öffnung vor dir trätest. Der Tunnel ist eine Abkürzung, wie du ganz richtig festgestellt hast – in diesem Fall durch die siebenunddreißigste Dimension.«

»Und er führt zu eurer Welt?«

»Nein, denn du könntest hier nicht leben. Aber im Universum gibt es unzählige erdähnliche Planeten, und wir haben einen ausgewählt, der für Menschen besonders gut geeignet ist. Wir werden überall auf der Erde derartige Brückenköpfe errichten, so daß die Menschen sich nur dorthin begeben müssen, um gerettet zu werden. Natürlich müssen sie wieder von vorn anfangen, wenn sie ihre neue Heimat erreichen, aber das ist ihre einzige Hoffnung. Du mußt ihnen unsere Nachricht überbringen und ihnen erklären, was sie zu tun haben.«

»Ich kann mir gut vorstellen, wie sie mir alle gläubig zuhören«, antwortete Bill. »Warum wendet ihr euch mit diesem Vorschlag nicht gleich an den Präsidenten?«

»Weil wir bisher nur mit dir in Verbindung treten konnten. Der Verstand aller anderen Menschen ist uns verschlossen; wir können uns diese Tatsache allerdings nicht erklären.«

»Ich könnte es vielleicht«, murmelte Bill mit einem Blick auf die fast leere Whiskyflasche auf seinem Schreibtisch. Der Whisky war teuer gewesen, aber diesmal hatte sich diese Ausgabe wirklich gelohnt. Der menschliche Verstand war doch bewundernswert! Selbstverständlich ließ sich der Dialog mit einer innerlichen Stimme durchaus logisch erklären: Bill wußte genau, woher diese verrückten Ideen stammten. Erst letzte Woche hatte er eine Story gelesen, in der das Ende der Welt geschildert wurde, und diese Sache mit der Brücke oder einem Tunnel durch Raum und Zeit war nur ein Wunschtraum eines Mannes, der sich seit fünf Jahren mit Raketen, die immer wieder neue technische Probleme aufwarfen, befassen mußte.

»Was würde passieren, wenn die Sonne tatsächlich

explodierte?« fragte Bill rasch, um seine Halluzination auf die Probe zu stellen.

»Euer Planet würde sofort schmelzen. Alle Planeten bis einschließlich Jupiter würden vernichtet werden.«

Bill mußte zugeben, daß das eine grandiose Vorstellung war. Er dachte darüber nach, und je mehr er sich damit beschäftigte, desto besser gefiel ihm die Sache.

»Meine liebe Halluzination«, begann er mitleidig, »weißt du auch, was ich sagen würde, wenn ich dir glauben könnte?«

»Aber du *mußt* uns glauben!« lautete die verzweifelte Antwort.

Bill ignorierte sie; er begann sich für das Thema zu erwärmen.

»Schön, hier ist also meine Antwort: *Etwas Besseres* könnte uns gar nicht passieren! Ja, dadurch bliebe uns allen viel erspart. Niemand brauchte sich noch Sorgen wegen der Russen, der Atombomben und der hohen Lebenshaltungskosten zu machen. Oh, das wäre einfach wunderbar! Das wünschen wir uns eigentlich alle. Nett von euch, daß ihr uns gewarnt habt, aber jetzt verschwindet ihr am besten wieder und nehmt eure dämliche Brücke mit.«

Auf Thaar herrschte begreifliche Verwirrung. Das Gehirn des Obersten Wissenschaftlers, das in einer Nährlösung schwamm, verfärbte sich an den Rändern gelblich, was es zum letztenmal während der Invasion der Xantils vor fünftausend Jahren getan hatte. Mindestens fünfzehn Psychologen hatten Nervenzusammenbrüche, von denen sie sich nie ganz erholten. Der Hauptcomputer im Kosmophysikalischen Institut der Universität begann sämtliche gespeicherten Zahlen durch Null zu dividieren und erreichte damit, daß alle Sicherungen durchbrannten.

Auf der Erde kam Bill Cross erst richtig in Fahrt.

»Seht euch *mich* an«, sagte er und zeigte unsicher

schwankend auf seine Brust. »Ich versuche seit Jahren, nützliche Raketen zu entwickeln, aber ich darf nur Waffen konstruieren, mit denen wir uns gegenseitig in die Luft sprengen können. Die Sonne leistet bestimmt ganze Arbeit, und wenn wir einen anderen Planeten bekämen, würden wir dort wie bisher weitermachen.«

Er machte eine trübselige Pause. »Und jetzt hat Brenda mich verlassen, ohne mir auch nur einen Abschiedsbrief zu schreiben. Entschuldigt also, daß mir euer Angebot ziemlich piepegal ist.«

»Das kann nicht dein Ernst sein, Bill!« antworteten die Thaaraner verzweifelt. »Sind *alle* Menschen wie du?«

Das wäre natürlich ein interessantes philosophisches Problem. Bill dachte sorgfältig darüber nach – oder jedenfalls so sorgfältig, wie es die warme Zufriedenheit, die ihn jetzt einhüllte, überhaupt noch zuließ. Schließlich hätte alles viel schlimmer sein können, nicht wahr? Er würde sich einen anderen Job suchen, nur um General Porter sagen zu können, was er seinetwegen mit seinen dämlichen drei Sternen anfangen solle. Und was Brenda betraf – nun, Frauen waren doch wie Straßenbahnen: Es würde nicht lange dauern, bis die nächste kam.

Aber am besten war doch, daß er eine zweite Flasche Whisky in dem Panzerschrank hatte, in dem nur streng geheime Akten aufbewahrt werden durften. Wunderbar! Bill schob seinen Stuhl zurück, erhob sich unsicher schwankend und torkelte durch den Raum.

Thaar sprach zum letztenmal mit der Erde.

»Bill!« wiederholten die Thaaraner verzweifelt. »Sind alle Menschen wie du?«

Bill drehte sich langsam um und starrte in den Tunnel, in dem Nebelschwaden zu brodeln schienen. Dazwischen waren einzelne Lichtflecken zu sehen, und die Gesamtwirkung war recht hübsch. Er war stolz auf sich: Nicht viele Leute hatten derartige Halluzinationen.

»Wie ich?« wiederholte er stockend. »Nein, ganz bestimmt nicht!« Er lächelte über Lichtjahre hinweg, als sein vom Alkohol umnebelter Verstand den Kontakt zur Wirklichkeit verlor und ihm eine schönere Welt vorgaukelte, in der er sorglos und zufrieden leben konnte. »Wenn ich es mir recht überlege«, fuhr er fort, »gibt es sogar viele Leute, denen es wesentlich schlechter als mir geht. Ja, ich bin im Grunde genommen noch einer der Glücklichen. Das ist mir eben klargeworden.«

Er kniff leicht überrascht die Augen zusammen, als der Tunnel vor ihm verschwand und durch die gewohnte weiße Wand ersetzt wurde. Thaar wußte, wann weitere Bemühungen zwecklos waren.

»Ende der Vorstellung«, murmelte Bill vor sich hin. »Ich hatte sie ohnehin schon satt. Ich bin gespannt, wie die nächste Halluzination aussieht.«

Aber es gab keine nächste mehr, weil er wenige Sekunden später vom Alkohol übermannt zu Boden sank, als er eben die Kombination des Panzerschranks einstellen wollte.

Die beiden nächsten Tage verbrachte er mehr oder weniger betrunken, so daß er sich später an nichts – und erst recht nicht an sein Gespräch mit den Bewohnern des Planeten Thaar – erinnern konnte.

Am dritten Tag hatte er das bohrende Gefühl, irgend etwas Wichtiges vergessen zu haben; er wäre vielleicht noch darauf gekommen, wenn Brenda nicht zurückgekehrt wäre und ihn auf andere Gedanken gebracht hätte.

Und es gab natürlich keinen vierten Tag mehr.

Danksagung

Der Herausgeber möchte Colin Smythe seinen besondere Dank dafür aussprechen, daß er etliche in diese Anthologie aufgenommene Geschichten vorgeschlagen hat, wie auch Donn Albright, Bill Nolan und Steve Miller, die ebenfalls Geschichten empfohlen und bei der Suche nach seltenen Erzählungen geholfen haben. Er und der Verlag danken den Autoren, ihren Verlagen und Agenten für die Genehmigung, Erzählungen in das Buch aufzunehmen.

Übersetzer, Quellen- und Rechtsvermerke

SCHEIBENWAHN von Terry Pratchett.
Originaltitel: ›The Turntables of the Night‹.
Copyright © 1989 by Terry Pratchett.
Aus dem Englischen übersetzt von Andreas Brandhorst.
Copyright © 1999 der deutschen Übersetzung by Wilhelm Heyne Verlag, München.

EIN STÜCK WIRKLICHES LEBEN von P. G. Wodehouse.
Originaltitel: ›A Slice of Life‹.
Aus dem Englischen übersetzt von Erik Simon.
Copyright © 1999 der deutschen Übersetzung by Wilhelm Heyne Verlag, München.

BESSER ALS EINE MAUSEFALLE von L. Sprague de Camp & Fletcher Pratt.
Originaltitel: ›The Better Mousetrap‹.
Erstveröffentlichung in *The Magazine of Fantasy and Science Fiction*, Dezember 1950; aus dem Band Lyon Sprague de Camp & Fletcher Pratt: Tales from Gavagan's Bar. 1978.
Aus dem Amerikanischen übersetzt von Hilde Linnert.
Copyright © 1982 der deutschen Übersetzung by Wilhelm Heyne Verlag, München.

SAM SMALLS BESSERE HÄLFTE von Eric Knight.
Originaltitel: ›Sam Small's Better Half‹.
Aus dem Band Eric Knight: *Sam Small Flies Again*.
Übersetzung aus dem Englischen von M. E. Kähnert und Leonore Schlaich in *Eric Knight: Sam Small fliegt wieder*. Scherz Verlag, Bern 1943. Mit freundlicher Genehmigung der Scherz Verlag AG.

TOTENTANZ von Mervyn Peake.
Originaltitel: ›Danse Macabre‹.
Aus *Science Fantasy*, 1963.

Übersetzung aus dem Englischen von Margaret Meixner in der Anthologie *John Carnell (Hrsg.): Panoptikum des Schreckens.* Erich Pabel Verlag, Rastatt 1974. Mit freundlicher Genehmigung des Erich Pabel Verlags.

TRUGWELT von C. S. Lewis.
Originaltitel: ›The Shoddy Lands‹.
Aus *The Magazine of Fantasy and Science Fiction,* Februar 1956.
Aus dem Englischen übersetzt von Charlotte Winheller.
Copyright © 1963 der deutschen Übersetzung by Wilhelm Heyne Verlag, München.

HARRISON BERGERON von Kurt Vonnegut jr.
Originaltitel: ›Harrison Bergeron‹.
Erstveröffentlichung in *The Magazine of Fantasy and Science Fiction,* Oktober 1961; aus dem Band Kurt Vonnegut, Jr.: *Welcome to the Monkey House.* 1968.
Aus dem Amerikanischen übersetzt von Michael K. Iwoleit.
Copyright © 1990 der deutschen Übersetzung by Wilhelm Heyne Verlag, München.

PHANTASTISCH BIS RAR von Piers Anthony.
Originaltitel: ›Possible to Rue‹.
Aus *Fantastic,* April 1963.
Aus dem Amerikanischen übersetzt von Erik Simon.
Copyright © 1999 der deutschen Übersetzung by Wilhelm Heyne Verlag, München.

DIE RICHTIGE SEITE von John Collier.
Originaltitel: ›The Right Side‹.
Aus dem Englischen übersetzt von Erik Simon.
Copyright © 1999 der deutschen Übersetzung by Wilhelm Heyne Verlag, München.

KOBOLDGEIST von Fredric Brown.
Originaltitel: ›Nasty‹.
Aus dem Band Fredric Brown: *Nightmares and Geezenstacks.* 1961.
Übersetzung aus dem Amerikanischen von Werner Gronwald in der Anthologie *Michel Parry (Hrsg.): Paritäten aus des Teufels*

Küche. Erich Pabel Verlag, Rastatt 1976. Mit freundlicher Genehmigung der Erben des Übersetzers.

DER GEIST IST BILLIG von Nelson Bond.
Originaltitel: ›The Gripes of Wraith‹.
Aus *Bluebook.*
Aus dem Amerikanischen übersetzt von Erik Simon.
Copyright © 1999 der deutschen Übersetzung by Wilhelm Heyne Verlag, München.

KÜCHENSCHABEN von Thomas M. Disch.
Originaltitel: ›The Roaches‹.
Erstveröffentlichung 1965.
Aus dem Band Thomas M. Disch: *Under Compulsion.* 1968.
Aus dem Amerikanischen übersetzt von Fritz Steinberg.
Copyright © 1972 der deutschen Übersetzung by Wilhelm Heyne Verlag, München.

DIE DAME AUS DEM HAUS DER LIEBE von Angela Carter.
Originaltitel: ›The Lady of the House of Love‹.
Aus dem Band Angela Carter: *The Bloody Chamber and Other Stories.* 1979.
Übersetzung aus dem Englischen von Sybil Gräfin Schönfeldt in *Angela Carter: Blaubarts Zimmer.* Rowohlt Verlag, Reinbeck bei Hamburg 1982. Mit freundlicher Genehmigung des Rowohlt Verlags.

DAS STEINDING von Michael Moorcock.
Originaltitel: ›The Stone Thing‹.
Aus *Triode.*
Aus dem Englischen übersetzt von Erik Simon.
Copyright © 1999 der deutschen Übersetzung by Wilhelm Heyne Verlag, München.

PSYCHO UND NYMPHO von Robert Bloch.
Originaltitel: ›The Shrink and the Mink‹.
Aus *Hustler,* 1983.
Aus dem Amerikanischen übersetzt von Erik Simon.

Copyright © 1999 der deutschen Übersetzung by Wilhelm Heyne Verlag, München.

ACH, SÜSSES GEHEIMNIS DES LEBENS von Roald Dahl.
Originaltitel: ›Ah Sweet Mystery of Life‹.
Aus *The Daily Telegraph Magazine*, 1974.
Aus dem Englischen übersetzt von Erik Simon.
Copyright © 1999 der deutschen Übersetzung by Wilhelm Heyne Verlag, München.

DER ASBESTMANN von Stephen Leacock.
Originaltitel: ›The Man in Asbestos‹.
Aus dem Band Stephen Leacock: *Nonsense Novels*. 1911.
Übersetzung aus dem Amerikanischen von Manfred Bartz in *Stephen Leacock: Der Asbestmann und andere Nonsens-Novellen*. Fackelträger-Verlag, Hannover 1987. Mit freundlicher Genehmigung des Fackelträger-Verlags.

DAS WEIBCHEN DER SPEZIES von John Wyndham.
Originaltitel: ›Female of the Species‹.
Ursprünglich 1937 unter dem Titel *The Perfect Creature* erschienen; die hier vorliegende überarbeitete Fassung stammt aus *Argosy*, Oktober 1953.
Aus dem Englischen übersetzt von Erik Simon.
Copyright © 1999 der deutschen Übersetzung by Wilhelm Heyne Verlag, München.

DIE TRACHT PRÜGEL von Stanisław Lem.
Originaltitel: ›Wielkie lanie‹.
Aus dem Band Stanisław Lem: *Bajki robotów*. 1964.
Übersetzung aus dem Polnischen von Caesar Rymarowicz in *Stanisław Lem: Robotermärchen*. Eulenspiegel Verlag, Berlin 1969. Mit freundlicher Genehmigung der Eulenspiegel · Das Neue Berlin Verlagsgesellschaft.

VON GUSTIBLES PLANETEN von Cordwainer Smith.
Originaltitel: ›From Gustible's Planet‹.
Erstveröffentlichung in *Worlds of If*, Juli 1962; aus dem Band Cordwainer Smith: *The Instrumentality of Mankind*. 1979.

Übersetzung aus dem Amerikanischen von Thomas Ziegler in *Cordwainer Smith: Instrumentalität der Menschheit*. Arthur Moewig Verlag Taschenbuch GmbH, Rastatt 1982. Mit freundlicher Genehmigung des Arthur Moewig Verlags.

SPEZIALIST von Robert Sheckley.
Originaltitel: ›Specialist‹.
Aus dem Band Robert Sheckley: *Untouched by Human Hands*. 1954.
Übersetzung aus dem Amerikanischen von Michael Görden in *Robert Sheckley: Für Menschen ungeeignet*. Bastei-Verlag Gustav H. Lübbe, Bergisch Gladbach 1982. Mit freundlicher Genehmigung des Bastei-Verlags Gustav H. Lübbe.

DAS ABENTEUER MIT DEN MARSMONDEN von William F. Nolan.
Originaltitel: ›The Adventure of the Martian Moons‹.
Erstveröffentlichung in der Originalausgabe der vorliegenden Anthologie, 1997.
Aus dem Amerikanischen übersetzt von Erik Simon.
Copyright © 1999 der deutschen Übersetzung by Wilhelm Heyne Verlag, München.

DIE GOLDENEN JAHRE DER STAHLRATTE von Harry Harrison.
Originaltitel: ›The Golden Years of the Stainless Steel Rat‹.
Aus dem Band Harry Harrison: *Stainless Steel Rat Visions*. 1993.
Aus dem Amerikanischen übersetzt von Michael Windgassen.
Copyright © 1995 der deutschen Übersetzung by Wilhelm Heyne Verlag, München.

DIE GEDANKENBOTSCHAFT von Arthur C. Clarke.
Originaltitel: ›No Morning After‹.
Aus der Anthologie August Derleth, ed.: *Time to Come*. 1954.
Aus dem Englischen übersetzt von Wulf H. Bergner.
Copyright © 1970 der deutschen Übersetzung by Wilhelm Heyne Verlag, München.

Die Einführung des Herausgebers und seine Vorbemerkungen zu den einzelnen Erzählungen wurden von Erik Simon aus dem Englischen übersetzt. Copyright © 1999 der deutschen Übersetzung by Wilhelm Heyne Verlag, München.

Das dem Buch vorangestellte Motto aus Shakespeares *Was ihr wollt* (Erster Aufzug, 1. Szene) lautet in der Übersetzung von Schlegel und Tieck:

> *So voll von Phantasien*
> *Ist Liebe, daß nur sie phantastisch ist.*

In wortgetreuerer Übersetzung ergäbe sich etwa:

> *So formenreich ist Neigung,*
> *Daß sie allein schon höchst phantastisch ist.*

Eine Auswahl:

Die Heimkehr
8. Roman
06/5033

Der Sturm bricht los
9. Roman
06/5034

Zwielicht
10. Roman
06/5035

Scheinangriff
11. Roman
06/5036

Der Drache schlägt zurück
12. Roman
06/5037

Die Fühler des Chaos
13. Roman
06/5521

Stadt des Verderbens
14. Roman
06/5522

Die Amyrlin
15. Roman
06/5523

Das Rad der Zeit

Robert Jordans großartiger Fantasy-Zyklus!

06/5521

H e y n e - T a s c h e n b ü c h e r

Das Schwarze Auge

Die Romane zum gleichnamigen Fantasy-Rollenspiel – Aventurien noch unmittelbarer und plastischer erleben.

06/6022

Eine Auswahl:

Ina Kramer
Im Farindelwald
06/6016

Ina Kramer
Die Suche
06/6017

Ulrich Kiesow
Die Gabe der Amazonen
06/6018

Hans Joachim Alpers
Flucht aus Ghurenia
06/6019

Karl-Heinz Witzko
Spuren im Schnee
06/6020

Lena Falkenhagen
Schlange und Schwert
06/6021

Christian Jentzsch
Der Spieler
06/6022

Hans Joachim Alpers
Das letzte Duell
06/6023

Bernhard Hennen
Das Gesicht am Fenster
06/6024

Ina Kramer (Hrsg.)
Steppenwind
06/6025

Heyne-Taschenbücher